CHRISTOPHER WURMDOBLER

FELIX AUSTRIA

Roman

Christopher Wurmdobler

FELIX AUSTRIA

Roman

Czernin Verlag, Wien

Die Arbeit an diesem Roman wurde durch die Gewährung eines Stipendiums der Stadt Wien unterstützt.

Gedruckt mit Unterstützung der Stadt Wien, Kultur

Wurmdobler, Christopher: Felix Austria / Christopher Wurmdobler
Wien: Czernin Verlag 2025
ISBN: 978-3-7076-0863-2

© 2025 Czernin Verlags GmbH, Kupkagasse 4, 1080 Wien, Österreich
office@czernin-verlag.com
Lektorat: Karin Raschhofer-Hauer
Satz, Umschlaggestaltung: Mirjam Riepl
Autorenfoto: Julia Fuchs
Druck: Finidr, Český Těšín
ISBN Print: 978-3-7076-0863-2
ISBN E-Book: 978-3-7076-0864-9

Alle Rechte vorbehalten, auch das der auszugsweisen Wiedergabe in Print- oder elektronischen Medien. Die Nutzung unserer Werke für Text- und Data-Mining im Sinne des Urheberrechtsgesetzes behalten wir uns ausdrücklich vor.

I remember wondering
Who am I?
And what will I turn out to be?
I know where I have to go
To unlock the secret of me

Pet Shop Boys, »New London Boy«, 2024

Wien-Ottakring, Wilhelminenberg. Außen, Tag. Eine leichte Erhöhung mit Blick über die Stadt. Weingärten, ein kleiner Wald, eine Wiese, alte Apfelbäume, Blätter fallen, Herbststimmung. In Sichtweite ein frisch renoviertes Gebäude, ein Schloss, in dem ein Hotel untergebracht ist. Zwei Männer in Arbeitskleidung sind damit beschäftigt, einen baufälligen, von Efeu und Brombeeren fast zugewachsenen Wohnwagen auszuräumen, der sich direkt am Rande der Weingärten befindet. Sie tragen Möbelstücke ins Freie und verpacken Geschirr in Kisten. Einer der Männer macht mit seinem Mobiltelefon ein Foto der Szenerie. Die Kamera folgt dem anderen Mann, der einen Karton Richtung Parkplatz trägt, wo ein Transporter steht. Der Mann muss dabei einen kleinen Forstweg überqueren. Er stolpert über eine Wurzel, und der Karton landet auf der Erde. Gegenstände fallen heraus. Er flucht. In der Großaufnahme sehen wir auf dem Waldboden unter anderem Bücher, Zeitungsausschnitte, zwei kleine Bilderrahmen, Schallplatten, einen Kofferplattenspieler, ein Wurfmesser, eine silberne Münze, ein rundes Stück Seife mit Gebrauchsspuren, eine rote Perle, Gummiringe, eine gläserne Kugel, etwa so groß wie eine Orange. Die Kamera zeigt, wie der Schuh des Mannes die Perle in den feuchten Boden drückt. Totale. Der Mann geht in die Knie, sortiert die Gegenstände zurück in die Kiste. Halbtotale. Beim Aufstehen mustert er die Silbermünze und steckt sie in die Tasche seines Overalls. Der gläsernen Kugel, die er offenbar übersehen hat, gibt er mit dem Fuß einen Tritt. Die Kugel setzt sich in Bewegung. Close-up seines Gesichts. Kurz blickt er der Kugel hinterher und grinst. Er wendet sich um und bringt die Kiste zum Lieferwagen. Cut. Die Kamera folgt nun der gläsernen Kugel, die über den Waldboden bergab rollt. Steine, Äste, Wurzeln geben den Weg vor. Musik setzt ein, eine beschwingte Jazz-Nummer. Die Kugel rollt schneller, wird von Bäumen gestoppt, von Steinen gelenkt. War ihre Oberfläche zunächst ganz klar, bekommt sie, je länger die Kamera ihr folgt, mehr Kratzer und wird immer matter. Rumpelpumpumpel rollt die Glaskugel den Berg hinab Richtung Stadt. Rumpelpumpumpel macht die Musik. Vielleicht ist es nur das Licht, doch manchmal wirkt es, als wäre im Glas etwas zu erkennen. Flammen, fliegende Messer, eine bös grinsende Fratze, Orangen, Hände, die nach Händen greifen, Konfetti, immer wieder das blaue Meer. Reflexionen. Der Forstweg wird zur asphaltierten Straße. Die Kugel rollt nun so schnell, dass sie manchmal sogar in die Höhe springt. Die Kamera kann ihr bei dem Tempo kaum folgen. Noch einmal ist in der Kugel ein sattes Blau zu erkennen, bevor sie gegen eine Betonmauer knallt und – Highspeedaufnahme! – in tausend Teile zerbricht. Darüber die Titelsequenz.

DAVOR

Als Felix seine Augen wieder öffnete, war er in Amerika. Fast. Auf dem Frachtschiff, in dessen Bauch er die letzten Wochen verbracht hatte, lag er auf seiner Matratze und hörte, wie die anderen Männer munter wurden. Das Brummen, das sonst immer eintönig tief unten aus dem Maschinenraum durch die stählernen Wände dröhnte, hörte sich anders an. Aufgeregter, unruhiger. Obwohl es noch weit vor Sonnenaufgang sein musste, die Nachtruhe längst nicht vorüber war, wurde es hektisch an Bord. Eine Mäusefamilie nutzte die Situation, dass sich gerade niemand für sie interessierte, und spazierte seelenruhig zwischen den Lagern der Seeleute umher auf der Suche nach Brotresten.

Felix setzte sich auf. Die Wolldecke über den Schultern, hockte er da und rieb sich die Augen. Amerika, dachte er, da draußen war New York, vielleicht passierte das Schiff schon diese kleine Insel mit der berühmten Freiheitsstatue. Unter der fensterlosen Kajüte waren die Motoren zu hören, die die Fahrt verlangsamten, dazu das Gerenne und Geschiebe der Männer. Nach den Tagen der Lethargie, der eingespielten Routine, der harten Arbeit und der Erschöpfung schienen plötzlich alle in Eile zu sein. Felix begann ebenfalls, sein Zeug zusammenzupacken. Endlich würde er von Bord gehen. Viel gab es nicht zu packen, im Rucksack war ja kaum Platz gewesen.

Das Stück Seife fiel zu Boden, das ihm die Mutter beim Abschied in die Hand gedrückt hatte, eingepackt in

Seidenpapier. Gegen das Heimweh. Sauber bleiben, Felix, hatte sie gesagt, immer sauber bleiben, das waren ihre Worte – abgesehen vom Ratschlag, stets eine frische Unterhose zu tragen, das hatte schon einmal nicht geklappt, und bei den Mädeln vorsichtig zu sein. Haha. Jetzt die Seife. Raue Hände, die am Papier ziehen. Ränder unter den Nägeln. Knistern beim Auswickeln, Duft nach Zitrone und Sandelholz.

Mit seinen von der Drecksarbeit schwarzen Fingern fuhr Felix über die glatte Oberfläche. »Seifensiederei Suess, Wien-Stadlau« war in den kreisrunden weißen Klotz geprägt. Trotz der Drecksarbeit auf dem Frachter hatte er sie nie verwendet. Im Mannschaftswaschraum gab es eh geraspelte Kernseife, die auf der Haut brannte und mehr schlecht als recht ihren Zweck erfüllte. Seine Seife, seine Wiener Seife, die Seife der Mutter, die würde er schon für besondere Anlässe aufsparen. Noch einmal inhalierte er den frischen zitronigen Duft, wickelte das Stück sorgfältig wieder ein und packte es zurück in den Rucksack zu seinem anderen Zeug.

Heimweh, damit allerdings war die Mutter falsch gelegen. Er und Heimweh; und ausgerechnet nach Stadlau, dieses angehängte Dorf am Arsch der großen Wienerstadt. Nein, was Felix antrieb, war Fernweh, darum war er hier. Das Meer wollte er sehen, die Wüste, die Berge, echte Zitronenbäume, und Sandelholz riechen. Gab es in Amerika Sandelholz? Was war das überhaupt? Vielleicht würde er beim Film landen, in Hollywood, wer weiß. Einen Plan hatte Felix jedenfalls nicht gehabt. Aber einen Traum von Freiheit. Sehnsucht nach einem Land, in dem alles schneller, höher, weiter war. So weit, wie dieser Jesse Owens bei den Olympischen Spielen letztes Jahr in Berlin gesprungen war. Weltrekord. Ein Irrsinn, wie schnell der lief. Ebenfalls Weltrekord. Ja, nach

Amerika wollte er und noch viel weiter. Jedenfalls weg von dort, wo er herkam. Wo er nicht hingehörte.

Auswandern, hatte ihm einer gesagt, wieso wanderst du nicht einfach aus. Auswandern. Felix, der keine Ahnung hatte, wie das ging, war ohne Schwierigkeiten von Wien bis nach Hamburg gekommen. Auch ohne Geld für die Eisenbahn. Er hatte in Gepäcknetzen geschlafen und sich durchgefragt, ob man irgendwo noch eine Arbeitskraft bräuchte. Weil Geld für die Passage besaß er keines. Aber er war kräftig und geschickt durch den vielen Sport im Verein, das machte schon Eindruck bei den Leuten am Hamburger Hafen. Schließlich hatte er sich anheuern lassen, Arbeit gegen Überfahrt, knapp zwei Wochen war das her. Und nun wartete dort draußen New York auf ihn.

Das Schiffshorn weckte die große Stadt, die er nur von Bildern in der Wochenschau kannte, bald würden sie anlegen. Fort hatte Felix wollen, die Enge seiner Heimatstadt hinter sich lassen. Gut möglich, dass er die Entscheidung allzu unüberlegt getroffen hatte, eine Entscheidung, die man vielleicht nur als Jugendlicher so leichtfertig und unüberlegt treffen konnte. Und jetzt war er also da. Amerika.

Jetzt war er also da, ohne Englisch zu können. Das bemerkte Felix, als er die fremden Stimmen am Hafen hörte. Nicht, dass er zu dumm dafür gewesen wäre, er hatte bloß keine Übung. Natürlich war ihm bewusst, dass es von Vorteil wäre, die Sprache zu beherrschen. In den letzten zwei Wochen hatte er sogar ein wenig gebüffelt und sich von Simon, der ebenfalls auf eigene Faust nach Amerika wollte, beim Ölen der Ankerketten ein paar Redewendungen beibringen lassen. »I am Felix from Austria« brachte ihn im Moment allerdings nicht weiter. Wie schnell sie hier sprachen!

Ein Mann hockte auf der Hafenmauer und brüllte ihm etwas entgegen. Es klang wie eine Frage. Also nickte Felix und grinste, worauf der Typ in Richtung einer halb verfallenen Lagerhalle deutete. Simon hatte gesagt, sie dürften auf keinen Fall den Weg über die Bürogebäude oder die Einwanderungsbehörde nehmen. Ohne Visum wäre das unmöglich, sie würden sie gleich wieder zurückschicken nach Europa. Besser wäre, die unübersichtliche Situation beim Entladen der Fracht zu nutzen und den Frachthafen an den Hallen vorbei durch ein Loch im hölzernen Zaun zu verlassen. Klar sei das verboten, aber die einzige Möglichkeit, ins Land zu gelangen.

Felix entdeckte seinen Kumpel, und sie nickten einander zu. Hoffentlich hatte der Kerl auf der Mauer ihnen wirklich den Weg raus aus dem Hafengelände gezeigt und verpfiff sie nicht noch bei den Aufsehern. Wachtürme gab es wohl, aber die schienen unbesetzt zu sein. Wo war jetzt dieses verdammte Loch im Zaun? Geduckt, im Halbdunkel, schlichen sie eine endlos scheinende Bretterwand entlang, die in sicher drei Meter Höhe auch noch mit Stacheldraht gesichert war. Räuberleiter und einfach drüberklettern war also keine Option.

Außer Atem blieb Felix stehen, während Simon weiterlief, als wäre nichts. Die Wochen an Bord ohne viel Bewegung machten sich bemerkbar. Er war nicht mehr in Form. Hundegebell. Wahrscheinlich würden gleich Wachleute auftauchen oder die Polizei. Doch was tat Felix? Er lehnte sich erschöpft an die hölzerne Wand – und hatte einen Mordsdusel. Ein paar Bretter schienen locker zu sein, der Zaun gab plötzlich nach. Durch eine Art Klappe, wie für ihn gemacht, fiel er auf die andere Seite des Zauns, rollte eine kleine Böschung hinab und landete unsanft auf seinem Allerwertesten.

Und so plumpste ein junger Mann aus Wien-Stadlau im Morgengrauen mitten hinein in den US-Staat New Jersey. Er lag auf dem Rücken und zappelte wie ein Käfer, blinzelte in die aufgehende Sonne. Schließlich rappelte er sich auf, zog die Schnallen seines Rucksacks fest, die sich gelöst hatten, und marschierte los. Ohne ein konkretes Ziel vor Augen. Weg ist das Ziel, hatte er gedacht, einfach nur weg.

Felix hatte keine Ahnung, wo es hingehen sollte. Wo er hingehen sollte. Seine Flucht aus dem Hafengelände war nicht vorbereitet gewesen, er hatte kein Wasser dabei, geschweige denn Proviant. Planlos lief er die staubige Straße entlang, auf der ihn gelegentlich ein Lastkraftwagen überholte, aber sonst kein Verkehr war. War es Sonntag? Vielleicht war es auch schon Montag. Er hatte kein Gefühl, wie lange er bereits unterwegs war, die Wintersonne stand jedenfalls schon hoch, er war hungrig, hatte Durst und keine Lust mehr, weiterzugehen. Er blieb einfach stehen, nahm den Rucksack ab, lehnte sich an einen Telegrafenmast, über ihm surrende Drähte, und schloss die müden Augen, als eine Windböe ihm Staub ins Gesicht blies.

Das war also dieses Amerika. Staub und Dreck, Surren und nichts los. Keine Menschenseele weit und breit. Er hätte seine große Fahrt wirklich planen sollen; nicht einfach nur weg und er würde schon sehen. So einfach, wie er sich das vorgestellt hatte, war es offenbar nicht. Obwohl es nicht seine Art war, so schnell aufzugeben, überlegte Felix, die Augen geschlossen, an den hölzernen Pfosten gelehnt, sogar einen Moment lang, einfach umzudrehen. Zurück zum Hafen, die Böschung hinauf durch die losen Bretter im Zaun, zurück zum Schiff und mit dem rostigen Kahn wieder nach Europa, Hamburg, Wien. Als wäre nichts gewesen. Wie in einem

Film, den der Filmvorführer versehentlich falsch herum eingelegt hatte. So etwas hatte er einmal im Kino im Prater erlebt und es furchtbar komisch gefunden.

Felix sah seine bisherige Reise rückwärtslaufen, sah sich rückwärts aufs Schiff steigen, in sein Lager springen, schlafen, aus dem Bett kriechen, sah brackiges Wasser, das aus seinem Gesicht tropfte, sah sich in der Mannschaftsmesse den schlimmen Fraß mit dem Löffel aus dem Mund hinausschaufeln, die Arbeit rückwärts erledigen. All die letzten Tage liefen in die falsche Richtung, bis er im Hamburger Hafen das Schiff verließ. Er konnte sogar den Dieselmotor hören, den Gestank förmlich riechen. Felix musste lachen und glaubte, im selben Moment auch ein Kinopublikum lachen zu hören. Halluzinierte er etwa? Da lachte doch jemand.

Er riss die Augen auf und blickte direkt in das freundliche Gesicht einer Frau mit langem schwarzen Haar, das mit zwei großen rosafarbenen Blüten geschmückt war. Nein, er blickte direkt in eine gläserne Kugel, die die Schwarzhaarige ihm entgegenhielt und in der ihr Kopf verkehrt herum stand. Ihr Mund bewegte sich zwar, doch Felix verstand kein Wort von dem, was sie sprach. Er betrachtete das auf dem Kopf stehende Bild der Frau in der Kugel, beobachtete, wie ihre Lippen sich öffneten und schlossen und wie der Wind ihr Strähnen ihres langen schwarzen Haars ins Gesicht blies. Vor ihren Augen öffnete und schloss sich das Haar wie ein schwerer Theatervorhang. Von ganz weit weg hörte Felix ein Hupen. Als er sich umsah, stellte er fest, dass sich die Frau mit den Blüten im Haar in einem grauen Automobil befand und ihn durchs offene Beifahrerfenster, also durch die Glaskugel betrachtete.

Sie war nicht allein. Neben ihr auf der Sitzbank saßen zwei weitere Gestalten, die Felix ebenfalls Unverständliches zuriefen. Die Frau am Lenkrad drückte dabei noch ungeduldig auf die Hupe. Eingeklemmt zwischen den beiden anderen saß ein dürrer Jüngling mit einem mächtigen gezwirbelten Schnauzbart und ebenfalls auffällig langer Haarpracht, auf der ein purpurfarbenes Hütchen saß.

Und was tat unser gerade erst frisch aus Europa angekommener Held? Der lehnte immer noch erschöpft am Telegrafenmast – und versuchte dabei, ein freundliches Gesicht zu machen. Wie können, fragte er sich, drei Menschen in einem Wagen einen derartigen Bahöl, ein solches Gezeter und Gehupe veranstalten. Ein seltsames Trio war das. Schließlich grinste er breit, und weil für ihn das Gerufe aus dem Wagenfenster wie tausend Fragen klang, nickte er zustimmend. Zustimmung auch im Inneren des Automobils. Die Langhaarige mit der gläsernen Kugel bedeutete ihm, seinen Rucksack hinten auf die Ladefläche zu werfen, wo bereits allerhand Kisten und Gepäckstücke lagen, die Tür flog auf, und Felix drückte sich zu den wunderlichen drei auf die Bank.

Auf dem zerschlissenen Ledersitz war tatsächlich noch etwas Platz für einen vierten Passagier, einen weiteren jedoch würde man sicher nicht auflesen können. Wo war eigentlich Simon geblieben, sein Kumpel vom Schiff? Die Langhaarige mit der Glaskugel neben ihm blickte ihn aufmunternd an. Die Frau am Steuer setzte sich eine Hornbrille mit furchtbar dicken Gläsern auf, die zuvor irgendwo in ihrer Frisur versteckt gewesen war, hupte erneut, legte energisch den Gang ein und stieg aufs Gaspedal.

Felix' Reise nahm an Tempo zu. Kaum waren sie ein paar Hundert Meter gefahren, sprach, nein, brüllte ihm der schnauzbärtige Jüngling mit dem Purpurhütchen schon wieder etwas entgegen. Die Glaskugelfrau zwickte ihn dazu lachend und laut lamentierend in die Wange. Wieder fiel ihm nichts Besseres ein, als blöd zu grinsen, wobei seine trockenen Lippen zwei breite Reihen prachtvoller Zähne freilegten. So jung wie Felix war, wusste er um den Trick, den er mit seinem Lachen beherrschte. Niemand konnte die Mundwinkel derart in die Breite ziehen, fast bis zu den Ohren. Seine dunklen Augen verschwanden dabei hinter den Schlitzen, die seine Lider bildeten. Felix war es unmöglich, gleichzeitig zu lachen und in die Welt hinauszublicken, solche Menschen gibt es. Es wirkte, als würde er direkt in die Sonne schauen. Als würde er kein Unglück sehen. Lachte Felix, war er ganz bei sich. Und wer ihn lachen sah, konnte fast nicht anders als mitzulachen, es war wie Zauberei.

Da es zuvor schon erstklassig funktioniert hatte, nickte er auch noch eifrig, worauf der Dürre mit Bart und Hütchen begann, unter der Sitzbank zu kramen, wo er schließlich eine verbeulte Blechflasche hervorfischte, die er ihm mit dem Wort »Water« hinüberreichte. Water bedeutet Wasser, so weit kannte sich unser Felix in Amerika schon aus. Gierig trank er. Das Wasser schmeckte frisch, nicht wie das abgestandene Zeug auf dem Schiff. Sein Kumpel Simon, mit dem er die letzten Wochen viel Zeit verbracht hatte, hatte hoffentlich auch das Loch im Hafenzaun gefunden und war nun ebenso angekommen in Amerika wie er selbst.

Amerika war fad. Zumindest landschaftlich. Sie fuhren an einem Fluss entlang. Oder war es das Meer? Jedenfalls sah es hier auch nicht viel anders aus als in Wien am Donaustrom, wo Felix noch in seinen letzten hochoffiziellen großen Ferien oft zum Baden hingeradelt war. Bäume, Himmel, Wasser. Aber im Gegensatz zu daheim an der Donau gab es hier eine Art Versprechen, Abenteuer warteten, das große Unbekannte.

Momentan saß allerdings eher die große Unbekannte mit den dicken Brillen am Steuer des Automobils. Gerade hatten sie ein Kaff namens Tuckerton erreicht, Felix hatte das Ortsschild gelesen und innerlich – Tuckertuckertuck! – über einen tuckernden Ton lachen müssen, da stieg die Frau auf die Bremse und stellte den Motor ab. Eine Tankstelle zweifelsohne, dazu eine kleine Gaststätte. Mit großem Hallo und Gebrüll – der Tucker-Ton, der unserem Neuankömmling bereits nach der kurzen Zeit so vertraut erschien – stieg die Reisegruppe aus dem Automobil aus. Man reckte und streckte sich; offenbar waren seine drei Mitreisenden auch schon länger unterwegs, und die Kabine bot vielleicht wirklich nicht genug Platz für vier Personen. Ein Tankwart in verschmierter Arbeitskluft machte sich am Zapfhahn zu schaffen, und die Chauffeurin erteilte Kommandos, die Felix nicht verstand.

Es schien ohnehin, als wäre sie so etwas wie die Chefin der kleinen Truppe, jedenfalls sagte sie den anderen ziemlich bestimmend, was sie zu tun hatten. Zu dritt bauten sie sich vor Felix auf, und reichlich spät stellte man sich einander vor. Da allen inzwischen klar war, dass der jugendliche Fahrgast, den sie da auf der Landstraße beim Hafen von New Jersey aufgegabelt hatten, wenig bis überhaupt kein Englisch verstand, schlug man sich der Reihe nach auf die Brust und nannte seinen Namen. »Sabin«, rief die Chefin mit der Brille, nachdem sie mit der Hand kräftig gegen ihren Brustkorb geklopft hatte. »Sabin«, wiederholte Felix.

»Will«, rief der Langhaarige mit dem Schnauzbart und klopfte sich ebenfalls gegen die Brust, so enthusiastisch, dass er sich fast selbst umgeworfen hätte, so klapprig wie er war. Felix wiederholte auch diesen Namen: »Will.«

»Rita«, brüllte nun auch die Frau mit dem langen schwarzen Haar. Das I in ihrem Namen zog sie dabei in die Länge, dass es wie ein Schrei klang. Bei dem Versuch, sich gegen die Brust zu schlagen, wäre Rita fast ihre gläserne Kugel auf den Asphalt geknallt. Erwartungsfroh blickten die drei den Neuzugang an, der nun an der Reihe war.

»Felix Austria«, sagte also unser Held und deutete mit beiden Zeigefingern auf sich selbst. So was in der Art hatte er schon einmal im Kino gesehen, Indianerfilm, Wilder Westen, weiße Männer, die mit den Ureinwohnern Kontakt aufnahmen. Nur, wen spielte er in dieser Szene? »Felix Austria«, wiederholte er und versuchte, möglichst leise zu sprechen. Glaubten sie, er war taub, oder was? Er sprach doch lediglich nicht die Sprache seiner Reisegefährten. Immerhin verstand er ein paar Brocken. So wie jetzt, nachdem alle drei lautstark im Chor »Felix Austria!« wiederholt hatten und Sabin »Coffee« brüllte. Kaffee, ach freilich, hatte er schon seit Wochen keinen mehr gehabt.

Inzwischen hatte der Tankwart das Automobil vollgetankt, Glaskugel-Rita übernahm die Rechnung und zauberte dafür aus dem Blumenschmuck in ihrem Haar ein paar Dollarscheine. Geld besaß er auch keines, fiel Felix plötzlich ein. Rita schien seine Gedanken gelesen zu haben. »No problem«, rief sie, lachte, rieb erst Daumen und Zeigefinger und deutete auf sich selbst. Kein Problem, verstand Felix, er war wohl eingeladen. Seine Reisegefährten waren nett. Nett und vollkommen meschugge. Aber auf eine sehr angenehme Art.

In der Gaststätte war es überheizt und stickig, und es roch nach altem Fett, verbranntem Brot und frischem Kaffee. Die vier quetschten sich auf eine rotlederne Sitzbank; auf der anderen Seite des Tisches wäre noch genug Platz gewesen, sie hätten sich nur besser aufteilen müssen. Aber nach dem ersten Abschnitt ihrer Reise waren sie wohl schon so daran gewöhnt, nebeneinander zu sitzen. Die Kellnerin in einer adretten Uniform kam zu ihrem Tisch, schenkte aus einer großen gläsernen Kanne eine sehr dünne braune Brühe in vier Porzellanbecher und nahm die Bestellung auf. Felix wurde nicht gefragt, Sabin orderte einfach für alle vier dasselbe, und wenig später stand vor ihm ein Teller mit Ei, Bohnen und einer Scheibe verbranntem Speck.

Und Felix hatte Kohldampf. »Wohin fahren wir eigentlich?«, fragte er kauend. Er probierte erst gar nicht, die Frage in seinem schlechten Englisch zu stellen. Rita mit langem Haar und langem I schien ihn ohnehin bestens zu verstehen. Vielleicht war diese depperte Glaskugel, die sie jetzt auch mit in die Gaststätte genommen hatte und die nun neben ihrem leer gegessenen Teller lag, ja eine Art Übersetzungsgerät. Jedenfalls sagte Rita etwas zu Will und der kramte schon wieder unter seinem Sitz. Wie auch immer der Trick funktionierte, fand er selbst im Lokal etwas. Eine Landkarte, die er kurzerhand auf dem Tisch über Teller, Kaffeebecher, Besteck und Ritas Kugel ausbreitete.

»We picked you up here«, übernahm nun Sabin ihrerseits die Erklärung und machte mit ihrem vom Frühstücksspeck fettigen Zeigefinger einen Fleck auf die Karte, wo »New Jersey Harbor« stand. »We are here«, sagte sie und ließ den Finger auf einer eingezeichneten Straße zur Ortschaft Tuckerton wandern. Felix musste wieder lachen. »And we are going here«, sagte sie schließlich, nachdem sie mit dem Finger noch ein gutes Stück die Straße Richtung Süden gefahren war. »Atlantic City«, entzifferte Felix neben Sabins Fettfinger und dachte: aha. Er hatte keine Ahnung, was für eine Stadt Atlantic City war, aber es war eine Stadt. City, das wusste er, bedeutete Stadt, kein Kaff wie Tuckerton. Kein Kaff wie Wien-Stadlau.

Er stand auf, was keine Kunst war, da er am äußersten Rand der Sitzbank ohnehin während des ganzen Frühstücks nur mit einer Arschbacke auf dem abgewetzten roten Leder gesessen war. »Toiletten?«, fragte er die Kellnerin, die gerade Kaffee nachschenkte und Teller abräumte, und grinste wie immer. Auch diese Frau schien ihn zu verstehen. Jedenfalls wies sie mit dem Kinn in eine Richtung, wo Felix die Waschräume vermutete.

Er wusch sich endlich auch Gesicht und Hände und spülte sich die Reste des Frühstücks aus dem Maul. Als er zurückkehrte, war ihr Tisch verwaist. Die drei waren einfach ohne ihn weitergefahren? Und wie idiotisch von ihm, dass er seinen Rucksack nicht von der Ladefläche des Automobils genommen hatte. Der war jetzt gewiss futsch wie die drei seltsamen Gestalten.

Gerade hatte Felix die Toilettentür geschlossen, da flog ein Messer in seine Richtung. Er konnte eben noch ausweichen und das Messer landete gefährlich nah auf der Höhe seiner Gurke mit einem satten Ton in der Tür. Weitere Messer flogen, und nun entdeckte er Will beim Ausgang der Gaststätte, der ein Messer nach dem anderen in seine Richtung fliegen ließ. Mit einem leisen Surren flogen die Messer, landeten mit einem satten Klang in der Aborttür und zeichneten sehr interessant seine Silhouette nach. Neben Will beim Ausgang standen nun auch Rita und Sabin, die derb lachten.

Seine neuen Freunde hatten wirklich alle einen Klescher. Anderseits begeisterte er sich für die Präzision, mit der

Will die Messer geworfen hatte. Der schmächtige Jüngling war Felix ein wenig unangenehm, fast unheimlich. Doch er war auch durch und durch professionell. Während Will die Messer unter dem Geschimpfe der Kellnerin wieder aus der Klosetttür entfernte, warf er Felix schmachtende Blicke zu und leckte sich auf eine widerliche Art über den Schnauzbart. Was der von ihm wollte? Doch das mit den Messern, wie das ging, das musste sich Felix unbedingt zeigen lassen.

Kurz darauf saßen die vier wieder im Automobil, genauso dicht gedrängt auf der Sitzbank wie zuvor: Sabin am Steuer, Will, Rita und schließlich Felix ganz außen. Die Landschaft flog vorbei, man konnte das Meer sehen, ab und zu kam ihnen ein anderer Wagen entgegen. Wirklich viel los war hier nicht. Felix irritierte, dass Rita ihren Oberschenkel rhythmisch an den seinen drückte. Aber vielleicht täuschte er sich auch, und es lag nur an den Kurven. Immer wieder fielen ihm die Augen zu, dabei war es erst Vormittag. Nach der langen Überfahrt hielt sich sein Interesse für das Meer ohnehin in Grenzen. Außerdem hätte er sich arg vorbeugen müssen, um überhaupt einen Blick auf den Atlantik zu ergattern. Auf einer kurvigen, aber gut ausgebauten Straße fuhren sie die Küste entlang, und nach dem ganzen Geschrei und Lärm war es nun still im Wagen. So still, dass Sabin das Radio einschaltete, das ins Armaturenbrett eingelassen war. Ein Automobil mit Radio, so was gab es nur in Amerika. Wie weit war es wohl noch bis Atlantic City, der Stadt am Meer?

»Nicht mehr weit«, sagte Rita und stieß ihn in die Seite. Wieder schien sie seine Gedanken gelesen zu haben. Sprach sie plötzlich Deutsch, oder verstand er nur intuitiv, was sie sagte? Nicht weit also, dachte Felix. Es dauerte tatsächlich nicht lange, und sie kamen an einem Wald aus Schildern vorbei. »Atlantic City« war da zu lesen, »Americas Top Vacation Spot«. Felix versuchte, die anderen Schilder zu entziffern, die offensichtlich für Hotels, Vergnügungsstätten, Badestrände, Restaurants, Hochseefischen, Ponyreiten und sogar für einen Zirkus am Strand Reklame machten. Jedenfalls waren Clowns abgebildet, die ins Wasser hüpften. Sie waren da. Also fast. Welches Ziel genau auch immer ihre kleine Reisegruppe hatte.

Vor einer weiteren Reklametafel für den Zirkus stoppte Sabin das Automobil ruckartig. Mitten auf der Straße. Alle stiegen sie aus, und weil Felix am Rand saß, fiel er zuerst aus dem Wagen und landete auf dem Asphalt. Schnell rappelte er sich auf und klopfte seine ohnehin schon recht malträtierte graue Anzughose ab. Auf dem Schild hoch über ihnen war eine Art Schaukel über dem Wasser zu sehen. Blauer Himmel, blaues Meer. Auf der Schaukelstange stand ein muskulöser, dunkelhaariger Mann in kurzen weißen Hosen und Ruderleibchen, von seinem Gesicht war wenig zu erkennen, da die Augenpartie mit einem Stück Stoff verbunden war.

»Salto mortale«, las Felix vor.

Aufgeregt deutete Rita auf das Bild des Artisten. »Das ist ja Jack«, rief sie, »das ist ja unser Mann«, und wieder verstand Felix jedes ihrer Worte. Will sah auf der Landkarte nach, die er wie schon zuvor von irgendwo hergezaubert hatte, und fuchtelte damit vor Sabins Gesicht herum. Jack also. Offenbar war Jack, der Muskelkerl mit den verbundenen Augen, offenbar war dieser Zirkus am Strand das Ziel ihrer Reise. Oder zumindest eine erste Etappe. Ohne es geplant zu haben, hatte Felix endlich ein Ziel vor Augen.

»Schnell, schnell«, scheuchte Sabin die Truppe zurück ins Automobil. Nach einer kurzen Fahrt entlang einer menschenleeren

Promenade mit hohen weißen Häusern mit vielen Fenstern – Felix schloss, dass es sich dabei um prachtvolle Hotels handeln musste – hielten sie neben einer kleinen Wohnwagensiedlung direkt an einem verlassenen Strand. In der Ferne war ein breiter Steg zu erkennen, der direkt aufs Wasser hinausführte und auf dem sich Karusselle und sogar eine Hochschaubahn befanden, wie er sie aus dem Wiener Prater kannte.

Doch von wegen blauer Himmel: Grau und tranig hingen die Wolken über dem ebenfalls grauen Meer. Es war keine Saison. In der Stadt am Atlantik, Americas Top Vacation Spot, herrschte ganz offensichtlich gerade Flaute. Kurz vor ihrer Ankunft musste es noch geregnet haben, der Boden war nass, vielleicht kam die Feuchtigkeit auch vom Meer herüber. Zwischen den Wohnwagen, deren Aufstellung, wie Felix gleich feststellte, einer genauen Ordnung folgte, irrten ein paar Gestalten umher, eingepackt in warme Sachen.

Aufgeregt fragten sie sich durch, wobei Will sich immer wieder nervös umsah. Nach ein paar Umwegen standen sie vor einem gelb gestrichenen Zirkuswagen mit der Aufschrift »Jack Jones, Trapeze Artist«. Vor der Tür stand ein hölzerner Hocker zum Ein- und Aussteigen. Wenn das wirklich ein Artist ist, dann braucht der doch solche Aufstiegshilfen gar nicht, dachte Felix und wunderte sich, dass hier nichts voranging. Ja, er hatte den Eindruck, dass seine Reisegefährten, die er bislang als laute und lärmende Truppe kennengelernt hatte, dass diese Hasenfüße sich jetzt plötzlich nicht trauten, an die Tür dieses Wagens zu klopfen oder sich sonst wie bemerkbar zu machen.

Die drei flüsterten und tuschelten stattdessen und verhielten sich – ganz anders als in den letzten Stunden – auffallend dezent. Also nahm Felix die Sache in die Hand. Während die anderen große Augen machten, kletterte er auf den Holzhocker, pochte dreist mit der Faust an die Tür – und weckte damit einen Riesen. Sogar die freche Rita blickte ihn entsetzt mit weit aufgerissenen Augen an. Diesmal brauchte sie dafür nicht einmal ihre gläserne Kugel.

Im Innern des Wagens rumpelte es, ein Fluchen war zu hören und mit einem Ruck wurde schließlich die Tür nach außen aufgestoßen. So heftig, dass Felix vom Hocker fiel und ein weiteres Mal seit seiner Ankunft in Amerika unsanft auf seinem Allerwertesten landete. Diesmal im Dreck. Vielleicht war es auch sein Glück, dass der Kerl, der da nun etwas gebückt in der Tür stand, ihn gar nicht bemerkte. Sein Zorn entlud sich an Rita und Sabin, die kleinlaut etwas vor sich hin stammelten. Der dürre Will hatte sich hinter den beiden Frauen versteckt.

Unser Held vermochte kaum, der Diskussion, die sich nun entwickelte, zu folgen; es ging um eine Uhrzeit, irgendwer schien irgendwas verpasst zu haben oder viel zu spät zu sein. Fast unter dem Gefährt liegend, nah bei einem Reifen im Schlamm, hatte er aber die Möglichkeit, Jack Jones, Trapeze Artist, in seiner ganzen Pracht genau zu betrachten, wie er da in der Wohnwagentür stand und fluchte.

Aus Felix' Perspektive sah der Mann noch größer aus, als er wahrscheinlich war. Abgesehen von einer fleckigen weißen Unterhose trug er nichts am Leibe. Felix musterte seinen muskulösen Körper, der über und über mit Sommersprossen bedeckt war. Sommersprossen wie Schmutzspritzer. Große Füße, stramme Waden und Oberschenkel. Ein Bauch, der sich über der Unterhose wölbte, kräftige, auffallend haarige Arme, breite Schultern, ein breiter Nacken. Ihm fiel das Gesicht mit einem perfekten Gebiss auf, weißen Zähnen und einem Schnauzer, der zu den Seiten ein wenig müde nach unten hing. Was den Körper betraf, hatte das Zirkusplakat vorhin nicht zu viel versprochen. Als Sportler wusste Felix, wie viel Arbeit und Training es brauchte, um einen so perfekten Körper, den Körper eines Athleten, zu bekommen. Doch das Gesicht passte irgendwie nicht zum Rest. Trotz des Bartes schien es erstaunlich jung, fast bubenhaft, zu einem anderen, viel zarteren Körper zu gehören. Nun waren auch die Augen des Artisten zu sehen, die auf der Reklametafel vorhin an der Landstraße mit einer Binde verdeckt gewesen waren. Hellblaue Augen waren es, und Felix schien fast, als schössen ebenso blaue Blitze aus diesen Augen hervor.

Selbst wenn der Kopf nicht zu seinem restlichen Körper passte, Felix war hingerissen vom Anblick dieses Prachtkerls. Und für sein junges Alter hatte er zwar schon einige fantastisch aussehende Kerle gesehen – hallo, er hatte immerhin die letzten Wochen unter Seeleuten verbracht! Ganz abgesehen vom Training im Verein –, doch noch nie hatte er einen so perfekten und gleichzeitig unperfekten Mann erlebt. Wie ein römischer Gladiator sah er aus, ein Zehnkämpfer bei den Olympischen Spielen, ein Ringer in der Arena, dazu aber das zarte Bubengesicht. Als wäre er noch nicht ganz fertig. Felix fühlte sich zu ihm hingezogen, hatte aber auch Angst, als der Störenfried erkannt zu werden, der diesen Bubengladiator ganz offensichtlich aus dem Schlaf gerissen hatte.

Doch während die anderen ihre Standpauke bekamen, blieb Felix unentdeckt. Der Trapeze Artist Jack Jones beruhigte sich langsam. Seine Stimme wurde fast sanft, er lächelte und zeigte wieder Zähne, so weiß und perfekt wie die hohen Häuser der Stadt zuvor. Und dennoch, wie als letzten Akzent für diesen Auftritt, packte er seine riesenhafte Statur schließlich zurück in den Wohnwagen und zog die Tür mit einem Knall zu.

Auch wenn er kein Wort verstanden hatte, war bei Felix der Eindruck entstanden, dass in den letzten Minuten allerhand gesagt, geschimpft und vereinbart worden war. Rasch rappelte er sich wieder auf und blickte seine drei Reisegefährten auffordernd an.

Lange blieben sie nicht in Amerikas größter Ferienstadt am Atlantik, der Stadt mit der perfekten Skyline, in der nichts los war. Noch am selben Tag verließen sie Atlantic City. Sabin am Steuer, daneben, wie es sich bereits eingebürgert hatte, hockten Will, Rita und, ganz außen auf der Sitzbank des Automobils, unser Felix. Der gehörte nun offenbar fix mit zur Truppe. Alles lief wie gehabt, nur dass sie nun einen echten Zirkuswagen als Anhänger hatten, den Sabin unter großer Schreierei von einer Artistin übernommen hatte, die für derlei Verhandlungen etwas unpassend ein ehemals bestimmt ganz prachtvolles Glitzerkostüm trug. Womöglich hatten sie der Frau den Wagen auch einfach weggenommen, ganz schlau wurde Felix nämlich nicht aus dem Disput.

Den Trapeze Artist Jack Jones hatte Felix nicht mehr gesehen. Nun saß er also wieder im Automobil, Ritas Schenkel drückte sich an den seinen. Er starrte auf sehr viel Landschaft, über die sich allmählich die Nacht senkte, und dachte an das breite Grinsen von Jack, dem Kämpfer mit der unpassend jungen Visage. Er dachte an diesen Jack, der ihn ja noch überhaupt nicht kennengelernt hatte. Vielleicht hätte er dortbleiben sollen?

Wie üblich stieg Sabin aus heiterem Himmel auf die Bremse, unsanft hielt der Wagen, sie hatten wohl ein weiteres Etappenziel ihrer Reise erreicht. Nämlich neben einem frisch abgeernteten Feld, sonst konnte Felix nicht viel erkennen. War das hier etwa ihr Quartier für die erste Nacht? Schliefen nun alle im Zirkuswagen? Gab es dort überhaupt ein Lager für vier? Und gegessen hatten sie auch seit dem Frühstück in der Gaststätte nicht mehr. Sie stiegen aus, diesmal passte Felix schon gut auf, dass er nicht fiel. Sabin öffnete die Tür des Anhängers, und alle kletterten hinein.

Will zündete eine Petroleumlampe an, und was Felix nun zu sehen bekam, überraschte ihn noch mehr als sein an Überraschungen ohnehin schon reicher erster Tag in Amerika, die Begegnung mit Jack dem Riesen schon mitgezählt.

War ihm der Zirkuswagen von außen eher mickrig und bescheiden vorgekommen, glich er im Inneren einem Palast. Vielleicht lag es auch bloß am flackernden Licht der Funzel in Wills Hand, aber hier schien alles aus funkelndem Gold zu sein, rote Vorhänge aus schwerem Stoff, ein riesiges Bett, in dem gut und gerne eine Mannschaft Platz gefunden hätte, Pölster, Decken, Samt und Seide. Auf der anderen Seite ein hölzerner Tisch mit einer gemütlichen Sitzbank. Der Tisch war gedeckt mit Tellern, Suppentellern, Weingläsern, feinstem Silberbesteck, nur zu essen schien es nichts zu geben. Noch nicht.

Will stellte die Lampe ab, bückte sich und zauberte wie schon zuvor. Er stellte ein Tablett auf den Tisch mit einer Schüssel, in der Suppe dampfte, einer Platte mit einem Braten, gestampften Kartoffeln, einer Sauciere und einer Flasche vom Roten. Sie nahmen Platz, Rita zündete ein paar Kerzen an in einem silbernen Leuchter. Will hielt Felix die Weinflasche hin. Sollte er sie öffnen? Er besaß doch gar kein Werkzeug. Außerdem war er noch zu jung für Wein. Doch schon sauste eines von Wills Messern durch den Wagen und köpfte die Flasche, wie es angeblich reiche Leute mit dem Säbel beim Champagner taten. Felix schenkte allen ein. Er hatte keine Ahnung, wo dieses Festmahl plötzlich herkam, blickte sich um, ob er irgendwo einen Koch oder eine Köchin entdecken konnte, aber da war niemand. Auch keine Küche oder Kochgelegenheit. Da waren nur sie vier, und sie ließen es sich gut gehen.

In seiner ersten Nacht im Zirkuswagen schlief Felix auf dem Boden. Obwohl auf dem großen Lager noch Platz für ihn gewesen wäre, nahm er sich einfach eine Decke und machte es sich unter dem Esstisch bequem. Na ja, bequem war es nicht gerade, aber er wollte Sabin, Rita und Will nicht auf die Nerven gehen. Vielleicht hatte er auch ein wenig Sorge wegen der Annäherungsversuche. Den ganzen Tag schon hatten Rita und der dürre Jüngling ihn immer wieder so komisch angeschaut, hatten ihn wie zufällig berührt.

Nachdem Will bei den Zirkusleuten überraschend kleinlaut und unsichtbar gewesen war, schien er nun wieder ganz der Alte, der die Messer nach ihm geworfen hatte, die Felix' Silhouette an einer Klotür in einer Gaststätte in irgendeinem Kaff an der Ostküste hinterlassen hatten. Da war Felix doch erschrocken, auch wenn es die Kunst des Dürren zu sein schien. Mehrfach war Felix unsanft auf seinem Allerwertesten gelandet, und er hatte Simon verloren, seinen Kumpel vom Schiff. Dieses wunderliche Trio hatte ihn an der Landstraße aufgesammelt. Die drei, die nun ein paar Meter weiter lautstark schnarchend den Schlaf der Gerechten schliefen.

Ach, er musste dankbar sein, dass sie ihn überhaupt im Automobil mitgenommen hatten und nun bei sich übernachten ließen. Mit diesen Gedanken schlief Felix ein. Die erste Nacht in Amerika schlief er wie ein Stein. Ein Stein in einem fremden Land mit drei Fremden, die ihm fast schon wie Freunde vorkamen. Wunderlich, unangenehm, ein wenig gefährlich, meschugge, aber irgendwie eben auch

Freunde. Zumindest die beiden Frauen, Will eher nicht. Vor dem sollte er sich lieber in Acht nehmen.

»Coffee?«, hörte Felix, als ihn am nächsten Morgen ein Sonnenstrahl an der Nase kitzelte. In diesem Land schien also schon auch die Sonne wie überall. »Coffee?«, krähte die Stimme noch einmal, und als Felix die Augen öffnete, sah er direkt in die Augen des Dürren. Fast kitzelte ihn Wills Bart, schlechter Atem wehte ihm ins Gesicht. Zahnputzzeug kann der ganz offensichtlich nicht herbeizaubern, dachte er bei sich und nickte, bevor Will zum dritten Mal fragen konnte. Stattdessen zauberte der aus der Luft eine Blechtasse, in der sich dampfender schwarzer Kaffee befand, und hielt sie Felix hin. Erst jetzt bemerkte dieser, dass er ja immer noch unter dem Tisch lag, an dem seine drei Mitreisenden bereits beim Frühstück saßen. Wieso eigentlich musste er immer unten am Boden sein? Das würde sich ändern, beschloss Felix. Er rappelte sich auf, verschüttete dabei ungeschickt ein wenig von seinem Kaffee und nahm wie die anderen am Tisch Platz.

Wieder gab es Speck, Eier, geröstetes Brot, und wieder hatte Felix Schwierigkeiten, dem Gespräch der drei zu folgen. Im Zweifelsfall, so viel verstand er doch, ging es um das Ziel ihrer Reise, die beste Route, solche Dinge. Auch weil Will schon wieder mit einer Landkarte hantierte und Sabin, eindeutig die einzige Fahrzeuglenkerin unter ihnen, mit dem Finger auf größer und kleiner eingezeichneten Straßen umherfuhr. Vom Westen war die Rede, und in den Ohren des Neuankömmlings klang das in Ordnung. Im Westen von Amerika, an der Westküste, da lag Kalifornien. Hollywood war da, und da wollte er schließlich hin. Zumindest hatte er vor einiger Zeit mal darüber nachgedacht.

Felix war mit seinem Frühstück noch nicht fertig, da begann Rita bereits, den Tisch abzuräumen, in der einen Hand ihre gläserne Kugel, in der anderen das schmutzige Geschirr. Sie stieß das Fenster auf und warf es einfach hinaus, ebenso die Essensreste. Gestern hätte Felix noch gestaunt, sich gefragt, was das soll. Heute früh, an seinem zweiten Tag im neuen Land, war ihm klar, dass das hier wohl so üblich war. Außerdem konnte Will, oder wer auch immer, offenbar jederzeit alles herbeizaubern, was sie so brauchten. Amerika, das wurde Felix jetzt bewusst, war schließlich ein Land des Überflusses. Darum war er wohl hier gelandet.

Kurze Zeit später saßen die vier wieder nebeneinander aufgefädelt im Automobil und setzten die Reise fort. Die Reise in den Westen, was immer dort auch wartete. Aus dem Radio kam lärmige Musik, wie sie Felix noch nie gehört hatte, Sabin, Will und Rita stritten oft oder sangen laut mit, wenn sie ein Lied kannten.

So vergingen die Tage. Hatte Felix die zweite Nacht noch unter dem Tisch im Zirkuswagen verbracht, schlüpfte er in der dritten bereits zu den anderen unter die große Decke. Jemand hatte ihn herbeigewunken, Felix glaubte, Ritas Glaskugelhand zu erkennen, und im Bett war es tatsächlich viel gemütlicher. Auch nach Tagen unterwegs war ihm noch nicht klar, wer hier mit wem ein Paar bildete. Manchmal wirkte es so, als wären die Frauen mehr als Freundinnen. Dann wieder hatte er den Eindruck, dass der Dürre mit den beiden liiert war, und als er schließlich unter der Decke Wills kalte knochige Hand in seinem Schritt spürte, war er endgültig verwirrt. Sachte, aber bestimmt schob er die Hand weg und hoffte, dass als Reaktion jetzt nicht von irgendwoher

Messer geflogen kämen. Dem Schnarchen nach schloss er allerdings, dass diese kleine Annäherung im Schlaf passiert sein musste. Schließlich schlief auch er ein.

Einmal nutzten sie einen Regenschauer zur Körperpflege. Die vier zogen sich aus, tanzten kreischend im Regen mitten auf einem Feld im Nirgendwo. Will hielt ihm lachend ein sehr oft gebrauchtes Stück Seife hin, und sie wuschen sich gegenseitig Kopf und Rücken.

Einmal, gerade hatten sie in einem verlassenen Nest zum Tanken und Austreten haltgemacht und saßen wieder im Automobil, stieg Sabin aufs Gaspedal, ohne die Rechnung zu bezahlen. Der Tankstellenbesitzer war wirklich wütend, schoss ihnen mit einer Pistole hinterher, aber Sabin war schneller, und fort waren sie. Versiegten etwa langsam die Geldvorräte, die in Ritas Kopfputz versteckt waren? Felix hatte keine Ahnung.

Einmal sahen sie auf dem Parkplatz einer Gaststätte echte Indianer. Natürlich hatte Felix Karl May gelesen, hatte sein Bild im Kopf und Fantasie ohne Ende. Aber er hatte keine Ahnung, dass es Indianer heute wirklich noch gab und er sie ausgerechnet hier treffen würde. Heimlich musterte er die Gruppe junger Männer in ihrer blauen Arbeitskleidung. Von wegen Federschmuck und Tomahawk. Arbeitskleidung trugen sie, und dennoch hatte Felix sie sofort als Ureinwohner erkannt.

Einmal stritten sich Felix' Reisegefährten so schlimm, dass Sabin den Wagen stoppte, alle drei ausstiegen und sich gegenseitig Schläge androhten. Er hörte, dass die drei auch immer wieder seinen Namen – »Felix Austria!« – riefen. Die Vorstellung, dass es bei dem Streit wirklich um seine Person ging, mochte er nicht. Er blieb einfach still im Automobil sitzen, hielt sich die Ohren zu und wartete, bis sich alle wieder beruhigt hatten.

Einmal zündete sich Sabin, nachdem sie gegessen hatten, eine selbst gedrehte Zigarette an und hielt sie auch den anderen hin. Felix, der noch nie geraucht hatte, schüttelte den Kopf, und die anderen lachten. Der Rauch dieser Zigarette roch auch seltsam. Nachdem sie mit dem merkwürdigen Tschick zu Ende waren, lachten die drei noch mehr, was ihn sehr aufregte. Er hatte das Gefühl, sie lachten über ihn. Was war denn hier so komisch? War das eine Art Friedenspfeife? Karl May ließ schon wieder grüßen.

Einmal, gerade hatten sie das Nachtquartier aufgeschlagen, zauberte Will eine Torte herbei. So eine Torte mit brennenden Kerzen und allem. Rita hatte wohl Geburtstag, jedenfalls sangen die anderen ein Lied, das Felix nicht kannte, und Rita blies anschließend die Kerzen aus, wobei ihr langes Haar beinahe Feuer fing.

Ach, und Rita brachte Felix ein paar neue englische Wörter bei. Meist war der Anlass irgendetwas, das sie unterwegs entdeckten. So deutete sie einmal auf einen Kadaver am Straßenrand, an dem sie vorbeifuhren. Coyote, sagte sie. Coyote, wiederholte Felix. Tree, lernte Felix, bird, sky. Und pussy. Pussy sahen sie natürlich keine am Straßenrand. Auch keine Katze. Rita hatte eine derbe Geste in ihren Schritt gemacht und dreckig gelacht. Dick, rief darauf Will und deutete sich ebenfalls in den Schritt. Alle im Auto lachten, auch Felix, obwohl ihm die Situation mit Will zunehmend auf die Nerven ging. Dass der immer so unangenehme Andeutungen machte. Selbstverständlich lachte Felix, wie er immer lachte, wenn er nicht so genau wusste, worum es eigentlich ging. Dick blieb das einzige Wort, das der Dürre ihm beibrachte. Ausgerechnet. Vielleicht konnte er sich das Wort darum lange Zeit nicht merken.

Es folgten unzählige Tage, die alle mehr oder weniger nach demselben Muster verliefen. Meile um Meile fuhren sie, und abgesehen von Ritas Sprachunterricht und den Überraschungen, Torten, Schlägereien, Ureinwohnern, stinkenden Zigaretten oder einem wild gewordenen Tankstellenbesitzer waren die Tage ebenso monoton wie die Landschaften, durch die sie auf ihrer Reise quer durch die Vereinigten Staaten kamen. Stoisch saß Sabin am Steuer, neben ihr der dürre Will, der mit seinen Landkarten für die Navigation verantwortlich war, Rita, die in ihre Glaskugel starrte oder Dollarscheine aus der Frisur zog, wenn es ans Bezahlen ging, und am Rande Felix. Auch an den Nächten im Zirkuswagen änderte sich bloß die Speisenfolge ihres Abendessens und dass Felix nicht mehr unterm Tisch, sondern bei den anderen schlief.

Allmählich veränderte sich aber doch etwas. Die Gegend wurde bergiger, gleichzeitig aber auch wärmer, nach endlosen Serpentinen, bei denen allen außer Sabin am Steuer übel wurde – einmal hatten sie sogar anhalten müssen, weil Will sich erleichtern musste –, landeten sie in einem verlassenen Kaff am Rande einer Wüste. Drei leere Häuser, ein Geschäft und eine Gaststätte, beide geschlossen, das war alles. Plötzlich war hier nichts mehr außer Weite. Die untergehende Sonne tauchte die steinige Landschaft dramatisch in rotes Licht, und plötzlich war es finster. Stockfinster und kalt. Kein Ton war zu hören, und hatte bei ihrer Ankunft noch ein Wind gepfiffen, war es nun totenstill.

Sie campierten auf dem Parkplatz vor dem geschlossenen Lokal, Abendmahl mit Kerzenlicht, alles wie gehabt. Die

Nacht im großen Bett unter der Gemeinschaftsdecke verlief ohne weitere Annäherungsversuche, fast schon war Felix enttäuscht. Mitunter hatte er den Eindruck, dass Sabin mit Will zugange war. Irgendwie konnte er die Geräusche nicht deuten, schlief aber rasch ein und durch bis zum nächsten Morgen. Da wusste er noch nicht, dass sie ihr Ziel bald erreichen würden.

Nachdem das Frühstück zusammengepackt, die Essensreste und das Geschirr wie immer aus dem Fenster gekippt waren, fuhren sie los durch eine steinige Gegend. Die Hitze war unerträglich, heißer Wind wehte durch das Automobil, doch wenn sie die Fenster schlossen, wurde es noch heißer im Inneren. Das Radio funktionierte nicht mehr, selbst singen wäre viel zu anstrengend gewesen. Der Schweiß lief ihnen über die Gesichter, die Körper, Beine klebten an der Sitzbank, Ritas Schenkel klebte an dem von Felix. Einzig Sabin am Lenkrad schien die Hitze überhaupt nichts auszumachen.

Wenn Felix die Landschaft vorher schon als monoton empfunden hatte, was war, bitteschön, das hier? Im Schatten eines riesigen Kaktus machten sie Rast, und Felix beobachtete, wie sich Will in der fürchterlichsten Hitze fluchend und schwitzend mit dem Messer an einem Kaktus zu schaffen machte, schließlich ein paar Stücke davon abschnitt und sie einsteckte. Seine Finger bluteten, als er in den Schatten zurückkehrte. Offenbar funktionierten Wills Zaubertricks hier in der Wüste nicht besonders gut.

Immerhin hatten sie genug Wasser dabei, das allerdings warm war und abgestanden schmeckte. Es war Wasser. Denn die Vorstellung, hier irgendwo mit einer Reifenpanne zu stranden, behagte Felix ebenso wenig wie die Temperaturen. Sie kletterten wieder ins Automobil und fuhren weiter. Wieder begegneten sie keiner Menschenseele, auch keinem

Tier. Nicht einmal Coyoten, weit und breit nur flimmernde Wüste und noch schlimmere Hitze.

Schließlich waren da wieder ein paar einzelne Bäume, die Landschaft wurde weniger karg, und nach einer weiteren Strecke bergab mit vielen Serpentinen, Will musste diesmal nicht speiben, fanden sie sich in einem Tal voller saftig grüner Gärten und Plantagen wieder. Es gab kleinere Dörfer, Bauernhöfe, schloss Felix, obwohl keine Tiere zu sehen waren.

Direkt bei einem Schuppen aus Wellblech stoppte Sabin den Wagen. Als sie ausstiegen, wehte ein kühler Wind, und es roch blumig und frisch. So verschwitzt und verklebt wie sie waren, wirkte das alles gleich noch frischer. Seife, schloss Felix, und ihm fiel das Stück Seife aus Stadlau in seinem Rucksack ein, das ihm die Mutter eingepackt hatte. Seife, dachte er, bis er feststellte, dass sich direkt neben ihnen eine Orangenplantage befand. Er hatte noch nie Orangenbäume gesehen, geschweige denn Orangen gegessen. Orangen, Südfrüchte, kannte er nur von Abbildungen, und hier hingen sie leuchtend an den Bäumen zwischen sattgrünen Blättern, ja, teilweise lagen sie sogar überreif auf der Erde. »Hey, Felix Austria«, rief Will. Er hatte ein paar Orangen gepflückt und hielt Felix eine davon hin. Der wollte sofort hineinbeißen wie in einen Apfel. Nein, machte Will, zog aus seinem Stiefel ein Messer und zeigte ihm, wie man die Schale entfernte. Ach, die Mühe, diese Orange zu schälen, machte sich Felix nicht. Er nahm Will das Messer ab, schnitt sie in zwei Hälften, warf den Kopf zurück und drückte sich den Saft in den Mund. Wie ein wildes Tier stieß er die Zähne ins Fruchtfleisch. Der Saft brannte ihm in der Kehle, verklebte die Lippen, rann seitlich das Gesicht und den Hals hinunter. Süß war das, süß und auch ein wenig sauer. Amerika, dachte er, so muss Amerika schmecken. Nicht nach Kaffee, Schweiß, Speck mit Eiern,

Zigaretten und Wills schlechtem Atem. Nein, Amerika, das war eine Orange! Willkommen im süßen Leben, Felix aus Stadlau. Du bist in Kalifornien angekommen. Das Abenteuer kann beginnen.

Dass sie ihr Ziel bald erreicht haben mussten, merkte Felix auch an der Stimmung im Innern des Automobils. Nach der Rast in der Orangenplantage, natürlich hatten sie ohne jegliches Unrechtsbewusstsein kiloweise Orangen gepflückt, in eine Kiste gestapelt, die irgendwo herumgelegen war, und in den Anhänger geladen, waren sie ein letztes Mal »on the road«. Sabin wollte zu Felix' Sprachkenntnissen auch noch etwas beitragen und quasselte ihn quer über die anderen zu. Definitiv war sie eine bessere Chauffeurin als Lehrerin, Felix gab sich gar keine Mühe mehr, irgendetwas verstehen zu wollen. Lediglich bei dem Wort »Karlsbad«, das in Sabins Monolog mehrfach vorkam, spitzte er die Ohren. Karlsbad war ihm ein Begriff, ein Kurort in Böhmen. Aber er hatte keine Ahnung, was das hier mit Kalifornien zu tun hatte, gab schließlich auf und schlief ein.

Ein Ruck weckte ihn auf, Rita schob ihn aus dem Wagen und Felix passte jetzt immer auf, dass er nicht auf seinem Hintern landete. Draußen war es Abend, er hörte ein Rauschen und schloss, dass da irgendwo das Meer sein musste. Das andere Meer. Aber war es vor Kurzem bei seiner Ankunft in Amerika nasskalt und ungemütlich gewesen, blies hier ein angenehm warmes Lüftchen. Hinter sich hörte er laute Stimmen, geschäftiges Treiben. Als Felix sich umdrehte, drückte ihm auch gleich jemand brüllend ein dickes Tau in die Hand. Die anderen drei mussten ebenfalls zupacken. Offenbar waren sie mitten in die Aufbauarbeiten eines Zirkuszelts geraten. Ohne es jemals zuvor gemacht zu haben, angeleitet von einem sehr kleinen, zahnlosen alten Mann, hantierte Felix an seinem Tau, man zählte gemeinsam – one, two, three – und zog. Noch einmal – one, two, three –, und er zerrte und zählte mit. Wieder und wieder zogen unzählige Menschen an allen Enden einer riesigen Zeltplane, aus der vier metallene Masten in den Abendhimmel ragten. All das wäre auch ohne das Leuchten der untergehenden Sonne, die die Szene in dramatisches rotes Licht tauchte, ja, all das wäre auch so ein veritables Spektakel gewesen.

Alle zogen gemeinsam an ihren Tauen, zählten im Chor, und Felix zog und zählte einfach mit. So, als hätte er es schon Hunderte Male gemacht. Langsam hob sich die Zeltplane vom Boden ab, mit jedem »one, two, three« stieg sie ein bisschen höher Richtung Abendhimmel. Schon war die Silhouette eines Zeltes zu erkennen. Noch vier, fünf Mal ziehen, und das Zelt stand in seiner ganzen Pracht.

Felix wollte sein Tau schon loslassen, da bedeutete ihm der Zahnlose kreischend, er solle bloß weiter festhalten. Jedenfalls verstand Felix etwas in der Art und stemmte sich mit seinem ganzen Gewicht gegen den Zug. Fast war es wie beim Seilziehen damals auf dem Sportplatz. Hammerschläge waren zu hören, metallische Hiebe, rhythmisch schlugen rings um das Zelt herum starke Männer auf riesige Nägel ein, trieben sie ins Erdreich und befestigten so die Taue, die das Ganze zusammenhielten. Schließlich war ein Ruf aus dem Innern des Zeltes zu hören, der Felix an das Jodeln der Leute in den Alpen erinnerte. Das war wohl das Kommando, dass die Halteseile losgelassen werden durften. Jedenfalls warfen alle ihre Seilenden weg, stimmten in das schrille Geschrei ein und rannten durch einen Schlitz in der Plane, der von zwei Männern aufgehalten wurde, ins Innere des Zirkuszelts.

Die Leute tobten durch die Manege, die sie gerade selbst mit vereinten Kräften erschaffen hatten und die Felix groß wie ein Stadion vorkam. Er hatte noch nie einen Zirkus von innen gesehen, aber dieses Zelt, das er gerade mitgeholfen hatte aufzubauen, es kam ihm größer vor als die Rotunde zu Hause im Prater. Männer, Frauen, alle purzelten durcheinander und fielen jodelnd übereinander her. Einer jonglierte bereits mit unzähligen Ringen, ein anderer hatte seine Trompete ausgepackt und trötete über das allgemeine Tohuwabohu eine bekannte Zirkusmelodie: Dü dü düdel dadel düdü dada.

Eine Frau in einer seltsamen schwarzen Tracht, mit einem überdimensionalen Hut auf dem Kopf, tat sich bei der allgemeinen Jodelei ganz besonders hervor. Stolz führte sie zwei schwarz-weiß gefleckte Kühe durch die Arena, die trotz der ausgelassenen Stimmung erstaunlich gelassen blieben. Eine andere, spärlich bekleidet, führte an einer Leine eine Raubkatze durch die Menge, Felix traute seinen Augen kaum, aber es war ein ausgewachsener Tiger. Der Alte, der zuvor direkt neben Felix gearbeitet hatte, stand nun auf einem Bein genau im Zentrum des Gewusels, packte seelenruhig ein Butterbrot aus und biss hinein. Im Kontrast zu seinem greisenhaften Äußeren war er nur so groß wie ein Kind.

Felix konnte sich gar nicht sattsehen an den vielen Menschen hier, genoss die herrliche Stimmung. Nach der langen Fahrt, bei der er immer nur dieselben drei Visagen gesehen hatte, abgesehen von Tankwarten oder Wirtshausbedienungen niemandem begegnet war, war das hier eine willkommene Abwechslung. Dieser bunte Haufen Menschheit schien so ausgelassen und froh darüber zu sein, dass das Zelt stand. Glücklich waren sie über das gelungene Ende eines harten Arbeitstages. Eines Arbeitstages, von dem Felix ja nur den Höhepunkt mitbekommen hatte. Den er jedoch schon bald kennenlernen würde.

Wo waren überhaupt Sabin, Will und Rita geblieben? Vor lauter Anstrengung und Anpacken beim Aufbau, im ganzen Trubel hatte Felix seine drei Reisegefährten aus den Augen verloren. Außerdem entdeckte er soeben, dass seine Hände vom Ziehen am Tau blutig waren. Er wischte sie an seinem Hosenboden ab, so was Blödes! Plötzlich stand der kleine Alte ohne Zähne, der ihm zuvor Anweisungen gegeben hatte, wieder direkt neben ihm und hielt ihm sein angebissenes Brot hin. Felix hatte zwar Kohldampf, fand die Situation aber gleichzeitig recht unappetitlich. Er wog ab – und der Hunger siegte schließlich.

Beim Abbeißen versuchte er möglichst eine frische Stelle zu erwischen. War wohl Leberwurst. Hatte er schon länger nicht gehabt. Wieder nahm der Alte einen Bissen und hielt ihm das Brot erneut unter die Nase. Abwechselnd bissen sie nun hinein in das Brot, gut, der kleine Greis mümmelte mehr, und immer schwieriger wurde es für Felix, eine Stelle zum Abbeißen zu finden, an der noch nicht der Speichel des Alten zu vermuten war – bis es ihm schließlich egal war. Genauso überraschend verschwand der Alte wieder, als das Brot aufgegessen war.

Langsam leerte sich auch die Manege. Jetzt, wo das Zelt stand, hatten die Leute wahrscheinlich anderes zu tun. Zudem wurde es langsam dunkel, auch im Zelt, in das nur durch die geöffneten Schlitze und von oben ein wenig Tageslicht gefallen war. Felix hielt nach seinen Reisegefährten Ausschau und beschloss, zum Automobil zurückzukehren, um zumindest sein Zeug aus dem Anhänger zu holen.

Auch wenn auf dem Gelände ein ähnlich geordnetes Chaos herrschte wie neulich bei den Zirkusleuten am Strand von

Atlantic City, fand er dennoch den Weg zu der Stelle, wo sie vorhin geparkt hatten. Der Anhänger stand tatsächlich noch da, das Automobil allerdings war verschwunden. Er öffnete die Tür und kletterte ins Innere des Zirkuswagens. Rita lag bäuchlings auf der Schlafstatt. Das lange schwarze Haar wie immer wie ein schütterer Vorhang vor ihrem Gesicht, glotzte sie in ihre Glaskugel, die sie vor sich aufgebaut hatte. Felix erschrak. »Felix Austria«, rief sie aber, winkte ihn zu sich und bedeutete ihm, er solle ebenfalls in die gläserne Kugel schauen. Das war eine Premiere. All die Zeit hatte sich Felix nicht getraut, das Ding überhaupt näher zu betrachten. Irgendwie kam es ihm unpassend vor. Schließlich war die Kugel Ritas Eigentum, fast ein Schatz, sie schien jedenfalls eine besondere Verbindung dazu zu haben.

Klar, für ihn hatte dieses Kugelgeglotze etwas von purem Hokuspokus, doch gleichzeitig fand er die Sache auch unheimlich – wer will schon so genau wissen, was das Leben noch so alles vorhat mit einem? Jedenfalls lud Rita ihn nun zum ersten Mal ein, mit ihr einen Blick in die wundersame Kugel zu werfen. Mit einer dramatischen Geste teilte sie das Haar vor ihrem Gesicht, behielt, auf die Ellbogen gestützt, die Hände links und rechts in der Höhe. Mit weit aufgerissenen Augen lag sie da und starrte ins Glas. Abgesehen von einem leichten Unwohlsein spürte Felix nichts, die Kugel lag auf der Matratze und bildete durch ihr Gewicht eine kleine Mulde, fertig. Plötzlich entfuhr Rita ein leiser Schrei, und ihm kam es vor, als wäre in der Kugel ein Flackern zu sehen. Gewiss war es ein Trick.

»Ich sehe«, hob nun Rita an, ihre Stimme klang anders als sonst, bedrohlicher, geheimnisvoller. »Ich sehe, ich sehe – einen Mann«, raunte sie und fuchtelte ihm dabei vorm Gesicht herum.

Felix wusste nicht, ob er in dieser Situation lachen durfte. Wahrscheinlich verarschte sie ihn doch nur. Gerade als er: »Was? Lediglich einen?« antworten wollte, wurde das Flackern in der Kugel größer. Zusätzlich vernahm er ein hohes, unangenehmes Pfeifen. Noch geheimnisvoller wurde Ritas Stimme, ihre Pupillen weiteten sich und surrten nach oben, dass in ihren Augen fast nur noch das Weiße zu sehen war. Schaurig sah das aus. Entsetzt starrte er in die Kugel.

Flammen sah unser Felix, einen brennenden Zirkuswagen sah er. Sah, wie ein heftiger Sturm das Zirkuszelt davontrug, bei dessen Aufbau er gerade mitgeholfen hatte. Sah sich selbst auf einem Gerüst stehen zwischen Scheinwerfern, sah, wie Würste auf elegant gekleidete Leute fielen. Sah sich am Trapez schaukeln, unter sich, kopfüber, die applaudierende Menge. Er sah die Sonne sich verfinstern und den Mond aufgehen. Sah den schönen Riesen mit dem Bubengesicht auf sich sitzen und – genau in diesem Moment hielt Rita mit beiden Händen die gläserne Kugel zu und schüttelte energisch den Kopf, dass ihr langes Haar wirkte wie ein Tuch, das ausgeschüttelt wurde. »Genug gesehen«, sagte sie endlich. »Überhaupt: Bist du nicht noch viel zu jung für so was?«

Felix war ganz und gar nicht der Meinung, schwieg jedoch. Er legte sich zu Rita, und es fühlte sich schön an. Ohne es genießen zu können, schlief er im selben Moment ein. Er wachte nur kurz auf, als Sabin und Will sturzbetrunken ihr Quartier betraten. Sie hatten die Ankunft gefeiert, stritten noch ein wenig und fielen ins Bett, schlagartiges Koma.

Auch Felix schlief wieder ein, schlief traumlos, aber so gut wie schon seit Wochen nicht mehr. Er wachte erst auf, als ihn in der Früh ein Sonnenstrahl weckte, der den Weg zu ihm durchs offene Fenster gefunden hatte, vorbei an einem roten

Vorhang, der im Wind flatterte. Kurz musste er überlegen, wo er war. Richtig, bei den Zirkusleuten in Kalifornien, weit weg von Österreich, ein neuer Anfang, schon wieder. Doch anders als in den letzten Tagen war das Lager neben ihm leer. Felix lag allein im Zirkuswagen. Einem Zirkuswagen, der eher schäbig eingerichtet war, schmutzige Laken, eine hölzerne Kiste zum Sitzen, also keinerlei Furnitur.

Er zog sich die alte graue Anzughose an, spannte die breiten Hosenträger über sein schmutziges Leibchen, schob die Nase kurz unter jede Achsel und entschied, dass es langsam wirklich an der Zeit war, sich wieder einmal zu waschen. Gewiss auch untenrum. Aber zunächst wollte er die Lage erkunden. Er wusste noch gar nicht, wo man hier austreten konnte, gestern Abend war ihm das noch einerlei gewesen. Aber sie waren ja jetzt nicht mehr unterwegs. Unter sich. Man konnte nicht mehr jeden x-beliebigen Baum benutzen oder ein schnell geschaufeltes Loch in der Natur.

Felix kletterte aus dem Wagen und trat wie so oft ins Leere. Nun, wo sie offenbar fix zu einer Gruppe gehörten, brauchten sie unbedingt auch so eine Treppe, die das Betreten und Verlassen des Wagens erleichtern würde. Sie. Sabin und das Automobil waren ebenso verschwunden wie Rita und Will. Womöglich hatten sie ihn hier nur abgeliefert und waren weitergereist. Aber ohne sich von ihm zu verabschieden? Und den Wagen hatten sie so einfach dagelassen?

Aus der Ferne hörte er Topfgeklapper, ansonsten schienen hier noch alle zu schlafen. Die Sonne war ja auch eben erst aufgegangen. Trotz aller Bedenken erleichterte er sich an einem Baum direkt neben dem Wagen, passte jedoch auf, dass ihn dabei niemand sah. Felix folgte den Küchengeräuschen und fand schließlich ein kleines Zelt aus grauen Planen mit quadratischem Grundriss. Es war mit allerhand

Küchenutensilien vollgeräumt, einem langen Tisch und einem Holzherd, in dem bereits munter ein Feuerchen loderte, dessen Qualm das ganze Gelände überzog. Eine rundliche Person mit weißer Schürze, das Haar mit einem Kopftuch zusammengebunden, rührte in einem großen Topf eine Art Brei und nahm von Felix keinerlei Notiz. Also gab es hier eine Gemeinschaftsküche, freute er sich. Er hatte tatsächlich Hunger.

Ohne ihn dabei anzusehen, schaufelte die Person mit der Schürze einen zähen Brei auf einen Teller und stellte ihn vor Felix auf den Tisch. Auch hier im Küchenzelt wurde er behandelt, als sei er schon lange Teil der Truppe und nicht erst am Abend zuvor angekommen. Er bekam auch einen Becher schwarzen Kaffee hingestellt, ein Löffel landete im Brei vor ihm. Gerne hätte er gefragt, ob Rita und die anderen beiden schon da gewesen waren. Doch erstens schien die Person mit der Schürze wirklich nicht mit ihm reden zu wollen und zweitens: Er beherrschte ja die Sprache nicht. Schweigend löffelte Felix also den Brei in sich hinein, der leicht bitter schmeckte, aber satt machte. Inständig hoffte er, dass sich seine drei Reisegefährten nicht so mir nichts, dir nichts aus dem Staub gemacht hatten.

Das Küchenzelt füllte sich langsam. Felix erkannte Gesichter vom Aufbau am vorigen Abend, grüßte mit einem Nicken und wurde zurückgegrüßt. Manche holten sich ihr Frühstück oder auch nur einen Kaffee ab und verschwanden gleich wieder. Andere nahmen an dem langen Tisch Platz. Felix wusste nicht, ob er seinen Teller abräumen und selbst abwaschen musste, und wartete so lange, bis ein Bursche, den er gestern schon beim Zeltaufbau beobachtet hatte, mit Essen fertig war, sich erhob – und tatsächlich seinen Teller mit hinausnahm.

Die Haut des Burschen war schwarz, er selbst zart von Gestalt, und Felix schätzte, dass er in seinem Alter war. Er folgte ihm, und gemeinsam wuschen sie in einem Zuber vor dem Zelt ihr Geschirr ab. Ja, der Kerl zog sich sein Leibchen über den Kopf und wusch sich bei der Gelegenheit gleich auch noch den zierlichen Oberkörper im Abwaschwasser. Felix grinste ihn an, er grinste zurück und sagte etwas, das Felix als Aufforderung verstand, sich auch im Zuber sauberzumachen. Also machte er sich ebenfalls obenherum frei, und gemeinsam planschten sie, lachten, während immer wieder Leute kamen, die neben ihnen ihr Geschirr abwuschen.

Verstohlen, aber mit großem Interesse betrachtete Felix den Burschen. Menschen mit schwarzer Hautfarbe kannte er bislang nur von Fotos, Jesse Owens, den Olympiasieger von 1936, ja. Auch auf der Reise hatte er ein paarmal jemanden aus der Ferne gesehen. Der Bursche hier hatte etwas Mädchenhaftes, Felix betrachtete die vielen Narben und Verletzungen auf seiner Haut. Gerne hätte er ihn beim Planschen berührt, und es gelang ihm einmal, wie zufällig mit der Hand über seinen Oberarm zu streifen. Der fühlte sich an wie Samt, stellte er fest, ganz weich.

Der Bursche nahm von der Berührung keine Notiz. »Come«, sagte er schließlich, und Felix glaubte erst, er würde ihn nach einem Kamm fragen. Wann hatte er sich zuletzt gekämmt? War er doch immer nur mit gespreizten Fingern durch sein Haar gefahren, hatte versucht, die dunklen Strähnen zu bändigen. Schließlich reichte ihm der Bursche aber das zerschlissene Handtuch, mit dem er sich zuvor selbst trockengerubbelt hatte. Felix trocknete sich ab und wartete, was das mit dem Kamm nun sollte.

»Come«, wiederholte sein Gegenüber, und Felix folgte ihm durch das Dorf aus Zirkuswagen, das ihm heute, an seinem zweiten Tag, schon weniger verwirrend vorkam. Ganz offensichtlich folgte die Aufstellung der Wagen einem System. Es gab eine Art Hauptstraße, auf der sie – der Junge wünschte den Leuten fröhlich »good morning«, Felix wurde ebenfalls gegrüßt – schließlich bei einem auffallend prächtigen Wagen ankamen. Ganz frisch schien der gelbe Lack auf dem Holz, mit Goldfarbe war der Schriftzug »World's End« gemalt, der Wagen hatte mehrere Fenster, es gab sogar Fensterläden und kleine Blumenkästen, in denen, wie Felix glaubte, künstliche Blumen steckten.

Hier lebt der Direktor, schloss er, und im selben Moment wurde die Tür aufgestoßen, und ein Mann, der für die Uhrzeit sehr unpassend einen roten Frack und dunklen Zylinder trug, trat ins Freie. Der Junge sagte irgendetwas, deutete in Felix' Richtung, der natürlich gleich anbrachte, was hier in Amerika schon oft gut funktioniert hatte: »I am Felix Austria.« Furchtbar stolz war er, das »I am«, das Rita ihm beigebracht hatte, in den Satz eingebaut zu haben. Ich bin. Er war. Felix ist.

Ohne zu fragen, ob er irgendein Kunststück beherrsche oder ob er überhaupt bleiben wollte, hieß ihn der Direktor willkommen und sagte etwas, in dem das Wort »Uniform« vorkam. Er räusperte sich, spuckte aus und verschwand wieder in seinem Wagen mit der goldenen Schrift. Der Name des Zirkus also war »World's End« – das Ende der Welt.

Felix ließ sich von seinem neuen Kumpan zur nächsten Station bringen. Vorbei an bunt angemalten Wohnwagen, vor denen Leute mit ihrer Morgentoilette beschäftigt waren. Sie putzten sich die Zähne, drehten sich die Haare ein oder rasierten sich vor kleinen Handspiegeln. Die beiden Burschen kamen zu einem Wagen, vor dem der kleine zahnlose Alte vom Vorabend, ja genau, der mit dem Butterbrot!, auf den

Stufen hockte und gerade dabei war, einen weiteren Flicken auf eine ohnehin schon sehr oft geflickte Hose zu nähen. Für die Umstände und die Tageszeit war er, ähnlich wie der Direktor, unpassend gekleidet, das bemerkte sogar unser junger Held. Er trug einen eleganten, gewiss maßgeschneiderten Smoking, seine winzigen Lackschuhe waren glänzend poliert. Neben ihm an der Wagenwand streckte sich ein stattlicher Kater, der fast ebenso groß schien wie der Alte selbst. In der Sonne schimmerte sein schwarzes, struppiges Fell leicht rötlich, weiße Barthaare standen in alle Richtungen von seinem mürrischen Gesicht ab. Offenbar handelte es sich um den Zeugwart der Truppe – also nicht beim Kater, sondern bei dem Alten.

Der zog nun, unverständlich ein paar Worte murmelnd, Felix zu sich hinein in den Wagen, eine komplett eingerichtete Schneiderei mit einer kleinen Schlafstatt in einer Ecke. Weil Felix nicht verstand, worum es ging, riss ihm der Alte kurzerhand die grauen Anzughosen und das Leibchen herunter und warf beides zu Boden. Mitleidig betrachtete er seine fleckige Unterhose und überlegte. Der Kater war ihnen inzwischen in den Wagen gefolgt und blickte Felix böse an, während der Alte im hinteren Teil seiner Werkstatt verschwand, murmelnd etwas suchte und Felix einen Moment später eine rote Uniform reichte. Eine Uniform mit goldenen Knöpfen und Kordeln, wie Felix sie in Wien bei den Pagen gesehen hatte, die vor den eleganten Ringstraßenhotels das Gepäck der Gäste in Empfang nahmen.

Wie es schien, hatte der Direktor ihn gerade zu einem Zirkuspagen gemacht, schloss Felix und probierte die Uniform an. Die Hose passte schon einmal wie angegossen. Der Alte kletterte auf einen Schemel und half ihm dabei, die unzähligen Knöpfe der Jacke zu schließen, während der Kater um seine Beine strich und versuchte, ihn umzuwerfen. Schließlich setzte der Alte Felix noch ein winziges rotes Hütchen auf den Kopf, musterte ihn gründlich und schien zufrieden zu sein. Halt, noch nicht ganz. »Come«, sagte er, zauberte – diesmal hatte Felix wohl richtig verstanden – einen Kamm aus seiner Hosentasche, dem ein paar Zinken fehlten, spuckte ihm auf den Kopf und scheitelte ihm mit großer Sorgfalt das dunkle Haar. Zuletzt setzte er ihm wieder das schachtelgroße rote Hütchen auf und rückte es zurecht. Nun saß alles perfekt.

Das mit der Spucke hätte jetzt nicht sein müssen, befand Felix. »Ich lass es gleich an«, versuchte er zu gestikulieren, klaubte seine verdreckte Hose und das zerschlissene Leiberl vom Boden, bedankte sich gestenreich und brach auf. Seltsamerweise gab es hier in der Schneiderei keinen Spiegel, und er musste sich auf das Urteil des Alten verlassen. Auf das Urteil des kleinen Mannes und eines struppigen schwarzen Katers, der ihm recht grimmig hinterherblickte. Und auf das Urteil der Zirkusleute draußen.

Denn in seiner neuen roten Uniform, den in der Sonne funkelnden goldenen Knöpfen, gekämmt und gescheitelt, machte er plötzlich etwas her. Der Bursche, der ihn herumgeführt hatte, pfiff anerkennend, als er Felix sah, so als würde er einem Mädel hinterherpfeifen, dann ließ er ihn einfach stehen. Andere grüßten fröhlich, strahlten ihn an wie die Sonne. Wenn Felix es sich recht überlegte, war des Schneiders Kater der unfreundlichste Zeitgenosse, der ihm seit seiner Ankunft in Amerika begegnet war. Hier im Zirkus sowieso. Hatte er tatsächlich gerade das mürrische Vieh als Zeitgenossen bezeichnet? Geschöpf traf es vielleicht besser. Genau, Geschöpf.

Nun gehörte unser Felix wohl wirklich zu der bunten Truppe. Aber wo steckten nur seine Reisegefährten? Die ganze Zeit war er davon ausgegangen, dass sie ein gemeinsames Ziel hatten, World's End, dieser Zirkus am Ende der Welt. Doch nun waren die drei plötzlich unauffindbar. Hoffentlich hatten sie nicht seinen Rucksack mitgenommen! Als er nach einem kurzen Fußweg wieder beim Wagen ankam, musste er gleich nachsehen. Sein Zeug war noch da. Es stand genau neben der Kiste mit den Orangen, die sie gestern in der Plantage geklaut hatten. Hatten sie die Orangen überhaupt geklaut? War es erst gestern gewesen oder alles viel, viel länger her?

Womöglich war Felix auf eine ganz andere Art und Weise hier gelandet, hatte sich die Reise kolossal anders abgespielt. Immerhin befand er sich ja wohl gerade in diesem Zirkuswagen. Diesem schäbigen Zirkuswagen, mit dem sie doch quer durch Amerika gefahren waren von Atlantic City bis nach – er hatte keine Ahnung, wo er war, Kalifornien jedenfalls. War ihm der Wagen nicht ursprünglich prächtig wie ein Palast auf Rädern erschienen? Wie war das mit den üppigen Abendessen gewesen, die sie nach den langen Fahrten veranstaltet hatten? Abendessen mit Wein und Kerzenschein. Das Lager, auf dem er doch mit Sabin, Rita und Will geschlafen hatte, erschien ihm plötzlich viel zu klein für vier Personen. Maximal eine weitere hatte hier in der engen Behausung doch Platz. Vielleicht waren die letzten Tage – oder waren es Wochen? –, vielleicht war das alles ja nur ein Traum gewesen.

Aber da, da stand sie doch, die Kiste mit den Orangen, Felix konnte den intensiven Duft der Südfrüchte riechen, die er bis vor Kurzem nur von Bildern gekannt hatte. Und da draußen, da war das Zirkusdorf, fast eine kleine Stadt, die freundlichen Zirkusleute um ihn herum. Gerade hatte er doch noch bitteren Brei gefrühstückt, mit dem hübschen Burschen am Zuber geplanscht, den Zirkusdirektor in seinem Salonwagen besucht, die Schneiderei, den mürrischen Kater, den Alten, der ihm aufs Haar gerotzt, der ihn gescheitelt hatte. Ja, er trug doch diese Uniform mit den vielen goldenen Knöpfen, das lächerliche Hütchen auf dem Kopf.

Erst jetzt fiel ihm der Zettel auf, der eigentlich genau vor seinen Augen mit einem von Wills Wurfmessern befestigt an der hölzernen Wagenwand hing. »We love you, Felix Austria«, stand auf dem Zettel, die Buchstaben waren wohl mit Lippenstift gemalt, darunter ein Herz und die Namen seiner Reisegefährten: Sabin, Rita und Will. Ausgerechnet der unangenehme Dürre, der ihm Avancen gemacht hatte, hatte die Nachricht geschrieben. So gut war Felix' Englisch, dass er die Botschaft verstand. Lächelnd nahm er Messer und Zettel von der Wand, wunderte sich darüber, wie schwer so ein Messer war, und packte beides in seinen Rucksack.

Im Rucksack entdeckte er noch eine weitere Hinterlassenschaft. Nein, keiner von Sabins schlechten Scherzen, sondern Ritas gläserne Kugel lag da zwischen seinen paar Habseligkeiten. Jene Kugel, in die ihn Rita gestern Abend zum ersten Mal hatte blicken lassen; jedenfalls für einen Moment. Erst hatte er sie für eine etwas größere Orange gehalten, weil sie so sattorange geleuchtet hatte. Er berührte die kühle glatte Oberfläche, zog die Kugel heraus, ließ sie von einer Hand in die andere rollen, immer hin und her. Im Gegensatz zum Vorabend vermochte er nichts zu erkennen in dem Glas. Ohne sich von ihm richtig zu verabschieden, waren die drei also jetzt wirklich weg – und er war wieder allein.

Schließlich verstaute er Ritas Kugel wieder in seinem Gepäck und beschloss, die Kiste mit den Orangen hinüber zum Küchenzelt zu bringen; sollten seine neuen Freunde hier doch auch etwas davon haben. Außerdem trug er jetzt zwar eine Uniform, aber noch war ihm unklar, was genau seine Aufgabe sein würde. Ganz zu schweigen davon, dass er auch nicht wusste, ob er überhaupt weiter den Zirkuswagen benutzen durfte, den sie quer durch Amerika geschleppt hatten.

Zumindest Letzteres klärte sich rasch. Felix war über das Gelände geschlendert, vorbei an Wohnwagen, an Pferden und den beiden gefleckten Kühen von gestern, die gemeinsam mit einem Vogel Strauß auf einer Koppel herumstanden. Er hatte den vergitterten Wagen entdeckt, in dem der Tiger hauste, einen Latrinenwagen, den er sofort in Anspruch genommen hatte, obwohl er sich nicht sicher war, ob diese Klos vielleicht nur den Zirkusbesuchern vorbehalten waren. Die Leute grüßten ihn, nahmen aber sonst kaum Notiz von ihm. In seiner roten Pagenuniform gehörte Felix halt dazu. Er war Teil der Familie. Was gab es da noch groß zu fragen?

Im Zirkuszelt war es stickig und düster, weil die Plane außen zwar hellweiß war, aber innen schwarz, und so nur wenig Licht durchließ. An den Rändern hatte man sie wieder zur Seite geschlagen, aber auch hier drang wenig Tageslicht ins Innere. Auf der Empore über dem Portal probten ein paar Musiker leidlich, und ganz oben unter der Zirkuskuppel konnte Felix den Riesen erkennen, den er vor Kurzem in Atlantic City ebenfalls aus der Froschperspektive beobachtet hatte. Jack Jones, Trapeze Artist, turnte da oben herum, und zu Felix' Überraschung sprach dieser Mister Jones jetzt astreines Deutsch.

»Bist du der junge Österreicher, von dem sie alle schwärmen?«, rief er, nachdem er Felix entdeckt hatte. Der war überrascht, dass jemand bereits von ihm geschwärmt haben sollte, so lange war er wirklich noch nicht hier. Ja, dass überhaupt geschwärmt wurde! Noch überraschender war es allerdings, nach all den Wochen seit seiner Ankunft in Amerika, in denen er sich mit Händen und Füßen mehr schlecht als recht unterhalten hatte, nach der Zeit im Tumult und Geschrei mit seinen paar Brocken Englisch, da auf einmal jemandem zu begegnen, der seine Sprache beherrschte.

»Die anderen sind schon weg?«, wollte Jack weiter wissen, jetzt mit den Kniekehlen in der Schaukel, kopfüber durch die Luft schwingend, dass sein dunkles Haar flatterte. Gemeint waren wohl Sabin, Rita und Will. Wieder nickte Felix eifrig, obwohl er ja nun wirklich in ganzen Sätzen hätte sprechen können. Er aber grinste nur und hob ratlos die Schultern, als Jack fragte, wohin die anderen denn seien.

»Wenigstens ist der Wagen gut hier angekommen«, sagte Jack weiterschaukelnd. »Allerdings müssen wir da schon noch ein wenig Mühe reinstecken.« Wir. Meinte er sich und Felix damit? Gehörte der Wagen nun dem freundlichen Artisten da oben unter der Zirkuskuppel, den er schon ausgesprochen wütend erlebt hatte? Würden sie ihn beide gemeinsam bewohnen? Bei der Vorstellung, mit dem schönen Riesen, der da über ihm schwang, die Bettstatt zu teilen, wurde ihm ganz seltsam. Plötzlich kam ihm das Lager gar nicht mehr so winzig vor. Aber, ach, so ein ausgemachter Blödsinn. Jack Jones würde ihn gewiss hochkant rausschmeißen.

»Hey, hey, du kannst bleiben. Jedenfalls so lange, bis du etwas Eigenes hast. Mir gehört ja schon ein Wagen, der kleine, den du bewohnst, der ist mein ganz privater Luxus.« Etwas Eigenes? Luxus? Wovon sollte Felix denn, bitteschön, einen Zirkuswagen bezahlen? Er wusste ja noch nicht einmal, ob oder wie er in seiner Uniform überhaupt Geld verdienen würde – und wenn ja, wie viel. Für Miete würde er sicher nicht genug haben.

»Ich hab Sabin den Wagen abgekauft. Sie hat eine Wette verloren. Hab sie unter den Tisch gesoffen. Ach, egal. Bestimmt helfen dir alle gern beim Einrichten.« Jack hing nun wieder mit den Händen an der Schaukel. »Hast du Zazie gefragt? Vielleicht wollt ihr zusammenwohnen!«

Unschlüssig hob Felix die Schultern.

Jack setzte sich, beide Hände an der Schaukel, erneut in Bewegung. »Wenn du willst, kannst du gerne beim Training zuschauen.«

Wie bitte? Was sollte denn das? Felix hatte doch schon die ganze Zeit zugesehen, gerne zugesehen, aber egal. Er nickte also und grinste wieder übertrieben. Wer war überhaupt schon wieder Zazie? Ah, vielleicht der schwarze Bursche, mit dem er den Morgen verbracht hatte.

»Und? Zuschauen? Kannst was lernen. Wer weiß, Österreicher, vielleicht steckt in dir ja noch ein richtiger Artist. Wer hat dir eigentlich die ulkige Uniform angezogen?« Wieder hob Felix die Schultern. Man musste sie wohl nicht unbedingt am Tag tragen.

Egal. Den restlichen Vormittag lag er in der Manege auf dem Rücken in harzig riechenden Sägespänen, oben unter der Zirkuskuppel wirbelte Jack herum, machte Klimmzüge, Krafttraining, solche Dinge. Ein bisschen sah es aus wie beim Turnunterricht. Aber weil der schöne Riese da turnte, sah es natürlich auch ziemlich fantastisch aus. Ja, er konnte sich nicht sattsehen an dem dunkelhaarigen Kerl mit dem unfertigen Gesicht eines Burschen und dem perfekten Körper eines Mannes. Grad war es so, als wäre ein Seil um seinen Körper geschlungen und würde Jack ihn zu sich herziehen. Ja, er träumte sich hinauf zu Jack, wollte ebenso an dieser

Schaukel hängen, von seinen Händen gehalten werden, unter dem Zeltdach umherwirbeln, so wie es Jack gerade tat. Stundenlang hätte Felix ihn weiterbeobachten können, wenn nicht plötzlich alles ganz schnell gehen hätte müssen.

Er kannte ja noch immer nicht seine Aufgabe, und bald musste doch auch einmal Publikum in diesen Zirkus kommen, die erste Vorstellung beginnen. Jemand drückte Felix einen nassen Fetzen in die Hand und bedeutete ihm, er solle die Bänke in den oberen Reihen sauberwischen. Begleitet vom Trommelwirbel eines Schlagzeugers, der sich einspielte, machte Jack einen letzten Salto und landete souverän, wie all seine Bewegungen souverän gewesen waren, auf einem kleinen runden Trampolin.

Ein grell geschminkter Clown hatte es mitten in der Manege abgestellt. Noch einmal sprang Jack in die Höhe, nur um gleich darauf kerzengerade exakt unterhalb des Kapellen-Balkons zu stehen zu kommen. Noch einmal grüßte er – wie Felix fand, eine Spur zu zackig – ein imaginäres Publikum, um rücklings, den Blick immer Richtung Manege gerichtet, durch das Portal zu verschwinden. Genau in dem Moment wurde ein Scheinwerfer eingeschaltet und Jacks Abgang, sein letzter Blick ins Rund, so auch noch recht gekonnt in Szene gesetzt. Selbst oben vom Rang aus konnte Felix die Zähne des Riesen blitzen sehen.

Er beeilte sich mit der Putzerei, denn kurz vor Ankunft des Publikums brach Hektik aus im Zelt. Der Bursche, den Felix am Morgen kennengelernt hatte, hastete zu ihm hinauf. Wie nannten sie ihn? Zazie? In seinen Ohren klang es wie »Schatzi«, aber er sagte es gewiss falsch und wurde auch im selben Moment eines Besseren belehrt, als jemand etwas wie »Sässie« rief. Jedenfalls trug Zazie jetzt ebenfalls eine rote Uniform mit goldenen Knöpfen und so einen dummen Schachtelhut. Und nun zerrte er Felix am Ärmel aus dem Zelt hinaus ins Freie. Rückwärts natürlich, das hatte selbst er schon mitbekommen, dass – weshalb auch immer – so eine Manege stets rückwärts zu verlassen war.

Draußen vor dem Zelt standen bereits zahlreiche Schaulustige, Männer, Frauen und vor allem viele Kinder, die sich auf die Vorstellung freuten. Der Schriftzug »World's End«, der zwischen zwei Masten über der weiß-rot-gestreiften Plane hing, war Felix vorher gar nicht aufgefallen. Vielleicht, weil die unzähligen Glühlampen zuvor noch nicht angeschaltet gewesen waren. Jetzt schrieben sie mit warmgelb leuchtenden Buchstaben den Namen des Zirkus in den Abendhimmel, und Felix fand es magisch. Er hörte, wie die Kapelle im Innern des Zelts die Instrumente stimmte, gemeinsam mit Zazie hielt er die Plane auf wie einen Theatervorhang. Während das Volk erwartungsfroh und aufgeregt ins Innere des Zeltes drängte, um die besten Plätze zu ergattern, hatten sie beide hier wohl Spalier zu stehen. Sie waren das Begrüßungskomitee.

Überhaupt schien Felix' Aufgabe in erster Linie darin zu bestehen, Vorhänge zu öffnen und zu schließen. Denn nachdem das Publikum endlich saß – hinten auf den Rängen auf harten Bänken die billigen Plätze, in den vorderen Reihen in kleinen Logen auf gepolsterten Sesseln die teureren –, brachte Zazie ihn auf die andere Seite des Zeltes zu einem Bereich, der, wie Felix erst viel später lernte, Sattelgang genannt wurde. Hier warteten bereits zahlreiche Artisten, Seiltänzerinnen, Dompteure und Jongleure auf ihren Auftritt. Es ging wohl wieder darum, den Vorhang zu bedienen. Viel mehr hatte Felix nicht zu tun, als neben dem Bühnenvorhang zu stehen, die lärmige und für seine

Ohren nicht wirklich gute Musikkapelle über sich auf der Empore, und bedeutungsvoll und wichtig dreinzuschauen, während in der Manege die Vorstellung lief. Am Übergang zwischen vorne und hinten, zwischen Ereignis und Warterei, Sensation und Langeweile, hatte er gemeinsam mit Zazie für Ordnung und Sicherheit zu sorgen.

Er freute sich unheimlich, als er schließlich Jack entdeckte, der mit zwei anderen, deutlich älteren Männern wie ein Gladiator in einem strahlend weißen Trikot – kurze Hosen, Ruderleibchen – und an beiden Handgelenken weiße Binden sowie weißen Gymnastikschuhen an den Füßen in die Manege sprang, behände eine Strickleiter hinaufkletterte und dort oben im Lichte eines Scheinwerfers, der stets auf ihn gerichtet war, seine Kunststücke vollbrachte. Die beiden anderen Männer waren hauptsächlich damit beschäftigt, knielings an zwei Schaukeln zu hängen und Jack zwischen sich herumzuschleudern. Sie fingen ihn auf, ließen ihn wieder los und Jack wirbelte zwischen beiden hin und her, machte Saltos und Drehungen, sodass Felix allein vom Zuschauen schlecht wurde.

Als Höhepunkt der rasanten Nummer stieg Jack hinunter, die Musik wurde leiser. Nachdem sie erst seine Muskeln am Oberarm befühlen sollte und ein Tuch auf seine Undurchsichtigkeit überprüfen musste, ließ er sich von einer arg verlegen lächelnden Zuschauerin die Augen verbinden, kletterte anschließend – diesmal ohne etwas zu sehen – wieder die Strickleiter hinauf. Oben angekommen, setze er zum »Salto mortale« an, wie der Zirkusdirektor reißerisch und mit sich überschlagender Stimme unten in der Manege stehend ankündigte, zum tödlichen Salto mit verbundenen Augen.

Es gab einen Trommelwirbel, der plötzlich aussetzte. Fast verfehlte einer der beiden Fänger die Hand des Riesen, packte jedoch gerade noch rechtzeitig mit der anderen zu. Ganz still war es in diesem Moment im Zelt. Felix, der unten bei seinem Vorhang stand und das Kunststück beobachtete, entfuhr ein winziger Schrei in diese Stille hinein. Weil es ihm unmännlich vorkam und auch ein wenig peinlich war, vergewisserte er sich, dass Zazie seine kleine Schrecksekunde nicht bemerkt hatte. Doch der befand sich gar nicht mehr an seinem Platz. Stattdessen stand da ein alter Kerl, ebenfalls in roter Uniform, der gelassen ausspuckte und den er zuvor noch nicht gesehen hatte.

Ach, überhaupt war Felix gar nicht der Einzige, der angesichts des drohenden Absturzes aufgeschrien hatte. Viele da unten im Publikum waren für einen Moment beunruhigt gewesen, alle schienen froh zu sein, dass der Artist unverletzt geblieben war. Als Jack – mit strahlendem Gesicht, sein perfektes, weiß blitzendes Gebiss präsentierend – die Arena rücklings, die linke Faust in die Höhe gerissen, verließ, flogen ihm die Herzen des Publikums nur so zu.

Nicht nur die Frauen schienen schockverliebt zu sein. Auch gestandene Mannsbilder blickten dem Trapeze Artist zärtlich hinterher. Jack gab den Leuten das Gefühl, dass er sie am liebsten alle mit hinter den roten Vorhang nähme. Ja, Felix musste sich arg zusammenreißen, dem Artisten, der ihm nach seinen waghalsigen Kunststücken noch ein bisschen attraktiver erschien, nicht blindlings zu folgen. Aber schließlich hatte er hier in der Arena noch eine Aufgabe.

Ein paar Vorstellungen später war Felix natürlich klar, dass dieser kleine Fehlgriff hoch oben unter der Zirkuskuppel, der mögliche Absturz, dass das alles bloß inszeniert war und ebenso zu Jacks waghalsiger Nummer gehörte wie sein Gladiatorengruß zum Schluss mit der in die Höhe gerissenen Linken und den gefletschten weißen Zähnen. Doch an diesem Abend, als er »Mister Jacks tödliche Salto-Nummer« – so hatte es der Zirkusdirektor den Leuten mit lauter Stimme versprochen – am Trapez zum ersten Mal sah, war ihm der Showeffekt nicht bewusst, und er machte sich ernsthaft Sorgen um den Kerl. Am ersten Abend war er auch noch überzeugt davon, dass Jack mit der Augenbinde im Bubengesicht wirklich nichts sah, aber auch das war bloß ein Trick. Davon abgesehen, dass es bei der Trapezkunst um Genauigkeit ging, um Disziplin, Übung und weniger um Blickkontakt. Aber das sollte unser jugendlicher Held ohnehin schon bald selbst erfahren.

Als Jack an diesem ersten Abend nach der Trapeznummer mit seinen beiden älteren Kollegen die Manege rückwärtsgehend verließ, kam er Felix so nahe, dass diesem die Schweißperlen auf Jacks Körperhaaren im Gegenlicht der Scheinwerfer wie Tausende glitzernde Diamanten erschienen. Der ganze Jack funkelte wie ein edles Schmuckstück, und für einen winzigen Moment berührte er sogar Felix' rechte Hand. Schweiß auf seiner Hand. Ein paar Tropfen Zirkusschweiß, die für Felix plötzlich der kostbarste Balsam waren. Er konnte es sich wahrscheinlich selbst nicht erklären, aber instinktiv, aus einem bizarren Reflex heraus, führte Felix seine Hand zum Gesicht, leckte mit seiner Zunge darüber und war schon wieder besorgt, dass jemand diese wundersame Reaktion bemerkt haben könnte, die Gier seiner Geste.

Doch wer mochte ihn hier schon beobachten? Seine neuen Kolleginnen und Kollegen hatten alle ihre Aufgaben zu erledigen, und die Leute waren noch immer aus dem Häuschen, vorne in den Logen und oben auf den Rängen jubelte das Publikum. Erneut setzte die Kapelle an zu spielen, man wollte den waghalsigen Artisten, den jungen Mann, der doch kurz zuvor nur knapp dem Tode entronnen war, noch einmal sehen. Man brüllte und jubelte, die Kapelle spielte lauter, im Zelt herrschte ein fürchterliches Getöse.

Jack ließ sich lange bitten, drehte schließlich doch noch eine Runde, die Linke wieder zur Faust in die Höhe gerissen, die Rechte an der Brust überm Herzen, und ließ sich von der Menge feiern. Erneut berührte er Felix beim Verlassen der Arena; diesmal war es aber kein Zufall, sondern ein gesetzter Griff mit der Hand. »Wir sehen uns, Felix Austria«, zischte er ihm zu, es klang wie eine Mischung aus gefährlicher Drohung und allerschönstem Versprechen. »Dann, Felix Austria, kannst du mich alles fragen.« Jack kannte also bereits seinen Namen.

Den Rest der Vorstellung beobachtete Felix von seiner Warte beim Portal aus wie durch einen Schleier. Ja, er sah die Frau im Trachtenkostüm samt riesigem Hut mit ihren schwarz-weißen Kühen, die vom Direktor als »Heidi aus der Schweiz« angekündigt wurde und jodelnd wie beim Almabtrieb ihre Viecher durch die Manege führte, bösartige Clowns, die einander grob Tritte in den Allerwertesten verpassten, eine kolossal bewegliche Schlangenfrau, eine Artistin mit einer leibhaftigen Schlange, eine Nummer, bei der ein junges Mädel auf dem Rücken eines Pferdes Kunststücke machte, und er sah auch den Tiger mit dem Direktor, der in dieser Nummer zum Dompteur wurde.

Beim Auftritt einer bildschönen Ballerina, die einen grotesken Pas des deux mit einem ausgewachsenen Straußenvogel aufführte, musste er mehr lachen als bei den garstigen Clowns. Wobei er sich fragte, ob diese Nummer überhaupt lustig gemeint war. Was wusste denn er, der noch nie im Leben ein Ballett gesehen hatte. Doch was waren all diese Zirkus-Darbietungen gegen Jacks Furchtlosigkeit und sein Können! Wann würde er den schönen Riesen wiedersehen?

Noch einmal an diesem Abend leckte er sich heimlich über den Handrücken, schmeckte Salz und Dreck und – zumindest bildete er es sich ein – auch Jacks Mut und Können, seine Kraft.

Als die Vorstellung vorüber war, nachdem sich das Publikum zerstreut hatte, die Glühlampen beim Schriftzug »World's End« abgedreht worden waren, organisierte sich Felix mit ein paar anderen sein Abendessen im Küchenzelt. Während die Zirkusleute um ihn herum brüllten und einen argen Bahöl veranstalteten, schaufelte er gedankenverloren den – schon wieder – bitteren Brei in sich hinein, den ihm die beleibte Person aus der Küche auf einem tiefen Teller gereicht hatte. Er fand den Wagen, der nun offenbar sein Zuhause war, zog die Uniform aus und schlüpfte in sein kaltes, ungemachtes Bett.

Gerade musste er eingeschlafen sein, als er von einem lauten Klopfen wach wurde. Als Felix aus dem Fenster blickte, sah er Jack dort stehen. Wie bei ihrer ersten Begegnung nackt bis auf die Unterwäsche und mit einem Haufen Decken und Pölstern unterm Arm. »Komm«, machte der Riese und fuchtelte mit einer Taschenlampe. Felix war klar, dass Jack ihn nicht besuchen kam, sondern sie beide einen kleinen Ausflug unternehmen würden. Er fragte sich, ob er vielleicht auch sein Bettzeug brauchte, entschied sich aber dagegen und kletterte – er trug ebenfalls nur seine Unterhose – aus dem Wagen.

»Komm«, flüsterte Jack, und Felix folgte ihm übers Gelände Richtung Zelt. Sie kamen am Tigerkäfig vorbei, und Jack beleuchtete mit seiner Lampe das friedlich wie ein Kätzchen auf dem Rücken schlafende Raubtier. Das ganze Wagendorf schien tief und fest zu schlafen. Hinter manchen Türen war Schnarchen zu hören, irgendwo winselte vielleicht ein Hund. Die Hühner, die hinter dem Küchenzelt ihren eigenen Wagen hatten, gurrten wie Täubchen. Sonst war es still in dieser Nacht im Dorf der Zirkusleute.

Beim großen Zelt angekommen, machte sich Jack an der Plane zu schaffen, und sie schlüpften hinein in die Manege. Obwohl jetzt außer ihnen beiden keine Menschenseele mehr da war, spürte Felix noch die Anwesenheit der vielen von ein paar Stunden zuvor, das Publikum, die Artistinnen und Artisten, deren Aufregung und Spannung während der Vorstellung. Die Luft war stickig und roch noch immer nach Schweiß und dem fettigen Zeug, frittierten Erdäpfelscheiben, die sie den Leuten hier als Delikatesse andrehten. Schon bald würde Felix diesen Duft der Manege, der wie ein schweres Parfüm unter den Planen aus dunklem Baumwollstoff hing, nicht mehr bewusst wahrnehmen.

Aber jetzt, in diesem Augenblick, als er mit dem Riesen das Zelt betrat, da mischte sich die Erregung der vielen, die noch so spürbar da war, mit seiner eigenen Aufregung. Was Jack ihm wohl zeigen wollte? Der hatte mittlerweile die Decken und Pölster auf den Manegenboden in die Sägespäne geworfen, Felix die Taschenlampe in die Hand gedrückt und war die Strickleiter hinauf unters Zeltdach geklettert, um dort – im Schein der Lampe konnte Felix es nicht genau erkennen – ein rechteckiges Stück Plane zu lösen. Eine Art Fenster im Stoff öffnete sich, das wahrscheinlich Lüftungszwecken diente. Als Jack wieder unten war, legte er sich rücklings auf das Bettzeug und bedeutete Felix, sich ganz nah neben ihn zu legen, was dieser auch tat. Jack breitete eine weitere, etwas muffig riechende Decke über ihnen beiden aus, schnappte sich die Taschenlampe von Felix und löschte das Licht, nachdem er ihm damit noch einmal kurz ins Gesicht geblendet hatte.

Felix' Augen mussten sich erst an die Dunkelheit gewöhnen. Er hörte Jack neben sich ruhig atmen, sonst war es still im Zelt. Still und finster.

»Schau«, sagte Jack, ergriff Felix' Hand und deutete damit an die Decke, »das ist unser Kino. Und sie bringen da heute Nacht unseren Film.«

Tatsächlich konnte Felix in dem kleinen Fenster im schwarzen Zeltdach ein rechteckiges Stück Nachthimmel erkennen, nicht ganz so schwarz wie der Rest, eher bläulich, und darin ein paar leuchtende Sterne. Gebannt betrachtete er dieses Himmelsrechteck. Es schien wirklich, als blickten sie auf eine kleine Kinoleinwand. Sie schauten auf ihr gemeinsames Stück Sternenhimmel, während Jack weiter Felix' Hand ganz fest hielt.

Ihm fiel ein, was ihm Jack vorhin nach seinem Auftritt zugeflüstert hatte, dass er ihn alles würde fragen dürfen. Doch jetzt, beschloss er, war nicht die Zeit, Fragen zu stellen. Nie wieder, schwor er bei sich, nie wieder würde er diese Hand loslassen. Er drückte sich ganz dicht an den Riesen, ein paar Minuten noch versuchte er in diesem Himmel eine Veränderung, irgendeine Bewegung zu entdecken, schlief jedoch rasch darüber ein.

Er wachte auf, weil ihn etwas an der Nase kitzelte. Okay, es war Jack, der ganz nah mit seinem Gesicht über dem seinen hing, mit leicht geöffneten Lippen ein sanftes Lüfterl auf seine Lider blies. Erst fand sich Felix nicht zurecht, wusste nicht genau, wo er war. Mit wem er da war, allerdings schon. Immer noch hielt er Jacks Hand fest. Der allerdings machte sich jetzt los. »Aufstehen, Felix Austria«, flüsterte er und fing an, die Decken und Pölster zusammenzuräumen. »Wir müssen hier raus, bevor uns jemand erwischt.«

»Wieso?«, entfuhr es Felix, ohne dass er groß überlegt hätte. Es war die erste Frage, die er dem Riesen stellte, und obwohl der nie etwas in der Art gesagt hatte, kam es ihm im selben Moment vor, als hätte er überhaupt nur drei Fragen frei gehabt. Eben so wie im Märchen, wo die betreffende Person all ihre Fragen oder Wünsche vergeudet und am Ende gar nichts davon hat. Also keinerlei Erkenntnis, keinen Goldschatz und das ewige Leben schon gar nicht. Der Sternenhimmel im Planenausschnitt über ihnen war weg, und es dämmerte bereits.

»Weil wir Artisten nicht in der Manege schlafen dürfen«, antwortete Jack ruhig, während er die Decken faltete. »Niemals schlafen. Hier unter der Zirkuskuppel, das ist die Welt. Hier müssen wir so wachsam sein wie sonst nirgends. Weil immer was geschehen kann, wenn man nicht aufmerksam ist. Schlaf bringt Unglück.« Schließlich lachte Jack, sodass dieser schaurige Satz mit dem Unglück gleich gar nicht mehr so unheimlich klang.

Unglück? Zum ersten Mal hatte er heute Nacht so etwas wie Glück verspürt, herrje, wo sollte sich denn da ein Unglück verstecken? Felix lachte mit und beschloss, lieber einmal keine Fragen mehr zu stellen. Obwohl er wirklich gerne ein paar Dinge gewusst hätte. Zum Beispiel, warum Jack seine Sprache sprach. Oder ob sie nun ein Paar waren. Er half ihm beim Zusammenpacken, und so unbeobachtet, wie sie in der Nacht ins Zelt geschlüpft waren, schlüpften die beiden jungen Männer im Morgengrauen wieder hinaus ins Freie. Jack und er ein Paar – was hatte er doch für lächerliche Gedanken.

Morgens Brei im Küchenzelt, tagsüber Latrinen leeren, abends *bella figura* in der Manege – im roten Anzug mit dem kleinen Deppenhut am Schädel, frisiert und gekampelt. Die nächsten Wochen verliefen nach einem ähnlichen Muster. Rasch stellte Felix fest, dass seine Aufgabe im Zirkus trotz der Uniform mit den goldenen Knöpfen eher die Arbeit eines Hausbesorgers war. Wichtig und fesch in der Manege herumzustehen, war ein Leichtes für ihn. Aber man gab ihm auch Dinge zu reparieren, regelmäßig musste er beim Ausmisten der Ställe helfen, wobei er vor den größeren Tieren einen Heidenrespekt hatte, musste Tribünen nass abwischen oder schwere Kisten schleppen. Und er half, wie alle anderen auch, beim Auf- und Abbau des Viermasters mit, beim Verladen, wenn wieder einmal ein Ortswechsel anstand. Nur mit Jack war es seit dieser ersten Nacht anders. Felix fragte sich schon, was er falsch gemacht hatte, denn der schöne Riese nahm all die Zeit kaum Notiz von ihm.

Dafür fand Felix rasch andere Freunde. Zazie zum Beispiel, der Bursche, der ihm an seinem ersten Tag alles gezeigt hatte und regelmäßig mit ihm beim Vorhang herumstand, war tatsächlich bei ihm eingezogen. Gemeinsam hausten sie in dem Wagen, den Sabin und die anderen zurückgelassen hatten und für den sich aus irgendeinem Grund der Russe mit der Pferdedressur zuständig fühlte, wenn die Zirkustruppe unterwegs war. Der kleine Wohnwagen wurde kurzerhand noch an einen Pferdetransporter drangehängt, seine Bewohner konnten sogar auf ihren Betten liegen bleiben, während das ganze Wagendorf Räder bekam und über stinkfade kalifornische Landstraßen tuckerte. Manchmal liefen sie auch nebenher, halfen dem Russen mit den Pferden oder klauten, wenn sie am Straßenrand etwas zum Futtern entdeckten, Obst oder Gemüse.

Dadurch, dass sie gemeinsam wohnten und oft auch arbeiteten, wurden Felix und Zazie rasch gute Freunde. Was ihre Unterhaltungen betraf, war Zazie ein ausgezeichneter Lehrer. Er war zum Beispiel für den Vogel Strauß in der Zirkus-Menagerie verantwortlich. »Ostrich«, sagte er und Felix glaubte erst, er sei gemeint, der Österreicher. Aber nachdem Zazie laut »Ostrich, Ostrich« rufend auf den großen Vogel gedeutet hatte, der wie von Sinnen durch sein Gehege lief, war ihm klar, dass »Ostrich« nicht Österreich bedeutete.

Sie waren etwa gleich alt und verstanden sich prächtig. Sprachen die beiden zunächst noch mit Händen und Füßen, wie es so schön heißt, brachte Zazie Felix täglich neue Wörter und Redewendungen bei. Und auch wenn sein Wortschatz noch etwas mager war, klang der Österreicher in bestimmten Situationen schon bald wie ein waschechter Amerikaner. Er kommentierte, unterhielt sich mit den Zirkusleuten, nannte jede und jeden gleichermaßen »Honey« – nicht ohne ein Wienerisches »Schatzi« nachzulegen. Und als es ein Besucher einmal gewagt hatte, Marie, der Schlangenfrau, auf den Allerwertesten zu greifen – was eine veritable Massenschlägerei innerhalb und außerhalb des Zeltes zur Folge hatte –, ließ Felix mittendrin und laut schimpfend die Fäuste fliegen. Aber einer Dame fasste man nicht so einfach an den Hintern oder sonst wohin, ungefragt schon gar nicht, da waren sich hier alle einig. Da gab's einen Punch in the Face, aber hello! Nachdem die Zirkusleute den Aggressor samt Konsorten siegreich in die Flucht geschlagen hatten, lagen sich alle in den Armen, Felix mittendrin im Siegestaumel.

Ja, Felix lernte schnell – vor allem das Fluchen. Auf Englisch konnte er mittlerweile schimpfen wie ein Rohrspatz. Statt zu grüßen, rief er seinen Kollegen ein deftiges »Asshole« entgegen. Doch während er im Scherz die Leute mit Flüchen belegte, grinste er sein Grinsen – Mundwinkel bis zu den Ohren, die dunklen Augen nur noch Schlitze –, sodass ihm niemand bös sein konnte: »No no, you are no asshole, Schatzi!« Es war nun einmal so, dass ihn die Menschen lieben mussten.

Freilich machte er auch immer wieder Fehler. Zum Beispiel nannte er die Person aus der Küche mehrfach »cock« statt »cook«. Sie sei »a good cock«, schwärmte er beim Lunch anerkennend, wenn ihm das Essen schmeckte. Alle lachten, niemand klärte ihn über das Missverständnis auf. Einmal wollte er sagen, dass er aufgrund der geregelten Mahlzeiten im World's End zugenommen hätte – reine Koketterie übrigens. »I am dick«, rief er also in die Runde, und sorgte auch hier für Lacher. »Show us your dick«, rief einer lachend. Felix hob sein Leiberl und streckte den Bauch extra weit heraus, und die Leute applaudierten ihm.

Zur allgemeinen Erheiterung trug auch bei, dass Felix konsequent das Wort für Gabel falsch aussprach: »fork« klang bei ihm wie »fuck«. »There is no fuck on the table, where is the cock«, beschwerte er sich einmal. Allgemeine Heiterkeit seitens der Zirkusfamilie. Obwohl Felix Mitleid nicht nötig gehabt hätte, zumindest was das betraf, konnte Zazie den Jammer nicht mitansehen und verbesserte geduldig sein Englisch. Und so wurde es stetig besser. Dennoch blieb »There is no fuck on the table« für lange Zeit ein gern zitierter Satz im Küchenzelt des World's End.

Auch brachte Zazie Felix die Musik näher. Eine Musik allerdings, wie er sie zu Hause in Wien noch nie gehört hatte. Zazie besaß ein kleines Koffergrammophon und eine leidliche Anzahl schwarz glänzender Schellackplatten, die er oft und gerne spielte. Manchmal stellten sie das Grammophon auf eine Holzkiste vor ihren Wagen und legten Swing-Scheiben auf, Cole Porter, Ella Fitzgerald, Benny Goodmans

Band und wie sie alle hießen. Ja, Zazie drehte die Musik so laut, wie es bei einem Koffergrammophon nun einmal ging, schnappte sich Felix und tanzte mit ihm wilde Tänze auf dem dreckigen Boden vor ihrem Wagen, dass ihre Füße kleine Staubwolken aufwirbelten. Nicht selten gesellten sich noch andere Mitglieder der Zirkusfamilie hinzu und sprangen ausgelassen im Takt.

Jeder tanzte mit jedem auf diesem improvisierten Tanzboden unter freiem Himmel. Kein Unterschied wurde gemacht, ob hier Männer mit Männern, Frauen mit Frauen tanzten, Alte mit Jungen, Schwarze mit Weißen, manche hopsten einfach allein auf der Stelle. Selbst der kleine, zahnlose Schneider und die beleibte Person aus dem Küchenzelt standen am Rand und klatschten begeistert in die Hände. Ach, die unangekündigten Partys vor ihrem Wagen waren ein echtes Highlight, wie sie es hier nannten. Natürlich rauchten alle ihre seltsamen Zigaretten, Felix würde sich wohl nie an den Gestank gewöhnen. Nicht selten war freilich auch Alkohol mit im Spiel, der allerdings heimlich konsumiert werden musste, weil der Direktor es überhaupt nicht gerne sah, wenn seine Leute tranken. Alkohol war, soweit Felix wusste, im World's End ebenso verboten wie sich nachts in die Manege zu schleichen. Aber Swingmusik, jawohl, Swingmusik war ausdrücklich erlaubt.

Nur was Zazie während der Vorstellungen trieb, blieb Felix lange Zeit ein großes Rätsel. Gerade bewachten sie noch gemeinsam in ihren roten Uniformen den Vorhang zum Sattelgang, dann war Zazie plötzlich wie vom Erdboden verschwunden. Immer an derselben Stelle im Programm, kurz vor dem Auftritt der schönen Ballerina, die mit dem Ostrich, dem Vogel Strauß, ihre Ballettnummer im Sägemehl-Rund hinlegte.

Egal, Felix lebte sich ein in die alltägliche Routine zwischen Latrinenputzen und Ställeausmisten, zwischen dem Englischunterricht bei dem Menschen, mit dem er wohnte, und den unzähligen Aufgaben vor oder während der Vorstellungen. Er schuftete hart, und obwohl anstrengende körperliche Arbeit ihm nichts ausmachte, obwohl er schnell Freundschaften schloss und sich wohlfühlte in der Zirkuswelt, hätte er natürlich liebend gerne auch etwas Zeit mit Jack verbracht.

Immerhin konnte Felix ihn ab und zu beim Training beobachten, während er unten den Dreck der Besucher von den Bänken wischte. Eine weitere gemeinsame Nacht heimlich in der Manege hatte es keine mehr gegeben. Der argen Vertrautheit dieser einen Nacht war Gleichgültigkeit gefolgt, zumindest von Jacks Seite kam da nichts mehr. Auch bei den spontanen Swing-Feierlichkeiten vorm Wagen ließ sich der schöne Riese selten blicken.

Wieder und wieder überlegte Felix, ob er etwas falsch gemacht hatte, war aber zu scheu, Jack direkt zur Rede zu stellen. Stattdessen hockte er vormittagelang unten im Rang über seinem Putzzeug und sah ihm dabei zu, wie er hoch oben mit seinen beiden älteren Artisten-Kollegen neue Kunststücke ausprobierte. Oder er schwärmte verstohlen abends während der Vorstellung, während er beim Vorhang herumstand und auf eine zufällige, schwitzige Berührung Jacks nach dem Finale hoffte. Von wegen. Für Mister Trapez schien er nicht zu existieren.

Zumindest machte sich Felix keine Sorgen mehr, wenn Jack beim »Salto mortale« mit verbundenen Augen die Hand seines Fängers nur knapp nicht verfehlte. Ihm stockte nicht mehr der Atem, wenn der Trommelwirbel kurz aussetzte und die Kapelle geschlossen mit gespieltem Entsetzen in den Gesichtern Richtung Zirkuskuppel blickte. Er wusste ja, dass dieser vermeintliche Fehlgriff zur Inszenierung gehörte. Was er allerdings spürte, war so etwas wie Neid auf den Triumph, der Jack Vorstellung für Vorstellung zuteilwurde, auf die Herzen, die dem Riesen zuflogen, wie der Gladiator die ganze Welt für sich einzunehmen vermochte – allein mit dem vermeintlich gefährlichen Beinahe-Absturz. Was Felix' Herz in diesen Momenten tat, schien Jack einerlei. Zunächst zumindest. Aber Felix' Herz war es nicht gewohnt, ignoriert zu werden. Und er wollte auch, dass die Leute seinem Charme erlagen so wie dem von Jack. Ach, Blödsinn!, die Leute hätte er überhaupt nicht gebraucht. Er wollte Jack. Nämlich für sich ganz allein.

Einmal sollte Felix der Person, die kochte, beim Einkauf helfen in der Ortschaft, wo sie gerade gastierten. Sie waren an diesem Vormittag mit einem kleinen Lastwagen unterwegs. Auf der Fahrt zurück hielten sie bei einer Tankstelle, Felix erkundigte sich beim Tankwart nach den Waschräumen, weil er austreten musste. Während er auf dem dreckigen Klosett an der Pissrinne stand, hörte er Geräusche aus einer der Kabinen. Ein Wimmern und Stöhnen, als würde dort einer krepieren, schaurig klang das. Nachdem er fertig war mit Wasserlassen, beschloss Felix, sicherheitshalber nachzusehen; vielleicht musste er ja jemandem das Leben retten.

Felix kletterte also auf den Abort und linste über die mit obszönen Zeichnungen beschmierte Bretterwand. Doch da nebenan war niemand, dessen Leben er hätte retten müssen. Im Gegenteil. Er entdeckte Jack, seinen Jack, den schönen Riesen, den stolzen Gladiator, stöhnend und schwitzend mit runtergelassenen Hosen und hinter sich einen Mann, eine Spur älter, blonde fettige Locken, derbes Gesicht, wohl einer hier aus der Gegend. Felix hatte den Mann noch nie gesehen, auch nicht bei einer der Vorstellungen etwa im Publikum, obwohl ... Er schwitzte jedenfalls wie ein Schwein, hatte auch die Hosen auf Halbmast und rieb seinen Körper rhythmisch von hinten an Jack und verursachte den ganzen Bahöl. Fleisch klatschte an Fleisch.

All das erblickte Felix nur für den Bruchteil einer Sekunde. Dann entdeckte ihn Jack – jedenfalls hatte er den Eindruck, weil dieser kurz zu ihm aufblickte. Felix duckte sich weg und fühlte sich ertappt. Keinesfalls wollte er Zeuge davon sein, was der Riese so machte, wenn er nicht gerade den Gladiator spielte. Womöglich hatte der ihn ja auch gar nicht bemerkt. Rasch stieg er wieder vom Abort hinunter, verließ die Kabine und ging pfeifend zum Waschbecken. Pfeifend, als wäre nichts gewesen, kam er zurück zu seiner Begleitung aus der Küche, die schon die längste Zeit ungeduldig auf die Hupe gedrückt hatte.

Später jedoch an diesem Tag, bei der Vorstellung, beobachtete Felix Jack ganz genau. Er wollte wissen, ob der Kontakt mit dem schmierigen Blonden auf dem Tankstellenklosett irgendetwas bei Jack verändert hatte. Und natürlich auch, ob er ihn bemerkt hatte. Doch der Riese zog seine Nummer durch, wie er sie immer durchzog, inklusive Zähnefletschen beim Auszug aus der Arena. Nur für einen Moment war es Felix, als würde Jack ihn diesmal ansehen und dabei besonders dreckig grinsen. Zum ersten Mal seit jener Nacht im Zirkusrund fühlte er sich von Jack gesehen. Wusste er vielleicht doch, dass er Bescheid wusste?

An einem trüb-regnerischen Nachmittag, Felix hatte schon all seine Arbeiten erledigt und abends würde keine Vorstellung stattfinden, schlich er übers Zirkusgelände. Auf dem Weg traf er den Direktor, der sich eigentlich nie besonders um ihn bemühte. An diesem Tag allerdings schon. »Hey, Felix, Austria, das gibts nimmer«, rief er und Felix verstand nur Bahnhof.

»Deutschland hat dein Österreich geschluckt, Vienna ist jetzt deutsch.« Der Direktor hatte aus dem Radio erfahren, dass Hitlers Truppen in Österreich einmarschiert waren, jedenfalls hatte er es so verstanden, dass in Wien nun auch Hakenkreuzfahnen flatterten wie in Berlin oder München.

Felix konnte mit dieser Neuigkeit nicht viel anfangen, er vermochte sich schlicht nicht vorzustellen, was das bedeutete. Hakenkreuzfahnen in Wien, wie sollte so etwas möglich sein? Er schlenderte Richtung Grand Chapiteau. Die Artisten waren in ihren Wohnwagen, niemand schien den freien Tag fürs Training zu nutzen. Auch in der Manege, wo sie sich sonst um den Platz zum Proben fast prügelten, war keine Menschenseele zu sehen. Er zog die Schuhe aus und kletterte, wie er es schon so oft bei Jack beobachtet hatte, die schmale Strickleiter hinauf.

Natürlich verhedderte er sich, landete aber schließlich etwas wackelig, aber mit beiden Füßen auf dem kleinen Podest, das da oben angebracht war. Ohne groß nachzudenken, löste er eine der Schaukeln aus ihrer Verankerung und ergriff sie fest mit beiden Händen. Und als ob er sein ganzes Leben nichts anderes getan hätte, sprang Felix von dem Podest ab, schwang an der Schaukel hängend mit durchgedrücktem Kreuz durch die Luft. Er spürte ein Lüpfen im Magen, fast fühlte es sich so an, als müsste er gleich speiben. Aber da schwang er schon wieder zurück, machte sich rund, streckte den Körper erneut durch, um mehr Schwung zu bekommen.

Mit jedem Schwung wurde er sicherer, das Gefühl im Magen wich einem aufgeregten Kribbeln. Hin und her schwang der Wagemutige, ja, Felix wurde zügellos, hielt die Schaukel nur mit einer Hand fest, stellte sich auf die Stange, hielt sich sogar nur mit den Kniekehlen fest und schwang kopfüber. Immer hin und her. Das war die große Freiheit hier heroben, die Jack jeden Tag erleben durfte. Er sauste durch die Luft, sodass sein Haar flatterte und er sich schwer zusammenreißen musste, vor Vergnügen nicht laut zu schreien.

Allerdings wurde ihm die ganze Turnerei mit der Zeit auch immens anstrengend. Hatte er in Wien im Verein trainiert, war seine Kondition mittlerweile weniger auf Turnübungen als mehr auf Kistenschleppen und Kloputzen ausgerichtet. Eine Viertelstunde mochte er auf der Schaukel zugebracht haben, dann hockte er sich einigermaßen außer Puste mit dem Hintern auf das Reck und ließ die Schaukel ausschwingen.

Ein kolossaler Fehler, wie Felix bald feststellen musste. Denn nun hing er in gewiss zehn Metern Höhe mitten über der Manege, bewegungslos. Das rettende Absprungbrett samt Strickleiter für den Abstieg war von hier aus nicht zu erreichen. Runterspringen war keine Option, denn natürlich gab es unten kein Sicherheitsnetz wie zu den Zeiten, wenn Jack und seine Kollegen trainierten. Felix würde unsanft auf dem Manegenboden landen; er wusste, dass da unten kein weiches Daunenkissen lag. Er würde sich verletzen. Sollte er rufen, dass ihn jemand aus dieser misslichen Lage befreite? Die Chancen standen schlecht, abgesehen von der argen Blamage. Wind und Regen schlugen inzwischen heftig gegen die Zeltplane, niemand draußen würde ihn hören.

Was Felix allerdings hörte, war – Applaus. Vielmehr ein einsames Händeklatschen. Er hielt Ausschau, wer da applaudierte, und entdeckte Jack unten im ersten Rang. Womöglich hatte der schöne Riese ihm die ganze Zeit zugesehen. Jedenfalls ließ er Felix nun samt Schaukel mit einer Seilwinde so weit in die Manege hinab, dass dieser auf seine Schultern klettern konnte, und befreite ihn so aus seiner misslichen Lage.

»Das war tadellos, Felix Austria.« Als sei es Teil dieser ungeprobten Akrobatiknummer, setzte Jack ihn ab. »Bis auf den Anfängerfehler. Junge, du darfst auf keinen Fall aus dem Swing geraten. Und jetzt sag nicht, du hast so was noch nie gemacht.«

Felix wunderte sich, dass der Kerl, der ihn seit Wochen nur noch ignoriert hatte, nun plötzlich wieder mit ihm sprach. Er schüttelte den Kopf, sodass ihm eine Strähne ins Auge fiel, tat lässig, indem er mit dem einen nackten Fuß durch die Sägespäne fuhr. Insgeheim freute er sich natürlich riesig über das Lob des Riesen. Und über die Tatsache, dass Jack sich offenbar doch für ihn interessierte. Dass er zu Hause in Wien im Verein Sport gemacht hatte, Kunstturnen und den ganzen Zauber, das verschwieg er jetzt lieber einmal. Sollte der doch ruhig glauben, er sei ein Naturtalent am Trapez.

»Wieso sprichst du so fabelhaft Deutsch?«, platzte es da zur Situation unpassend aus Felix heraus. Verdammt. Im selben Moment ärgerte er sich, nun die zweite seiner drei Fragen vergeudet zu haben. Zwar hatte Jack damals gesagt, er dürfe ihn alles fragen. Irgendwie bildete er sich jedoch ein, nur drei Fragen frei gehabt zu haben. Was für ein Blödsinn. Auch wenn es sich gerade so anfühlte, sie waren ja hier nicht im Märchen.

»Ach, Jack den Amerikaner, den spiel ich doch nur«, antwortete der Riese und verfiel in einen derben Dialekt. »Eigentlich heiß' ick Jakob. Ick komm' aus Berlin. Jawoll, mein Herr:

Dieser Jakob hier war so lange Berliner, bis es dort wirklich nicht mehr auszuhalten war und er zum Jack wurde.«

Was genau er mit aushalten meinte? Allzu neugierig wollte Felix nicht wirken, lieber hakte er nicht nach, wechselte zum Thema zurück, während er seine Schuhe wieder anzog. »Glaubst du, ich wär ein guter Artist?« Oh nein, nun war ihm auch noch eine dritte Frage ausgekommen, das war das Ende der Geschichte.

»Ein bisschen Training, ein bisschen Übung, und du kannst bald deine rote Uniform gegen ein weißes Trikot tauschen«, erwiderte Jack und schob ihn aus der Manege. »Ein kleines weißes Trikot, in dem dein süßer Arsch noch süßer aussehen wird. Wenn du willst, zeig ich dir ein paar Tricks.«

»Ich darf wirklich mit dir trainieren?« Eh klar, Felix durfte weitere Fragen stellen, ohne dass die Welt gleich aus den Fugen geriet. Überhaupt, was redete der denn von seinem Hintern?

Jack nickte. »Wirst sehen, Felix Austria, wir machen noch einen richtigen Zirkusartisten aus dir. Einen Trapeze Artist, den Felix der Lüfte! Das da oben ist nämlich gar nicht so schwer wie es aussieht. Ein Drittel ist Sport, ein Drittel Theater, trockene Hände, ein bisschen Trommelwirbel und bedeutungsvoll dreinblicken – den Rest, den besorgt das Publikum.«

»Zähne, die sind aber auch wichtig«, sagte Felix. »Du musst den Leuten die Zähne zeigen können beim Applaus.«

»Zähne, genau! Sind wichtig. Damit ich dich beißen kann«, rief Jack, nachdem er erst verwundert geschaut hatte.

Laut aufschreiend rannte Felix aus dem Zelt, Jack jagte ihm bellend wie ein Hund hinterher durch den Regen, sodass die

Zirkusleute, die sich in ihre Wohnwagen verzogen hatten, neugierig aus den Fenstern schauten. Was war da draußen los? Nichts war los. Alles war los. Felix Austria war kolossal aufgeregt. Endlich fühlte er sich gesehen. Von allen gesehen, aber in erster Linie von Jack Germany, dem Riesen aus Berlin, der gerade stolperte und der Länge nach in einer Mordspfütze landete.

Fortan trainierte Felix mit den Artisten. Natürlich hatten sie den Direktor gefragt, ob es in Ordnung sei, wenn er ab und zu aufs Trapez ging. Der hatte kurz überlegt, sich den Bart gezwirbelt, mit dem Schnäuztuch den Schweiß von der Zylinderkrempe gewischt und ganz großzügig die Erlaubnis erteilt. Ja, natürlich dürfe Felix mit den Trapeze Artists üben, solange er seine täglichen Pflichten im Zirkus nicht vernachlässigte, schnatter, schnatter. Vor ein paar Wochen hätte Zazie ihm noch übersetzen müssen, aber inzwischen verstand Felix immer besser, was die anderen sagten, oder konnte einfach die Gesten und die Mimik der Leute, die in der fremden Sprache auf ihn einredeten, besser deuten.

Ab und zu trainieren, wie es der Direktor erlaubt hatte, bedeutete übrigens, dass Felix mit Jack täglich am Trapez arbeitete. Hart arbeitete. Außer natürlich an jenen Tagen, an denen das Zelt auf- oder abgebaut werden musste. Oder an jenen Tagen, an denen die gesamte Truppe über staubige kalifornische Landstraßen reiste, in irgendwelchen Kaffs haltmachte. Oder jenen Tagen, an denen einfach die Drecksarbeit gemacht werden musste, er die Latrinen saubermachen musste und keine Zeit fürs Training blieb.

Zuerst fühlte er sich noch unsicher da oben, so hoch unter der Zeltkuppel. Es war auch nicht ungefährlich, selbst wenn sie bei den Unterrichtsstunden unten in der Manege ein Netz aufgespannt hatten, landete man dort unsanft und konnte sich leicht den Arm oder sonst was verrenken oder gar brechen. Was jedoch nie geschah. Regelmäßig drehte es Felix den Magen um, das dauernde Hin und Her sorgte dafür, dass ihm speiübel wurde. Obwohl er tagelang einfach nur hin und her schwang, bekam er Kopfweh. Eine schnelle Nummer lang fünf Minuten da oben zu schaukeln war das eine, beim Training konnte das Stunden so gehen. Vielleicht war es auch die Anstrengung, dass ihm so oft schlecht wurde. Oder die Aufregung, so viel Zeit mit dem Riesen verbringen zu dürfen. Geduldig zeigte ihm Jack Tricks, achtete darauf, dass er gefahrlos schwang und wie er die Strickleiter hinauf- und hinunterklettern konnte, ohne sich darin ständig zu verheddern wie ein Tier in der Schlinge einer Falle.

Als Felix sich endlich sicher fühlte da oben und sich das Magenumdrehen in ein einfaches, ja vielleicht sogar wohliges Kitzeln im Bauch verwandelt hatte, die Übelkeit tatsächlich gewichen war – oder er sich einfach an das Kopfweh, den Schwindel und die Nähe zu Jack gewöhnt hatte –, hakte er sich mit den Knien ein und schaukelte lässig kopfüber. Sie übten auch am Boden vor dem Zelt, vor allem die Griffe. Denn natürlich hielten sich Trapez-Artisten nicht einfach an den Händen fest wie Verliebte.

Man musste – Jack legte da großen Wert drauf – bewusst und sorgfältig Gesten setzen. »Und hepp, und hepp, so geht das«, rief er und packte Felix fest, dass es wehtat. Als Trapeze Artist hielt man einander an den Gelenken, und um das zu trainieren, stellte sich Jack auf eine Fläche beim Hinterzelt, legte seine Hände um Felix' beide Handgelenke. Der tat es bei ihm ebenfalls, und ehe er sichs versah, schleuderte Jack ihn im Kreis herum, sodass er den Boden unter den Füßen verlor.

»Wehe, du lässt mich los, Jack«, kreischte er. Obwohl es wehtat, lachte er auch vor Vergnügen. Zumindest zunächst. Denn der schöne Riese, der ihn da gerade schleuderte, sodass Felix' Welt sich nur so drehte, besaß eine erstaunliche Ausdauer.

»Ich lass dich nie wieder los«, rief Jack nun seinerseits. »Wir hören nie wieder auf, uns zu drehen.«

Zumindest das war gelogen. Denn irgendwann konnte Jack nicht mehr, und beide fielen sie ins mittlerweile plattgedrückte Gras. »Ich lass dich nie wieder los, Felix Austria«, wiederholte Jack und befreite sich im selben Moment von Felix' Klammergriff. Gelogen!

Es waren Momente wie diese, auf die sich Felix jeden Tag freute. Seit jener Nacht in der Manege, ihrem Ausschnitt des Sternenhimmels in der offenen Zeltplane, dem privaten Kino unter der schwarzen Decke, war zwischen ihnen nichts mehr geschehen – abgesehen vom Training natürlich. Umso intensiver empfand er nun die Nähe zu Jack, die Berührungen, die ja allesamt professionell und technisch waren, unter Kollegen oder Sportsfreunden. Waren sie Freunde?

Das harte Training machte sich jedenfalls bezahlt. Felix wurde immer besser, sein Körper stärker und auch härter im Einstecken. Nach ein paar Wochen, unser Held hing schon seit geraumer Zeit kopfüber unterm Zeltdach, und es gelang ihm sogar ein paarmal, aus eigener Kraft ins Schwingen zu kommen, fand Jack, dass er nun bereit sei. Der Riese war wie immer auf dem Absprungbrett gestanden und hatte ihm Anweisungen und Korrekturen zugerufen. Kurz vergrub er seine großen Hände in dem weißen Säckchen mit Magnesiumpulver, das dort oben für die Artisten angebracht war, und klatschte dann, sodass eine kleine, dramatische Staubwolke entstand.

»Bereit wofür?«, fragte Felix. Sein Schwung war inzwischen so weit, dass er mit dem Trapez fast einen Halbkreis unterm Zeltdach ausführte.

»Dafür«, rief Jack, sprang von seinem Brett, ergriff – und hepp, und hepp! – Felix' beide Hände und nun sausten die beiden jungen Männer gemeinsam durch die Luft. Natürlich war das Timing die große Kunst. Jack war genau im richtigen Moment abgesprungen, sodass er den Schwung aufnehmen konnte. Wie schön es war, zusammen die Formation zu bilden! Felix spürte das Gewicht, das an seinen Armen zog. Durch die Fliehkraft schien Jack schwerer als sonst. Noch mehr spürte er allerdings die Verantwortung, die er nun plötzlich hatte. Auf keinen Fall loslassen, dachte er. Wenn ich Jack jetzt loslasse, ist alles aus.

»Loslassen«, brüllte Jack und schaute zu Felix hinauf, der ihn nicht zu hören schien. Womöglich schrie Jack schon längere Zeit. »Junge, was ist mit dir?«

Doch Felix konnte die Hände des Riesen nicht freigeben. Irgendetwas in ihm sträubte sich, auch wenn dieser ihn drängte und brüllte und längst aufgehört hatte, dem gemeinsamen Schwung Antrieb zu geben, und bloß noch bewegungslos an ihm hing, um das Ganze endlich zu stoppen.

Langsam pendelte das kuriose Gespann unter der Zirkuskuppel aus, einer schimpfend, der andere Panik im Gesicht. Wie eine Last an einem Hafenkran hingen sie noch kurz dort herum, bis sich Jack aus Felix' Klammergriff befreien konnte, die paar Meter hinunter ins Sicherungsnetz sprang, mit einem Purzelbaum aus den Maschen herausturnte und fluchend das Zelt verließ.

Und Felix? Hing immer noch kopfüber, ratlos. Er hatte, verdammt noch mal, Jacks Handgelenke einfach nicht auslassen können. Partout ging es nicht, irgendetwas hatte sich in ihm gesträubt. Und nun war Jack aufgebracht und gewiss auch furchtbar böse auf ihn.

Eine ganze Weile noch hing Felix da am müden Trapez wie eine traurige Last. Die Welt stand kopf aus seiner Perspektive. Aus eigener Kraft war er gerade nicht in der Lage, sich wieder in Bewegung zu setzen, um zum Absprungbrett und damit zur rettenden Strickleiter für den Abstieg zu gelangen. Ins Netz zu springen aus dieser Höhe traute er sich auch nicht. Endlich hörte er ein Rumpeln, verdrehte den Kopf und entdeckte Zazie bei der Empore der Kapelle hantieren.

»Pssssst, Zazie, du musst mir helfen!« Zazie schaute erst blöd, winkte und spielte auch noch einen Trommelwirbel, ließ ihn aber schließlich samt Trapez mit dem Seilzug hinunter.

Schockschwerenot, sein erster Tag als Fänger hätte ein schöneres Ende verdient, fand Felix. Womöglich kam das Ganze aber auch einfach zu überraschend. Nachdem sich Jack wieder eingekriegt, dem armen Felix genau erklärt hatte, wie er ihn als Fänger in welchem Moment loszulassen hatte, arbeiteten sie ein paar weitere Wochen trocken am Timing, und schon bald würde Felix bereit sein, bei der Nummer mitzumachen.

Nämlich heute, und zwar ausgerechnet bei der ersten Vorstellung, seit sie in Karlsbad angekommen waren. Carlsbad, California, selbstverständlich mit C; die anderen hatten ihn fassungslos angesehen, weil er so lachen musste, als er die Tafel mit dem ihm doch so vertrauten Namen an der Einfahrt zu dem schmucken Seebad an der kalifornischen Pazifikküste entdeckte. Das Carlsbad, das damals Sabin auf der Landkarte gefunden hatte. Wie Karlsbad, weltbekannter Kurort in Böhmen, der Tschechoslowakei. Die Reichen, vornehme Leute, die Felix nicht kannte, fuhren traditionell dorthin und ließen es sich gut gehen, hatte er gehört. Einzig Karlsbader Oblaten hatte er einmal kosten dürfen, die ihm eine feine Dame geschenkt hatte, einfach so, als er Kind war. Von Karlsbad, geschweige denn süßen Oblaten, wusste hier natürlich kein Mensch. Merkwürdig, dachte Felix auch noch, das alte Europa, Österreich, Heimat, war ihm schon lange nicht mehr in den Sinn gekommen, seit er in Amerika angekommen war. Österreich kannte hier niemand, für die Leute im Zirkus war Austria einfach ein Name. Sein Name. In Carlsbad, California, würde er also zum ersten Mal vor versammeltem Publikum als Fänger am Trapez in Erscheinung treten. Jeden Moment würde unser Held es erfahren. Nämlich, Trommelwirbel, jetzt.

»Felix Austria, heute ist dein Tag«, weckte ihn Jacks Stimme. Der schöne Riese stand vor ihrem Wohnwagen, der am Rande des Zirkusdorfes direkt mit Blick aufs Meer platziert worden war. Jack war die Idylle egal. Mit seiner Linken hämmerte er an die Tür, so laut, dass Zazie ebenfalls erwachte und Felix einen müden, aber kolossal bösen Blick zuwarf. »Austria«, zischte Zazie, »dein Herr und Meister will was von dir.« Und zog sich die Decke über den Kopf. Felix jedoch war gleich hellwach und riss die Tür auf.

»Du weckst noch alle auf mit deinem Lärm«, flüsterte er. »Ich bin doch eh schon da.«

»Heute ist dein Tag«, wiederholte Jack. »In der Truppe ist uns wer ausgefallen. Heute fängst du in der Vorstellung. Und du lässt mich hoffentlich rechtzeitig wieder los.«

Einer von Jacks Kollegen lag mit Bauchschmerzen flach und konnte auf keinen Fall abends auftreten. Gut, dass es nun mit dem Österreicher Ersatz im Trapez-Ensemble gab.

Wie aufgeregt Felix den ganzen Tag durch das Zirkusdorf rannte und allen davon erzählen musste! Wie langsam die Zeit verging! Gar nicht abwarten konnte er, dass es endlich so weit war und die Show begann.

Natürlich musste er weiterhin seine vielen Jobs erledigen und – abgesehen von der Trapeznummer – auch in der roten Uniform den Sattelgang bewachen, den Vorhang öffnen und schließen. Aber unter der Uniform, da trug er heute Abend das Trikot, das ihm der zahnlose Alte in den vergangenen Wochen geschneidert hatte. Für Felix' Geschmack vielleicht ein wenig zu knapp bemessen; man sah, fürchtete er, ja: alles, vorne wie hinten. Aber entweder war nicht mehr Stoff da gewesen oder, die Vermutung lag nahe, Jack hatte von seinem Mitspracherecht Gebrauch gemacht. Das Publikum sollte schließlich etwas geboten bekommen.

An diesem Abend schien es Felix, als dauerten die einzelnen Nummern besonders lange. Alle trödelten herum. Little Sugar ließ sich wie in Zeitlupe als Kanonenkugel unter die Zeltkuppel schießen. Ausgerechnet heute war der Mechanismus defekt und statt Sugar flog die ganze Kanone in die Luft. Das Publikum lachte, das Kanonenkugelkind flennte, obwohl ihm bis auf einen Riss im silbernen Glitzerkostüm Gott sei Dank nichts weiter geschehen war.

Felix jedenfalls musste gemeinsam mit Zazie die blechernen Einzelteile der Kanone zusammensuchen, die verstreut in der Manege lagen. Auch der Russe mit den Pferden ließ sich extra viel Zeit, seine Tiere durch die Manege zu treiben. Olga, die kunstpfeifende Illusionistin, eine wahre Erscheinung, präsentierte heute Abend auch noch einen neuen Trick. Sie trat auf einzelne Leute im Publikum zu, rollte bedeutungsvoll mit den Augen und wusste – wie auch immer sie es anstellte – deren Alter, Namen und Körpergewicht.

An anderen Tagen hätte Felix sich über die Vorstellung, den Pferde-Russen, Olgas Hellseherei und sogar das Missgeschick mit Little Sugar bestimmt gefreut. Aber nicht heute. Heute würde er doch selbst auftreten, im Scheinwerferlicht sein, zum Artisten werden in Carlsbad, California. Gleich würde Felix' Welt eine andere werden. Felix' Welt? Ach, die ganze Welt würde sich ab heute anders drehen!

»Es ist wie im richtigen Leben«, flüsterte Jack ihm ins Ohr, als sie endlich beide in der Manege unten an der Strickleiter standen, »manchmal musst du einfach loslassen. Du kannst nur hoffen, dass immer jemand da ist, der dich auffängt. Hoffentlich stehst du, wenn du springst, nicht auf der allerhöchsten Klippe.« Der schöne Riese zog die Leiter straff und bedeutete Felix, hinaufzuklettern.

Hatte Felix Lampenfieber? Kein bisschen. Die Kapelle spielte eine langsame Nummer, das Publikum war wohlwollend, und der Direktor erhob die Stimme. »Ladies and Gentlemen«, rief er in sein Mikrofon, »erleben Sie heute eine Premiere. Zum ersten Mal unter der Zirkuskuppel des World's End. Applaudieren Sie für unsere Gladiatoren am Trapez: Jack and Felix Austria!«

Die Kapelle wurde lauter. Felix ergriff die Trapezstange, löste sich vom Absprungbrett und sauste durch die Luft. Routiniert flog er, hängte sich mit den Kniekehlen ein, zählte, wie er es gelernt hatte, ruhig bis fünf, und automatisch, ohne auch nur einen Blick nach ihr zu werfen, griff er sicher Jacks Hand, der von seinem Brett ein paar Meter weiter oben abgesprungen war.

Ach, es lief hervorragend. Das viele Training machte sich bezahlt. Jack wirbelte herum, machte Saltos, und immer wieder war Felix im richtigen Moment wieder zur Stelle, um die Hände des Riesen zu ergreifen. Auch der Trick mit dem

Salto mortale funktionierte tadellos. Felix hörte das Publikum aufschreien, als er – vermeintlich – die Hand seines Partners fast verfehlte, hörte, wie die Musik einen kurzen Moment aussetzte. Beherzt ergriff er Jacks Hand, riss ihn einhändig in die Höhe – so hoch, dass die Fußspitzen des Riesen den schwarzen Zelthimmel mit einem kleinen Geräusch berührten –, und fing ihn sicher mit beiden Händen. Er hörte die Kapelle wieder spielen, hörte den Trommelwirbel, das Raunen, den tosenden Applaus unten in den Rängen.

Es war wie ein Traum, wie der allerschönste Rausch, es sollte niemals aufhören. Als schließlich beide die Arena rücklings mit dem Gladiatorengruß verließen – die Siegesgeste ließ sich Felix heute nicht nehmen –, blickte ihn Jack stolz an. Sein Lachen war echt, nicht das übliche Zähnefletschen, sie waren ein Team. Die Herzen, das war ihm schon klar, flogen natürlich auch an diesem Abend Jack zu. Aber er, Felix, hatte zumindest ein Herz ganz für sich allein.

In dieser Nacht in Carlsbad, berauscht vom Erfolg ihrer ersten gemeinsamen Nummer, kehrte Felix mit Jack noch einmal ins Grand Chapiteau zurück. Wie damals hatte der schöne Riese wieder Decken und Pölster gebracht, als sie sich heimlich im Licht des Vollmonds durch einen Spalt in der Plane in die Manege schlichen. Wie damals war er unter das Zeltdach geklettert, hatte das Fenster aufgeknüpft, durch das nun grellweiß wie von einem Scheinwerfer das Mondlicht auf sie fiel. Jack hatte ihn geküsst, sie hatten sich die Kleider vom Leib gerissen.

Rücklings lag Felix, sah im Gegenlicht des Mondes den schönen Riesen, der auf ihm saß und sich, die Knie fest auf dem Boden, langsam nach oben und unten bewegte. Es war nicht Jacks mechanisches Auf und Ab, das ihn umhaute.

Noch keinem Menschen war Felix bisher so nah gewesen. Und ohne dass er genau wusste, was gerade geschah, was zu geschehen hatte oder was er eigentlich tat, schlief er zum ersten Mal mit Jack. Eigentlich war es umgekehrt. Jack, an Erfahrung reich, schlief mit Felix. Der lag nämlich nur so da. Auf ihm hockend steuerte er die Bewegungen, gab das Tempo vor.

Ein paar Minuten? Stunden? Felix hatte jegliches Zeitgefühl verloren, wie lange waren sie hier wohl schon zugange. Das Mondlicht wanderte, und einmal bildete er sich ein, dass sie von jemandem auf der Tribüne beobachtet wurden. Saß da nicht wer und versteckte jetzt sein Gesicht rasch hinter einem Buch? Ach, es musste Einbildung gewesen sein, denn da war niemand im Zelt außer ihnen.

»Wow«, entfuhr es Felix, als beide endlich keuchend zusammensackten. Jack machte sich die Finger mit Sägespänen sauber und wischte mit einer Handvoll Spänen auch auf Felix' Bauch herum. Sie ordneten ein wenig ihr Lager und Felix legte seinen Kopf an Jacks Brust, der sich zwei Cannabis-Zigaretten in den Mund steckte, sie anzündete und eine Felix gab, der einen Mordshustenanfall bekam.

»Wirst dich dran gewöhnen müssen«, sagte Jack und blies Rauchringe Richtung Zeltdach. Längst war die Nacht hinter dem quadratischen Ausschnitt verschwunden. Es dämmerte, und der Himmel war in bläuliches Licht getaucht, das langsam stärker wurde. Wie das wunderschönste Gemälde wirkte der Himmel in ihrem privaten Filmtheater. Felix war gelandet. Und diesmal fühlte er sich vom schönen Riesen auch wahrgenommen.

Übrigens kam ihm nicht die Spur eines Gedankens, dass er hier mit Jack etwas Unerlaubtes getan hätte. Kein schlechtes Gewissen hatte er, kein Gefühl der Scham kroch in ihm hoch. Nicht in dieser Nacht und niemals später im Leben, wenn er jemanden lieb hatte. Glücklicher Felix. Freilich war ihm bewusst, dass es streng verboten war, das Grand Chapiteau nachts zu betreten, geschweige denn, dort Cannabis-Zigaretten zu rauchen. Wegen des Unglücks und so weiter. Doch hier mit jemandem zu schlafen, ganz nah mit Jack zu sein, den Moment zu haben mit Mond, Manege und so weiter, das fühlte sich einfach nur gut an. Gut und richtig.

»Weißt du, was gerade passiert?«, fragte Jack, nachdem sie ihre Tschicks vorsichtig mit spuckenassen Fingern ausgedämpft hatten.

Ohne zu überlegen antwortete Felix. »Ich habe mich verliebt.«

»Ich meine, was auf der Welt gerade passiert, weißt du das?«

Heftig schüttelte Felix im Dämmerlicht den Kopf, sodass seine Haare flogen.

»Deutschland ist in Polen einmarschiert.«

»Die Deutschen sind in Polen einmarschiert? Österreich ist heute Nacht eher in Deutschland einmarschiert.« Felix lachte und fand seinen Witz im selben Moment unangebracht und gar nicht so komisch. Als er jedoch bemerkte, dass Jack ebenfalls lachte, kam er sich gleich weniger dumm vor.

»Wie machst du das, Felix Austria?« Jack schaute ihm abwechselnd in seine dunklen Augen und auf die Lippen. Dann küsste er ihn ganz fest.

Felix versuchte, mit der Zunge Jacks Zunge aus seinem Mund zu schieben, um nachzufragen: »Was mach ich wie?«

Tatsächlich hatte der schöne Riese wissen wollen, wie er es fertigbrachte, ihn, Jack, derart um den Finger zu wickeln.

Oh, er war dem Jungen aus Österreich komplett erlegen, zum ersten Mal im Leben einem Kerl so komplett erlegen, dass er schier glaubte, den Verstand zu verlieren. Aber woher sollte Felix Austria das wissen? Und um ihm das zu sagen, dazu war Jack viel zu lässig. »Na, wie schaffst du es, immer so breit zu grinsen, ohne dass es auch nur eine Spur dämlich aussieht«, sagte er stattdessen.

Felix' Antwort? Der zog seine Mundwinkel bis zu den Ohren und machte die Augen ganz schmal, sodass er Jack fast nicht mehr sah. Jack merkte hoffentlich nicht, wie verlegen er war. »Sind wir jetzt eigentlich zusammen?«

»Wie zusammen?«

»Na, sind wir jetzt ein verliebtes Ehepaar? Wie Heidi und ihre Kühe. Oder wie der kleine Schneider und sein schwarzer Kater.« Er hatte keinen Schimmer, weshalb ihm gerade in diesem Moment der zahnlose Alte eingefallen war.

»Zusammen ist man erst, wenn man einen fahren lässt und man sich vor dem anderen nicht geniert.«

»Mein Lieber, du hast gerade einen fahren lassen.«

»Na dann.« Jack fletschte die Zähne. »Du weißt aber schon, dass der Kater kein echter Kater ist.«

»Ist mir schon klar.« Wie kein echter Kater? War es vielleicht eine Katze? Tatsächlich wusste Felix überhaupt nicht, was Jack meinte. Immer wieder hatte er doch den kleinen Schneider gemeinsam mit dem Tier gesehen, das fast ebenso groß war wie er. Und die beiden lebten definitiv fix zusammen. Aber er wollte sich jetzt, nachdem er sowieso schon diese saudumme Frage gestellt hatte, ob er und Jack nun ein Paar wären, und die Jack so eindeutig zweideutig beantwortet hatte, nicht noch diese Blöße geben. »Was bedeutet das, dass die Deutschen in Polen einmarschiert sind?«, erkundigte er sich stattdessen. Ein

Ablenkungsmanöver. Seine Frage zum Weltgeschehen kam ihm irgendwie furchtbar erwachsen vor.

»Das bedeutet Krieg, Felix Austria.« Jack gab ihm noch einen Kuss. Diesmal auf die Stirn. »Und ja, wir sind jetzt ein Paar. Aber glaube bloß nicht, dass du bei mir im Wagen einziehen wirst.«

Vielleicht weil sie schon länger gemeinsam trainierten und Felix mehr und mehr in die Trapeznummer involviert war. Vielleicht weil der schöne Riese in ihrer bunten Truppe eine Respektsperson darstellte. Die Tatsache jedenfalls, dass er und Jack nun für alle unübersehbar liiert waren, verursachte im World's End zu Felix' Überraschung kein Aufsehen. Man grüßte, als sei es das Normalste von der Welt, wenn die beiden untergehakt übers Zirkusgelände spazierten. Man rutschte im Kantinenzelt zur Seite, wenn einer von beiden später zum Essen erschien, oder machte Platz, wenn es bei den Waschbecken eng war, damit sie morgens beim Zähneputzen oder Rasieren nebeneinander sein konnten.

Ansonsten änderte sich nicht viel in Felix' Alltag. Weiterhin wohnte er mit Zazie, schlüpfte ab und zu in Jacks Wagen, oder sie trieben es in sternenklaren Nächten miteinander in der Manege. Den Sternen, dem Mond, allen war egal, was sie taten. Sie waren kein Ehepaar, aber irgendwie eben doch. Unser Felix bemerkte sehr wohl, dass er Jack mehr liebte als dieser ihn. Doch er war froh, derjenige von ihnen beiden zu sein, der mehr liebte. Er, Felix, verschenkte sich und seine Liebe an alle. Vor allem aber an Jack.

Erst viel, viel später, als er wegen einer Reparatur den Schneider aufsuchte, entdeckte Felix übrigens, was Jack gemeint hatte, als er sagte, dass der Kater in der Tat kein echter Kater sei. Es war auch keine Katze, sondern ein Mensch aus

Fleisch und Blut; des Schneiders Liebhaber, um genau zu sein. Kaum größer als der Schneider selbst, trug er eben nur die meiste Zeit ein schwarzes Katzenkostüm aus samtweichem Fell und hatte sich wohl auch die eine oder andere kätzische Marotte angewöhnt.

Felix war wieder einmal der Einzige, der davon nichts wusste. Dass Mister Catman im World's End keine Zirkus-Attraktion geworden war, überraschte ihn allerdings schon. Obwohl der Katermann doch eindeutig Sinn für Dramatik besaß, bedeutungsvoll blicken konnte und die Schneiderwerkstatt stets in kunstvolle Unordnung brachte, fehlte ihm wohl jegliches Show-Talent. Womöglich hatte er auch einfach keine Lust auf Beifall in der Manege. Womöglich war der Kater ein Misanthrop. So wie die meisten echten Katzen.

Ganz im Gegensatz zu Felix, der von Menschen, Mengen und der Manege gar nicht genug bekommen konnte und sich, wann immer sich die Gelegenheit bot, in den Zirkus-Alltag einbrachte. Abgesehen von den Hausmeistertätigkeiten am Vormittag, der Drecksarbeit bei den Latrinen, der Schufterei und den täglichen Trainingseinheiten, schaute er oft auch anderen Artisten zu, um etwas zu lernen. Oder um sich etwas abzuschauen, Routine in den Arbeitsabläufen, ins Publikum zu lachen, auch wenn einem gerade alles furchtbar wehtat oder der Magen knurrte, und vor allem das Aufeinander-Achtgeben. Hier im World's End saßen alle im selben Boot; oder besser, in derselben Zelt- und Wagenstadt. Alle waren sie gleich wichtig in dieser riesigen Unterhaltungsmaschine, fiel nur ein Zahnrädchen aus, konnte das eine ganze Vorstellung ruinieren.

Womöglich, dachte Felix einmal, als er Marie, der Schlangenfrau, bei ihren Verrenkungen zusah und von seiner Zukunft träumte, womöglich muss ich genau hier ja auch einmal einspringen. Beim Gedanken, seinen Körper derart zu verbiegen, wurde ihm jedoch ganz anders. Doch Felix war mit allen im World's End gut, nur zu den Clowns hielt er von Anfang an Abstand, einer Gruppe von drei dubiosen Männern mittleren Alters, die in der Manege vor allem damit zugange waren, gemein zueinander zu sein. Felix sah sie lange Zeit immer nur ab dem Nachmittag, bereits für die Vorstellung geschminkt, in ihren absichtsvoll geflickten Kleidern. Alle drei hausten gemeinsam in einem Wagen, der im Gegensatz zu den anderen Zirkuswagen schon äußerlich erkennen ließ, dass hier Clowns wohnten. In kindlicher Manier hatten sie ihre Künstlernamen – August, August and August – auf das Holz gemalt, dazu ungelenke Selbstporträts mit dem bunten Gewand, weißen Handschuhen und viel zu großen Latschen.

Was die drei Clowns mit den einfallslosen Namen abgesehen von den Arschtritten sonst taten, sollte Felix erst einige Zeit später herausfinden. Damit alle wussten, wer gemeint war, hatten sie den drei Augusts im Zirkus Spitznamen gegeben: Auggie, Gus und Gustie. Niemand fragte sich, wie das gehen sollte – drei Brüder mit demselben Namen. Wobei, Felix kam langsam dahinter, dass in dieser Zirkusfamilie Verwandtschaft meist nur Wahlverwandtschaft bedeutete. Artisten und Artistinnen waren gar nicht alle miteinander verwandt, auch wenn sie sich Familie Soundso, Irgendwas-Sisters oder Gebrüder Was-auch-immer nannten. Doch irgendwie fasste es das Wort Familie ja auch trefflich zusammen. Wie sie hier im Zirkus lebten, das hatte etwas kolossal Familiäres. Zu den meisten hier hatte Felix ein innigeres Verhältnis, als er es je zu seiner echten Familie daheim in Wien-Stadlau gehabt hatte.

Auch Kinder und Jugendliche lebten hier, sie traten mit ihren – Felix ging davon aus – echten Eltern in der Manege auf. Das Zirkushandwerk lernten sie bereits von klein auf. Besonders Gleichaltrige im Publikum schienen Gefallen an den kuriosen Zirkuskindern zu finden, die in glitzernden Kostümen, mit Kopfputz aus Federn athletisch wie die Großen ihre Kunststücke vorführten. Vom Vorhang aus konnte Felix beobachten, wie die grau gekleideten Kinder auf den billigen Plätzen ihre bunten Altersgenossen besonders aufmerksam musterten. Er malte sich aus, wie diese Kinder, die ein langweiliges normales Leben führten, davon träumten, mit dem Zirkus mitzureisen. Abenteuer statt Schule und bürgerlicher Fadesse. Oder, was wohl noch häufiger war, Tristesse und einem Leben in Armut. Die Zirkuskinder fühlten sich ihnen wiederum überlegen – zu Recht, denn immerhin beherrschten sie Tricks, für die sie hart trainierten.

So musste zum Beispiel Little Sugar, vielleicht vier Jahre alt, die Felix schon heulend in der Manege erlebt hatte, bereits als Kleinkind für Kurt einspringen, den Vater. Kurts Kunst bestand darin, sich als lebende Kanonenkugel in hohem Bogen durch die Manege schießen zu lassen. Es war vor Felix' Zeit im World's End, aber ihm wurde die Begebenheit gleich ein paarmal erzählt. Die Kanone, ein seltsames altmodisches Gerät aus silbern angemaltem Blech, hatte schon einige Jahre auf dem Buckel. Kurt stieg von vorne in eine riesige Röhre, mit einer Fackel wurde auf der anderen Seite eine Lunte gezündet, und mit einem großen Knall sauste Kurt in die Höhe. Die Fackel war natürlich bloß für den Show-Effekt, der Auslöser bestand aus irgendeinem Mechanismus.

Angeblich hatte Kurt das verbeulte Teil von seinem Großvater übernommen, und es war schrecklich anfällig für Störungen jeglicher Art. Einmal wäre die lebendige Kanonenkugel fast zur toten Kanonenkugel geworden, weil sie falsch geschleudert und in Folge auch dumm gelandet war und sich sämtliche Knochen gebrochen hatte. Seither brauchte Kurt einen Rollstuhl und statt ihm musste eben Abend für Abend Little Sugar im silbern glitzernden Kostüm todesmutig in die Kanone steigen und durch die Luft sausen. Aufgabe des Vaters war es, die Kanone zu warten, sie zu schmieren und zu reparieren. Das Publikum liebte diese Nummer, vor allem die jüngeren Gäste.

Einmal beobachtete Felix, wie während der Kanonen-Nummer ein Mädchen aus dem Zuschauerraum über die hölzerne Piste in die Manege kletterte und begleitet von unbeholfenen Gesten einen einfachen Purzelbaum machte, während Little Sugar gerade quer durchs Grand Chapiteau flog und sicher landete. Wie erbärmlich der Versuch des Purzelbaummädchens war, es der kindlichen Kanonenkugel gleichzutun. Niemals würde dieses arme Mädchen Teil einer Zirkusfamilie werden, es fehlte etwas. Schon bald würde es in der grauen Masse bürgerlicher Existenzen verschwinden. Hier war sein Platz. Der Zirkus war streng getrennt vom Rest der Welt. Er war eine eigene Welt mit eigenen Regeln und Gesetzen. Und vor allem einer Freiheit, die Außenstehenden fremd blieb.

Felix hingegen hatte es geschafft, Teil dieser besonderen Familie zu werden, war mehr oder weniger zufällig in neue Verwandtschaftsverhältnisse hineingeraten. Auf eine seltsame Art fand er es aufregend, im World's End unter lauter Brüdern und Schwestern zu sein, und er träumte sogar davon, eines Tages mit Jack als Duo am Trapez ein Brüderpaar zu werden. Denn, so bildete Felix sich ein, wären sie erst einmal Brüder, würden sie womöglich noch ein klein wenig mehr zur Einheit. Vielleicht mit Jacks ursprünglichem Vornamen: The Jacob Brothers. »Jack and Felix Jacob – Trapeze Artists« würde auf ihrem Zirkuswagen stehen, er hatte es genau vor Augen, dazu ein Bild von ihnen beiden. Oder: »The Jacob Twins«, Zwillinge, wieso nicht! Zwillinge wären ihm fast noch eine Spur lieber. Doch so unterschiedlich die beiden waren, hätte ihnen das abgesehen vom Altersunterschied wohl niemand abgekauft. »The Jacob Sisters« wäre auch eine Option, aber das war vielleicht doch zu albern. Vor allem war sich Felix auch nicht sicher, ob sein Jack gerne als Schwester aufgetreten wäre so im Kleidchen und mit Federn als Kopfputz wie ein Showgirl.

Ach ja, die drei Clowns. Jedenfalls hatte der Direktor, diese Art Übervater der ganzen Zirkusfamilie, den August-Brüdern die Finanzen des World's End überantwortet. »Wie saudumm, ausgerechnet den Clowns«, sagte Felix, als Jack ihm die Geschichte eines Tages erzählte.

»Nein, nein«, klärte ihn der Freund auf, »das ist eine ganz fabelhafte Tarnung. Erstens sind die drei überhaupt nicht dumm, die spielen das ja bloß. Und außerdem würde kein Mensch vermuten, dass das Geld, das wir hier Abend für Abend einnehmen, ausgerechnet bei den Clowns in deren Wagen aufbewahrt wird. Da ist es sicherer als auf jeder Bank.« In der Tat hatte es schon einige Einbrüche in den Wagen des Direktors gegeben. Besonders dreiste Diebe hatten sogar einmal den schweren – mit Elefantendung gefüllten – Safe aus dessen Wagen geschleppt. Bei den Augusts waren die Dollarscheine lediglich in einer Pappschachtel aufbewahrt. So etwas würde niemand von außerhalb vermuten.

Freilich hätte auch niemand von außerhalb vermutet, dass es sich bei dem Direktor nicht gleichzeitig um den Besitzer des World's End handelte. In ihrer Welt war eben nicht alles so, wie es auf den ersten Blick schien. Die übliche Vorstellung lautete wohl, dass der Direktor als Großkapitalist auf seinem Geld hockte und von Show zu Show immer reicher wurde. World's End war auch hier anders. Dieser Zirkus gehörte gleichermaßen allen, die hier arbeiteten, kochten, auftraten, putzten, die Tiere versorgten oder die Kostüme flickten. Oder mit den Lastkraftwagen von Kleinstadt zu Kleinstadt fuhren. Der Direktor hatte lediglich die ganze Chose nach außen hin zu repräsentieren, mit Ortsvorstehern zu verhandeln, die Genehmigungen einzuholen oder Gebühren zu begleichen. Und natürlich hatte er in gewisser Weise auch eine Vaterrolle inne. Ein Patriarch im besten Sinne. Davor, so wurde Felix berichtet, hatte es auch einmal eine Direktorin gegeben. Chef war also nicht zwangsläufig ein Mann, und die Position wurde auch regelmäßig neu besetzt, hieß es.

Im World's End also besaß jedes Mitglied dieser bunt zusammengewürfelten Truppe mehr oder weniger gleiche Rechte und Pflichten. Zumindest solange es Teil der Gemeinschaft blieb, Teil der Zirkusfamilie. Warum? Weil allen alles gehörte. Mittlerweile war Felix auch klar, weshalb er und Zazie für den Wagen, in dem sie hausten, keinerlei Miete zahlen mussten. Es waren auch alle gleichermaßen daran interessiert, dass es allen gut ging. Mit den paar Minuten Darbietung in der Manege nämlich war es nicht getan. Das war vielleicht nur die Kirsche auf der Sahnetorte, der Grund, weswegen das Publikum kam, dem man die Dollars abknöpfte. Aber sie mussten hier schließlich einen – ihren! – Laden am Laufen halten und dafür sorgen, dass ihre Welt sich weiterdrehte. Niemand drückte sich auch vor noch so anstrengenden Jobs, alle packten mit an, und man tat, was man konnte.

Außer vielleicht Jack, der in dem ganzen gemeinschaftlichen Gefüge eine gewisse Sonderstellung innehatte. Aus irgendeinem Grund musste Jack keine Drecksarbeiten erledigen, er fand auch immer jemanden, der ihm die Wäsche wusch oder, wenn sie unterwegs waren, ihm den Zirkuswagen zog. Im Küchenzelt konnte er schon mal jemanden zur Schnecke machen, wenn dieser ihm das falsche Essen brachte. Jawohl, brachte. Jack ließ sich nämlich bedienen.

Lange kam Felix nicht dahinter, wieso das so war. Aber in jeder Familie gibt es schließlich so einen Pascha. Ja, in gewisser Weise profitierte er sogar von Jacks spezieller Position innerhalb der Gruppe. Sei es nur, dass jemand auch sein Geschirr mitnahm, wenn er gemeinsam mit Jack beim Essen saß. Er war ja nun auch mit ihm verheiratet. Also zumindest so etwas Ähnliches, und das brachte wohl gewissermaßen Sonderrechte mit sich; auch wenn Felix die Spezialbehandlung oft unangenehm oder sogar peinlich war. Er mochte es auch nicht, wie Jack andere manchmal behandelte, herumkommandierte oder anbrüllte. Wobei sich das nie jemand wirklich zu Herzen zu nehmen schien und der schöne Riese nie die Popularität innerhalb ihrer Gemeinschaft verlor.

Ihn direkt zu fragen, traute sich Felix nicht. Aber er vermutete, dass es damit zusammenhing, dass Jack als Trapeze Artist bereits eine große Nummer war, eine prominente Figur, die das Publikum anzog. Abgesehen von seinem Äußeren – ganz gewiss auch ein Grund für Jacks Popularität. Jack war ein Star. Felix hatte ja selbst die riesige Reklametafel gesehen damals mit seinem Konterfei hoch über den Wellen des Atlantiks. Er war auch schon, seinerzeit noch in Berlin, aber auch hier in Amerika, in Filmen aufgetreten. Das wusste Felix nicht von ihm selbst, Zazie hatte es erzählt mit dem Zusatz, dass es sich dabei um »erotische Filme« gehandelt hätte und Jack über kurz oder lang ohnehin in Hollywood groß rauskommen würde. »Mit dieser Visage und diesem Hintern«, hatte er gesagt und verschwörerisch mit den Augen gerollt. »Aber wem erzähle ich das, du kennst schließlich beides aus nächster Nähe.«

Felix hatte gegrinst und nicht mehr wissen wollen. Erotische Filme kannte er tatsächlich bloß aus Erzählungen. Damals in Wien, Kollegen vom Verein hatten davon gesprochen, es hatte ihn nicht interessiert. Hätte er wissen können, dass da vielleicht schon der schöne Riese, dass da sein Jack zu sehen war? Eben. Erotische Filme oder Hollywood hin oder her. Im World's End war Jack jedenfalls die große Nummer. Konnte er ihn weiterbringen? Felix bemühte sich jedenfalls, die privilegierte Situation, in der er sich befand, nicht groß auszunutzen. Dass er mit seinem Freund trainierte, an der Trapeznummer arbeitete und darin immer besser wurde, war ohnehin ein Mordsgeschenk.

Hätte man ihm vor nicht allzu langer Zeit gesagt, dass er mit einem Zirkus durch Kalifornien reisen würde, als Trapeze Artist, als Fänger, und damit sein Auskommen haben würde, er hätte nur gelacht. Ganz abgesehen davon, dass er damals weder Ahnung von Kalifornien noch vom Zirkus oder vom Trapez gehabt hatte. Sollte Jack wirklich nach Hollywood gehen, auch von der Welt des Kinos hatte unser Held nur eine sehr vage Vorstellung, sollte er also dort beim Film landen, würde Felix natürlich ebenfalls profitieren. Aber was sollte er in Hollywood? Die Welt wartete gewiss nicht auf einen durchschnittlichen Burschen aus Wien, der vor allem eines konnte: bis über beide Ohren grinsen.

Und weiter ging Felix' Reise, deren Ziel stets nur der nächste Ort war, an dem World's End seine Zelte aufschlug. Unterwegs zu sein war oft beschwerlich, vor allem wenn die Straßen schlecht waren oder das Wetter. Oder beides. Unzählige Male musste er mitanpacken, wenn wieder einer der Wagen im Schlamm stecken geblieben war, wenn mitten auf der Strecke einer der Motoren den Geist aufgegeben hatte oder eines der Tiere ausgebüxt war. Waren sie unterwegs, kamen Zazie und er wiederum oft tagelang nicht aus ihren Betten heraus. Sie dösten, gammelten herum und ließen sich durchschütteln, während ihr Wagen im Schneckentempo über holprige Landstraßen gezogen wurde.

»Ich bin wie du«, sagte Zazie, als sie wieder einmal stundenlang an einem Regentag unterwegs waren. Sie lagen auf ihren Betten und ließen sich von den kalifornischen Straßen durchschütteln. Felix war zunächst nicht klar, was damit gemeint war. »Ich steh auch auf Kerle.« Ach so. Wieso kam Zazie denn nun mit diesem Thema an? Dass Felix mit dem schönen Riesen schlief, war im World's End kein Geheimnis. Alle wussten es, und damit war die Sache erledigt. Er war sich auch nicht bewusst, dass so eine Beziehung anderswo unmöglich gewesen wäre, ja, vielleicht nur hier in ihrer Gemeinschaft überhaupt möglich war.

»Mein Vater hat mich rausgeschmissen, da war ich fünfzehn«, erzählte Zazie nun. »Meine Familie ist sehr gläubig, und wenn du da anders bist, dann halten sie das nicht aus, und du musst gehen.«

»Hast du noch Kontakt?«, wollte Felix wissen.

»Einmal habe ich meine Mutter und meine drei kleinen Schwestern hier im World's End gesehen. Sie hockten ganz hinten in der letzten Reihe. Aber ich glaube, sie haben mich nicht erkannt.«

»Vermisst du sie?«

»Weiß nicht. Ich denke nicht. Hier kann ich mein Leben leben. Dort wäre das nicht möglich. Stell dir vor, sie wollten doch tatsächlich, dass ich bei der Kirche arbeite.«

»Ich glaube, wir beide sind ganz gut aufgehoben hier. Was könnte es Schöneres geben?«

Schweigend schauten sie an die Decke, während von draußen Regen dagegenprasselte.

Andererseits konnten solche Überlandfahrten auch wunderschön sein, wenn das Wetter stimmte und die Sonne nicht zu schlimm vom Himmel brannte. Sie kamen durch Landschaften, die Felix den Atem verschlugen, durch ursprüngliche Wälder, vorbei an tiefblauen Seen, die, wie er erfuhr, meist durch von hohen Dämmen aufgestaute Wassermassen entstanden und für die Stromproduktion angelegt worden waren.

Einmal, ihre kleine Zirkus-Karawane zuckelte am Ufer eines solchen Sees entlang und Felix ging zu Fuß nebenher, entdeckte er in der Ferne auf der Oberfläche des Wassers ein komplettes Haus. Erst dachte er natürlich, er sei übergeschnappt oder so. Aber auch Jack, der neben ihm ging, konnte das Haus auf dem Wasser erkennen. Es ruhte auf zwei Lastkähnen, die sich dem Ufer langsam näherten. Felix malte sich aus, wie es wäre, den ganzen Zirkus mit Kähnen aufs Wasser zu bringen, Grand Chapiteau, Kantinenzelt, alle Wagen. Auf der Stelle würde er zum Direktor gehen, der am Steuer einer Zugmaschine saß, wahrscheinlich wie immer in Frack und Zylinder, um ihm von seiner Idee zu berichten. Dann erinnerte er sich aber, dass er ganz zu Beginn seines Amerika-Abenteuers, damals in Atlantic City, eine Werbung für einen Wasserzirkus gesehen hatte.

So etwas existierte also wohl bereits. Goodbye, du fabelhafte Idee.

»Ach, das war doch alles nur erfunden«, sagte Jack, als Felix ihn darauf ansprach. »Beim Wasserzirkus war ich noch nie. Stell dir nur vor, ich stürze ab und lande im Meer. Nicht auszudenken.«

»Ja, kannst du denn nicht schwimmen?«, wunderte sich Felix.

»Klar doch, aber ich mach mich halt nur ungern nass.« Nun packte Jack den Geliebten, stemmte ihn auf seine Schultern und rannte mit ihm in den tiefblauen See hinein, der sehr schnell furchtbar tief wurde. Angezogen, wie sie waren. Felix jauchzte laut auf, als Jack ihn ins kühle Wasser warf, und rächte sich, indem er mit Händen und Füßen strampelte und ihn ebenfalls nass machte. Obwohl sie wussten, dass es nicht ratsam war, die Fahrt so leichtfertig zu unterbrechen, tobten und planschten sie wie zwei Schulbuben. Gleich würden sie die Beine in die Hand nehmen müssen und einen Zahn zulegen, wenn sie die Fahrzeugkolonne wieder einholen wollten. Ach, egal. Sie gönnten sich ein paar Minuten gemeinsame Zeit abseits der anderen an so einem Hitzetag.

Plötzlich hielt Jack im Schwimmen inne und deutete zu den zwei Lastkähnen. Mit ihrer seltsamen Fracht hatten sie sich rasch genähert. Das Haus, das sie trugen, schien bewohnt zu sein, einstöckig, aus Holz, weiß gestrichen mit einer Veranda davor, mit Erkern, spitzen Giebeln und einem Kamin. Ja, es gab sogar Blumentröge vor den Fenstern, und zwischen zwei Stützen der Veranda war eine Leine gespannt, auf der Wäsche zum Trocknen im heißen Wind flatterte. Ein Fenster im oberen Stockwerk war geöffnet, weiße Vorhänge blähten sich hinaus ins Freie wie Schleier. Und nun war Felix auch klar, was Jack so erstaunte. Am offenen Fenster saß eine Frau. Sie sah zu ihnen herüber, während sie sich mit einer Bürste wieder und wieder durchs lange Haar strich.

»Mama«, entfuhr es Felix und er wurde ganz still. Wie lange hatte er nicht mehr an sie gedacht? Und wie lange hatte er nicht mehr in einem richtigen Haus geschlafen?

Jack, der Felix' Reaktion mitbekommen hatte, zeigte nur schweigend hinüber zu den Wagen des World's End, die fast nur noch ein Pünktchen am Horizont waren. Sie sollten sich wirklich beeilen. Rasch schwammen sie zurück ans Ufer und rannten los. Die vom Wasser schweren Klamotten, die sie am Leib trugen, waren im Nu wieder trocken, so heiß war es in dieser Gegend.

An jenem Abend, das Zelt stand bereits und Felix hatte sich nach dem Essen von Jack verabschiedet und war in seinen und Zazies Wagen zurückgekehrt, packte er wieder einmal das runde Stück Seife aus, das ihm die Mutter damals bei seiner Abreise mit ins Gepäck gegeben hatte. Das Seidenpapier, in das die Seife eingewickelt war, schien schon ein wenig brüchig geworden, es riss sogar an einer Stelle ein, weil er nicht aufgepasst hatte. Seifensiederei Suess, Wien-Stadlau. Die Heimat war weit weg. Er hatte keine Ahnung, was dort los war, wollte es auch nicht wissen. Krieg war in Europa, hatte es geheißen. Felix wusste nicht, was das bedeutete, wusste auch nicht, wie es der Mutter ging, ob sie überhaupt noch am Leben war.

Der Duft von Zitrone und Sandelholz war immer noch so frisch wie eh und je. Damals hatte dieser Duft für Felix die weite Welt bedeutet, das Abenteuer, der Weg ins Ungewisse. Inzwischen kannte er so viel mehr, so viele neue Menschen, sprach eine andere Sprache, er war Künstler geworden, hatte einen Freund an seiner Seite und Freunde. Während er die Seife wieder einpackte, beschloss Felix, künftig vorsichtiger zu sein. Gewiss würde er das zarte Papier nicht mehr entfernen, damit es keinen weiteren Schaden nahm. Benutzen würde er die Seife jedenfalls schon gar nicht.

Einmal wurde die Seife allerdings doch ausgewickelt. Aber nicht von Felix. Der kam irgendwann einmal in den Wagen, und allein der Geruch machte ihn misstrauisch: Der ganze Wagen roch nach seiner Seife, also der Seife aus Wien-Stadlau. Der ganze Wagen und Zazie. »Ich hab mir deine Seife ausgeborgt«, sagte Zazie, gerade dabei, mit einem Besen Staub aus dem Wagen zu fegen. Nur in Unterwäsche hantierte Zazie in ihrem Wagen herum, irgendwo im hintersten Loch von Kalifornien, und roch nach Zitrone, Sandelholz und Wien-Stadlau.

»Sag mal, spinnst du?«, schrie Felix außer sich. »Wieso gehst du an mein Zeug?« Beinahe hätte er Zazie eine geknallt, so wütend war er. Gerade noch zurückhalten konnte er sich.

»Beruhig dich mal, Alter.« Zazie legte den Besen beiseite und hielt ihm das noch feuchte Seifenstück hin. »Ich hab sie mir nur kurz ausgeborgt. Ist doch nur 'ne Seife, hab dich doch nicht so.« Wirklich sah die Seife fast unbenutzt aus, lediglich der eingeprägte Schriftzug »Seifensiederei Suess« war kaum mehr zu erkennen.

Felix riss die Seife an sich. »Nur kurz ausgeborgt. Das ist nicht bloß 'ne Seife. Das ist meine Seife. Geh nie wieder an mein Zeug, hörst du?« Er fand das Seidenpapier, das Zazie mit dem ganzen anderen Dreck vor den Wagen gekehrt hatte, und wickelte das Andenken an sein früheres Leben schnell wieder ein, packte es zurück in seinen Rucksack. Hatte er eben fast Zazie geschlagen? Es war das einzige Mal in all der

Zeit, dass Felix mit Zazie stritt. Eigentlich ging es wirklich um nichts, aber irgendwie doch um sehr viel.

Einmal während einer Vorstellung, gerade lief die Pferdedressur des Russen, bewegten sich wie von Zauberhand die Sägespäne in der Manege. Zuerst war es nur ein sachtes Ruckeln, das außer Felix niemandem aufzufallen schien. Er stand auf seinem Posten beim Portal und dachte zuerst an ein Erdbeben. Hatte er nicht gehört, dass hier in der Gegend regelmäßig die Erde bebte? Doch unter seinen Füßen schien alles ruhig zu sein. Vielmehr konzentrierte sich die Bewegung auf einen bestimmten Punkt fast genau im Zentrum der Manege. Plötzlich flogen dort die Holzspäne in die Höhe, und es wölbte sich ein kleiner Hügel. Zuerst kam dunkle Erde zum Vorschein, dann der Kopf eines Tieres, das Felix zunächst nicht einordnen konnte.

Ach, ein Maulwurf, auf dessen kleiner Welt der Zirkus ausgerechnet sein Grand Chapiteau aufgestellt hatte, machte sich hier bemerkbar und protestierte auf seine Weise. Wie zum Applaus warf er seine rosa Pfötchen zur Seite, schnupperte mit der rosa Schnauze in die Luft, blickte kurzsichtig in die Runde und sah dabei, wie Felix befand, ausgesprochen niedlich aus. Glück hast du, Kleiner, dachte er, deinen Auftritt im World's End nicht ausgerechnet während der Tiger-Nummer geplant zu haben. So hungrig wie die große Katze ist, wärst du mit einem Happen weg gewesen – als kleiner Imbiss zwischen zwei Sprüngen durch den brennenden Reifen sozusagen. Bekommt ja auch sonst nicht so viel zu fressen. Vielleicht, überlegte Felix, könnte er den kleinen Kerl fangen und zähmen, eine eigene Nummer mit dem Maulwurf einstudieren. Das wäre eine Attraktion!

Mitleid wäre hier fehl am Platz, sagte der Direktor am nächsten Tag bei einer Unterredung in seinem Wagen nüchtern, nachdem er sich ausgiebig am Kinn gekratzt hatte. Von wegen Maulwurf-Dressur, was für ein Blödsinn. So ein Tier in der Manege könnte für Panik sorgen. Vielleicht nicht beim Publikum, aber bei anderen Tieren, gerade beim Tiger zum Beispiel, der angesichts eines Maulwurfs leicht erschrecken könnte. Oder auch Heidis Kühe. Ganz abgesehen davon, der Direktor wurde jetzt ganz förmlich, dass jedwede Erdhügel in der Manege unschön, eine Stolperfalle und damit unbedingt zu vermeiden wären. Er wollte gewiss keinen Ärger und wies Felix an, gleich am nächsten Tag Jagd auf das lästige Vieh zu machen und die Plage möglichst rasch zu beenden.

Zazie sollte helfen und erwies sich, als Felix die Nachricht überbrachte, immens kompetent und bei der Herangehensweise überraschend kaltherzig. »Maulwürfe sind fürchterlich pünktlich«, sagte Zazie, offenbar auf dem Gebiet der Zoologie bewandert.

»Aha, soso, pünktlich«, sagte Felix, »ganz im Unterschied zu uns.« Er hatte wegen des Gesprächs mit dem Direktor die Lunchzeit im Speisezelt übersehen. Nun musste er mit einem Kochlöffel die Reste des Mittagessens – Felix tippte auf Bohnensuppe – aus dem großen Topf kratzen. Einem Topf, der eigentlich schon beim dreckigen Geschirr zum Abwaschen gestanden war; wer immer heute auch mit dem Abwasch dran war, schien ebenfalls nicht besonders pünktlich zu sein. Schmutzgeschirr stapelte sich neben dem Bottich mit Abwaschwasser.

»Meine Großmutter hat es mir beigebracht«, referierte Zazie unbeirrt weiter. »Alle zwei Stunden müssen Maulwürfe an die Erdoberfläche kommen, um Luft zu schnappen.

Das machen sie am zuverlässigsten gleich in der Früh. Wir brauchen also bloß bei seinem Maulwurfshügel zu warten, bis der kleine Strolch wiederkommt, und dann hauen wir ihm mit dem Spaten eins auf den Schädel.«

»Das heißt?«

»Das heißt, wir brauchen einen Spaten. Aber erst morgen.«

»Okay«, machte Felix. »Mit dem hölzernen Löffel hier könnte man auch jemanden erschlagen. Wer hat überhaupt Abwaschdienst?«

»Yours truly«, antwortete Zazie, nahm dem Freund den Kochlöffel aus der Hand und begann, das Geschirr abzuwaschen. Felix half freiwillig ein bisschen.

Als sie am nächsten Tag zeitig in der Früh zum Zelt gingen, zeigte sich, dass der Maulwurf entweder viele Freunde besaß oder einfach nur sehr fleißig war. Auf dem Weg übers Zirkusgelände entdeckten Zazie und Felix nämlich, dass über Nacht unzählige neue Maulwurfshügel entstanden waren. Hier hatte jemand ganze Arbeit geleistet. Überall kleine Erdhaufen, eine ganze Maulwurfkolonie schien hier direkt unter ihnen zu leben. Sie beide würden mit Sicherheit eine Zeit lang beschäftigt sein, den oder die Übeltäter zu stellen.

Aber Felix und Zazie hatten auch einen Plan. Zunächst würden sie im Zelt beginnen, wo es so früh am Tag noch ruhig war und niemand beim Training sie oder den Maulwurf störte. Als ob der Trubel in der Manege dieses Tier davon abgehalten hätte, seine Nase herauszustrecken und sich bejubeln zu lassen. Interessanterweise fanden sie in der Manege keinen neuen Erdhügel. Auch unter den Tribünen – Fehlanzeige. Also schauten sie, dass sie die Kolonie außerhalb erwischten, und verließen das Grand Chapiteau.

»Allem Anschein nach ist dieser Maulwurf doch kein Showgirl«, sagte Zazie und schulterte den Spaten.

»Ganz im Gegensatz zu dir.« Mit dem Kochlöffel gab Felix Zazie eins aufs Hinterteil.

»Wart' nur, ich werd' dich gleich mit dem Spaten ...!« Und schon begann eine wilde Jagd über das Areal. Beim größten Erdhügel, den sie finden konnten, direkt vor dem Käfigwagen des Tigers, hielten die beiden an.

»Psssst«, machte Zazie. »Wir müssen jetzt wirklich leise sein, sonst kommt er nicht.«

Zwei Stunden warteten sie, neugierig beobachtet von der Raubkatze hinter den Gitterstäben und von Zirkusleuten, die vorübergingen und denen sie bedeuteten, um Himmels willen mucksmäuschenstill zu sein. Zwei Stunden warten – auf nichts. Denn was soll man sagen, kein Maulwurf ließ sich blicken an jenem Vormittag im World's End. Weder hier noch woanders. Es war verflixt, als hätten sich die Viecher abgesprochen. Als sie resigniert zu ihrer Bleibe zurückgingen, um sich auf die Nachmittagsvorstellung vorzubereiten, kamen sie am Wagen des zahnlosen Alten vorbei. Der kleine Zirkusschneider saß davor auf einem Schemel und war damit beschäftigt, einem toten Maulwurf das Fell abzuziehen.

»Halt«, rief Felix. »Was machst du da? Woher hast du den?«

»Was? Den Maulwurf?«, fragte der Alte und zwinkerte ihm zu. »Der ist heute in der Früh tot vor meiner Tür gelegen. Das Fell wird jetzt noch gegerbt, und dann werde ich damit den Zylinderhut vom Direktor ausbessern.«

»Den hat gewiss dein Kater gefangen«, sagte Felix. Der Alte verdrehte die Augen.

Wenige Wochen später während der Vorstellung, Felix schob vor seinem Auftritt wie immer Dienst beim Sattelgang und hatte die Episode mit der Maulwurfsjagd fast schon vergessen, fiel ihm am Zylinder des Direktors eine dunklere Stelle auf. Die Reparatur, erinnerte er sich schließlich und freute sich, dass das kleine Showgirl mit der rosa Schnauze nun in gewisser Weise doch noch einen Platz in der Manege bekommen hatte. Wenn's nicht so deprimierend wäre, dachte Felix bei sich, dann wär's direkt ein bisschen kurios. Und als er kurz darauf dem alten Schneider zufällig beim Abendessen begegnete, steckte dieser ihm ein winziges Eckerl Maulwurfspelz zu. Felix betrachtete das Fellstück. Blauschwarz war es und fühlte sich weich und seidig an, wenn er damit über seine Oberlippe fuhr. Fast so, wie wenn er Jack küsste. Er trug es gern in der Hosentasche, und während er lässig die Hände darin vergraben hatte, streichelte er mit dem Finger sachte darüber und fand es kolossal beruhigend. Aufgeworfene Erdhügel waren jedenfalls kein Problem mehr im World's End.

Einmal, Felix war gerade mit seinem Tagwerk fertig geworden, hatte er sich im Küchenzelt von der beleibten Person am Herd ein großes Stück Kuchen schenken lassen, einen Kuchen, belegt mit großen runden Kirschen, den sie eben aus dem Holzofen geholt hatte und der eigentlich an die Besucherinnen und Besucher verkauft wurde. Kauend und Kirschkerne ausspuckend schlenderte Felix übers Zirkusgelände in Richtung seines Wagens, wo er sich vor der Vorstellung noch ein bisschen ausruhen wollte. Schon aus er Ferne hörte er, dass dort lautstark eine von Zazies Swing-Platten spielte. Hatte Zazie etwa auch schon Feierabend? Zazie hatte er tatsächlich schon seit ein paar Stunden nicht mehr auf dem Gelände gesehen. Pah, Zazie war einfach nur zu Hause, lag auf der faulen Haut und veranstaltete einen derartigen Bahöl!

Felix riss die Tür des Wagens auf – und erschrak kolossal. Weil da auf Zazies Bett eine wildfremde Person hockte, eine Kippe im Maul hatte und mit den Fingern den Takt zur Musik schnippte. Also die Person, die da saß, rauchte und im Takt schnippte, war nicht ganz wildfremd: Es war die wunderschöne Ballerina, die Felix immer nur während ihrer Nummer mit dem Vogel Strauß in der Manege beobachtete, der er aber all die Zeit, die er nun schon Teil des World's End war, auf dem Gelände, beim Essen oder bei den Tieren noch nie begegnet war. Und nun hockte dieses Phantom plötzlich da und hörte Musik. Zazies Musik, um genau zu sein.

»Hey«, sagte er eventuell eine Spur zu grob, »was tust du hier in meinem Wagen und dem von Zazie? Und wer hat dir erlaubt, das Grammophon zu benutzen? Gib zu, du wolltest es mitgehen lassen!« Aber das konnte eigentlich auch nicht sein, wurde Felix bereits klar, während er es aussprach: Wenn dieses Mädel Zazies Grammophon stehlen wollte, hätte es ja wohl keine Platte aufgelegt.

»Felix Austria, Schatzi!« Das Mädel schaute ihn mit großen dunklen Augen an, schnippte unbeirrt weiter mit den Fingern, rauchte und lachte. Impertinent, dachte Felix. Immerhin kannte sie seinen Namen. Und sie kannte sein »Schatzi«.

Felix wurde ungehalten. »Suchst du Zazie, hmm? Du sitzt nämlich gerade auf seinem Bett und hörst seine Platten. Rauchst du auch noch seine Kippen, hä? Ich finde das reichlich unhöflich von dir.«

»Ich bin doch Zazie!«

Die geneigte Leserin, der geneigte Leser hat es sich womöglich schon längst gedacht. Aber unser armer Felix stand noch immer auf der Leitung. Wieder und wieder schaute er dem Mädchen in die hübsche Visage. Er sah die Tänzerin, die er seit Monaten immer wieder von seiner Position am Sattelgang aus bewundert hatte und über deren groteske Nummer mit dem Ostrich, dem Vogel Strauß, er immer noch regelmäßig lachen musste. Und endlich dämmerte es auch ihm. Ach so!, wie dumm, darum kümmerte Zazie sich um den großen Vogel! Plötzlich war ihm auch klar, weshalb sein Mitbewohner regelmäßig verschwand, kurz bevor die Tänzerin die Manege betrat, um dort im strahlend weißen Tutu gemeinsam mit dem Riesenvieh Pirouetten zu drehen. Zazie war – na was nun? – Zazie.

Zazie war Zazie. Und alle im Zirkus wussten es, bloß er hatte die ganze Zeit keinen Schimmer, was hier vor sich ging. Angestrengt blickte Felix in Zazies dunkle Augen, aber keine Chance. Er vermochte nicht, den Freund und Mitbewohner zu entdecken. Erst als Zazie mit der gewohnten Stimme auf ihn einredete, seine Hände ergriff, um ein paar Takte Swing mit ihm zu tanzen, war er sich ganz sicher. Es war und blieb Zazie.

»Wieso machst du das?« Die wilde Musik hatte aufgehört, die Nadel des Grammophons kratzte am Ende der Platte in Dauerschleife, krch, krch, was Felix gehörig auf die Nerven ging. Er stoppte das Gerät.

»Wieso ich was mache?« Zazie drückte die Kippe aus, riss sich die Perücke vom Kopf und warf sie aufs Bett.

Felix deutete auf die falschen Haare. »Na das alles. Wieso machst du so was?«

»Weil, weil ich es kann«, sagte Zazie. »Weil ich es bin.«

»Alle außer mir wissen es?«

»Alle.«

»Wieso hast du mir nie etwas davon gesagt?«

»Und wieso hast du es nie bemerkt?«

Gut, ihre Konversation bewegte sich im Kreis. Eigentlich war es Felix auch egal. Am meisten ärgerte er sich über sich selbst, dass er wirklich die ganze Zeit nichts mitbekommen hatte. Wo zog sich Zazie immer um? Wieso war das Ballerina-Kostüm mit dem Tutu nicht in ihrem Wagen aufbewahrt; ihre roten Uniformen hingen schließlich auch stets fein säuberlich auf einem Kleiderbügel bei der Tür. Das konnte doch alles nicht wahr sein! Vielleicht war Felix auch einfach nicht aufmerksam genug.

»Zazie«, sagte er.

»Welche?« Zazie stieg aus dem Kleid.

»Beide.« Felix musste lachen. »Und ich hab gedacht, Zazie will Zazies Grammophon klauen.«

»Dem Himmel sei Dank ist das nicht geschehen«, sagte Zazie und nahm die rote Uniform vom Kleiderhaken. Und damit war alles gut.

Zumindest fast alles war gut. Zazies Koffergrammophon verschwand nämlich ein paar Wochen später wirklich spurlos. Jemand musste es gestohlen haben. Zazie und Felix waren überzeugt, dass der Dieb jemand von draußen war. Ein Gast, der in den stets von einem hölzernen Zaun umgebenen Bereich mit den Zirkuswagen gelangt war. Zu Wohnwagen, deren Türen normalerweise niemand abzusperren brauchte. Aber an dem gottverlassenen Ort, wo sie zu diesem Zeitpunkt gastierten, war es letztlich auch keine Überraschung, dass so etwas passierte.

War der Circus World's End meist irgendwo am Rande einer Ortschaft untergebracht, einer kalifornischen Kleinstadt, deren Namen man noch nie gehört hatte und den man auch schon bald wieder vergessen würde, war das Zirkuszelt also üblicherweise irgendwo auf einem schönen Fleckchen im Grünen aufgebaut, am Rand der Zivilisation, die Wohnwagen und Versorgungszelte drum herum, jedes Mal in derselben Ordnung platziert, hatte der zuständige Ortsvorsteher der Gemeinde dieses Mal den Zirkusleuten einen wenig idyllischen, ja nicht einmal pittoresken Platz zugewiesen. Es war einfach ein verdammtes Dreckloch.

Trat man durch den Sattelgang aus dem Grand Chapiteau ins Freie, stand man direkt vor einer Armee riesiger Pumpen. Überall Arme aus Stahl, die sich auf und ab bewegten, Tag und Nacht ein monotones Geräusch verursachten und Öl an die Erdoberfläche beförderten. Eine schwarzbraune, schmierige Substanz bedeckte hier alles – dabei hätte man doch meinen können, dass das kostbare Gut in Tanks gepumpt würde. Doch die rostigen Rohre, die knapp über dem Boden ein chaotisches Wirrwarr darstellten, waren undicht. Überall tröpfelte, blubberte oder spritzte es schwarzbraun, die ganze Gegend schien verseucht, und es stank höllisch nach Schwefel und Knoblauch. Gastierten sie also üblicherweise in schönen Landschaften, am Ozean, mit Blick auf Berge, Orangen- oder Apfelplantagen, so schien World's End dieses Mal tatsächlich am Ende der Welt gelandet zu sein.

Auch das Publikum hier schien direkt der Hölle entsprungen. Familien schien es wenige zu geben. Dafür grobschlächtige Menschen, Männer, die direkt von der Arbeit auf den Ölfeldern in die Zirkusvorstellungen kamen, mit schwarz verschmierten Gesichtern. Vereinzelt ein paar Frauen in abgetragenen Klamotten mit leerem Blick. Sie alle erhofften sich ein wenig Abwechslung von einem Alltag, der wahrscheinlich ebenso monoton war wie das Auf und Ab, wie das Brummen der Ölpumpen.

Mehr als einmal während dieses Gastspiels kam es zu Schlägereien; meist ging es um Artistinnen, denen die Besucher nicht genug Respekt entgegenbrachten. Während der Vorstellungen herrschte ein Durcheinander auf der Tribüne, die Leute schrien und pfiffen, warfen Flaschen oder sprangen sogar in die Manege. Nach jeder einzelnen Vorstellung war der Zirkusdirektor drauf und dran, das Gastspiel vorzeitig zu beenden.

Doch als wenn all das nicht fürchterlich genug gewesen wäre, fand zeitgleich mit dem Zirkus direkt nebenan auch noch eine Art Jahrmarkt statt. Ein aggressiver Karneval mit Bretterbuden, an denen Bier und Schnaps verkauft wurden, Arenen, in denen Ring- und Hahnenkämpfe stattfanden, in einer Art Käfig irgendwelche Kerle mit Motorrädern Gitterwände hinauffuhren, hinter denen das Publikum im Lärm hockte, es stank und ratterte. Man konnte sich rasieren, die Haare schneiden, Zähne reißen oder sogar tätowieren lassen – was manche aus dem Zirkus auch taten. Felix musste sich erst an den Anblick über und über mit blauer Tinte bemalter Menschen gewöhnen; so etwas hatte er schließlich noch nie zuvor gesehen. Ja, es gab sogar ein Bordell auf Rädern, aus dem die Gäste regelmäßig hinausflogen, weil sie zu besoffen waren, sich schlecht benommen hatten oder beides. Und es gab auch ein paar Fahrgeschäfte, ein kleines Riesenrad und ein rostiges Karussell, das meist ohne Fahrgäste quietschend seine Runden drehte. An diesem trostlosen Ort gab es wenige Kinder. Nichts war hier schön.

So gesehen passte der Rummel zur Gegend. Direkt neben ihrem Zirkus herrschte ein widerliches Treiben: schlecht gelaunte Tagelöhner auf der Suche nach einem Abenteuer oder Ärger, Prostituierte, Halbwelt – und Quacksalber. An einer der Bretterbuden bot ein schlaksiger, groß gewachsener Herr im violetten Frack, einen verbeulten Zylinder auf dem Kopf, wie ihn auch der Zirkusdirektor zu tragen pflegte, mitten im schwarzbraunöligen, stinkigen Dreck am Ende der Welt ein Wundermittel zum Verkauf an. Manche Leute interessierten sich sogar dafür.

Sie hatten einen freien Nachmittag, und Felix schlenderte gemeinsam mit Zazie über den schlimmen Rummelplatz. Obwohl Zazie in letzter Zeit immer öfter auch Röcke und Blusen trug, waren heute vorsichtshalber Hosen angesagt. Auch auf den scharlachroten Lippenstift verzichtete Zazie lieber – man wusste ja nie genau, wie das verrückte Volk hier reagierte.

Fadesse mischte sich mit Aufregung, denn die beiden Zirkusleute wollten auf keinen Fall Aufsehen erregen oder eine weitere Schlägerei mit den ohnehin schon aggressiven Menschen hier verursachen. Bei dem schlaksigen Herrn in Violett, der sich als Doktor ausgab – was gewiss nicht der Wahrheit entsprach – und auf einem kleinen Podest die Vorteile seiner »modernsten medizinischen Erfindung« anpries, blieben sie stehen. Angeblich, versicherte der Doktor und seine Stimme wurde einen Ton schriller, half das Zeug in den vor ihm aufgebauten braunen Fläschchen gegen Filzläuse ebenso wie gegen Katarrhe aller Art oder sogar gegen depressive Verstimmung.

»Nur zwei Dollar, Ladies and Gentlemen«, rief der selbsternannte Doktor, während seine langen Gliedmaßen unkontrolliert herumwirbelten wie die Beine einer Spinne, »zwei Dollar für ewiges Leben und Gesundheit bis ins hohe Alter!« Der Spinnenmann fuchtelte herum, fuhr den Leuten mit den Fingern in die Frisur oder griff ihnen zwischen die Beine, faselte von Haarausfall und sexueller Leistungsfähigkeit, war mit seinen langen knochigen Fingern erst hier und dann dort. Schließlich gab er einer buckligen Alten ein Löffelchen des wie das Erdöl schwarzbraunen, zähflüssigen Elixiers zu kosten und kreischte, dass das Zeug selbstverständlich auch vor Schwangerschaft schützen würde, was bei den Umstehenden höhnisches Gelächter auslöste.

Er sprang umher, die widerlichen Spinnenarme und -beine schienen überall gleichzeitig zu sein, und erst jetzt fiel Felix die Musik auf, die das groteske Schauspiel aus einem kleinen Koffergrammophon untermalte. Vielmehr fiel ihm das Grammophon auf, auf dem sich die Platte drehte. Das war doch, war das nicht, das war doch Zazies Koffergrammophon, das da auf dem Podium spielte! In dem Moment, als er Zazie in die Seite stoßen wollte, machte Felix eine weitere Entdeckung. Der Mann im Publikum, dem der Quacksalber ebenfalls einen Schluck seines Wundermittels verabreicht hatte, der gerade noch nur sehr wacklig und mithilfe zweier Krückstöcke unter den Armen hatte stehen können, warf plötzlich die Krücken weg, sprang wie ein Karnickel in die Höhe, schlug die Hacken gegeneinander und rief, er sei geheilt. Ja, er könne wieder gehen, es sei ein Wunder!

Ein paar Schaulustige kramten bereits in ihren Hosentaschen nach Münzen, die spontane Heilung hatte ihre Wirkung erzielt. Irgendwie kam Felix der Mann, der wie aufgezogen in die Höhe sprang, bekannt vor. Vor allem der Schnauzbart erinnerte ihn an ... Er betrachtete ihn genauer. Das war doch Will, der Messerwerfer, der ihn gemeinsam mit Rita und Sabin auf der ersten Etappe seines Amerika-Abenteuers begleitet hatte! Was tat der denn hier? Wieso trug er das Haar nun kurz, und welch ominöse Krankheit hatte seinen jugendlichen Körper befallen? Ach Blödsinn, dachte Felix, der spielt das doch nur, typisch Will. Gerade als dieser sich bückte, um seine Krückstöcke wieder aufzusammeln, ging Felix zu ihm hin, um Hallo zu sagen. Endlich würde er sich mit Will unterhalten können. Doch Will schaute ihn nur aus geröteten Augen an und tat so, als habe er Felix noch nie gesehen.

»Erkennst du mich nicht, alter Freund«, sagte er in Wills Sprache. »Ich bin's, Felix Austria.« Nichts. Felix hätte nur zu gern gewusst, wie es dem Reisegefährten ergangen, was mit Rita und Sabin geschehen war und wieso sie ihn überhaupt damals in New York aufgelesen und ausgerechnet hierher nach Kalifornien zum World's End gebracht hatten. Aber vielleicht verwechselte er den Kerl ja auch. Der ignorierte ihn ohnehin, ließ sich verstohlen von dem Quacksalber ein paar Geldscheine zustecken und verschwand anschließend in der Menge.

»Mein Grammophon!« Zazie stieß jetzt Felix in die Seite. »Das ist doch mein Grammophon da auf der Bühne. Dieses Arschloch da hat mir das gestohlen!« Damit der Wundermittelheini keinen Verdacht schöpfte, warteten sie kurz, bis die Swing-Platte zu Ende war. Als nur noch das Knacksen der Auslaufrille zu hören war, bei dem Tumult, der auf dem Rummelplatz herrschte, ohnehin kaum zu bemerken, lenkte Felix den Mann mit den Spinnenbeinen ab. Er tat, als würde er sich für dessen ominöse Arznei interessieren, fragte scheinheilig, ob das Zeug auch bei Muskelkater – sauren Muskeln – zu empfehlen wäre. Direkt daneben holte sich Zazie das Gerät zurück und ließ noch eine von den braunen Flaschen mit dem vermeintlichen Wundermittel mitgehen. Schließlich konnte man nie wissen. Und wie auf ein Zeichen rannten sie beide los. Hinüber in ihr Zirkusdorf, ihren sicheren Ort hinter dem hölzernen Zaun.

Der Spinnenmann schien ihre Aktion überhaupt nicht bemerkt zu haben, niemand war ihnen gefolgt. Sie freuten sich über ihren gelungenen Coup. Blöd war nur, dass, als sie den Wagen betraten, dort schon ein Grammophon stand. Zazies Grammophon. Später stellte sich heraus, dass ein Kollege, den sie aufgrund seiner gedrungenen Statur Dice nannten, den Würfelförmigen, sich das Grammophon ausgeborgt hatte, ohne zu fragen.

»Jetzt hast du halt auch eins«, sagte Zazie, und Felix versteckte das gestohlene Gerät vorsichtshalber in seinem Rucksack bei dem anderen Krempel.

Abends, als sie nach der Vorstellung gemütlich auf ihren Betten hockten, während leise Musik spielte, probierten sie auch das Wundermittel, das Zazie hatte mitgehen lassen. Es schmeckte unangenehm bitter, ein bisschen nach Knoblauch, und besaß dieselbe Konsistenz wie das Erdöl, in das man hier überall hineintrat. Wahrscheinlich hatte der Spinnenmann das Zeug bei einem der defekten Rohre abgefüllt. Noch wahrscheinlicher war es einfach bloß Melasse. »Hat er nicht behauptet, dass es auch gegen Schwangerschaft hilft, Zazie?«, fragte Felix und lachte dreckig. »Musst dich halt nur untenrum damit einschmieren.«

»Hat der Quacksalber nicht gesagt, dass deine Gurke damit größer wird?« Zazie lachte ebenfalls dreckig. »Los, schmier du dich damit ein untenrum.«

»Nein«, rief Felix und tat besorgt, »da hätte ich irrsinnige Angst, dass mir meine Gurke abfällt. Im Gegensatz zu dir, Schatzi, brauch ich meine nämlich noch.« Und sie beschlossen, das angebliche Wundermittel ausschließlich zum Schuheputzen zu verwenden. Da konnte nicht viel schiefgehen.

Wochen nach dem schrecklichen Gastspiel in der Kleinstadt mit dem Ölfeld wurde Felix von einem lauten Krachen geweckt. Nicht das übliche Sommergewitter, das er nun schon einige Male erlebt hatte, sondern ein Donnersturm war aufgezogen, ein Thunderstorm, vor dem sich die Leute beim Zirkus wirklich fürchteten. Jene, die so etwas schon einmal erlebt hatten, erzählten, dass so ein Sturm ein Zirkuszelt mir nichts, dir nichts aus seinen Verankerungen reißen konnte. Gestern noch beim Lunch hatte Dice, der Würfelmann, davon berichtet, wie einmal das Grand Chapiteau hoch in die Luft geflogen war, nachdem der Sturm unter seine Planen gegriffen hatte. »Hoch in die Luft, bis es nur noch«, Dice hatte den Satz wiederholt und eine kleine dramatische Pause eingelegt und dabei zwischen Zeigefinger und Daumen Platz für maximal eine Erbse gelassen, »bis es nur noch so klein war.«

»Und was dann?«, hatte Felix wissen wollen.

»Minuten später ist das Zelt aufgeschlagen. Meilen entfernt vom ursprünglichen Platz mitten in eine Viehweide. Und alles war hin.«

Jetzt also schien diese Art Sturm wieder zurückgekommen zu sein. Es pfiff und heulte draußen, Regen prasselte gegen Wände und Dach ihres Wagens, Rufe waren zu hören.

»Wir müssen raus!« Zu seinem Erstaunen hatte Zazie bis zu diesem Zeitpunkt tief und fest geschlummert. »Wir müssen raus, Zazie, das Zelt festhalten.«

Als sie beim Zelt ankamen, waren sie völlig durchnässt. Alle anderen Zirkusleute waren schon damit beschäftigt, an Leinen zu ziehen, mit Vorschlaghämmern zusätzliche Pflöcke in den schon arg aufgeweichten Boden zu schlagen. Sogar Jack, der sich für solche Gemeinschaftsarbeiten meist zu gut war und aus Prinzip beim Auf- oder

Abbau nicht mithalf oder mithelfen musste, sogar Jack packte mit an.

»Pass auf, dass dir nichts auf den Kopf fällt«, brüllte er, an beiden Armen dicke Taue, die bereits gefährlich straff gespannt waren und an seinem Körper zerrten. Felix bekam eine Plane zu greifen, die vorher auf und ab geflattert war, und drückte sie fest nach unten, Zazie tat ein paar Meter weiter dasselbe. Möglichst wenig Wind sollte ins Innere gelangen, zumindest hatte der Würfelmann das gestern gesagt, der nun gerade dabei war, auf das Zeltdach zu klettern, um von dort aus eine der Lüftungsluken zu schließen. Jede und jeder schien genau zu wissen, was zu tun war. Das Zelt, ihr Zelt, es durfte auf keinen Fall abheben; ohne Zelt kein Zirkus. Sie wären ganz schön aufgeschmissen, schrecklich.

War das das Ende der Welt? Während er so mit seinen beiden Händen an der Plane hing und sich durchschütteln ließ, mitten im Tosen des Unwetters, malte Felix sich aus, wie der Sturm doch noch einen Weg fand, das große Zelt mit all den Menschen, die daran hingen, hoch in die Luft riss, bis es nur noch so winzig wie eine Erbse war. Ein wildes Ringelspiel da am Himmel mit den schwarzen Wolken, den Blitzen. Sofort fiel ihm natürlich ein, dass er ja hätte loslassen und zurückbleiben müssen, um das Zelt überhaupt so winzig droben am Himmel sehen zu können. Also beschloss er, den Zirkus, seinen Zirkus, seine Freunde niemals im Stich zu lassen. Wenn ich jetzt nur recht gut festhalte, dachte er, so würde der Zirkus niemals so winzig wie eine Erbse werden und für immer bleiben.

Felix japste nach Luft, weil ihn eine Ladung Wasser von oben direkt erwischt hatte. Es war wie ein Tauchgang auf hoher See, er sah den Würfelmann droben lachen und fand es in ihrer Situation sehr unpassend. Doch Felix hielt und hielt aus, hielt durch. Er versicherte sich, dass Jack, dass Zazie und all die anderen auch noch da waren, während die Elemente das Ihre taten.

Felix hatte keine Ahnung, wie lange das nun schon ging, er hatte jedes Zeitgefühl verloren. Vielleicht war auch nur eine Viertelstunde vergangen, es kam ihm länger vor. Gott sei Dank ließ der Donnersturm allmählich auch nach. Der Wind rüttelte und schüttelte weniger am Grand Chapiteau, die zusätzlichen Pflöcke, das Festhalten und Festzurren hatte geholfen, alle Luken waren geschlossen. Und irgendwann war der Sturm nur noch ein Lüftchen, das stetig schwächer wurde. Am Ende regnete es bloß noch. Okay, es schüttete wie aus Feuerwehrschläuchen, aber sie waren ohnehin schon nass bis auf die Knochen und der allergefährlichste Teil war offenbar geschafft. Das Ende der Welt war vorläufig abgesagt.

Als klar war, dass sie das Schlimmste überstanden hatten, und alle ins Zelt liefen, um sich vor dem Regen zu schützen, kam gleich die nächste Katastrophe. Der Dauerregen hatte das Baumwollgewebe der Planen so sehr aufgeweicht, dass es nun auch innen im Zelt von der Decke tropfte. Alles war nass, und es würde Tage dauern, bis sie wieder spielen, geschweige denn abbauen konnten. World's End blieb fürs Erste geschlossen.

Auch solche Zeiten lernte Felix lieben. Zwar gab es auch ohne die Vorstellungen am Abend immer etwas zu tun. Zur Routine kamen Reparaturarbeiten. So mussten jetzt die nassen Zeltplanen geflickt werden, eine Arbeit, die man unmöglich allein dem kleinen Schneider überlassen konnte. Alle packten mit an, und wenn man so saß und mit den Händen grob nähte, lernte man immer neue Menschen kennen. Felix war oft gar nicht bewusst, wer hier alles im

World's End lebte. Regelmäßig versuchte er auch, etwas über Sabin, Rita und den dürren Will herauszubekommen, die ihn schließlich damals hergebracht hatten. Doch über das seltsame Trio mochte keiner so wirklich mit Felix reden. Ausweichendes Brummen war meist die Antwort. Oder man zeigte ihm einen besseren Knoten beim Flicken der Planen, schickte ihn etwas holen, nur um schnell das Thema zu wechseln.

So lernte Felix auch Heidi besser kennen, die Artistin mit den beiden schwarz-weiß-gefleckten Kühen. Ihre Darbietung bestand tatsächlich nur darin, in Tracht und mit großem Kopfputz die Tiere durch die Manege zu treiben und dabei lautstark zu jodeln. Lange hatte Felix Heidi wirklich für eine Schweizerin gehalten – der typische Name, die Viecher, das Jodeln –, doch wie sich herausstellte, stammte sie aus Südamerika, aus Venezuela, um ganz genau zu sein. Felix hatte keine Ahnung, wo dieses Land lag, ließ sich aber von Heidi auf einem kleinen papierenen Globus, den sie nach längerer Suche in ihrem Wagen gefunden hatte, zeigen, wo es lag. Gar nicht so weit weg von Kalifornien, befand Felix. Jedenfalls näher als Österreich oder die Schweiz.

Heidis Alter konnte er schwer schätzen. Er traute sich natürlich auch nicht nachzufragen. Sie wirkte gleichzeitig sehr jung und sehr alt. Alte Leute verhielten sich doch nicht so, oder? Jedenfalls hatte sie ihr Schweizertum derart kultiviert, dass sie inzwischen beinah selbst davon überzeugt war. Nicht nur bei ihren Auftritten jodelte sie, dass es in den Ohren klingelte, und trug dabei das typische Gewand. Auch privat lief sie in der schwarzen Tracht herum, jauchzte, gurrte und verdrehte ihre Stimme schrill – wenn sie nicht schweigend beim Lunch saß oder kurz vor der Abendvorstellung noch ihre Kühe striegelte. Wurde sie jedoch laut, war es stets ein Ereignis. Heidi verstand es, Töne bis in allerhöchste Höhen hinaufzuschrauben. Oder sie brummte ganz tief, was klang wie das Grollen des Donners in den Bergen. Abgesehen von ein paar Brocken Englisch, die sie beherrschte, war Jodeln Heidis Art, sich zu unterhalten, und alle beim Zirkus kamen gut damit klar. In der Schweiz, einem kleinen Ländchen mit Bergen und Tälern irgendwo im fernen Europa, da unterhielt man sich offenbar auch auf diese Weise. Oder man schwieg.

Als Felix sie eines Tages in seiner Sprache fragte, ob sie Lust hätte, einmal mit ihm ins Kino zu gehen oder etwas zu unternehmen, und Heidi gurrend und jauchzend in einem Fantasie-Deutsch antwortete, das trotz aller Unterschiede ihrer beiden Herkunftsländer bestimmt auch kein Schweizer Dialekt war, musste er fürchterlich lachen, weil er sie wirklich verstand.

Ins Kino ging Felix mit der südamerikanischen Heidi from Switzerland ein anderes Mal. Also zumindest trafen sie sich vor einem Kino. Es war nämlich so, dass er sich an einem heißen Sommertag in einer sehr großen Stadt am Ozean verlaufen hatte. Der Zirkus hatte dort aus unerfindlichen Gründen nicht gastieren dürfen, sie waren also bloß auf der Durchreise und hatten eine Pause eingelegt, um die Tiere zu versorgen. Nach Sonnenuntergang, wenn es kühler geworden wäre, würden sie zur Weiterreise aufbrechen, hieß es. Alle sollten sich rechtzeitig wieder bei den Fahrzeugen und Wagen einfinden.

Felix hatte beschlossen, sich in der Zwischenzeit ein wenig die Stadt anzusehen. Während er also schier endlose Straßen entlangspazierte, ab und zu im Schatten eines Baumes eine Rast einlegte und protzige Häuser mit beeindruckenden

Vorgärten betrachtete, war ihm auch klar geworden, weshalb World's End in dieser Stadt kein Gastspiel eingeschoben hatte. Hier war nicht sein Publikum. Hier schien alles schön und reich; zumindest da, wo Felix unterwegs war.

Dafür machte er eine weitere Entdeckung, die sein Herz höher schlagen ließ. Trotz der drückenden Hitze war er einen Hügel hinaufgeklettert. Grillen zirpten, sonst war es ganz still hier oben um die Mittagszeit. Plötzlich fand sich Felix vor einem Wald aus bestimmt zehn, fünfzehn Meter hohen Buchstaben wieder. Das Gelände war steil und unwegsam, ein Zaun hinderte ihn daran, um die Anlange herumzugehen. Er versuchte, den Schriftzug zu entziffern, was sich als äußerst schwierig herausstellte. Zuerst bemerkte er nämlich gar nicht, dass er die Lettern von ihrer Rückseite aus betrachtete. Zudem war oft unklar, was noch zum jeweiligen Buchstaben und was schon zur Eisenkonstruktion gehörte, die das Ganze zusammenhielt. »D-N-A-L-D-O-O-W-Y-L-L-O-H«, setzte er schließlich im Kopf zusammen, als er ganz rechts in der Nähe des Buchstabens H angekommen war. Das H war schon einigermaßen rostig und verbeult und erweckte den Eindruck, als hätte jemand Steine dagegen geworfen oder gar darauf geschossen. Dnaldoowylloh – fast klang es wie einer von Heidis Jodlern, dachte er und musste lachen. »Dnaldoowylloh«, flüsterte er das Wort wie eine magische Zauberformel. Was mochte das schon wieder bedeuten?

Der aufmerksame Leser, die aufmerksame Leserin hat es sicher längst erraten, während unser Felix noch immer rätselte. Er formte die einzelnen Buchstaben mit den Lippen nach, kam nicht und nicht darauf. »Hollywoodland«, brüllte er endlich viel zu laut und hoffte, dass niemand seine Luftsprünge beobachtete. Erschrocken flatterten ein paar Vögel aus dem Gebüsch in die Höhe. »Gibt's ja gar nicht«, rief er und freute sich unbändig. Ohne es gemerkt zu haben, war unser Felix doch tatsächlich in Hollywood gelandet, Hollywoodland, mittendrin im Land der tausend Möglichkeiten.

Jetzt also war er genau dort, wo er zu Beginn seiner Reise unbedingt hatte hinwollen. Doch war er schon am Ziel? Ach, so ein Schmarrn! Schließlich hatte Felix seine Heimat nicht verlassen, um überhaupt irgendwo anzukommen. Ging es doch vor allem darum, Österreich zu verlassen. Punkt. Weg war weg, bloß weg. Es war ohnehin bloß so ein unbestimmtes Gefühl gewesen, damals, als er beschlossen hatte fortzugehen. Hollywood war da lediglich ein vorgeschobener Grund gewesen, der Heimatstadt den Rücken zu kehren, um woanders sein Glück zu versuchen.

Was wusste er schon von Hollywood! Inzwischen war er sich gar nicht mehr sicher, was er hier überhaupt hatte wollen. Was er hier anfangen sollte. Zum Film gehen, klar. Aber er hatte keine Ahnung, was das wirklich bedeutete. Außerdem war er doch nun zum Zirkusmenschen geworden, Jack war im World's End, vor allem Jack, Zazie, der zahnlose Schneider und sein böser Kater, die ganzen Friends, seine Family. Da er nun aber schon einmal hier war, wollte er sich auch ein bisschen umsehen in diesem Hollywoodland. Felix bückte sich, nahm einen Stein etwa so groß wie seine Hand und warf ihn gegen den Buchstaben H, sodass es dumpfblechern tönte. Irgendwie bildete er sich ein, dass ihm dieser Steinwurf Glück bringen würde. Klong.

Anschließend nahm er die Richtung, in der er das Stadtzentrum vermutete. Gedankenverloren trabte er in der Hochsommerhitze eine asphaltierte Straße entlang. Immer wieder hielt er inne, um sich den Schweiß von der Stirn zu wischen. Durstig war er. Wasser lassen musste er ebenfalls. Gerade als er sich in einem Vorgarten am Stamm eines ihm unbekannten, mächtigen Nadelbaumes erleichtert hatte und noch an seinen Hosenknöpfen herumnestelte, stoppte ein Automobil mit offenem Verdeck direkt neben ihm. Ein elegant gekleideter Mann am Steuer winkte ihn zu sich her, fragte, ob er mitfahren wolle, er sei Richtung Hollywood Boulevard unterwegs und könne ihn wirklich gerne ein Stück mitnehmen. Dankbar für das Angebot, nahm Felix auf dem Beifahrersitz Platz.

Felix ließ sich den Fahrtwind durchs Haar blasen. Der Fahrer war, wenn er es richtig verstanden hatte, gerade auf dem Weg zu einer Filmpremiere. Natürlich. Man war ja in der Stadt, in der Kino gemacht wurde. Obwohl Felix gleich bemerkt hatte, dass der Kerl kein Amerikaner war – für sein geschultes Ohr sprach er Englisch mit eindeutig österreichischem Akzent –, ließ er sich nichts anmerken und ließ auch seinerseits keine Möglichkeit aus, amerikanisch zu klingen. Immer wieder musterte ihn der Mann von der Seite, einmal legte er ihm sogar scheinbar zufällig die Hand auf den Oberschenkel. Gewiss ist der auch einer vom Film, dachte Felix, und als er gefragt wurde, ob er ein »Professioneller« sei, nickte er heftig. Klar sei er Profi, ein »Trapeze Artist«, prahlte er und log, dass sein Zirkus ganz in der Nähe gastieren würde, er könne ihm gern ein Ehrenticket besorgen.

Nachdem er ihm eine Karte mit einer Telefonnummer zugesteckt hatte, der Name las sich wie ein amerikanischer Name, aber der schöne Riese hieß ja eigentlich auch Jakob und nannte sich Jack, nachdem der Anzug-Kerl also Felix seine Visitenkarte überreicht hatte, ließ er ihn in der Nähe eines großen Gebäudes aussteigen. Es sah aus wie ein chinesischer Palast, wie eine prachtvolle Pagode. Ein ähnliches Bauwerk kannte er von alten Fotografien aus dem Prater, als die Welt in Wien war.

Hunderte Menschen warteten auf dem Boulevard vor der Pagode, aufgeregt, schwitzend und schreiend, viele Frauen und ein paar Männer, die Mehrzahl jung wie er. Offenbar sollte genau hier diese Filmpremiere stattfinden, von der sein Chauffeur im Automobil zuvor gesprochen hatte. So ein verrückter Menschenauflauf, nur wegen eines Filmes, dachte Felix. Ja, dieser chinesische Palast war vielleicht das Filmtheater. Ein Kino so groß wie ein Schloss. Plötzlich vernahm er zwischen all dem Geschrei des jugendlichen Mobs ein vertrautes Geräusch. Da jodelte doch Heidi aus der Menge seinen Namen. »Feliiiiiiiixaustriajodeliöh«, so klang das.

Wegen der Hitze war Heidi heute ausnahmsweise ohne ihre Kühe unterwegs. Nicht nur aufgrund ihrer aberwitzigen Jodelei stach sie heraus aus der Menschenmenge. Ihr riesiger Hut, die schwarze Tracht, die ganze Heidi wirkte hier wie ein einziger Fremdkörper. Felix ging hin zu seiner Zirkuskollegin, die ihn mit einer Geste einlud, im Schatten ihres überdimensionalen Kopfputzes Platz zu nehmen, um gemeinsam das Schauspiel vor dem Kino zu betrachten. Welcher Schatten?, dachte Felix. Die Sonne stand bereits so tief, dass Heidis Hut kaum Schutz bot.

Felix machte das Beste aus der Situation. »Wir teilen uns deinen Hut, so sind wir beide recht adrett gekleidet«, sagte er, nahm Heidi in den Arm und stellte fest, dass sie ein wenig nach Kuhstall roch. Das war aber auch nicht verwunderlich bei ihrem Umgang. »Adrett, genau! Wir sind ja schließlich in Hollywood«, sagte er, und sie rief etwas in ihrer Sprache und verwandelte dabei jedes Wort in einen ausgedehnten Jodler, sodass es klang wie »Hodliewoodlijöh«.

»I know!« Felix hatte keine Ahnung, was sie meinte. Er sah auf eine öffentliche Uhr an der Straße, die kurz vor sieben zeigte. »Mensch Heidi, hier ist was los. Ein bisserl Zeit haben wir noch, bis wir zurück zu den anderen müssen.«

Plötzlich wurde die Menschenmenge noch eine Spur aufgeregter. Große Limousinen hielten vor einem roten Teppich, der da so einfach auf der Straße ausgerollt lag, wie Felix erst jetzt feststellte. Elegant gekleidete Leute in Abendroben und Anzügen stiegen aus, darunter auch eine ganz junge Frau, fast noch ein Kind, mit rotem, lockigem Haar. Ein bulliger Begleiter streckte die Hand aus und half ihr aus dem Automobil. Im Gegensatz zu den anderen Gästen trug die Rothaarige ein eher schlichtes Kleid, das sie kindlicher erscheinen ließ, als sie wahrscheinlich war. Das ist bestimmt die wichtigste Person in diesem Film, dachte Felix bei sich, ohne überhaupt zu wissen, worum es ging. Er hatte wenig Ahnung davon, dass es Stars und Sternchen gab in diesem Hollywood. Natürlich, diese Frau, gerade einmal so alt wie er, sie musste die Hauptperson der ganzen Angelegenheit hier sein, obwohl sie noch so jung war.

Angesichts der Rothaarigen drehten die jungen Leute rechts und links des Teppichs geradezu durch. Sie riefen und brüllten, waren komplett aus dem Häuschen. Eine dicke Kordel, die die Menge zurückhalten sollte, war aus ihrer Verankerung gerissen worden, der krakeelende Mob stürmte in den abgesperrten Bereich. Während sie sich durch die Leute kämpfte, die ganz außer Rand und Band waren, entglitt der jungen Schauspielerin ein mit roten glitzernden Perlen besticktes Täschchen, das sie bei sich trug. Es fiel zu Boden, ein paar Perlen lösten sich und sprangen davon wie Blutstropfen.

Felix, der sich von der allgemeinen Stimmung und dem Drängeln der jungen Leute hatte mitreißen lassen, war jetzt ganz nahe dran am Geschehen. Also sprang er hin, warf sich auf die Knie und hob das Täschchen auf. Noch bevor ihr grimmig dreinschauender Begleiter Felix angehen konnte, überreichte er das Täschchen auch schon wieder der Rothaarigen. Die bedankte sich mit einem kurzen Blick aus sanften, brandybraunen Augen bei Felix. Der ging nochmals in die Knie, bevor ihn der Wachhund an ihrer Seite in die Menschenmenge zurückschob, griff nach einer der roten Perlen, die auf dem Teppich verstreut lagen, und stopfte sie in seine Hosentasche. Die Kordel wurde neu gespannt, Schaulustige und Premierengäste waren wieder streng voneinander getrennt, und der Pulk der Eleganten verschwand in dem Filmtheater.

Der ganze Vorfall hatte sich binnen wenigen Augenblicken abgespielt, aber Felix war davon wie verzaubert. Es war wie im Märchen, und wahrscheinlich war das auch der Grund für das, was nun folgte. »Komm, wir gehen denen hinterher und schauen diesen Film an«, schlug er vor, als er Heidi in der Menschenmenge wiedergefunden hatte; was übrigens aufgrund ihrer imposanten Erscheinung nicht so schwierig gewesen war.

Unser Held aus Österreich hatte wirklich keine Ahnung. Dass es unmöglich ist, so mir nichts, dir nichts in eine Hollywood-Filmpremiere hineinzuspazieren ganz ohne Ticket oder Einladung. Oder elegante Garderobe. Denn adrett war hier gewiss nicht genug. Da verging sogar der langmütigen Heidi kurzfristig die Jodelei. »Felix Austria, you are a very crazy young man«, sagte sie mit gespielter Strenge und verdrehte die Augen. Zumindest interpretierte Felix ihr Gejodel so, und er fand sogar, sie hatte recht. Kurzerhand packte sie ihn am Kragen und zog ihn weg vom Geschehen. Sie mussten sich sowieso beeilen, sonst würde sich World's End ohne sie beide weiterdrehen, und sie würden für immer in dieser fürchterlichen, fürchterlichen Stadt bleiben müssen. Es war vor allem Heidi, die mit Hollywood gar nicht zurechtzukommen schien.

Den Film sah Felix übrigens Wochen später gemeinsam mit Jack in einem schäbigen Filmtheater irgendeiner Kleinstadt Hunderte Meilen entfernt. Denn natürlich war er nicht in Hollywoodland geblieben, zum Film gegangen oder sonst was, sondern mit World's End weitergezogen. Die Karte mit der Nummer des Mannes, der ihn in seinem Automobil ohne Verdeck mitgenommen hatte, ihm so frech die Hand aufs Bein gelegt hatte, die hatte er längst verloren. Der Zirkus war schließlich seine Familie. Was hatte er denn in Hollywood verloren?

»The Wizard of Oz« hieß der Film, den er jetzt, hineingepresst in den modrig riechenden Polster eines Kinosessels, auf einer verdreckten Leinwand irgendwo in the middle of nowhere sah, Jacks Hand in der seinen. Und es war eine Offenbarung. Diese verrückte Geschichte, erst in Schwarz-Weiß und dann in Farbe erzählt, der Wirbelsturm und wie das Haus davonflog und immer kleiner wurde. Die Lieder, die gelbe Ziegelsteinstraße, die Vogelscheuche und der Regenbogen, Over the Rainbow, ach, ach. Er fand, dass diese Welt von Oz ausgesprochen gut zu der seinigen passte, auch wenn er weder rot glitzernde Schuhe besaß, noch einen Löwen als Gefährten hatte. Auch keinen struppigen Hund namens Toto. Dafür einen Jack an seiner Seite, der immer wieder seine Hand drückte und auf ihn aufpasste wie ein Wachhund. Der Film fasst seine kleine Welt wirklich gut zusammen.

Letztendlich wurde Felix auch klar, dass er damals vor dem chinesischen Filmpalast wirklich einer ganz besonderen

Person in die brandybraunen Augen geblickt hatte. Judy Garland hieß die junge Schauspielerin mit den feuerroten Locken also, der er das glitzernde Täschchen aufgehoben hatte, das zu Boden gefallen war. Noch immer besaß er die rote Perle, die er damals vom Teppich aufgehoben und eingesteckt hatte. Als Amulett trug er sie immer bei sich in der Hosentasche. Endlich wusste er, zu wem dieses Stück Glitzer, wahrscheinlich wertlos, weil lediglich aus Glas, zu wessen Handtasche es gehörte.

Als der Film vorbei war, das Licht im Saal wieder anging und er das Programmheft durchblätterte, kam er noch hinter etwas ganz anderes. Er und diese Judy Garland waren am selben Tag zur Welt gekommen, am 10. Juni 1922.

»Soll ich jetzt Judy zu dir sagen?«, fragte Jack, als sie das Kino verließen. »Oder vielleicht gleich Dorothy?«

»Wage es nicht«, sagte Felix und schlug – there's no place like home! – die Hacken seiner dreckigen Schuhe zusammen, wie er es gerade noch auf der Leinwand gesehen hatte. »Du nennst mich schön weiter Felix Austria, mein Lieber. Wann hast du eigentlich Geburtstag, du Vogelscheuche?«

Jack tippte mit dem Finger auf ein Filmplakat, das in einem Schaukasten vor dem Kino hing, und lachte. »Am selben Tag wie Rita Hayworth. Judy und Rita. Ich liebe es.«

Rita, dachte Felix und grinste Jack breit ins Gesicht, die Rita mit der Glaskugel war das aber nicht. Er würde sich diesbezüglich wirklich mehr Wissen aneignen, beschloss er. Denn natürlich hatte Felix keinen Schimmer, wer nun wieder Rita Hayworth war. Er tippte auf etwas ganz Besonderes. Und das war Jack auch.

Die Sache mit Jack lief hervorragend. Also Jack schuf an und gab die Regeln vor, und Felix, der sowieso keine Vorstellung davon hatte, wie es war, mit einem Menschen liiert zu sein, egal ob Mann oder Frau, ging davon aus, dass es okay war, wie es war. Er fand es gut, dass sie ihre Freiräume hatten. Im World's End gab es Paare, die fast wie Katholiken zusammenlebten, sich den lieben langen Tag nicht aus den Augen verloren. Es gab den Schneider mit seinem Kater, Familien mit Kindern oder Leute wie Heidi, die sich selbst genug waren. Marie die Schlangenfrau hatte eines Tages eine zweite Schlangenfrau an ihrer Seite, Kerle lebten mit Kerlen, und der Direktor schien in jeder Ortschaft, in der sie Station machten, eine andere Braut zu haben. Wie bei den Matrosen. Und es gab halt auch Jack und Felix, die einander die größte Freiheit gaben, miteinander schliefen, wenn sie – eigentlich vor allem Jack – Lust darauf hatten, sich manchmal aber auch tagelang nicht trafen; abgesehen von der Vorstellung abends am Trapez.

Wenn sich die Gelegenheit bot, machten beide auch schon einmal mit anderen herum. Jack suchte dazu bevorzugt die Waschräume von Tankstellen auf, wenn sie unterwegs waren, und je selbstbewusster er wurde, umso mehr interessierte sich auch Felix plötzlich für schnelle anonyme Stelldicheins. Meist waren es verheiratete Männer, denen die Kerle vom Zirkus gerade recht kamen für ein unverbindliches Techtelmechtel in einer stinkenden Klokabine einer Werkstätte. Hätte man diese Männer gefragt, sie hätten wohl allesamt behauptet, brave Familienväter zu sein, jedenfalls keine verdammten Homos. Aber mit 'ner Gurke im Maul konnte man halt auch schlecht lügen.

Eine ihrer unausgesprochenen Regeln lautete: Niemals im World's End mit 'nem Kerl in die Kiste, auch nicht hinters Gebüsch. Natürlich war Jack der Erste, der gegen diese Regel verstieß. Einmal nämlich wollte ihn Felix in seinem Wagen besuchen, riss die Tür auf, da lag der Freund mit einem anderen auf der Matratze, beide nackt. Also Jack lag unter dem Kerl und schaute ihn fröhlich an. »Geschenk für dich«, rief er und winkte Felix herbei. Auf dem Boden verstreut lag Gewand und ein Hut mit großer Krempe. Sein Freund hatte sich einen Landarbeiter geangelt. Einen, wie Felix zugeben musste, sehr hübschen Landarbeiter, muskelbepackt und breitschultrig. Schwitzend lag er auf seinem Freund und strahlte Felix ins Gesicht. Jack winkte erneut.

Felix wollte eigentlich gar nicht, war aber doch neugierig auf das, was sich hier gerade anbot. Er zog sich ebenfalls aus und kletterte zu den beiden auf die Bettstatt. Hände überall, Münder auf seiner Haut, Finger in seinen Körperöffnungen. All das fühlte sich schon ganz gut an, aber auch unvertraut. Eine Zeit lang machte Felix mit, merkte aber, dass es ganz und gar nicht seine Sache war, das dritte Rad am Motorbike zu sein. Er fühlte sich unwohl, spürte so was wie Eifersucht in sich aufsteigen und hatte das Gefühl, dass Jack sich mehr dem anderen hingab. So ein Gefühl war ihm bislang unbekannt gewesen. Er wusste von Jacks Abenteuern außerhalb des Zirkus, aber das war ihm egal. Hier aber war seine Welt, ihre Welt, und da hatte er so etwas wie ein Exklusivrecht. Zumindest bildete er sich das ein. Felix rutschte von den beiden Männern hinunter und zog sich wieder an.

»Wo kommst du denn her, so aufgelöst?«, fragte ihn Zazie, als er wenig später in ihren Wagen kam.

Felix warf sich auf sein Bett. »Dreier.«

»Keine gute Idee, Schatzi?«

»Nope«, machte Felix. Damit war diese Episode auch vorbei. Die Regel, dass es Jack und Felix im World's End nur als Duo gab, wurde fortan eingehalten. Als Duo im Bett und unter der Zirkuskuppel.

Davon, dass in Europa Krieg herrschte, bekamen sie im World's End übrigens kaum etwas mit. Hatte jemand auf der Reise eine alte Zeitung oder Illustrierte gefunden, wurde sie weitergereicht wie ein Schatz. Ein zirkusfamiliärer Lesezirkel: Der Direktor gab sie dem Schneider, der gab sie der Schlangenfrau, die wiederum reichte sie Dice weiter, und irgendwann landeten die Hefte ganz zerfleddert bei Zazie.

»Wenn wir einen Vogel hätten, könnten wir das Papier in den Käfig legen«, sagte Zazie.

»Aber du hast doch einen Vogel.« Felix tippte sich an die Stirn und grinste.

»Der Ostrich braucht keinen Vogelkäfig, Mensch!«

Manchmal versuchte Felix auch, ein bisschen in den Magazinen zu lesen. Meist kam er aber nicht über die Titelseite oder ein paar Bildunterschriften hinaus. Sein Englisch war leidlich gut, wenn er sprach. In dieser Sprache zu lesen, geschweige denn zu schreiben, war allerdings eine ganz andere Geschichte. Das hatte Felix nie wirklich gelernt. Er pflegte natürlich auch keinen Briefwechsel – mit wem denn auch? Aus diesem Grunde wohl mochte er auch das *Life Magazine* am liebsten, das vor allem aus elendslangen Bildergeschichten bestand und das er sogar manchmal mitgehen ließ, wenn er es in einem Geschäft entdeckte und niemand ihn beobachtete. Oder er legte die zehn Cent dafür auf den Ladentisch. Ein paarmal zog er das Magazin auch aus einem Mistkübel, befreite den Umschlag von Unrat, strich die Seiten glatt, lag nach der Vorstellung im Bett und freute sich über wochenalte Neuigkeiten über Hollywood und aus aller Welt.

Ja, sicher kam in der Illustrierten auch der Krieg vor, den Hitlers Deutschland angezettelt hatte. Noch vor wenigen Jahren waren die Olympischen Spiele, war die Welt zu Gast in Berlin gewesen, Jesse Owens' Weltrekord, sogar Felix hatte das damals mitbekommen. Und nun war Krieg. Ein Krieg, der weit weg schien und der mit unserem Helden kolossal überhaupt nichts zu tun hatte. Krieg, das betraf sie hier nur indirekt. In Amerika herrschte kein Krieg, ihnen ging es ja vergleichsweise gut. Da interessierten Felix schon mehr die Fotogeschichten über die Natur. Reportagen über die Welt der Mode, das Theater und den Film – neuerdings kamen auch Stars wie Judy Garland regelmäßig vor. Einmal fand er im selben Heft Fotos von Judy und Rita Hayworth. Mit einer Schere schnitt er beide fein säuberlich aus und klebte sie in Jacks Wagen als Überraschung mit etwas Spucke an die hölzerne Wand über dem Bett des Riesen.

Es war Ende 1941, kurz nach Weihnachten, einem Fest, das sie im World's End traditionell nicht feierten. Aus vielerlei Gründen. Die Vorstellungen waren gut besucht, die Leute hatten zu den Feiertagen Zeit, und Arbeit war wichtiger als das Weihnachtsfest, das hier Christmas hieß. Vor allem aber hatte es für die meisten Zirkusleute keinerlei Bedeutung. Weil es auch nicht wirklich Winter wurde in Kalifornien, hatte Felix fast vergessen, dass überhaupt Weihnachten war.

Jedenfalls fand er um diese Zeit im Mistkübel eines Drugstores zwischen weggeworfenen Kartons und den Resten einer Mahlzeit wieder einmal eine alte Ausgabe des *Life Magazine*. Was für ein guter Tag, dachte er sich, das Heft war noch nicht einmal zerfleddert. Auf der Titelseite war die US-Flagge zu sehen. Japan hatte eine amerikanische Hafenstadt angegriffen, die USA waren in den Krieg eingetreten, der nun wirklich ein Weltkrieg geworden war. Mitbekommen hatte er von all dem nichts.

Gut, er hatte sich schon gewundert, dass plötzlich überall, wo sie hinkamen, noch mehr Stars-and-Stripes-Banner zu sehen waren als ohnehin schon. Ein erweiterter Patriotismus hatte sich schlagartig breitgemacht. Sogar bei ihnen im Zirkus. Der Direktor hatte Anweisung erteilt, dass beim Eingang zum Grand Chapiteau die US-Flagge gehisst werden sollte. Zu Beginn jeder Vorstellung mussten sich nun sämtliche Artistinnen und Artisten in der Manege aufstellen und, gemeinsam mit der Kapelle, die sie mehr schlecht als recht begleitete, die Hymne der Vereinigten Staaten absingen. Das Publikum erhob sich voll Stolz und stimmte, die rechte Hand an der Brust, voller Inbrunst in den schlimmen Gesang mit ein. Es klang wie eine abenteuerliche Mischung aus Patriotismus und Katzenmusik.

»Home of the brave«, mehr konnte sich Felix einfach nicht merken; dabei hatten sie doch ohnehin nur die erste Strophe zu singen. Bei der letzten Zeile, »Home of the brave«, wurde er immer besonders laut. Dabei war ihm jeglicher Nationalstolz fremd, so wie den meisten ihrer Truppe – sie kamen ja von überallher, worauf hätten sie denn stolz sein sollen? Ihnen war es egal. Das Publikum war vielleicht amerikanischer als sie, aber ebenso wenig textsicher, und so geriet das Preisen der Heimat der Tapferen regelmäßig zu einer argen Clownnummer. Was das Ganze noch komischer machte, war, dass die drei Augusts den kuriosen Gesangsverein auch noch mit versteinerten Mienen falsch dirigierten, die verbeulten Hüte in den Händen. Angesichts dieses fürchterlichen Schauspiels musste sich Felix arg zusammenreißen, um nicht laut zu lachen.

»Wir dürfen nicht auffliegen«, erklärte ihm Zazie später. »Patriotismus ist unsere beste Tarnung.«

»Hä?« Felix verstand erst nicht. »Was für eine Tarnung?«

»Na ja, wenn zum Beispiel rauskommt, dass wir hier ein Nest voller Kommunisten sind. Oder noch schlimmer«, Zazie machte eine kleine Pause, »dass du der Feind bist, dann haben sie dich. Wenn wir hier nur sehr amerikanisch tun, fallen wir nicht weiter auf.«

»Feind?« Was Zazie mit den Kommunisten gemeint hatte, mochte Felix gar nicht erst hinterfragen. »Ich bin doch kein Feind, verdammt!«

Zazie zwickte ihn mit beiden Händen in die Wangen. »Du bist Deutscher, vergessen?«

»Bin ich nicht, Schatzi. Ich bin Österreicher.« Da fiel ihm ein, dass sein Österreich, wie er es kannte, offenbar gar nicht mehr existierte.

»Wie auch immer. Wenn du in Europa geblieben wärst, müsstest du jetzt zur Wehrmacht und ab an die Front. Wenn sie dich nicht schon vorher eingesperrt hätten. Hast du deinen Jack mal gefragt?«

Felix verneinte und wunderte sich, weshalb Zazie plötzlich so genau Bescheid wusste. »Na, gottlob bin ich im World's End«, sagte er und beschloss, sich vielleicht doch ein bisschen mehr mit dem Weltgeschehen und weniger mit Judy und Rita zu beschäftigen. »Ich hoffe doch, dass wir hier in unserem Wagen keinen Krieg anzetteln.«

»Na ja, du bist der Österreicher von uns beiden.«

Durch den Kriegseintritt der USA veränderte sich die Stimmung. Innerhalb ihrer eingeschworenen Gemeinschaft blieb es zwar so, wie es immer war, da waren sie eine große Familie. Doch die Stimmung im Land hatte sich gewandelt. Waren sie auf Reisen, bemerkte Felix, dass die Menschen anders reagierten, feindseliger, misstrauischer. Was die Leute jedoch nicht davon abhielt, ihre Vorstellungen zu besuchen. Mochte so ein Zirkusbesuch Ablenkung bedeuten, zwei Stunden lang die Sorgen um Ehegatten, um Söhne, die vielleicht drüben in Europa oder woanders auf der Welt kämpften, vergessen lassen. Viele im Publikum trugen kleine Schleifen an der Kleidung in den Farben der US-Flagge. Manchmal waren Menschen in Trauerkleidung zu sehen, zumindest interpretierte Felix das so, wenn er beim Einlass stand und die Eintrittskarten abriss und Leute ganz in Schwarz gekleidet waren.

Sonst aber blieb im World's End der Krieg ausgeklammert. Abgesehen von dem Patriotismus-Firlefanz mit Hymne und Banner lebten sie ihr Zirkusleben wie eh und je. Mochte da draußen die Welt verrücktspielen, mochten Menschen sterben und Städte in Schutt und Asche gelegt werden – Felix hatte die Bilder im *Life Magazine* plötzlich nicht mehr achtlos überblättert, auch sein Wien war nicht verschont geblieben, wie er mit Schrecken feststellte –, im World's End blieb alles, wie es immer war. Same as it ever was: Die Welt um sie herum war in hellem Aufruhr, der Zirkus stellte ein Kontinuum dar.

Die Zeit verging. Je länger Felix dabei war, umso vertrauter war ihm hier alles geworden. Es waren nun schon ein paar Jahre, mittlerweile kannte er jedes Tau, jeden geflickten Riss in der Plane des Grand Chapiteau. Er schätzte jedes Mitglied ihrer weitläufigen Familie, alle waren sie aufeinander eingespielt, wussten, was zu tun war. Sie lebten wie in einem Dorf, nur ohne die Missgunst und den schlimmen Tratsch. Zumindest war Felix, was das betraf, noch niemals Zeuge einer unschönen Szene geworden; abgesehen freilich von den Schlägereien mit Leuten von außerhalb.

Sie bewohnten ein mobiles Dorf mit fliegenden Bauten, fast eine kleine Stadt, die von den Gegebenheiten her die ganze Zeit über gleich blieb. Wo immer sie gastierten, stets standen die Zirkuswagen in derselben bewährten Ordnung. Schaute Felix aus dem Fenster des Wagens, in dem er mit Zazie lebte, blickte er auf jenen, in dem Heidi hauste. Das Muhen ihrer Kühe war ihm vertraut wie Zazies Schnarchen. Wollte er jemanden besuchen, duschen oder zum Lunch, musste er niemals neue Wege lernen. Auch das blieb immer gleich. Alles blieb immer gleich. Das Einzige, was sich regelmäßig änderte, war die Umgebung. Die Umgebung und der Himmel. Die Umgebung, der Himmel und das Wetter. Vor allem das Wetter. Und selbst das wurde Felix irgendwann zur Gewohnheit.

World's End war eine andere Welt, und diese Welt war statisch. Das Grand Chapiteau, wie ein Dom stets im Zentrum des Ganzen errichtet, konnte sogar ein anderer Planet sein. In dieser Kathedrale galten andere Gesetze, es herrschte die große Freiheit. Felix liebte das, was er für sich den Zirkuskuppel-Effekt nannte. Dadurch, dass die Planen innen schwarz waren, war es auch unter der gleißend hellen kalifornischen Sonne im Zelt drinnen finster wie bei Nacht. An extrem heißen Tagen wurden lediglich ein paar schmale Spalten in der Plane aufgeschnürt, damit die Luft zirkulieren konnte und auch etwas Licht hineinkam. Gerade so viel, dass man im Innern des Zelts ein wenig sehen konnte. Die riesigen Scheinwerfer wurden bloß am Abend für die Vorstellungen angeworfen, ebenso wie außen die Glühbirnen der Schrift, oben zwischen den Masten.

Tagsüber und mit etwas Glück hatte Felix als Einziger im Zelt seine Arbeit zu verrichten, niemand war da, um zu trainieren, etwas zu reparieren, herumzuhämmern oder sein Instrument zu stimmen. Dann war es hier finster, dazu herrschte eine gedämpfte Stille. An einem Ort, an dem sonst sehr viele Menschen sehr viel Lärm verursachen konnten. Manchmal klatschte Felix in die Hände, nur um das Echo von den Zeltplanen um sich herum zu hören. Manchmal, wenn auch nur für einen klitzekleinen Moment, legte er sich auch auf eine der harten Holzbänke im oberen Rang, die er gerade saubergewischt hatte, und lauschte dem Nichts. Stille. Einfach nur Ruhe. Freilich kam stets irgendwer ins Zelt hinein, lärmte und schepperte, wollte etwas von Felix, und sei es auch nur, ihm im Scherz zu unterstellen, dass er lazy sei, ein Faulpelz, der sich vor der Arbeit drücke.

An diesem Vormittag im Mai 1945 hatte es sich Felix wieder einmal im dunklen, stillen Bauch des großen Zeltes gemütlich gemacht. Nur einen Augenblick ausrasten und die Stille genießen. Doch daraus schien nichts zu werden, denn von draußen hörte er ungewöhnlichen Krach, es wurde gehupt, und die Glocke, die sonst die Lunchzeit ankündigte, bimmelte enervierend. Für einen Notfall klang der Wirbel da draußen eindeutig zu fröhlich, und Felix musste auch nicht mehr lange rätseln. Durch den Sattelgang kam Jack ins Grand Chapiteau gestürmt, der natürlich wusste, dass der Freund hier zu finden war.

Zeltplane und Vorhang hatte er so aufgerissen, dass ein scharfer Sonnenstrahl seinen Weg in die Manege beleuchtete. »Der Krieg ist vorbei, Felix Austria«, rief Jack und warf sich vor Freude in die Sägespäne. »It's V-Day, das scheiß Deutsche Reich hat bedingungslos kapituliert. Es hat ka-pi-tu-liert, hörst du? Es ist vorbei!« Wie ein verrückt gewordener Hund warf er mit beiden Händen die Späne durch die Gegend. Felix war etwas schwer von Begriff. Aber endlich fiel auch bei ihm der Groschen, und schon stürmte die ganze Zirkusbande ins Zelt und wieder hinaus. Alle hatten Zeige- und Mittelfinger zum Buchstaben V geformt. V stand für Victory, schoss es Felix in den Kopf. Hitler und das ganze Übel waren besiegt.

Der Krieg, aus Sicht der Amerikaner zumindest der Krieg in Europa, war beendet. Hitler war tot, und obwohl er weder die Dimension des Ganzen verstand, noch wusste, wie die Nazis und dieser Krieg den Kontinent, das Land, sein Wien, aus dem er stammte, verändert hatten, freute sich Felix mit den anderen mit. Ja, er freute sich über alle Maßen, dass dieser fürchterliche Krieg, den er nicht aus dem Leben, sondern bloß aus dem *Life Magazine* kannte, vorüber sein sollte. Europa war weit weg und der Zirkus zu seiner Heimat geworden, die Vereinigten Staaten zu seinem Land – selbst wenn er weder Aufenthaltsgenehmigung noch gültige Papiere besaß. Inbrünstig hatte er schließlich Abend für Abend »Home of the brave« gesungen. Ach, unser junger Held ahnte ja nicht, dass er in gar nicht so ferner Zukunft in dieses Europa, in sein Wien zurückkehren würde.

Jetzt aber jubelte er mit den anderen. Zur Feier des Tages hatte der Direktor sogar das Alkoholverbot aufgehoben, was eigentlich bloß bedeutete, dass heute niemand heimlich saufen musste. So wenig sie all die Jahre den Weltkrieg hineingelassen hatten nach World's End, so übermütig feierten sie nun, und es schien, als sei von vielen eine große Last abgefallen. Sie tanzten, tranken und torkelten schließlich zwischen den Zirkuswagen umher. Zazie hatte das Grammophon vor die Wagentür gestellt, Swing-Scheiben aufgelegt und drehte Pirouetten. Zur Feier des Tages hatte sich Felix von Zazie ein Kleid geborgt, mit dem Wundermittel, dem schwarz-öligen Zeug, das sie – lange, lange her – dem Quacksalber auf dem

Jahrmarkt geklaut hatten und tatsächlich zum Schuheputzen verwendeten, einen kleinen Bart unter die Nase gemalt und das Haar streng zur Seite gescheitelt. Und nun tanzte Felix im rosa Seidenkleid eine groteske Hitler-Travestie, die er ursprünglich sogar hatte in ihre Trapeznummer einbauen wollen. Jack hatte es ihm damals sofort ausgeredet, nein, er hatte es sogar verboten. Der kleine Diktator drüben in Europa, meinte er, sei keine Parodie wert.

Die Mitglieder seiner Zirkus-Familie jedoch bejubelten Felix, lachten zu seinen zuckenden Bewegungen und applaudierten. Jack war es, der den Freund nun mit energischer Hand von der Tanzfläche riss, ihm zum Entsetzen der Umstehenden eine schallende Ohrfeige verpasste und sofort einen Moment später küsste. Was heißt küsste, er zog ihn mit beiden Händen zu sich her, fuhr ihm mit breiter Zunge heftig über die komplette Visage und entfernte so den Hitlerbart aus schwarzer Melasse.

Nach dem Schock der Ohrfeige mussten sie ausgesehen haben wie ein Traumpaar im Film, der schöne Riese und Felix im rosa Kleid, Happy End. Das Entsetzen der anderen wandelte sich in Begeisterung, plötzlich lagen sich alle in den Armen, küssten und herzten einander. Vielleicht lag's am Alkohol, ach, ganz bestimmt lag es daran, aber sogar der Kater hatte sich sanft an die Beine des Schneiders geschmiegt und wirkte nicht ganz so feindselig wie sonst.

Es war das erste und einzige Mal, dass Jack ihn geschlagen hatte. Und weil schon einen Augenblick später dieser sehr nasse Kuss folgte, hatte Felix überhaupt keine Zeit, sich darüber groß aufzuregen oder gar gekränkt zu sein. Zumal der Freund auch noch einmal deutlich machte, was ihn so aufgebracht hatte. »Dieser Hitler und seine Bande«, sagte Jack, als sie wenig später mit einem Cannabis-Tschick im Gras saßen,

»haben so unfassbar viel Leid über die Welt gebracht, über dieses Monster soll kein Mensch je Witze machen.«

»Aber«, entgegnete Felix, »ich würd' halt so irrsinnig gern dieses Monster einfach weglachen, lächerlich machen. Mit meiner Parodie der Lächerlichkeit preisgeben. Und du hast ja gesehen: Die Leute haben meine Show geliebt.«

Jack schnipste den Joint weg und leckte ihm noch einmal übers Gesicht wie ein zutraulicher Hund. »Dafür ist es noch zu früh, mein Schöner. Man muss wissen, wann Showtime ist.«

Felix sah ihn fragend an.

»Du hast nicht erlebt, was ich in Berlin erlebt habe, Felix Austria. Vielleicht ist ja irgendwann einmal die Zeit dafür, dass du davon erfährst. Jetzt aber auf keinen Fall.«

Jack hatte dem Freund nie von Berlin erzählt, was ihm dort widerfahren war, weshalb er in die Vereinigten Staaten ausgewandert war. Es musste, schloss Felix, mit den Nationalsozialisten zu tun haben, die mit Warmen wie ihnen ganz und gar nicht zimperlich umgegangen sein mochten. Bald, schon bald, würde unser Held mehr erfahren. Noch hatte Felix zu große Angst, nachzufragen, fürchtete sich vor der Antwort. »Irgendwann ist Showtime, okay«, sagte er. Damit war die Sache erledigt, und sie gingen zurück zu den anderen.

Dort hatte sich in der Zwischenzeit die ausgelassene Stimmung in einen kleinen Tumult verwandelt, Felix und Jack hatten alles verpasst. »Irgendein Arsch von außerhalb war da und hat sich beschwert, dass heute die Vorstellung ausfällt«, erzählte Zazie gestenreich. »Der Kerl hat nicht lange gefackelt und gleich ein riesiges Messer gezückt. Aber Heidi hat ihm einen Arschtritt verpasst, dass er in hohem Bogen auf seine dreckige Visage geknallt ist. Okay, er war eher ein schmaler Hänfling.«

»Wie kommt der überhaupt hier rein?«, wollte Felix wissen.

Zazie zuckte mit den Schultern. »Keine Ahnung, wir haben ihn jedenfalls erfolgreich verjagt. Der ist schon über alle Berge.« Und dann sagte er etwas, das Felix schaudern ließ. »Er lässt dich übrigens grüßen.«

»Hä?«

»Ja, er hat zum Abschied noch gerufen: ‚Schöne Grüße an Felix Austria!'«

Will, dachte Felix, das Messer, die ganze unverschämte Art, das muss Will gewesen sein, der unangenehme Reisegefährte, dessen Avancen er stets zurückgewiesen hatte.

»Was schaust du denn so?« Zazie zupfte ihn am rosa Seidenkleid. »Du musst dich nicht fürchten. Wir haben ihm erzählt, dass es hier schon lange keinen Felix aus Österreich mehr gibt. Nur eine süße kleine Felixia.«

Und unser Felix? Zog sich Zazies Kleid über den Kopf und sagte gar nichts mehr. Er hoffte, dass Will über allen Bergen bleiben würde.

Der Sommer lag über dem Land. Und er wurde noch heißer, als Felix es vom kalifornischen Sommer bisher gewohnt war. Abgesehen vielleicht von Heidi, die ihre schwarze Tracht und den Hut niemals ablegte, liefen sie im World's End alle so lange halb nackt herum, bis sich die meisten einen gehörigen Sonnenbrand eingefangen hatten. Von da an blieben sie lieber im Schatten. Was Artisten nämlich überhaupt nicht gebrauchen konnten, war Sonnenbrand, der zum Beispiel bei jeder Bewegung am Trapez schmerzte. Vor allem, wenn man wie Felix ein ausgesprochen enges Trikot trug und zu alledem auch noch ein schwerer Jack an einem hing und an den Gelenken zerrte.

Jack hatte es nicht so schlimm erwischt, er hatte nur noch mehr Sommersprossen bekommen als ohnehin schon. Felix war sonst nicht so empfindlich, und er konnte sich nicht erinnern, jemals einen so schlimmen Sonnenbrand gehabt zu haben. Stundenlang hing er im Wagen herum und zog sich die verbrannte Haut vom Körper. Selbst das Liegen schmerzte. Weil irgendjemand behauptet hatte, dass saure Milch helfe, hatte er sich in der Küche welche geben lassen, mit dem Ergebnis, dass das Zeug zwar kurzfristig kühlte, sich allerdings in Folge erst recht alles entzündete und es nur noch schlimmer wurde. Außerdem begann nach kurzer Zeit sein Bettzeug ranzig zu riechen, dass er mit dem Wäschewaschen gar nicht nachkam.

Schließlich gab ihm Heidi den Tipp mit dem Saft einer bestimmten Pflanze, die angeblich auch in der Gegend wuchs, in der sie sich gerade aufhielten. Felix ließ sich von ihr die Pflanze genau beschreiben, war sich allerdings nicht sicher, ob sie es nicht nur tat, weil sie den Namen in einen ausgedehnten Jodler verwandeln konnte: Aloeleoloeloedilööö! Andererseits stammte Heidi aus Südamerika, sie musste sich doch auskennen mit Heilpflanzen und so. Aloe also. Er verließ das Zirkusgelände und hielt Ausschau nach dickfleischigen Blättern mit gefährlichen Spitzen und orangefarbenen Blüten.

Lange suchen musste er nicht. Felix hatte Wills Messer bei sich und schnitt damit gleich ein paar Blätter ab. Er wollte auch den anderen Sonnenopfern etwas von dem Zeug mitbringen. Bereits beim Hineinschneiden lief ihm eine klare, zähe Flüssigkeit über die Finger. Aus einem Reflex heraus nahm er die Hand zum Mund. Der Saft schmeckte herb, etwas bitter. Hatte Heidi etwa erwähnt, dass das Zeug giftig war? Blödsinn, wenn das so wäre, dürfte er sich sicher auch nicht damit einschmieren. Im Schatten eines Kaktus zog Felix sein Unterhemd aus, fuhr mit dem Blattansatz über die entzündeten Stellen auf der Brust. Es fühlte sich angenehm kühl an. Mit beiden Händen verteilte er den Saft auf seinem Körper.

Schlagartig wurde es finster, als ob die Nacht hereingebrochen wäre. Aber das konnte nicht sein, es war doch noch nicht einmal Mittagszeit. Die Sonne am Himmel hatte sich verfinstert. Felix hatte keine Ahnung, was das zu bedeuten hatte. Ihm wurde sogar ein bisschen kalt. Vielleicht lag es ja nur an diesem Pflanzensaft oder am Sonnenbrand. Bekam er einen Hitzschlag oder halluzinierte er? Waren zuvor doch noch Vögel zu hören gewesen, hatten auf einer Koppel ein paar Schafe monoton geblökt. Nun waren Vögel und Schafe ganz plötzlich verstummt. Womöglich war das jetzt die Atombombe, von der er Bilder im *Life Magazine* gesehen hatte. War dieser Weltkrieg in Wirklichkeit noch gar nicht zu Ende und schließlich doch noch nach Amerika herübergekommen? Das Ende der Welt.

Felix geriet in Panik, ein für ihn ungewohntes Gefühl. Hätte er sonst in einem solchen Moment einfach gegrinst, gab es gerade kein Gegenüber zum Angrinsen. Es musste die Atombombe sein. Hoffentlich geschah nichts, hoffentlich waren alle in Sicherheit, wo auch immer man sich vor dieser Bombe in Sicherheit bringen konnte. Im Grand Chapiteau unter den Baumwollplanen gewiss nicht und auch nicht in hölzernen Zirkuswagen.

Rasch streifte er sein Leiberl wieder über, klemmte Messer und Aloeblätter unter den Arm und beeilte sich, zum World's End zurückzukommen. Wenn sie schon alle sterben mussten, dann wollte er wenigstens bei Jack sein. Er nahm also die Beine in die Hand und rannte wie ein Verrückter. Ja,

Felix war derart beunruhigt, dass er gar nicht mitbekam, wie es nach kurzer Zeit schon wieder hell wurde, die Sonne vom Himmel brannte, als sei nichts geschehen.

Als er ganz außer Atem und aufgelöst im Zirkus ankam, war es dort erstaunlich ruhig. Ein paar Leute blickten durch angerußte Glasscherben in den Himmel. »Felix Austria, du hast den ganzen Zauber verpasst«, begrüßte ihn Zazie, drückte ihm eine runde, rußige Linse aus Glas in die Hand und deutete Richtung Sonne. »Schau hin, ein bisschen sieht man noch.«

»Wieso braucht es das Glas?« Felix legte die Blätter ab und hielt sich das schwarze Glas vors Gesicht.

»Damit du dir nicht die hübschen Augen ruinierst, Schatzi.«

Durch die Linse sah die Sonne aus wie ein heller Punkt im Schwarzen. Nun erkannte Felix, dass sie gar nicht richtig rund war. Etwas war seitlich vor die Sonne geschoben und ließ sie erscheinen wie einen angebissenen Apfel. »Was ist das?«, fragte Felix fasziniert. »Ist das – die Bombe? Die Apokalypse?« Er hatte keine Ahnung, wo dieses Wort plötzlich herkam.

»Was redest du? Das ist eine Eklipse! Oder es war sie, weil der beste Teil der Show leider schon vorbei ist.« Weil Felix nur ratlos schaute, wurde weiter ausgeholt. »Okkultation«, sagte Zazie mit bedeutungsvoller Miene. »Das ist, wenn der Mond sich vor die Sonne schiebt. Totale Eklipse. Kommt furchtbar selten vor, und du scheinst hier gerade alles verpasst zu haben. Musst jetzt halt tausend Jahre oder so warten bis zur nächsten.«

Totale Eklipse. Felix, der das seltsame Wort noch nie im Leben gehört hatte, schaute erneut durch das rußige Glas. Besser als Apokalypse, dachte er, wiederum bloß eine vage

Ahnung davon, was das bedeutete. Nun war die Sonne wieder ganz rund zu sehen, der Mond war vorübergezogen. Oder die Sonne, was auch immer sich da oben am Himmel über ihnen gerade tat. Er stieg in den Zirkuswagen, packte die Linse zu seinen anderen Sachen und wischte sich den Ruß von den Fingern.

Wieder draußen, begann er mit Wills Wurfmesser die fleischigen Blätter in Stücke zu schneiden, um sie den anderen zu bringen. Heidi, die von ihrem Fenster aus Felix beobachtete, lobte ihn. Er habe, meinte sie, eine sehr prächtige Pflanze aufgetrieben, er solle den Saft in eine Schüssel tropfen lassen. »Das Zeug ist übrigens am wirksamsten, wenn man die Aloe während einer totalen Eklipse erntet«, glaubte Felix sie zu verstehen. Natürlich ließ es Heidi sich nicht nehmen, das Wort Aloe ausgiebig zu jodeln.

Jack brachte Felix auch was von dem klebrigen Zeug vorbei und kassierte gleich einen Anschiss. Er möge, bitteschön, darauf achten, dass nichts davon an seinen Händen sei, wenn sie am Trapez ihre Nummer machten. »Du weißt, Kleiner, trockene Hände sind das Wichtigste bei unserer Kunst«, sagte Jack streng. Felix nickte und sagte, seine Hände wären ohnehin immer sauber. Vorsichtshalber wischte er sie sich aber trotzdem an seinem Hosenboden ab.

Atombomben fielen trotzdem noch. Allerdings im fernen Japan und nicht bei ihnen in Amerika. Ein paar Wochen später war für die Vereinigten Staaten der Weltkrieg offiziell vorbei. Mit den Bomben auf Hiroshima und Nagasaki begann allerdings ein neuer Krieg. Der Kalte Krieg gegen die Sowjetunion, gegen den Kommunismus. Und diesmal sollten sie im World's End alles hautnah mitbekommen. Erste Reihe fußfrei, sozusagen.

Zunächst liefen die Dinge weiter wie gewohnt; vielleicht sogar ein bisschen besser. Der Zirkus reiste, machte Halt in irgendeinem Nest, war wieder unterwegs und so weiter. Same as it ever was. Das Publikum erschien in Scharen und ließ sich vom Zirkusvolk unterhalten. Der Weltkrieg hatte für Konjunktur gesorgt, die Menschen hatten plötzlich Geld und wollten es mit beiden Händen ausgeben. Im Wagen der Clown-Brüder häuften sich die Dollars in der Schachtel. An den Wochenenden gab es im World's End manchmal drei Vorstellungen, alle ausverkauft bis auf den letzten Platz.

Unser Felix lebte mit Zazie, war mit Jack liiert. Felix und Jack trieben es miteinander, erweiterten ihr Repertoire. Also am Trapez, nicht im Bett, da waren sie so konservativ, dass es Felix manchmal selbst überraschte. Vielleicht lag es daran, dass in ihrer Liaison stets die Artisten im Zentrum standen und weniger die jungen Männer, die scharf aufeinander waren. Was die Trapeznummer betraf, war vor allem Jack furchtbar ehrgeizig.

Sie waren ein Team unter der Zirkuskuppel. Weil sie in der Nummer am Trapez immer weniger wichtig wurden, hatten Jacks ältere Kollegen eines Tages das Handtuch geworfen und waren frustriert weitergezogen, um bei einem anderen Zirkus anzuheuern. Jack und sein kleiner Freund aus Österreich bildeten jetzt ein Gladiatoren-Duo, und schon bleckte und fletschte auch Felix die Zähne wie ein Wolf beim triumphalen Abgang aus der Manege, die linke Hand zum römischen Gruß gestreckt, die rechte über dem Herzen. Ehrenrunden in der Manege drehten die beiden, ihre Hände ineinander verschlungen.

Es wurde Herbst, es wurde Winter, Frühling und wieder Sommer, und so weiter, immer weiter. Zudem machte das in diesem Teil der Welt, in dem sie mit dem Zirkus unterwegs waren, keinen großen Unterschied. Gewiss, die Sommer waren fürchterlich heiß. Aber dafür wurde es auch im Winter nie so richtig kalt. Es hätte ja nicht einmal die Möglichkeit gegeben, die Zirkuswagen zu heizen. Ihre Zirkusfamilie machte Veränderungen durch, der eine verschwand und ein anderer schloss sich ihnen an. »Jack and his Austrian«, wie unsere beiden Trapez-Artisten nun als Duo hießen, blieben eine der Hauptattraktionen des World's End. His Austrian what?, fragte sich Felix jedes einzelne Mal, wenn er mit Jack bei der Strickleiter in der Manege stand und der Direktor sie ankündigte. His Austrian Geliebter, Gatte, Sportskanone?

Obwohl die meisten sie nicht nur unter der Zirkuskuppel als Paar betrachteten, blieb die Beziehung zwischen Jack und Felix seltsam lose. Manchmal verschwand Jack tagelang, und Felix sah ihn nur während der Vorstellungen. Dann wieder konnte er gar nicht genug von Felix bekommen, ließ ihn sogar bei sich im Wagen übernachten oder sie unternahmen Dinge miteinander.

Ja, unser Felix war kolossal verliebt; ohne es zu wissen wahrscheinlich schon seit dem ersten Tag, als er Jacks Wutausbruch in Atlantic City aus seinem Versteck heraus beobachtet hatte. Dieser Mann war stark, strotzte vor Selbstbewusstsein und schien sich vor überhaupt nichts zu fürchten. Felix' verliebtes Herz hüpfte auch nach all den Jahren noch, wenn er ihn sah, und oft konnte er sein Glück gar nicht fassen, dem Freund nahe sein zu dürfen. War Jack verliebt? Felix wusste es nicht, bildete es sich aber ein. Vor allem anderen aber machte es sein Leben leichter, dass er den Riesen liebte.

Jack bestimmte, was gesagt und getan wurde. Immer wieder sorgte er für Überraschungen. Ein Picknick auf einer besonders hübschen Waldlichtung, ein ungeplanter gemeinsamer

Kinobesuch, wenn sie keine Vorstellung hatten, ein Ausflug mit einem Automobil, das er sich von irgendwoher organisiert hatte. Einmal kamen sie so an einen Baum, der so alt und bestimmt so hoch war wie der Wiener Stephansdom. Ja, man konnte mit dem Automobil durch diesen Baum sogar hindurchfahren, was Felix besonders abenteuerlich fand. Ein andermal wagten sie einen Ausritt mit zwei Pferden, die sie dem Russen abgeschwatzt hatten. Jack hatte sogar Cowboyhüte besorgt, und sie fanden, dass sie beide damit ganz besonders fesch aussahen. Nachdem die nervösen Zirkuspferde mehrmals gescheut und sie abgeworfen hatten, mussten sie sich jedoch eingestehen, furchtbar schlechte Cowboys zu sein. Mühsam fingen sie die Pferde wieder ein und schworen einander, niemals wieder einen Reitausflug zu unternehmen. Die Cowboyhüte behielten sie aber, weil es ihnen Spaß machte, sich zu verkleiden.

Einmal kam Jack mit Kostümen an, die er heimlich beim zahnlosen Schneider in Auftrag gegeben hatte. »Du wirst sehen, das wird eine echte Lachnummer«, versprach er. Im Mickymaus-Kostüm hatte er sich vor Felix' und Zazies Wagen aufgebaut, in einem engen schwarzen Trikot, Turnhosen in Weiß und eine Maske aus Papiermaché über dem Gesicht. Die Mickymaus ähnelte nur ganz entfernt der Disney-Figur. Genau genommen war diese Maskerade kolossal schlecht.

»Lachnummer ist gut, ich sehe doch genau die Beule in deiner Hose, du hast einen zweiten Schwanz«, sagte Felix und zupfte Micky am Mäuseohr. »Du kannst froh sein, dass dich der fiese Kater vom Schneider nicht erwischt hat.«

»Zwei Schwänze sind besser als einer.« Jack hielt Felix ein Bündel hin. Es gab für ihn also dieselbe Verkleidung, allerdings in der Minnie-Variante. Er hatte zum Trikot ein weißes Kleidchen zu tragen, den Minnie-Kopf zierte eine rote Schleife mit weißen Punkten. »Wie machen wir das eigentlich mit den Füßen und Händen?«, fragte er, nachdem er in das Minnie-Kostüm hineingeklettert, in die klobigen Latschen und Handschuhe aus weißem Filz geschlüpft war. »Mit nur vier Fingern fange ich dich am Trapez hundertprozentig nicht.«

»Hmmm«, machte Jack. Die technischen Aspekte der Verkleidung hatten er und der Alte ganz offensichtlich vergessen. Allerdings ließ er sich nichts anmerken und überlegte. »Latschen und Handschuhe müssen wir natürlich vorher ablegen«, sagte er schließlich. »Die sind nur für den Auftritt unten in der Manege. Dann geben wir die einfach weg.«

»Aha, eine Striptease-Darbietung, kess. Wir sehen, glaube ich, übrigens auch nicht aus wie Micky und Minnie bei Disney.« Felix war ganz und gar nicht einverstanden mit der Ausführung von Jacks Idee. Freilich hatte dieser schnell ein Gegenargument parat.

»Na klar sehen wir nicht so aus«, sagte Jack, bereits ein wenig genervt. »Das ist es ja: Wenn wir jetzt original die Mickymäuse kopieren, verklagt uns Walt Disney, der alte Kommunistenjäger, doch auf Millionen. Wirst sehen, so schnell kannst du gar keinen Salto rückwärts machen.«

Später im Zelt, als sie am Trapez ihre Nummer in den Kostümen probierten, zeigten sich weitere Schwachstellen der Verkleidung. Als Minnie und Micky konnte man schlecht sehen, die blöden Köpfe verrutschten bei jeder Drehung und sorgten für einen ungünstigen Luftwiderstand. Bei Felix flatterte zudem das Kleid, was beim Timing Probleme verursachte.

Obwohl Jack furchtbar sauer war, musste er sich schließlich eingestehen, was für eine saudumme Idee das Ganze war. Sie beschlossen, unter die Sache mit den Disney-Figuren fürs Erste einen Schlussstrich zu ziehen. Allerdings sollte Dice unbedingt noch ein Foto von ihnen beiden in dem seltsamen Aufzug anfertigen, als Erinnerung sozusagen. Der Würfelförmige besaß neuerdings einen Fotoapparat und führte sich auf wie der rasende Reporter des World's End. Dice stellte also Micky und Minnie vor einem der Transportwagen mit der Nummer 95 auf. »Stück zurück, mehr nach links«, kommandierte er sie wie ein Professioneller. Felix sollte in die Knie gehen, Jack rauf auf die Treppe. Oder, besser, doch lieber Minnie auf die Schultern von Micky? Ach, es dauerte eine halbe Ewigkeit, bis alles »im Kasten« war, wie ihr Fotograf es fachmännisch nannte.

»Aber herzig sind wir schon«, fand Jack, als Dice ihnen ein paar Wochen später beim Lunch zwei winzige Papierabzüge auf den Tisch legte. Herzig. Auf einem der Schwarz-Weiß-Fotos hatten Micky und Minnie die schlecht selbst gebastelten Köpfe übergezogen, auf dem anderen Bild hielten sie diese lässig unterm Arm, und Jack grüßte mit der Micky-Hand aus weißem Filz lässig Richtung Kamera.

»Wie schön wir sind«, sagte Felix. Er wollte nicht, dass es eitel klang, er meinte auch eher, sie seien miteinander schön. Und plötzlich realisierte er, was er da in den Händen hielt: die erste Fotografie, die sie beide als Paar zeigte. So also wurden sie von der restlichen Welt gesehen. Als Jack ihn fragte, welches der Bilder er behalten wolle, deutete er auf jenes, worauf beide die Köpfe aufhatten. Das andere steckte Jack ein. Damit war die Episode mit der Veränderung der Auftrittskostüme beendet. Während ihrer Trapeznummer trugen sie weiterhin ihre bewährten weißen Trikots mit den Binden um die Gelenke. Sie waren eben doch Gladiatoren unter der Zirkuskuppel, echte Kerle und kein schaukelndes Mäusepaar.

Echte Kerle, jawohl, Kerle, die sich rasieren mussten im Gesicht. Felix und Jack waren in den letzten Jahren tatsächlich zu richtigen Männern geworden. Jacks kindliches Bubengesicht hatte ein paar härtere Züge bekommen und passte schon viel besser zum Rest seines Körpers. Nächstes Jahr würde er dreißig werden – und wie hieß es: Mit Männern ging es spätestens ab dreißig körperlich bergab, weshalb er das leidige Thema kurzerhand nicht mehr erwähnte und dem Freund verbot, sein wahres Alter zu erwähnen. Er sei, sagte Jack, fünfundzwanzig, und basta.

Bei Felix wiederum hatten die harte Arbeit im Zirkus und das nicht minder harte tägliche Training am Trapez mit Jack Spuren hinterlassen wie die kalifornische Sonne auf seiner Haut oder die vielen Stürze blaue Flecken. Zehn Jahre war es her, dass Felix in Amerika angekommen war. Nun stand sein 25. Geburtstag an. Sicher, er war noch jung, schön sowieso, und das breite Grinsen von einem Ohr zum anderen und seine dunklen Augen, die schmal wurden, wenn er lachte, all das war entwaffnend wie eh und je. Aber er war eben kein Jugendlicher mehr, sondern ein junger Mann. Was sich schließlich auch daran zeigte, dass er sich regelmäßig den Bart abrasieren musste.

Felix stand also an diesem Morgen unausgeschlafen vor dem Wohnwagen, Schlafdreck in den Augen und Schaum im Gesicht, schwer darauf konzentriert, sich nicht zu oft mit dem Rasiermesser zu schneiden. Da beobachtete er im Spiegel, wie sich Heidi näherschlich. Schwarze Tracht, großer Hut, die Frau war nie zu übersehen. Aber unser Felix tat einfach so, als sähe er sie nicht kommen, wartete, bis sie ganz nah bei ihm war. Heidi war nur noch wenige Zentimeter von seinem Hinterkopf entfernt, da drehte er sich schlagartig um und blies ihr Schaum ins Gesicht.

Sekunden später merkte Felix allerdings, dass Heidis Besuch nur ein Ablenkungsmanöver gewesen war. Aus allen Richtungen kam seine Zirkusfamilie herbei, alle hielten Gegenstände in den Händen, auf denen sie lärmend herumklopften, Töpfe und Pfannen, Schachteln und Konservenbüchsen. In der Mitte Jack, der sich vom Schlagzeuger der Zirkuskapelle die größte Trommel ausgeborgt hatte, mit der er den meisten Bahöl veranstaltete. So was hatte Felix noch nie erlebt. Dennoch war klar, dass der ganze Wirbel ihm galt, da er doch heute seinen 25. Geburtstag feierte.

Erst später im Küchenzelt, wo die Person, die sich um die Verpflegung kümmerte, ihm zu Ehren ein prächtiges Buffet inklusive dreistöckiger Torte aufgebaut hatte, erfuhr Felix, dass Jack allen seinen Geburtstag verraten hatte und dass aus irgendeiner wunderlichen Tradition heraus im World's End der 25. Geburtstag ein ganz besonderer Tag war.

»Silbergeburtstag«, sagte der Direktor und überreichte Felix feierlich eine silberne Dollarmünze mit einem Adler darauf. »Es ist dein letzter Geburtstag, Felix Austria«, fügte der Direktor bei seiner Ansprache hinzu, klapperte mit dem Gebiss und kratzte sich umständlich an der Nase. Das hörte sich einigermaßen schaurig an. Würde er gehen müssen? Würde ein Unglück geschehen? Felix beschloss, nicht genauer nachzuhaken. Stattdessen lachte er und steckte den silbernen Dollar ein.

Als er kurz darauf Jack fragte, der ihn mit Tortenstücken mästete – angeblich gehörte auch das zur Tradition im Zirkus –, antwortete dieser: »Offiziell sind wir hier im

World's End alle höchstens fünfundzwanzig Jahre alt oder darunter, wir werden niemals älter.«

»Du lügst, du bist bald dreißig«, rief Felix, »das hast du mir erzählt, wie Rita Hayworth ...«

»Pschscht«, machte Jack, »du hast mir versprochen, das niemandem zu sagen. Das bringt kolossal Unglück. Für die und alle hier bin ich auf ewig fünfundzwanzig, so wie du ab jetzt.«

»Selbst der?« Felix zeigte zum Nachbartisch, wo – Tradition! – der zahnlose alte Schneider seinen schwarzen Kater ebenfalls mit Torte fütterte.

»Selbst der«, sagte Jack, vergrub eine Hand in der Torte und schaufelte wieder einen großen Brocken in Felix' Mund.

Später an diesem Abend, die Vorstellung war gut gelaufen, Felix hatte sich schon von Jack verabschiedet und lag im Wagen auf seinem Bett, Zazie war noch unterwegs, da schwebte plötzlich ein immer größer werdender Rauchring beim geöffneten Fenster herein. Dann noch einer und noch einer. Felix wusste genau, dass es Jack sein musste, Rauchringe blasen beherrschte er ebenso gut wie Saltos am Trapez. Außerdem roch es nach Cannabis. Allerdings ließ er sich nichts anmerken und wartete, bis Jack durchs Fenster zu ihm in den Wagen geklettert war und ihm den Tschick vors Gesicht hielt. »Ausnahmsweise«, sagte Jack, »weil es noch dein 25. Geburtstag ist.« Felix hatte mit der Raucherei noch nie viel anfangen können, dem Freund zuliebe aber nahm er ein paar Züge.

Mit den Worten »Du brauchst endlich auch mal was Vernünftiges zum Anziehen« warf Jack ihm noch ein in braunes Papier gewickeltes Bündel hin. Felix packte eine Arbeitshose aus festem, dunkelblauem Stoff aus, eine Hose, wie Jack sie besaß, wie sie die meisten hier trugen. Abgesehen natürlich vom Direktor, der stets im Frack auftrat, abgesehen vom Direktor, von Heidi und vom Katzenmann. »Na ja«, machte Jack, blies ihm einen Rauchring direkt ins Gesicht und setzte mit der Zigarette einen Akzent mitten in den Ring, »du kannst ja nicht ewig die löchrige Anzughose tragen, in der du hier im World's End aufgeschlagen bist. Probier mal an, ich hab deine Größe bloß geschätzt.«

Jack hatte recht, was seine Kleider betraf, war Felix tatsächlich noch auf dem Stand von 1937. Hemden, Unterwäsche oder Strümpfe hatte er immer mal wieder neu angeschafft. Wobei, was heißt angeschafft? Wenn er was zum Anziehen brauchte, hatte er es sich von irgendwelchen Wäscheleinen geklaut, wenn sie unterwegs waren. Machten sie alle so. Die alte wollene Anzughose jedoch war geblieben, und sein Exemplar war in der Tat unendlich oft geflickt und schlimm zerschlissen.

Die neue Hose aus dem dunkelblauen Material wirkte bretthart und unbequem. Felix fuhr mit der Hand über den Stoff. Aber sie besaß viele Taschen, die Nähte waren mit kupfernen Nieten verstärkt. Er hatte Schwierigkeiten, in das enge Kleidungsstück hineinzusteigen. Er geriet ins Schwitzen, ach, es war ein einziger Kampf. Schließlich schaffte er es, die Hose anzuziehen und die Metallknöpfe zu schließen. »Fühlt sich richtig gut an«, log er, obwohl es im Schritt etwas zwickte.

»Wirst dich dran gewöhnen«, sagte Jack, der dem Freund amüsiert zugesehen hatte, und drehte eine weitere Cannabis-Kippe. »Dran gewöhnen müssen. Wenn du sie erst eingetragen hast, wird sie deine zweite Haut.«

»Danke dir, mein Lieber. Aber ich zieh sie jetzt besser mal wieder aus. Ist bequemer.«

Als die beiden kurz darauf in Unterhosen mit dem dritten Tschick gemeinsam auf Felix' viel zu kleiner Matratze lagen – es hatte schon seinen Grund, dass sie hier nie miteinander schliefen – und kichernd an die Wagendecke starrten, fragte Jack, warum er nie von Wien erzählte. Er sei jetzt schon so lange fort, ob er denn kein Heimweh habe?

»Was soll ich denn erzählen?« Hatte Felix denn Heimweh gehabt? Er hatte ja wegwollen von Wien und keine Ahnung, ob es die Stadt, wie er sie kannte, überhaupt noch gab.

»Na ja, wie es dort ist, wer dort war, hast du viele vor mir gehabt, wie Wien riecht, so Sachen.«

»Fad ist es dort, sonst wäre ich ja wohl nicht hier. Dort war keine Seele wie du, und vor dir hatte ich keinen. Und wie es riecht? Es riecht wie ich.«

»Ungewaschen nach einem Fünfundzwanzigjährigen, der gerade seine erste Arbeitshose anprobiert hat«, sagte Jack und vergrub sein Gesicht in Felix' Bauch, als würde er den Freund auffressen wollen.

»Moment!« Felix war etwas eingefallen. »Ich zeig dir, wie Wien riecht.« Er löste sich aus Jacks Umklammerung und kramte unterm Bett seinen Rucksack hervor. Während er nach dem Sandelholz-Seifenstück aus Wien-Stadlau suchte, rollte Ritas gläserne Kugel heraus, die in ein Tuch eingewickelt war. Just, als er sie greifen wollte, löste sich das Tuch, und die Kugel landete schwer zwischen Jacks Beinen.

»Hoppla«, machte Jack, ließ mit einer Bewegung die Kugel näher rollen und nahm sie in die Hand.

»Lass!« Zwar versuchte Felix noch, sie ihm wieder abzunehmen – doch zu spät: In dem Glas konnte er bereits ein paar Flammen lodern sehen. Das Ding war ihm unheimlich, und er wollte gar nicht so genau wissen, was da los war. Lange Zeit hatte er die Kugel ignoriert, nun war sie plötzlich wieder da. »Schau nicht hin. Gib sie mir zurück«, bettelte er.

Je mehr Felix versuchte, seinem Freund die Kugel zu entreißen, umso interessierter wurde Jack.

»Ich hab gar nicht gewusst, dass du eine Kristallkugel besitzt. Mein Felix Austria ist nicht nur ein besonders ansehnlicher, gut riechender Fünfundzwanzigjähriger, er ist also auch noch eine kleine Wahrsagerin. Eine Wahrsagerin in Jeans.«

Felix hörte gar nicht auf den Blödsinn, den Jack da gerade verzapfte. Gebannt starrte er in Ritas Kugel. Denn mit einem Mal tauchten in den Flammen rote Fahnen auf, sowjetische Fahnen, aus denen sich ein Zirkuszelt formte. Felix sah zuerst Wills Messer fliegen und wenig später auch Will selbst, den dürren Will, der schäbig lachte. Messer flogen von außen gegen das Zelt, zerschnitten die roten Planen. Auch Jack schien den Messerwerfer zu sehen und auch zu kennen. »Was macht der Arsch da«, rief er wütend und sah sich um, so als würde die Kugel etwas widerspiegeln, das im Wagen vor sich ging. »Ich will die dreckige Fresse von diesem Mistkerl nicht sehen. Diesem Verräter!«

Irgendetwas war gerade seltsam. Offensichtlich kannte Jack Will, konnte ihn nicht ausstehen. Nun war Felix auch klar, weshalb Will sich damals vor ihm erst versteckt hatte und gleich mit Rita und Sabin weitergezogen war, statt als Messerwerfer im World's End anzuheuern. Natürlich, darum hatte Jack in Atlantic City vor seinem Wagen so getobt, damals, als sie ihn besuchten, kurz nach Felix' Ankunft in Amerika. Er hatte zu jenem Zeitpunkt bloß nicht verstehen können, worum es überhaupt ging, weil er noch kein Englisch sprach. Nun war er sich auch sicher, dass er Will damals begegnet war auf dem Jahrmarkt mit dem Quacksalber; der dürre Will mit Krücken, dass dieser Will überhaupt ständig irgendwo aufkreuzte.

Noch einmal wagte Felix einen kurzen Blick in die Kristallkugel. Will war nun nicht mehr zu sehen. Dafür erkannte er das Innere des Zeltes, sah Jack und sich selbst am Trapez, um sie herum rote Fahnen und immer wieder Flammen. Er sah groß ihrer beiden Hände, wie sie einander festhielten, losließen, sein schöner Riese machte Saltos und kehrte wieder zu ihm zurück. Wieder ihre Hände, wie sie sich einander entgegenstreckten. »Stopp«, rief Felix so resolut, dass er selbst überrascht war. Mehr wollte er wirklich nicht wissen. Ohne genau hinzusehen, wickelte er die Kugel hastig wieder in das Tuch und packte sie zurück in den Rucksack. Ritas blöde Kugel hielt wirklich nur Beunruhigendes parat.

»Spielverderber«, sagte Jack, schien jedoch dem Freund nicht bös zu sein.

An diesem Abend übernachtete Jack bei Felix. Er hatte Zazie überredet, in seinem Wagen zu schlafen, damit sie ungestört wären. Der Leser und die Leserin werden es vielleicht ahnen: Viel Schlaf haben die beiden in dieser Nacht nicht bekommen. Und das war nur zu einem Teil Felix' unbequemer, allzu schmaler Bettstatt geschuldet.

Ein paar Wochen nach seinem großen Geburtstag traf Felix tatsächlich Will. Diesmal war er sich sicher, dass es sich um Will handelte. Es war in Carmel-by-the-Sea, einer Kleinstadt irgendwo am Meer, wo sie mit dem Zirkus einen Zwischenstopp eingelegt hatten. Felix war der Kochperson beim Einkaufen behilflich gewesen und eben damit beschäftigt, Säcke mit Kartoffeln auf die Ladefläche des Automobils zu hieven. Da sah er aus dem Augenwinkel eine dürre Gestalt, die sich mit einer Flasche Bier auf den Stufen des Geschäfts niederließ. Ihm war sofort klar, dass es sich dabei um Will handeln musste – auch ohne Bärtchen und lange Zotteln erkannte er ihn. Er gab seiner Begleitung Bescheid, sie möge schon allein zum Zirkus zurück, er hätte noch etwas zu erledigen und würde zu Fuß nach Hause gehen. Die unterstellte ihm sofort, dass er bestimmt ein kleines Abenteuer auf einer öffentlichen Bedürfnisanstalt plane, wünschte viel Vergnügen und fuhr lustig hupend davon.

Betont langsam schlenderte Felix hinüber zu Will und hockte sich direkt neben ihn.

»Wie geht es Rita und Sabin?«, fragte er lässig, als wären sie sich erst vorgestern zum letzten Mal begegnet.

Will erkannte ihn nicht sofort. »Wer will das wissen?«

»Alter, weißt du nicht mehr, wer ich bin?«

»Ahhh«, machte Will, nahm die halb volle Flasche wie ein Messerschlucker tief in den Mund, zog sie wieder heraus, leckte mit der Zunge über den Flaschenhals und hielt sie ihm hin. »Arg. Bist alt geworden, Felix Austria, uralt.«

Obschon er sich kolossal ekelte, nahm Felix einen Schluck und spuckte aus. Bier war jedenfalls keines in dieser Flasche. Es schmeckte salzig und bitter – war das Wills Magensaft, ein neuer Trick? »Bin grad fünfundzwanzig geworden. Hab ich mich so verändert?« Er reichte Will die Flasche zurück.

»Jedenfalls kannst du mit einem Mal plappern wie ein Papagei. Und du bist jetzt ein Kerl. Trink ruhig, ist richtig geiles Zeug.« Erneut hielt Will Felix die Flasche hin und fummelte ihm dabei zwischen den Beinen rum. »Und du trägst Jeans, Alter, ganz schön eng da unterrum.«

Felix schüttelte es bei dem Gedanken. »Wie geht es Rita und Sabin?«, wiederholte er und rückte etwas aus Wills Reichweite.

»Keine Ahnung. Lange nicht gesehen. Sind wahrscheinlich verheiratet. Magst echt kein Schlückchen mehr vom Guten?« Will leerte seine Flasche nun in einem Zug.

»Wie, verheiratet?« Felix hatte keine Ahnung, weshalb er überhaupt hier bei Will geblieben war. Dieser Kerl kam ihm noch unangenehmer vor als damals, als sie gemeinsam mit den beiden Frauen quer durch Amerika gereist waren. Ach, er war doch damals schon ein Arsch, dachte er. »Also sind sie jetzt miteinander verheiratet oder was?«

Will formte ein V aus Zeige- und Ringfinger und leckte es anzüglich mit der Zunge. »Sozusagen. Und du?«

»Auch verheiratet.« Auf keinen Fall wollte er jetzt von Jack erzählen und damit eine Bombe zünden.

»Alter! Immer noch bei den Wichsern vom World's End, nicht wahr?« Klar, dass Will auch hier eine derbe Geste fand. Er rieb mit einer Hand an der nun leeren Flasche, warf sie schließlich in hohem Bogen in ein Gebüsch und rotzte in dieselbe Richtung.

»Bleib ich auch. Und selber Wichser.«

»Wichser, die Clowns horten doch bei euch den Schotter. Das Geld, das euch allen gehört. So wie im Kreml.«

War das noch eine Frage oder schon eine Feststellung? Offenbar wusste Will Bescheid. Jetzt bloß auf den letzten Metern nichts falsch machen, dachte Felix, der nur wegwollte. Er hob die Schultern und tat auf ahnungslos. Will hielt ihn echt für blöd. Sicher würde er keinem von außen die finanziellen Gepflogenheiten des World's End verraten.

»Na, sag schon, das ganze Geld verwalten bei euch Wichsern doch die drei dummen Auguste.«

»Ich weiß nicht, wovon du laberst. Aber wer wäre so blöd, ausgerechnet den Clowns Geld anzuvertrauen. Ich muss dann auch mal wieder.« Felix erhob sich.

»Wenn du meinst, Wichser. Kommunistenwichser. Rotes Schwein«, schimpfte Will. »Aber bist immer noch ein prächtiges

Kerlchen. Hier hast du meine Karte.« Er zog hoch, rotzte in seine Handfläche und hielt sie Felix hin.

Wieso verlief jede Begegnung mit Will bloß so furchtbar unangenehm? Felix ging einfach weg, ohne sich zu verabschieden. Natürlich warf ihm der Arsch noch ein Messer hinterher, das surrend in einem Strommasten landete. Ohne sich umzudrehen hob er den Arm und zeigte den Mittelfinger. Erneut sauste ein Messer durch die Luft und verfehlte nur knapp seine Hand. So ein Ungustl, dachte Felix. Gleichzeitig war er voller Bewunderung für Wills Kunstfertigkeit. Ein drittes, größeres Messer schien direkt senkrecht von oben geflogen zu sein. Es kam vielleicht zehn Zentimeter vor Felix im Lehm der Straße zu stecken. Wäre er nur ein wenig schneller gegangen, das Messer wäre mitten in seinem Schädel gelandet. Felix rannte los.

Felix hatte keine Ahnung, ob er den anderen von seiner Begegnung mit Will berichten sollte. Jack sowieso nicht, der würde sich bestimmt nur maßlos aufregen. Vielleicht könnte er dem Direktor Bescheid sagen, dass da draußen Leute wussten, wer im World's End den Schotter bewachte. Möglicherweise war es wirklich keine so gute Idee gewesen, ausgerechnet den Clowns die Finanzen anzuvertrauen. Und wieso hatte Will das mit den Kommunisten erwähnt? Felix beschloss, fürs Erste niemandem davon zu erzählen. Brauchte er auch nicht, denn das Gastspiel in Carmel-by-the-Sea erwies sich ohnehin als kolossaler Flop.

»Hier überhaupt haltzumachen«, sagte der Direktor bei der Versammlung ein paar Tage später, nachdem so gut wie keine Gäste in den Vorstellungen gewesen waren, »überhaupt nach Carmel-by-the-Sea zu kommen, gehört zu meinen größten Fehlentscheidungen.«

»Und davon gibt es eine Menge«, rief jemand. Gelächter. Der Direktor, der auf der obersten Stufe zu seinem Wagen stand, wie immer in vollem Ornat, nahm den Zylinder vom Kopf und wischte mit einem Taschentuch den Schweiß von der Innenseite, mit dem Gebiss klappernd. »Noch findet ihr das witzig«, hob er wieder an. »Aber ihr wisst ja nicht, was mir der Ortsvorsteher gerade gesagt hat.«

»Mach's nicht so spannend, was hat er denn gesagt, der Arsch?«

»Dass wir bis heute Abend Zeit hätten abzureisen. Sie halten uns hier für Kommunisten, Sozialisten, gefährlich jedenfalls ...«

»Das sind wir schließlich auch. Vor allem gefährlich!« Zazie hatte sich eingemischt. Wieder allgemeine Heiterkeit.

Der Kater des Schneiders kletterte zum Direktor auf die oberste Stufe, hob den Arm und fauchte: »Haltet mal alle das Maul. Die Lage ist ernst.« Mit einem Mal waren alle ganz still. Niemand hatte je den Kater sprechen hören. Und es klang auch schwer danach, als wäre er es nicht gewohnt. Die Situation war also wirklich ernst. Der Kater räusperte sich, aber schwieg.

»Wie kommen die drauf, dass wir Linke sind«, wollte Jack jetzt wissen. »Wir schreiben das ja nicht in Leuchtbuchstaben übers Grand Chapiteau.«

»Wäre aber 'ne prima Idee«, rief eine. »Wir sind's schließlich auch.«

»Psssst«, machte Heidi, bevor ihr die Stimme versagte.

Im Verlauf der Diskussion kam unsere kleine Gemeinschaft zum Entschluss, sich nicht zu beugen. Zumindest in ihrer Welt taten sie nichts Verbotenes. Sie dachten und handelten anders als die meisten Menschen da draußen. Gut so, wen sollte das kümmern? Außerdem hatten im World's

End bisher immer eigene Gesetze gegolten, Gesetze, die ihr Zusammenleben regelten. Prima regelten. Sie würden also bleiben und am nächsten Tag noch einmal groß die Werbetrommel rühren, den Wagen mit den Lautsprechern und der Musik in die Stadt reinschicken, einfach hoffen, dass sich endlich Publikum findet.

Der Wagen mit der Musik kam nicht zum Einsatz. Noch in der Nacht, die Vorstellung am Abend war wieder nur spärlich besucht gewesen, stand ein Mob von vielleicht hundert Männern vor dem Zirkuszaun. Grölend und tobend, Fackeln in den Händen, manche bewaffnet mit Gewehren, Äxten oder tatsächlich auch Heugabeln. Es war eine Hexenjagd. »Verpisst euch«, riefen sie draußen im Chor, während sich die Zirkusleute im Zelt verschanzten und hofften, dass das alles nur das Werk von ein paar Verrückten war. Was, wenn die Wahnsinnigen da draußen ihr Lager ansteckten, Zirkuswagen oder gar das Grand Chapiteau in Flammen aufgingen?

Der Kassenwagen, der stets ein wenig außerhalb des Zaunes stand, der World's End umschloss, wurde in dieser unruhigen Nacht angebrannt. Mehr passierte nicht. Weder gingen Zirkuswagen in Flammen auf noch das Zelt. Nicht auszudenken! Auch den Tieren ging es gut. Dennoch beschlossen die Zirkusleute gemeinschaftlich, das Gastspiel in Carmel-by-the-Sea so rasch wie möglich zu beenden und ihre Zelte abzubauen. Hier bedrohte man ihre Freiheit, sie mussten sich einem Mob von Idioten beugen. Felix war sich sicher, dass Will sie verpfiffen haben musste. Will, der ihn Kommunistenwichser genannt hatte und der offenbar etwas gegen sie im Schilde führte, dem Zirkus, weshalb auch immer, schaden wollte.

Die Stimmung war gedrückt. Im World's End waren sie bislang doch immer sicher gewesen. World's End war nicht

Amerika. Der Zirkus war eine eigene Welt, doch außerhalb gab es einfach kolossal viele Deppen. Wir und die. »We and them«, sagte Jack, als er mit Felix die Trapez-Anlage zusammenpackte. »Wir glauben stets, wir sind alle gleich.«

»Das sind wir doch auch.«

Jack schüttelte den Kopf. »Das finden die Arschlöcher nicht. Da draußen, da stecken die uns in den Knast. Dafür, was wir sind und wie wir sind: Kommunisten, Schwule oder Andersdenkende. In den Knast stecken sie uns, Felix Austria, nicht mehr und nicht weniger.« Jack gab dem Freund einen Kuss und blickte ihm in die dunklen Augen. »Unser Job ist es, solange wir leben, gegen die Arschlöcher zu kämpfen.«

Auch in den folgenden Wochen ließ man die Leute vom World's End merken, dass sie nicht mehr willkommen waren. Selbst an Orten, wo man ihnen vor ein paar Jahren noch zugejubelt hatte, zeigte sich das Publikum verhalten. Meist waren die Ränge nur spärlich besetzt. Dass das Geld ausblieb, bereitete zuerst dem Direktor, dann der Person vom Küchenzelt und jenen Artisten Kopfzerbrechen, die Tiere zu versorgen hatten. Schließlich bemerkten es alle im Zirkus. Hinzu kam, dass in den Wagen der drei Augusts eingebrochen worden war. Niemand hatte etwas gesehen, aber dass es jemand von außerhalb gewesen sein musste, das war allen klar. Jedenfalls waren mit einem Mal auch die Geldreserven weg. Felix hatte einen Verdacht, wer für den Einbruch verantwortlich war, traute sich jedoch nicht, Jack oder Zazie davon zu erzählen. Am Ende würden sie noch ihn dafür verantwortlich machen, weil er Will das Versteck bei den Clowns verraten hatte. Hatte er natürlich nicht, aber sicher war sicher.

Sie hatten Hunger, aber machten trotzdem weiter. Durchhalten, beschwor sie der Direktor in einer seiner Ansprachen, und sie wollten sich nicht von Idioten fertigmachen lassen. Irgendwann würde schon der Tag kommen, an dem es mit World's End wieder aufwärts ging, hofften alle. Sie hatten ja nur den Zirkus, aber sie hatten eben auch einander. Und so baute man das Zelt auf, spielte Vorstellungen für eine Handvoll Menschen, baute ab, reiste weiter, bis der Herbst kam.

Währenddessen kämpfte ein Staat gegen »unamerikanische Umtriebe« und »konspirationistisches Denken«. »Konspi, was?«, fragte Zazie Felix, als sie einmal mehr mit knurrenden Mägen in ihrem Wagen auf den Betten hockten und darauf warteten, dass der Tag endlich vorüberging.

»Konspirationistisches Denken«, wiederholte Felix. Einst hatte Zazie ihm Englisch beigebracht, nun war plötzlich er es, der alles besser wusste. »Das ist so was wie Voodoo. Wenn du behaupten würdest, dein Magen knurrt nur, weil Heidis Kühe schwarz-weiß gefleckt sind.«

»Da besteht doch überhaupt kein Zusammenhang.« Zazie sah ihn ungläubig an.

»Du hast es kapiert, mein Schatz!«

Je mehr sie sparen mussten, desto stärker wirkte sich die vertrackte Situation bei allen auch auf die Stimmung aus. Heidis Jodler klangen weniger fröhlich, es gab keine spontanen Swing-Partys mehr, Torten zum 25. Geburtstag waren ebenso wenig drin wie Ausflüge. Weil der Treibstoff für die Automobile und Lastkraftwagen eine Menge Dollars kostete, reiste World's End weniger weit – mit dem Ergebnis, dass das spärlich vorhandene Publikum in der Nachbarstadt, das sich womöglich noch für die

Vorstellung der Zirkusleute interessiert hätte, die Show bereits eine Woche zuvor ein paar Meilen entfernt gesehen hatte.

Einmal zählte Felix vom Trapez aus sage und schreibe drei Personen im Zuschauerraum. Definitiv zu wenig, um vom Zirkusmachen leben zu können. Die Vorräte wurden knapp, und spätestens als eines Morgens der Tiger tot in seinem Käfig lag, verhungert, weil einfach kein Geld mehr für Futter da war, wurde den meisten klar, dass sich etwas ändern musste. »Wir müssen in die Großstadt«, sagte Jack zu Felix und beschloss, mit dem Direktor zu reden, der um sein totes Tier weinte. »Wir müssen weg von den Kaffs. In San Francisco sind die Menschen vielleicht nicht ganz so saublöd wie hier in der Prärie.«

Tatsächlich waren sie gerade einmal wieder in einer Gegend unterwegs, wo man Hollywood-Western hätte drehen können. Obwohl es bald Winter war, waren zumindest die Tage noch recht warm, die Ortschaften bestanden aus wenigen, grob zusammengenagelten Bretterhütten. Der Wind trieb einem den staubigen Sand in die Augen, die Menschen hier waren arm und einfältig. Und sie machten, Felix konnte ein Gespräch zwischen zwei Einheimischen mithören, als er den Direktor zum Ortsvorsteher begleitet hatte, die Kommunisten für ihre schlechte Lage verantwortlich. Wer wollte hier schon leben? Geschweige denn Kunststücke unter der Zirkuskuppel veranstalten.

»Früher einmal haben wir die Menschen verzaubert, egal wo wir waren.«

»Das kannst du immer noch, kleiner Felix, aber nicht hier. Wir müssen in die größeren Städte.«

»Zu den Vernünftigen.«

»Zu den Vernünftigen.«

San Francisco hielten jedenfalls alle für eine gute Idee. Sie kratzten das letzte Geld für die lange Fahrt zusammen, und obwohl sich der Direktor wunderte, dass die meisten in ihren Wagen Erspartes gehortet hatten, sagte er nichts. Allen gehört alles, lautete die Devise, und letztendlich kam ja nun auch wieder allen alles zugute.

Die knapp zweihundert Meilen bis nach San Francisco waren furchtbar anstrengend. Im Schneckentempo bewegte sich die Zirkus-Kolonne Richtung Norden. Abgesehen von kurzen Aufenthalten für Übernachtungen legten sie keinen Halt ein, bauten nirgends das Zelt auf. Die meiste Zeit hing Felix mit Zazie im Wagen herum. Ihm tat der Hintern schon weh vom vielen Sitzen, liegen konnte er auch nicht mehr. Manchmal machte er einen Sprint entlang der Kolonne vor zu Jacks Wagen. Abends vorm Einschlafen trainierte er mit dem Freund, um nicht aus der Übung zu kommen – und um ihm nahe zu sein. Vielleicht bildete er es sich auch bloß ein, aber Felix hatte das Gefühl, dass Jack seine Gegenwart gerade nicht besonders schätzte. Ein paarmal schnauzte Jack ihn enerviert an und gab ihm das Gefühl, unerwünscht zu sein. »Was bleibt von unserer Kunst, vom Glanz der Manege?«, fragte Jack einmal furchtbar dramatisch. »Die Jahre werden ins Land ziehen, und niemand wird sich mehr an dich und mich erinnern.«

»Du übertreibst«, fand Felix. Als Antwort darauf warf ihn Jack aus dem Wagen. War er seiner überdrüssig? Aber weshalb? Vielleicht lag es auch am fehlenden Alltag, der Monotonie oder dem Hunger. Die Tage verliefen jedenfalls öd und langweilig. San Francisco, ihr Ziel, erschien allen im World's End wie das Gelobte Land, und sie konnten es kaum erwarten, endlich dort anzukommen, wo alles wie früher sein würde.

Allein, die Reise zog sich. Erfreulicherweise verlief ihre letzte Etappe entlang der Küste. Felix merkte, wie gut ihm das Meer tat, also die Luft, und in die Weite zu blicken. Er erinnerte sich, wie er in Amerika angekommen war, an der Ostküste damals, nach Wochen auf dem Frachtschiff auf dem großen Ozean. Noch nicht einmal sechzehn war er gewesen und weit weg von dem Wien, das keine Heimat für ihn war. Wie er in Atlantic City, der Stadt am Meer, zum ersten Mal heimlich Jack beobachtet hatte, den schönen Riesen. Seinen Jack, und wie der ihm, als sie einander wirklich trafen, versprochen hatte, ihn nie wieder loszulassen. Würde er das? Ach, Jack war ja immer noch da, er war noch da und alles würde gut. Alles würde gut, wenn sie nur erst einmal in diesem San Francisco angekommen wären.

So richtig gut wurde es jedoch auch in San Francisco nicht. Gar nicht gut wurde es dort, doch dazu später. Felix gefiel die Stadt. Sie erinnerte ihn an daheim, vielleicht ein wenig hügeliger, und man konnte von überall den Pazifik sehen. Es war feucht, und irgendwie zogen Wolken und Nebel tief zwischen die hellen Häuser. San Francisco war eine Hafenstadt, und er liebte den Anblick der Matrosen, die in ihren weißen Uniformen ihren Landgang genossen. Matrosen und deren weibliche Begleitung – Felix vermutete hauptsächlich Prostituierte – machten auch den Großteil des Publikums aus, das sich in der Tat endlich wieder einfand.

Die Menschen kamen in Scharen. Jack hatte also recht behalten. Den Leuten hier schien es egal zu sein, nach welchen Prinzipien sie im World's End miteinander lebten. Vielleicht hatten sie auch einfach keine Ahnung. Sie wollten jedenfalls unterhalten werden, ob von Kommunisten oder Katholiken, war ihnen einerlei.

Gleich in der Nähe des Hafens bei einem Bahnhof hatten sie einen Standplatz zugewiesen bekommen, der sich als äußerst vorteilhaft erwies. Wochenlang spielten sie ausverkaufte Vorstellungen, und an manchen Abenden sah Felix vom Trapez aus unten auf den Rängen nur das Weiß der Matrosenanzüge. Fesche junge Kerle mit Schiffchen aus heller Baumwolle auf dem Kopf, die sie mitunter abnahmen und begeistert in die Höhe warfen, wenn ihnen eine Darbietung gefiel. Ja, Felix fand so viel Gefallen an den Matrosen da unten auf den Sitzen, dass er arg aufpassen musste, sich nicht von ihnen ablenken zu lassen. Einmal, bevor sich Jack für den Salto mortale die Binde über die Augen ziehen ließ, zischte er ihm sogar warnend zu, er möge sich um Himmels willen jetzt konzentrieren.

Oft war die Stimmung überschwänglich. Das Publikum johlte, und die Begeisterung war ehrlich, was die Zirkusleute zuerst beinah überforderte. So viel Wohlwollen waren sie im World's End überhaupt nicht mehr gewohnt. Die allgemeine Euphorie übertrug sich auf unsere beiden Artisten hoch oben am Trapez. Einmal, nach einer besonders gelungenen Vorstellung, verließen sie die Manege rücklings mit dem Gladiatorengruß. Da zog Jack Felix kurzerhand zu sich her und küsste ihn heftig auf dem Mund. Als sie nach einem Moment wieder Richtung Ränge blickten, waren die Leute komplett aus dem Häuschen vor Begeisterung. Die Menge jubelte, pfiff, Matrosenschiffchen flogen in die Höhe, und die Kapelle über ihnen musste eine Spur lauter spielen, damit die Musik überhaupt noch zu hören war. Jack und Felix ließen sich vom Publikum als die Helden des Abends feiern.

Alle dunklen Gedanken, die Jack während der langen Reise gewälzt hatte, schienen wie weggeblasen. In San Francisco waren sie wieder ein Herz und eine Seele. Felix durfte sogar hin und wieder bei Jack im Wagen übernachten. Dass er das eine oder andere Mal von einem nächtlichen Ausflug in die Stadt angetrunken und aus dem Maul stinkend, keck ein Matrosenschiffchen auf dem Kopf, nach Hause kam, konnte Felix verkraften. Er lag im Bett und schloss den Freund trotz Schnapsfahne in die Arme. Hauptsache, er war da und blieb. »Ich liebe dich, Felix Austria«, lallte Jack einmal, »du ahnst nicht, wie sehr ich dich liebe.« Um ein paar Sekunden später in Tiefschlaf zu verfallen.

Na, dann war doch Felix' Welt in Ordnung, oder? Wieso also lief es, wie kurz zuvor angedeutet, nicht so richtig gut in San Francisco? Seit ein paar Wochen hatten sie, auch um ihre Darbietung fürs Publikum noch spannender zu machen, auf Netz und doppelten Boden verzichtet. Felix war skeptisch, aber Jack beruhigte ihn. »Wann bin ich jemals runtergefallen?«, versuchte er den Freund von seinem verrückten Plan zu überzeugen. »Genau: noch nie!«

Jack hatte recht. Nicht einmal beim Training hatte es je eine gefährliche Situation gegeben. »Aber trotzdem, es kann immer was passieren«, sagte Felix.

»Tut es aber nicht. Ich stürze niemals ab. Und weißt du, warum?«

»Weil ich dich fange und halte.«

»Weil wir magnetisch sind, Felix Austria. Weil wir einander anziehen.«

»Außer wenn wir es miteinander treiben.« Felix musste lachen. »Dann ziehen wir einander aus.«

Obschon auch der Direktor erst dagegen war, andererseits aber auch genau wusste, dass die Trapeznummer dadurch fürs Publikum noch aufregender wurde, verzichteten die beiden fortan auf das Sicherheitsnetz. Jack nannte es »bareback«, »ohne Sattel reiten« – eine Formulierung, die der Direktor bei seiner Ankündigung dankbar übernahm. Der Nervenkitzel, dass womöglich etwas geschehen konnte, machte die Leute schier verrückt. »Ohne Sattel und doppelten Boden«, rief der Direktor ins Mikrofon. »Ladies and Gentlemen: die gefährlichste Trapeznummer der Welt.«

Es war ein Russisches-Roulette-Spiel. Ebenso gut hätte man mit halb geladenen Pistolen jonglieren oder Little Sugar eine Atombombe in die Kanone mitgeben können. An einem Abend geschah tatsächlich, was geschehen musste. Routiniert arbeiteten Jack und Felix am Trapez, Jack stand zum Todessalto bereit mit verbundenen Augen auf dem Absprungbrett, Felix hing kopfüber mit den Knien an der Schaukel fest, sauste hin und her und zählte leise, um den Freund rechtzeitig nach seinem Sprung aufzufangen. Da vernahm er von unten ein Geräusch, ein seltsames Sirren. Statt sich aufs Zählen zu konzentrieren, blickte er für einen Augenblick hinunter zum Publikum. Er bildete sich ein, dort unten Will zu entdecken, den dürren Messerwerfer, der eine Grimasse zog.

Im selben Moment hörte er das vertraute Knarzen des Brettes, das Zeichen, dass Jack abgesprungen war. Felix sah ihn in die Leere springen, sauste auf ihn zu, doch ihre Hände verfehlten sich. Hart fiel Jack auf den Manegenboden und blieb dort regungslos liegen. Sofort hörte die Kapelle auf zu spielen. Weil der Schlagzeuger in der Band ein bisschen langsam war, dauerte es eine Weile, bis auch der Trommelwirbel endlich verstummte. Das Publikum schwieg betreten, verfolgte jedoch mit stiller Sensationslust, was weiter geschah. Der Direktor und andere rannten zu Jack, versuchten zu helfen.

Und was tat Felix? Er lief davon. Schnell kletterte er die Strickleiter hinunter in die Manege, wo sich inzwischen ein Arzt um Jack kümmerte. Bewegungslos lag der schöne Riese da, Blut rann ihm aus der Nase, tropfte auf die Sägespäne. Felix vermochte nicht länger hinzusehen. Er riss den Bühnenvorhang zur Seite, stürmte hinaus aus dem Zelt und warf dabei fast noch Zazie um, die im Tutu im Sattelgang stand und heulte. Heidi, die mit ihren Kühen eigentlich als Nächste dran gewesen wäre, versuchte ihn zu umarmen, aber Felix stieß sie fort. Im Wagen packte er wahllos ein paar Dinge in seinen alten Rucksack, kletterte über den Bretterzaun, lief zum Hafen hinunter und sprang auf das nächstbeste Schiff, wo er sich im Rettungsboot unter einer Plane versteckte. Er fühlte sich ganz leer. Planlos. Leinen los.

Als Felix am nächsten Morgen aufwachte, spürte er zuerst eine ungewohnte Feuchtigkeit, seine Kleider fühlten sich klamm an. Wieso trug er denn noch das Outfit fürs Trapez, das weiße Trikot und die Gymnastikschuhe? Sein Körper schmerzte. Erst jetzt bemerkte er ein monotones Vibrieren. Er brauchte einen Moment, um zu realisieren, dass er sich nicht im World's End im Zirkuswagen befand. Er lag nicht in seinem Bett, sondern auf einem Schiff. In einem Rettungsboot auf einem Frachtschiff, dessen Motoren alles in Vibration versetzten. Und dieses Frachtschiff lief volle Kraft voraus.

Hastig schob Felix die modrig riechende Plane über seinem Versteck zur Seite. Er konnte kein Land entdecken, der Frachter fuhr bereits auf hoher See. Zum ersten Mal seit seiner Ankunft in Amerika befand sich Felix wieder auf einem großen Schiff. Nur dass er diesmal kein Ziel vor Augen hatte. Unser Held hatte keine Ahnung, wohin er unterwegs war, wohin ihn diese Fahrt bringen würde. Eine Reise ins Ungewisse, ungeplant, der Aufbruch überraschend.

Er war ein blinder Passagier. Bald schon würde Felix sein Versteck aufgeben müssen, jemandem Bescheid sagen und auf gutherzige Menschen hoffen, die ihn nicht gleich von Bord warfen oder was man sonst mit blinden Passagieren tat. Überstürzt hatte er zwar ein paar Sachen gepackt, die Arbeitshose und was sich sonst ohnehin in seinem Rucksack befand. Aber er hatte weder an etwas zu essen noch an Wasser gedacht. Ohne Verpflegung würde er es nicht lange in diesem Rettungsboot aushalten. Vielleicht könnte er ja auf dem Frachter arbeiten, die Überfahrt so bezahlen, welchen Hafen man auch immer ansteuerte.

Stimmen waren zu hören und wurden lauter. Rasch zog Felix die Plane über sich zu. Er hatte keine Ahnung, wie es Jack ging, ob er den Sturz vom Trapez überlebt hatte. Felix hatte niemandem Bescheid gegeben, sich von niemandem verabschiedet. Zu seiner Leere kam nun die Wut. Wie dumm von ihm, einfach wegzurennen. Eine Kurzschlusshandlung, ärgerte er sich. Wegzurennen war doch so gar nicht seine Art.

DANACH

Ob er ein Billett besitze?
Der Uniformierte hatte sich nicht einmal umgedreht. Felix blickte ihm direkt ins Genick. »Nein«, sagte er. »Aber man wird ja wohl noch stehen können und schauen, was da los ist.«

»Können können S' vielleicht, aber dürfen dürfen S' nicht.« Der Mann wandte sich nun doch ein wenig um und rempelte Felix mit dem Ellbogen. »Tummel dich, du Trottel«, zischte er. Felix blieb.

Mit zahlreichen anderen Schaulustigen stand er gleich beim prachtvollen Portal des Kinos im Künstlerhaus. Wandte er sich nach rechts, konnte er die Kuppel der Karlskirche sehen, die das Abendrot reflektierte. Bei bestem Herbstwetter war er durch die Stadt geschlendert und zufällig am Karlsplatz gelandet, wo, wie er feststellte, in dem kürzlich eröffneten Filmtheater eine Premiere anstand. Also schaute Felix einmal und wartete, er hatte ja sonst nichts zu tun. »Der Hexer von Oz« war in großen Buchstaben auf dem Plakat überm Eingang zu lesen. Er wunderte sich, dass der amerikanische Film von vor dem Krieg erst jetzt, mehr als zehn Jahre später, in Wien gezeigt wurde.

Schweigend bildeten die Neugierigen ein Spalier, vor ihnen uniformierte Ordner, die eine Art Mauer bildeten. Die Menge versuchte, einen Blick auf das Premierenpublikum zu ergattern, das elegant gekleidet nach und nach eintraf. Vielleicht, weil er erst ein paar Wochen wieder in Wien war, vielleicht auch, weil er sich nicht besonders dafür interessierte – Felix kannte jedenfalls keinen der Gäste. In Jeans, weißem Leibchen, der amerikanischen Uniformjacke, das dunkle Haar in einer Welle lässig zurückgekämmt, stand er vor dem Filmtheater und pochte auf sein Recht, hier stehen zu dürfen. Aus Prinzip.

»Ohne Billett gemma tschau«, zischte der Aufpasser nun. Der Ungustl hatte eindeutig ihn im Auge. Während alle anderen um ihn herum unbehelligt blieben, war Felix hier unerwünscht. Sollte er es auf eine Auseinandersetzung ankommen lassen? Ach was, der Kerl war bloß ein Trottel, der Streit suchte. Ein selbst ernannter Ordnungshüter, der seine Aufgabe ein wenig zu ernst nahm. Gerade als Felix gehen wollte, geschah etwas Seltsames. Zwei Sanitäter trugen, quasi als Gegenbewegung zum Strom des eintreffenden Kinopublikums, auf einer Trage eine Dame aus dem Gebäude hinaus. Eine Dame im Abendkleid. Ihr folgte ein Mann im Anzug, offenbar ihr Begleiter, in völliger Auflösung. Der Pelzmantel, den er überm Arm trug, gehörte sicherlich der Frau. Obwohl sie geschwächt wirkte, war sie noch imstande, auf groteske Weise mit der einen Hand ihre Tasche und mit der anderen zwei Eintrittskarten in die Höhe zu halten. Unentwegt rief sie dabei: »Dorothy! Dorothy!« Felix sah, wie sich ein Bursche dem kuriosen Krankentransport näherte und blitzschnell die Karten an sich riss, um sofort wieder in der Menge zu verschwinden.

»Mit Billett gemma juche«, hörte Felix wenige Augenblicke später hinter sich eine Stimme flüstern – und es war nicht die des unguten Uniformierten. Als er sich umdrehte, stand da der Bursche, den er zuvor dabei beobachtet hatte, als er der Frau auf der Trage die Eintrittskarten wegnahm. »Heast, schau mich nicht so an. Für die beiden Herrschaften ist der heutige Abend doch eh gelaufen. Wär doch jammerschade, wenn da zwei Plätze frei bleiben würden. Ich bin übrigens der Franzi. Du bist eingeladen, schnell, der Vorfilm läuft sicher schon.«

»Frech bist du für zwei, Franzi. Ich bin ja schon beruhigt, dass du ihr nicht noch die Handtasche weggenommen hast.« Felix stellte sich ebenfalls vor und ließ sich von Franzi auf den roten Teppich schieben, vorbei an dem Aufseher; nicht ohne mit triumphierendem Blick auf die beiden Billetts seines Begleiters zu deuten. Sie betraten das Gebäude, in dem wirklich alles nigelnagelneu war.

»Wir sind unpassend angezogen.« Felix zupfte an seinem weißen Leibchen. Abgesehen davon, dass er wenig andere Kleidungsstücke besaß, geschweige denn einen Anzug, wie ihn die meisten Männer an diesem Abend trugen. Denn auch seine neue Bekanntschaft trug nur eine Hose aus zerschlissenem grauen Stoff, und an seinem Hemd fehlte oben ein Knopf, die Ärmel waren hinaufgekrempelt. »Was sollen sie schon machen? Uns raushauen? Wir haben schließlich zwei …«, Franzi las von den Billetts ab, »zwei Ehrenkarten. Letzte Reihe fußfrei. Außerdem finde ich, dass du ausgesprochen gut angezogen bist. Würde mich interessieren, wie man in so enge Hosen reinkommt.«

»Was meinst du denn damit?«, wollte Felix wissen, während sie die Stiegen hinauf zum Kinosaal nahmen. Natürlich hatte er die Anspielung verstanden. Er hatte das Gefühl, Franzis Blick war etwas zu lange auf seinen Allerwertesten gerichtet. Sie fanden ihre Plätze im gut gefüllten Saal und setzten sich. Aufgeregt zeigte Franzi auf ein paar Berühmtheiten unter den Anwesenden, deren Namen Felix nichts sagten. Das Licht wurde gedämpft.

»Mich interessieren diese Leute so überhaupt nicht«, flüsterte Felix.

»Mich eh auch nicht. Mich interessiert viel mehr: wie du aus diesen Hosen rauskommst«, nahm Franzi das Thema wieder auf, und Felix war sich sicher: Der ist einer wie ich.

»Pschscht«, machte jemand vor ihnen, und der Film begann.

Arg seltsam war so ein Kinobesuch mit einem Menschen, den man erst kurz zuvor getroffen hatte, den man ja noch überhaupt nicht kannte. Mit so einem im Finstern nebeneinander zu sitzen. Felix spürte Franzi an seiner Seite, hörte ihn atmen. Bildete er es sich bloß ein oder presste der Kerl gerade das Bein an seines? »Der Hexer von Oz« hatte ihn vor Jahren extrem begeistert. Nun kam ihm das Ganze vor wie ein läppischer Kinderfilm mit Musik und Tanz. Obwohl Judy Garland, die Hauptdarstellerin, schon grandios war. Trotzdem: der Mensch im Löwenkostüm – Felix hatte da schon Besseres gesehen.

Mitten in der Vorstellung – dem dummen Löwen im Film war gerade ein Orden für seinen Mut verliehen worden – fiel Felix ein, dass er zwar neben diesem Franzi saß, dass er jedoch vergessen hatte, wie er aussah. Er drehte sich zu seiner Begleitung, jedoch um festzustellen, dass diese mittlerweile eingeschlafen war. Im flackernden Kinolicht musterte Felix Franzis Gesicht. Mager war er wie jemand, der nicht oft die Gelegenheit besaß, sich richtig satt zu essen. Spitz stach die Nase aus seinem Gesicht hervor, die Brauen bildeten einen dramatischen Bogen, ein paar blonde Strähnen hingen müde über die Stirn, der Rest des Haares war lässig zurückgekämmt, wie es gerade Mode war. Riesige Ohren hatte er, der Franzi. Als ob er bemerkt hätte, dass Felix ihn beobachtete, schlug der nun die Augen auf und grinste flüchtig. Schnell wandte sich Felix wieder der Leinwand zu, wo schon wieder getanzt und gesungen wurde.

»Den Film hab ich schon gekannt«, sagte Felix, als sie das Kino verließen und Richtung Naschmarkt schlenderten. »›The Wizard of Oz‹ heißt der eigentlich. Nicht ›Hexer‹. Bei der Premiere war ich in Amerika, das muss gute zehn Jahre her sein.« Es war nicht einmal gelogen, den Film selbst hatte Felix zwar erst später gesehen. Damals gemeinsam mit Jack, als sie entdeckt hatten, dass Judy Garland und Rita Hayworth ihre Geburtstagszwillinge waren. Aber ja, er war in Hollywood doch wirklich bei der Premiere gewesen, neben dem roten Teppich gestanden mit Heidi der Jodlerin. Er hatte Judy in die Augen geblickt und eine Perle von ihrer Handtasche vom Boden aufgesammelt.

»Jajaja. Toto, ich habe das Gefühl, wir befinden uns nicht mehr in Kansas.« Franzi hob eine Augenbraue, sodass sein hageres Gesicht noch mehr so wirkte wie aus einem Comicstrip. »Ich wüsste nicht, dass sie …«, er machte mit den Fingern Gänsefüßchen in die Luft, »… in Amerika Filme vorgeführt hätten. In Amerika, das sagen sie alle. Außerdem: Der Film hat heute Premiere, den kannst du überhaupt noch nicht gesehen haben.«

Was sagten sie alle? Und wer sagte was? Felix verstand Franzis wunderliche Andeutung nicht, unterließ es jedoch, bei seinem Gegenüber genauer nachzufragen. Stattdessen pfiff er die Melodie von dem Lied »Over the Rainbow«, das sie kurz zuvor gehört hatten. Er war doch in Hollywood gewesen. Unterstellte der Kerl ihm etwa, dass er log? Eines Tages, beschloss Felix, würde er diesem Franzi mit den dicken Segelohren die rote Perle von Judys Handtasche zeigen. Dann würde der nimmermehr so blöd daherreden.

Auf der Wiedner Hauptstraße schaufelten ein paar junge Burschen gerade Bauschutt und Sand auf die Schienen der Straßenbahn. »Jössas, die Kummerln«, sagte Franzi mit abschätzigem Ton und als Felix ihn fragend ansah, erklärte er: »Sabotage. Kommunisten. Die machen das seit Tagen, um einen Generalstreik anzuzetteln. Allein, die braven Wiener Arbeiterinnen und Arbeiter wollen da partout nicht mitmachen. Im Gegenteil: Watschen statt Streik ist die Devise. Gestern hat's angeblich schon ein paar Schwerverletzte 'geben.«

»Aber wieso schaufeln die den Schutt aufs Gleis?«

»Na, damit die Straßenbahn nimmer fahrt. Sabotage. Wie gesagt: Niemand will den Streik. Ich auch nicht. Ich bin froh, wenn ich was zum Hackeln hab. G'fraster, die Roten. Auf ein Bier?« Sie waren vor einem Kellerlokal angekommen. Wohl weil der Abend für Oktober erstaunlich mild war, stand die Tür offen, laute Stimmen waren zu hören, die Gäste rauchten und tranken, Musik spielte.

Felix verneinte. »Hab kein Geld momentan. Leider.«

»Geh, der Franzi ladt dich ein!« Sein neuer Bekannter schob ihn hinein in die Bierstube, die etwas im Souterrain lag, gab der Wirtin hinter der Budel ein Zeichen, und fast im selben Augenblick, als sie auf einer der hölzernen Bänke nebeneinander Platz nahmen, standen bereits zwei Krügerl vor ihnen, so großzügig eingeschenkt, dass sich auf der Tischplatte ein kleiner Biersee bildete. Sie stießen an, was zu einer weiteren Überschwemmung führte. Franzi war offensichtlich Stammgast hier. »Ich wohn' oben im selben Haus. Adele …«, er deutete zur Wirtin, einer lauten Person mit arg groben Zügen, die gerade damit beschäftigt war, schimpfend einen Betrunkenen vor die Tür zu bugsieren, »Adele ist meine Mutter.«

Felix starrte ihn ungläubig an.

»Scherz, nur im übertragenen Sinn. Adele hat sehr viele Kinder und ist für alle die Mama.«

Jetzt erst fiel Felix auf, dass die Wirtin vielleicht auch ein Wirt sein mochte; genau ließ sich das nicht sagen. Die beiden jungen Männer jedenfalls unterhielten sich bestens, und wenn Franzi auch oft seltsame Andeutungen machte, derbe Scherze, über die er selbst am meisten lachen musste, fand Felix doch Gefallen an ihm. Dieser Kerl war spendabel; erst die Kinokarten, nun das Bier. Nach dem zweiten Krügerl wurde die neue Bekanntschaft anlassig, legte wie zufällig die Hand auf seine.

»Wie alt bist du?« Franzi streichelte ihm nun schon zärtlich übers Bein.

Fast hätte Felix »fünfundzwanzig« geantwortet. Aber das war ja noch die Version von World's End. Seit damals hatte er keinen Geburtstag mehr gefeiert. Er musste tatsächlich nachrechnen. »Achtundzwanzig geworden«, antwortet er schließlich. »Und du?«

»Lustig, gleich alt. Herzchen, wir sind wohl auch beide keine Knaben mehr.«

So jung, dachte Felix. Er hätte Franzi älter geschätzt. Nach der dritten Runde beschloss er, nun genug Bier intus zu haben. Leicht schwankend stand er auf und griff nach seiner Jacke.

»Was, du gehst schon?« Franzi zog ihn am Arm zu sich an den Tisch zurück. »Jetzt kommt doch erst der lustigste Teil des Abends.« Wohl weil bereits Sperrstunde war, hatte Adele, die Wirtin, die Tür verschlossen und die Vorhänge vor den Fenstern zugezogen, durch die man zuvor noch Leute hatte vorbeigehen sehen. Neben Franzi und Felix waren noch ein gutes Dutzend andere Gäste anwesend, die meisten von ihnen junge Männer in ihrem Alter. Feierlich schritt die Wirtin zum Musikautomaten und wählte eine Musik, die Felix unbekannt war. Nachdem die ersten Takte erklungen waren, kletterte sie umständlich Röcke und Schürze raffend hinauf auf ihre Budel, schob mit dem Fuß ein paar leere Gläser klirrend zur Seite und brachte sich so in Position.

Während aus der Jukebox ein Orchester lärmte, die Gäste applaudierten, begann eine groteske Mitternachtseinlage. »Die Männer sind alle Verbrecher«, sang die Wirtin mit tiefer Bassstimme, »ihr Herz ist ein finsteres Loch, hat tausend verschied'ne Gemächer, aber lieb, aber lieb sind sie doch.« Das Publikum johlte, als sie sich jedes Mal beim Wort »Loch« umwandte, die Röcke lüpfte und offenherzig ihren nackten Hintern zeigte. Offenbar gehörte diese Darbietung zu Adeles Repertoire.

Nach dem vierten Bier war Felix endgültig betrunken. Zu betrunken, um gerade zu gehen. Er wankte aufs WC und traf dort Franzi, der ihn einlud, die Nacht bei ihm oben in seiner Kammer zu verbringen. »Der Weg ist steil, doch nicht so weit, das Bett ist schmal und nicht so breit«, lallte er, und Felix fiel erst gar nicht auf, dass seine neue Bekanntschaft plötzlich in Reimen sprach. In was für eine Operette war er da nur geraten?

»Die Männer sind alle Verbrecher«, fuhr Franzi unbeirrt fort, »aber immerhin keine Oaschlecher. Ich bin stinkreich, du bist ein Armer. Aber, Felix, bist eh kein Warmer?«

Was war denn das für eine saublöde Frage? Fix war Felix davon ausgegangen, dass dieser Franzi einer wie er war. Was das betraf, hatte er sich in den letzten Jahren doch ein recht gutes Gespür angeeignet. Zudem war der Kerl die ganze Zeit wenig dezent gewesen. Felix wusste, dass Homosexualität in Österreich noch immer strafbar war. Sollte es eine Falle sein, dann hatte er nun defiteriv – in seinem alkoholisierten Zustand konnte er das Wort nicht einmal korrekt denken – defini, deff irgendwas, egal, ach –, er hatte keine Ahnung, wie er antworten sollte. Schwankend ergriff er schließlich Franzis Hand und begann, an dessen Zeigefinger zu lutschen. Der schmeckte salzig, nach Bier, Tschick und Urin.

Als unser Felix am nächsten Morgen aufwachte, lag er in einer bescheidenen Bettstatt in einer ebenso bescheidenen Dachkammer und fröstelte. Er hatte einen Mörderkater und musste sich erst einmal orientieren. Richtig, Franzi, Adele die singende Wirtin, furchtbar viele Krügerl Bier. Dass in diesen schmächtigen Kerl überhaupt so viel Bier hineinpasste! Er hörte Geräusche. Die Bleibe war eher ein karger Dachboden, man konnte die Dachziegel von unten sehen, nicht nur durch die Luke, die einen Spaltbreit geöffnet war, pfiff der Wind. Es gab eine Ecke mit einer Abwasch und einem kleinen Herd, daneben einen Holzofen, der jedoch nicht in Betrieb schien. Splitterfasernackt stand da Felix' Gastgeber, einen Wasserkessel in der Hand, und kochte mithilfe eines Porzellanfilters, in dem eine Unterhose lag, Kaffee.

»Ist das etwa meine Unterhose?« Felix schaute an sich herunter. Er hatte seine Jeans noch an, also nein. Große Erleichterung.

»Filtertüten sind gerade aus. Mangelware«, sagte Franzi, der den gestrigen Abend sichtlich besser verkraftet hatte. Felix konnte sich nicht daran erinnern, wann und wie er unten vom Kellerlokal in diese Dachkammer hinaufgekommen war. Da er noch mit Hose und Leibchen komplett angekleidet war, schloss er zumindest aus, dass sie miteinander geschlafen hatten. Obwohl: Franzi war nackt. Alles an ihm war lang, also fast alles, und, werte Leserin, werter Leser, jetzt nicht abschweifen! Felix betrachtete diesen schmächtigen Körper,

Rippen und Knochen machten gespenstische Schatten auf weißer Haut. Wie konnte man bloß so dünn sein? Das einzige Fleischige an Franzi waren seine großen Ohren.

»Wo ist das Klo?«

Franzi zeigte auf die Abwasch. »Oder musst du mehr loswerden? Dann bitte raus ins Stiegenhaus, ein Stockwerk tiefer, das Klosett ist am Gang, der Schlüssel hängt da bei der Tür.« Offenbar war Sprechen in Reimen bloß eine Marotte im alkoholisierten Zustand. Felix blieb liegen, alles drehte sich. Er war einfach nichts mehr gewohnt.

»Ich hab versucht, dich aus deiner Hose auszupacken. Unmögliches Unterfangen.«

»Könntest du endlich das Thema mit der Hose lassen?« Felix setzte sich auf und nahm das Häferl mit dem Kaffee entgegen, das ihm hingehalten wurde. Obwohl er die Methode grauslich fand, wie der Kaffee aufgebrüht wurde, trank er und war erstaunt, wie gut er ihm schmeckte. Kaffee war selten zu dieser Zeit, Luxus. Und der Franzi war ein hervorragender Kaffeekoch.

»Hast du Hunger?«

Felix nickte. Sein Gastgeber schlurfte zurück in die Küchenecke, kramte aus einem Kasten ein Stück hartes Brot hervor und reichte es ihm. »Mehr gibt es grad nicht. Ich ess' mich immer im Atelier satt.«

»So viel scheint es da auch nicht zu geben.« Felix versuchte, Franzi in den Bauch zu zwicken, und erschrak: Da war nichts, was man hätte zwicken können. »Was für ein Atelier überhaupt? Aktmodel für angehende Künstlerinnen an der Akademie bist du sicher nicht, scheint mir. Vielleicht ein Hungerkünstler.«

»Filmatelier«, sagte Franzi und streckte sich. »Und du wirst lachen, man hat mich auch schon gemalt.«

»Na ja, Filmstar bist du aber auch keiner, da fehlt dir die Oberweite.«

»Depperter. Ich arbeite beim Film. Ganz, ganz kleine Nummer. Hast du Arbeit? Ach, fürchterlich dumme Frage. Wenn du was hackeln würdest, hätte ich dir gestern nicht deine zweitausend Krügerl zahlen müssen.«

»Auf Arbeitssuche. Ich war lange in Amerika und ...«

»Glaub ich dir nicht«, unterbrach ihn Franzi, »aber red ruhig weiter. Obwohl, deine Uniformjacke wirkt echt, Mister Smith.«

Schon wieder diese Anspielung wegen Amerika. »Ich bin eigentlich Zirkusartist«, fuhr Felix fort. »Trapezkünstler, um genau zu sein. Aber ich würde alles machen. Also fast alles.«

»Fast alles?« Franzi lachte dreckig. »Im Ernst. Wenn du magst, frag ich für dich. Ich kenne einflussreiche Leute bei der Wien Film, die mir den einen oder anderen Gefallen schulden. Trapezkünstler warst du also? Famose Geschichte hast du dir da ausgedacht. Aber du scheinst tatsächlich sportlich zu sein. Siehst zumindest so aus. Kannst du klettern? Ich glaub, ich hab eine Idee.«

»Was für eine Idee?«

»Na, wenn du gut kletterst: Im Tiergarten Schönbrunn suchen sie gerade Darsteller fürs Affengehege.«

»Wappler.«

»Okay, ohne Spaß, im Atelier haben sie immer was zu tun. Die Bezahlung ist zwar so lala, aber es gibt was zu futtern. Die Amis buttern gerade ganz schön viel Knödel in die österreichische Filmwirtschaft.«

»Wenn das möglich wäre, tausend Dank.« Felix war mit seinem Kaffee fertig und erhob sich vom Bett, das gequält quietschend nachgab. »Ich muss auch mal gehen. Danke für die Biere und die Übernachtung. Und den Kaffee.«

»Ich frag für dich beim Chef.« Franzi machte mit dem Kopf eine Geste Richtung Abwasch, wo der Porzellanfilter zum Abtropfen stand. »Magst du deine Unterhose gleich mitnehmen, oder sollen wir bald einmal wieder zusammen was trinken?«

Wieder lachte er dreckig, und Felix lachte ganz breit mit.

Sicher ein Scherz. Im Stiegenhaus blieb er trotzdem kurz stehen, knöpfte seine Jeans auf, um festzustellen, dass er tatsächlich keine Unterhose mehr darunter trug. Hatte der Strolch sie ihm tatsächlich ausgezogen und war ihm an die Gurke gegangen?

Felix' erste Tage seit seiner Rückkehr nach Wien verliefen durchwachsen. Ohne es überhaupt geplant zu haben, war er nach wochenlanger Reise wieder in seiner Heimatstadt gelandet. Auf dem Schiff hatte man ihn natürlich rasch entdeckt, mit ein wenig Arbeit an Deck konnte er jedoch seine Überfahrt bezahlen und kam zuerst in Spanien an. Quer durch Europa war er gereist, das gerade dabei war, sich vom Krieg und dessen Auswirkungen zu erholen. Von Spanien ging es über Frankreich und Norditalien nach Österreich. Felix ließ sich von Lastkraftwagenfahrern mitnehmen oder fuhr mit der Bahn. Schwarz, denn Geld besaß er keines und auch keine Papiere; erwischt wurde er jedoch nie.

Er ließ sich Essen schenken und nächtigte bei Fremden, die ihn auf der Straße auflasen. Einmal verbrachte er sogar ein paar Tage bei einer wohlhabenden Offizierswitwe, die ihn mit Kleidern ihres – wie Felix vermutete – im Kriege gefallenen Ehemannes ausstatten wollte. Vielleicht wollte sie ihn auch nur in den Anzügen des Gatten sehen. Jedenfalls brach sie plötzlich in Tränen aus, und er sah zu, dass er weiterkam. In der Schweiz verbrachte er sogar einmal eine kurze

Zeit bei einem kleinen Wanderzirkus, musste aber feststellen, dass dieser Zirkus ganz anders war als World's End; die Artisten beteten vor jeder Vorstellung, und Felix verließ die alte Zirkuswelt bald wieder. Manche Strecken musste er zu Fuß gehen, auch weil noch nicht überall Züge verkehrten, letztendlich kam er nach Wien.

Die Stadt hatte sich ebenso verändert wie unser Held. Zu lange war er weg gewesen. Als Felix Wien verlassen hatte, war er noch ein Jugendlicher gewesen. Nun kehrte er als Mann zurück, der eine Menge erlebt und das Wichtigste zurückgelassen hatte: World's End. Vor allem aber Jack. Die ganze Zeit reiste er mit leichtem Gepäck, denn außer seinem Rucksack mit den paar Habseligkeiten besaß er ja nichts. Doch sein Schuldgefühl trug er mit sich wie eine schwere Last. Schließlich war er einfach auf und davon, unser armer Felix. Er hatte ja keine Ahnung, wie es mit Jack nach dem Unfall weitergegangen war. Ach, hätte er Jacks Hand doch nie losgelassen!

Wien lag teilweise noch in Trümmern, manche Bezirke wiederum schienen kaum zerstört. Die Stadt war aufgeteilt in vier Besatzungszonen, und Felix sah zu, sich möglichst im amerikanischen Sektor aufzuhalten. So gut, wie er Englisch sprach, konnte er sich zur Not als Ami ausgeben. Die Straßenbahnen fuhren zwar schon wieder, aber wie hätte er sich den Fahrschein leisten sollen? Wohin hätte er denn fahren sollen? Hinzu kam, dass er ohnehin nichts zu tun hatte. Freilich hatte Felix keine Bleibe. Er schlief im Prater oder ließ sich von Zufallsbekanntschaften in ungelüftete Garçonnièren mitnehmen, ein wenig Taschengeld geben. Froh war er, sich wenigstens ab und zu waschen zu können. Allen Ernstes besaß er noch das runde Stück Seife, seit mehr als zehn Jahren schleppte er es mit sich herum, nun kam es öfter auch zum Einsatz. Ein Habenichts war er, trotzdem war ihm sein Äußeres wichtig. Mochte er nichts zu schaffen haben, mochte sein Gewand löchrig sein und seine Schuhe ausgetreten: Stets war er sauber rasiert, trug das Haar lässig frisiert und roch nach Sandelholz.

Stundenlang schlenderte Felix umher oder saß einfach irgendwo und beobachtete die Menschen. Er beobachtete die Menschen und dachte sich Geschichten über sie aus. Hockte im Stadtpark, unser Held, sanft warf der Wind dunkle Haarsträhnen von der einen zur anderen Seite. Fast wirkte es so, als blätterte jemand in einem Buch, rat- oder auch ein wenig lustlos. Wie würde seine Geschichte weitergehen?

Die meisten Leute, die er sah, waren ebenso mittellos wie er, die Kleider abgetragen, die Menschen hungrig und schlecht gelaunt. Er hatte ja keine Ahnung, was all diese Leute hinter sich hatten, denn was geschehen war, kannte er nur von Bildern in den amerikanischen Illustrierten. Wien war voll mit sogenannten Displaced Persons, Verschleppten, ehemaligen Zwangsarbeiterinnen und -arbeitern, Kriegsgefangenen oder Häftlingen aus den Lagern. Allesamt Überlebende. Verglichen mit deren Leid, angesichts der Tatsache, dass er die Nazizeit in der Ferne verbracht hatte, dort gelebt hatte, gut gelebt hatte, kam sich Felix furchtbar klein und lächerlich vor.

Wieder fuhr ihm der Wind durchs Haar. Ach, er war ja bloß in Amerika gewesen. In Amerika, auch wenn dieser Franzi sich über ihn lustig gemacht hatte. Felix hatte nicht ums Überleben kämpfen müssen wie all die anderen, weder Grauen noch Gräuel erfahren, da war er sich ganz sicher. Ihm war es doch wunderbar gegangen, oder etwa nicht? Das Schicksal hatte es gut gemeint mit ihm. Wie viel Glück er gehabt hatte, das erfuhr unser Held erst einige Zeit später.

Displaced, vertrieben, verlagert, verdrängt, verschoben, heimatlos. So fühlte er sich dennoch. Denn seltsamerweise war ihm Wien wie eine fremde Stadt, kaum konnte er sich an Einzelheiten von früher erinnern. Hatte er hier wirklich einmal gelebt, Freunde gehabt, Familie? War er überhaupt jemals fort gewesen? Felix hatte es vergessen.

Einmal wanderte er über die Ostbahnbrücke von Eisenbahnschwelle zu Eisenbahnschwelle hüpfend hinüber bis nach Stadlau. Stadlau, wo er aufgewachsen war. Stadlau, dieses angehängte Dorf am Rand der großen Wienerstadt. Er war neugierig, ob seine alte Mutter noch am Leben war. So lange hatte er nichts von ihr gehört und sich auch nicht bei ihr gemeldet. Wie hätten sie in Kontakt bleiben können, besaß er doch seit Jahren keine Adresse und war immer auf Achse gewesen?

In dem niedrigen Haus direkt an der Straße, wo er zuletzt mit ihr gemeinsam zur Miete gewohnt hatte, lebten nun andere. Die Leute konnten ihm auch keine Auskunft über den Verbleib der Mutter geben. Die Seifensiederei Suess existierte nicht mehr, wo er hatte nachfragen wollen, jedenfalls konnte Felix das Fabriksgebäude nicht finden. An Verwandtschaft oder Bekannte der Mutter erinnerte er sich nach all den Jahren nicht mehr. Er war allein. Ziellos wanderte er durch eine Stadt, die ihm plötzlich so fremd vorkam, bis er merkte, dass sein Radius damals, bevor er weggegangen war, ohnehin unendlich klein gewesen sein musste.

Was weiß ein Jugendlicher auch von der großen Stadt, wenn er an ihrem äußersten Ausläufer aufwächst? Ja, an die Donauauen erinnerte er sich, an den Prater vielleicht, wo er ein paarmal im Kino gewesen war und mit jemandem geschmust hatte. Mehr hatte er doch nicht gesehen von

Wien als eine Stadt aus der Perspektive eines Jugendlichen. Die weite Welt war ihm geläufig, zumindest Amerika, ein Teil davon. In Spanien war er gewesen, Frankreich und Norditalien, in der Schweiz. Doch Wien, dieses Wien, war plötzlich die große Unbekannte. Und Österreich erst recht. Felix Austria war einer, der seine Heimat nicht kannte.

Ein andermal, Felix saß wieder auf einer der Bänke im Stadtpark und hatte sonst nichts zu tun, unterhielt er sich mit einem amerikanischen Soldaten. Einem hübschen Kerl, vielleicht eine Spur älter als er, der ihn in gewisser Weise an Jack erinnerte. Vielleicht auch bloß, weil sich der Kerl als Jack vorstellte. Er sei ein Ziviler auf der Durchreise, log Felix, eigentlich aber stamme er aus Südkalifornien und wolle ohnehin schon bald wieder zurück in die Vereinigten Staaten. Bei einem Imbissstand ließ er sich von diesem Jack auf eine Wurst mit einem Stück Brot und Limonade einladen, ging mit ihm ins Hotel gleich beim Park, und als er am nächsten Morgen das Zimmer verließ, der andere noch schlief, nahm er ohne weiter darüber nachzudenken dessen Uniformjacke mit. »Smith« stand in Blockbuchstaben über der Brusttasche.

Später, als er die Jacke anprobierte und in die Seitentasche griff, fand er ein paar Dollarscheine, eine Schachtel amerikanische Zigaretten und einen Zettel. »Hello, Felix Austria«, las er, und weiter auf Deutsch: »Ich weiß doch, dass du kein US-Bürger bist. Ich selbst bin auch noch nicht so lange einer. Behalte das Geld und die Jacke und schau, dass unser Wien ein besseres wird, als es gewesen ist. Diese Stadt ist es wert. Dein Jack.« Ganz unten auf dem Zettel war noch dreimal der Buchstabe X gemalt, Felix wusste nicht, was das bedeutete. Obwohl es riskant sein mochte, mit amerikanischer Armeekleidung herumzurennen, wenn sie gestohlen war, trug er fortan Jacks Uniformjacke, als die Nächte kühler wurden. In breitestem Amerikanisch würde er antworten, wenn ihn jemand fragte. Aber niemand fragte ihn.

Tatsächlich hatte Franzi Felix eine Arbeitsstelle besorgt. Sie hatten vereinbart, einander in dem Kellerlokal mit der singenden Wirtin zu treffen, und zur Begrüßung hielt ihm der Bekannte, blass und dürr wie eh und je, mit der Bemerkung, es gäbe nun wieder Filtertüten zu kaufen, seine – fein säuberlich gereinigte und sogar gebügelte – Unterhose hin. »Ich kenn' eine Person in der Wäscherei im Atelier, die macht dir alles sauber für einen Kuss«, sagte er. »Die wirst du sicher auch bald kennenlernen. Solltest du zumindest. Dein Gewand müffelt nämlich schon arg.«

»Stink ich auch?«, fragte Felix entsetzt.

Franzi kam ihm so nahe, dass Felix seine Wärme spürte, und schüttelte den Kopf. »Du riechst zumindest nicht. Aber zieh dir für dein Vorstellungsgespräch besser was Sauberes an.«

In derselben Woche stand Felix vor dem gusseisernen Tor des Filmateliers in Sievering und stopfte sich das frisch gebügelte Hemd, das ihm Franzi organisiert hatte, in die Hose. Er betrachtete das Logo der Wien Film. Die beiden Worte waren durch einen Notenschlüssel miteinander verbunden, woraus Felix folgerte, dass hier vor allem musikalische Lustspiele hergestellt wurden. Er ging vorbei an der Portiersloge, wo man keine Notiz von ihm nahm, und schlenderte ein Stück bergauf zu dem Gebäude mit dem runden Dach, das ihm Franzi beschrieben hatte. Auch hier war das Logo mit dem Notenschlüssel angebracht. Nachdem er an allerhand Dekorationsteilen vorbeigekommen war – barockes Schönbrunn, biederes Wohnzimmer, mondäne Bettstatt –, klopfte er an eine Tür mit der Aufschrift »Sekretariat«. Gelangweilt einen Chewinggum kauend führte ihn eine junge Frau in ein Zimmer mit einem riesigen Schreibtisch. Dahinter verschwand ein älterer Herr mit Stirnglatze, der einen viel zu großen Anzug trug.

Das Vorstellungsgespräch verlief erfreulich. »Vielleicht«, sagte der Direktor und verschmolz dabei geradezu mit seinem Sessel, »vielleicht können Sie uns ab und zu bei Verhandlungen mit den Amerikanern behilflich sein, junger Mann. Ich habe vernommen, Sie beherrschen das Englische fließend.«

»Yes I do«, sagte Felix stolz. Erstaunlicherweise wollte der Chef weder Papiere sehen noch seine Zirkusgeschichte hören. Er sprach Englisch, und damit hatte er den Job. Allerdings kam es da weniger auf Sprachkenntnisse an als auf Schwindelfreiheit.

Fortan nämlich arbeitete Felix bei der Wien Film draußen in Sievering als Aushilfe auf der Beleuchterbrücke. Seine Position wurde, zumindest damit hatte Franzi recht behalten, wirklich als Affe bezeichnet. Als Affe beim Film war man hauptsächlich damit beschäftigt, im Atelier oben auf der Brücke mucksmäuschenstill zu sein, während unten gedreht wurde, und auf ein Kommando blitzschnell von einem Scheinwerfer zum nächsten zu klettern, um dort auf Ansage des Oberbeleuchters diverse Schieber und Regler zu betätigen.

Mehr als einmal verbrannte sich Felix in den ersten Wochen an den glühheißen Lampen die Hände. Mehr als einmal riskierte er einen Anpfiff, weil er vor Schmerz laut geflucht oder, während Ton und Kamera liefen, beim Klettern hoch oben auf dem schmalen stählernen Steg ein störendes Geräusch verursacht hatte. Einmal fiel ihm sogar eine Knackwurst aus der Hosentasche, die er vom Verpflegungstisch der Schauspieler hatte mitgehen lassen. Fast wäre die Wurst direkt im ondulierten Haar der Hauptdarstellerin gelandet, fiel aber neben sie auf einen Fauteuil. Die Aufnahme musste abgebrochen werden, alle blickten hinauf zur Atelierdecke, ratlos, wo denn plötzlich die Knackwurst herkam. Felix balancierte auf einer Traverse und tat so, als hätte er mit all dem nichts zu schaffen.

Mit der Zeit bekam auch unser Held Routine und beherrschte schon bald den Affen wie kein anderer. Die Jahre am Trapez, das viele Training machte sich bezahlt. Die Atmosphäre beim Film erinnerte Felix sogar ein wenig an den Zirkus, wenn auch die Hierarchien ungemein strikter waren. Der Umgang der Filmleute miteinander jedoch war ähnlich kameradschaftlich wie jener im World's End. Freilich gab es eine konsequente Trennung zwischen jenen, die vor der Kamera standen, und jenen, die dahinter – oder im Falle von Felix: darüber in luftiger Höhe – arbeiteten.

Schnell freundete sich Felix mit ein paar seiner neuen Kolleginnen und Kollegen an, mit Malern, Kostümschneidern, Garderobieren oder Schreibfräulein, saß mit ihnen in den Pausen in der Kantine zusammen. Für einen Kuss wurde seine Wäsche gewaschen, wie Franzi vorhergesagt hatte. Mit dem neuen Freund, der in der Verwaltung arbeitete und den er während der Arbeitszeiten selten zu Gesicht bekam, unternahm er auch regelmäßig Ausflüge oder besuchte nach Dienstschluss ein beliebtes Heurigenlokal ganz in der Nähe.

Freilich, der Affe war bloß eine Aushilfstätigkeit, reich wurde man davon nicht. Trotzdem konnte sich Felix plötzlich ein wenig Luxus leisten, ein Essen im Beisl oder auch einmal jemanden, der ihm gefiel, auf ein Glas einzuladen. Der Weg hinaus nach Sievering war weit. Manchmal gönnte er sich ein Straßenbahn-Billett und fuhr er mit dem 39er zur Arbeit. Wer weiß, vielleicht würde es sogar in ein paar Monaten für die Anschaffung eines gebrauchten Fahrrads reichen. Gerne hätte Felix eine eigene Bleibe gehabt, doch dafür verdiente er nicht genug. Außerdem war der Wohnraum knapp. Also schlief er sich weiterhin durch, übernachtete bei Verehrern oder Bekannten. Mal hier, mal dort, bei gutem Wetter auch im Freien.

Bis ihm eines Tages Franzi anbot, mit ihm in seiner Dachkammer zu wohnen. Sie würden sich kurzerhand die ohnehin geringe Miete teilen, so lautete der Plan. Felix, des Vagabundenlebens überdrüssig, nahm dankbar an. »Aber wir sind jetzt nicht verheiratet oder so«, sagte er, als er bei Franzi einzog und seinen Rucksack unter dem Metallbett verstaute, das Mama Adele, die Wirtin von unten, organisiert hatte.

»Herzchen, wir schnackseln zwar nicht miteinander. Also sind wir wie ein altes Ehepaar. Aber mach dir keine Sorgen.« Franzi spannte zwischen Daumen und Zeigefinger ein rotes Gummiringerl. »Und falls einer von uns zwei Hübschen Besuch hat, geben wir einfach von draußen das da über die Türklinke.«

»Was?« Felix kapierte nicht sofort.

»Na, dann weiß der andere, dass er grad stört und nicht mitten hineinplatzt in den Verkehr. Gummiringerl bedeutet, es ist besetzt. Was schleppst du eigentlich da immer in deinem Rucksack mit dir herum? G'wand kann da nicht viel drinnen sein, du trägst ja eh immer dasselbe.«

»Da ist mein ganzes Leben drin.«

»Pass bloß auf, dass dir das niemand fladert. Dein ganzes Leben.«

»Willst du gar nicht sehen, was in dem Rucksack ist?« Fast war Felix enttäuscht über das Desinteresse seines neuen Mitbewohners.

»Wirst es mir schon irgendwann zeigen.«

»Hast du gar nichts, eine Kiste mit Erinnerungen oder so?«

Franzi tippte sich mit der knochigen Hand gegen den Kopf. »Das ist bei mir alles da abgelegt. Wie im Kontor.«

»Da kann ich's ja nicht sehen.«

»Glaub mir, Felix, das ist auch besser so. Was da drinnen ist, willst du nicht sehen.«

Franzi hatte Felix nicht nur die Arbeitsstelle beim Film besorgt und die Dachkammer, in der sie fortan gemeinsam hausten. In Mama Adele und deren Stammgästen hatte unser Held sogar schnell eine neue Familie gefunden. Auch wenn sich der Kontakt lockerer gestaltete als damals beim Zirkus, wo Arbeit und Leben eins waren. Trotzdem war das lärmige, verrauchte Lokal im Souterrain wie ein großer Kochtopf, in dem die unterschiedlichsten Menschen – vornehmlich Männer in Felix' Alter oder etwas darüber – einander trafen, tranken und später am Abend, wenn Adele die Vorhänge zugezogen und die Eingangstür versperrt hatte, auch schon einmal miteinander schmusten.

Felix erwies sich als Experte, was die Musik betraf. Klar, in Amerika war er durch Zazies Koffergrammophon-Schule gegangen, oben in der Dachkammer in seiner Tasche befand sich noch immer der kleine Plattenspieler, den sie damals auf dem Jahrmarkt hatten mitgehen lassen. Bei Mama Adele gab es die Jukebox. Die Gäste reichten Felix Münzen für den Musikautomaten und überließen ihm auch die Auswahl der Lieder, die gespielt wurden. Lediglich die Nummern, zu denen die Wirtin mit schöner Regelmäßigkeit selbst auftrat, durfte Felix nie bestimmen.

Mama Adele hieß, wie er bald von ihr selbst erfuhr, ursprünglich Adalbert, war einmal in der Staatsoper beschäftigt gewesen und wurde von den Lokalbesuchern sowieso, aber auch von der Nachbarschaft als resolute Wirtin akzeptiert. Für manche ihrer Gäste stellte sie tatsächlich eine Art Mutterersatz dar – zum Beispiel für jene, deren Mütter verstorben waren oder sich von ihren Söhnen abgewandt hatten, weil sie Warme waren. Hier waren sie eine große Familie. Unser Felix hatte keinerlei Mutterbedarf, aber er unterhielt sich dennoch gerne mit Adele, die auf manche Fragen ausweichend antwortete. »Die schlimme Zeit«, sagte sie immer, wenn er wissen wollte, wie die Wirtin den Krieg erlebt hatte, »die schlimme Zeit, davon sprechen wir aber nicht. Psssst. Hier geht's ums Amüsement, mein Schatz!«

Generell stieß Felix auf Schweigen, wenn es zu diesem Thema kam. Er war ja nicht da gewesen in der »schlimmen Zeit«, hatte sich verdrückt. Niemand schien Lust zu haben, darüber zu reden. Jetzt waren die Jahre des großen Verdrängens. Man war froh, das Ganze mehr oder weniger unbeschadet überstanden zu haben, freute sich, wenn es was zu beißen gab. Die Vorhänge im Souterrain wurden zugezogen, und es wurde ausgelassen gefeiert. Sie feierten, um zu vergessen. Der Mensch, dachte Felix, der Mensch ändert sich nicht.

Je später der Abend, desto illustrer wurde das Publikum im Lokal. Viele wohnten in der Gegend rund um den Naschmarkt, die meisten nur zur Untermiete, sie konnten keinesfalls Besuch mit nach Hause nehmen. Die Wirtin drückte ein Auge zu, wenn zwei Gäste miteinander in den Waschräumen verschwanden. »Nicht stören«, rief sie dann streng von hinter der Budel, wenn jemand aufs Klosett wollte, »im Separee läuft gerade ein Tête-à-Tête.« Es klang wie »Tähtähtäh«, wenn sie es aussprach. Mehr brauchte man nicht zu wissen.

Mama Adele tröstete auch bei Liebeskummer, was regelmäßig vorkam. Kurz, die Wirtin hatte ein offenes Ohr für die Sorgen und Nöte ihrer Gäste. Freilich steckte dahinter auch große Neugier, die Lust am Tratsch. Und freilich ließ sie sich dafür auch entlohnen. Niemals gab es Gratisgetränke, Geschäft blieb Geschäft. »Von irgendwas muss ich ja meine Miete bezahlen«, zeterte die Wirtin theatralisch, wenn sie am Ende eines langen Abends die Rechnung an den Tisch brachte und jemand sich beschwerte. Wer bleiben wollte, ohne etwas zu konsumieren, den konnte Adele recht harsch vor die Tür setzen: »Selbst wenn du ein Warmer bist, ich bin doch keine Wärmestube. Schleich dich, du hässlicher Vogel. Und komm erst wieder, wenn du Marie hast.«

Die Marie, das Geld, war Mama Adele enorm wichtig, sie war und blieb Entrepreneurin. Setzte sich die Wirtin nicht gerade selbst in Szene, derb und anzüglich, wie Felix es gleich am ersten Abend erlebt hatte, taten es gewiss ein paar ihrer Stammgäste. Auch wenn ihm niemand die Geschichte so recht glaubte, er selbst am wenigsten, hatte Franzi allen erzählt, dass Felix eigentlich ein berühmter Zirkusartist war. Franzi machte sich sogar furchtbar wichtig, schwärmte davon, während er sich frivol mit der Zunge über die Lippen fuhr, dass es bei seinem neuen Mitbewohner sonst auch einiges zu bestaunen gäbe. »Untenrum«, rief er und die Menge johlte.

Jedenfalls wollten plötzlich alle Felix' Zirkusnummer sehen. Zuerst zierte er sich, er hätte ja gar kein Kostüm mehr da und außerdem: ohne Trapez keine Trapez-Darbietung. Dann aber ließ sich Felix doch überreden, zwischen zwei Holzsesseln, die er auf einem der Holztische aufgebaut hatte, über den Köpfen der Leute ein paar Turnübungen vorzuführen. Das Hemd hatte er ausgezogen, und er hätte mit dieser Nummer sicher auch im Varieté auftreten können. Verglichen mit dem, wozu er einst in der Lage war, war seine Darbietung freilich bloß eine mittlere Aufwärmübung. Eine Darbietung, die an jenem Abend allerdings gründlich aus dem Ruder lief.

»Ausziehen«, rief einer der Stammgäste, den sie den ruhigen Rudi nannten, weil er normalerweise still in der Ecke vor seinem Glas hockte und traurig vor sich hin starrte. Ausgerechnet der ruhige Rudi war plötzlich außer Rand und Band. Irgendetwas an der spontanen Einlage schien bei ihm etwas ausgelöst zu haben. »Los, zieh dich aus«, rief er erneut, sprang auf und zerrte an Felix' Leiberl, bis es zerriss. Fast wäre Felix auch noch von seiner provisorischen Turnkonstruktion aus Tisch und Sesseln heruntergestürzt, konnte sich aber gerade noch halten.

»Heast, spinnst du, du Trottel«, brüllte nun Franzi und gab dem jetzt gar nicht mehr ruhigen Rudi einen kräftigen Schubs, »das ist ein echter Künstler, wir sind ja nicht im Moulin Rouge.« Und während unser Felix, die Hände auf zwei Sesseln, im zerfetzten Gewand weiter einen Handstand machte, sich dabei mit den Füßen in einer Hängelampe verfing, die Sessel zu Boden fielen und er in der Folge nur noch kopfüber unter der Decke hing, entwickelte sich in der Gaststube eine handfeste Rauferei. Gläser flogen, die Gäste schrien durcheinander, jemand bekam den Rest einer Portion Gulasch über den Kopf geleert. So ein Tohuwabohu! Bestimmt war auch das eine oder andere persönliche Eifersuchtsdrama dabei, doch fast schien es, als würde sich jahrelang angestaute Wut mit einem Mal entladen. Allerdings am falschen Ort, und freilich traf es die Falschen.

»Ruhe«, brüllte Mama Adele schließlich und zog den Stecker des Musikautomaten. Zu all dem Bahöl war nämlich noch eine wilde Bebop-Jazz-Nummer in voller Lautstärke gekommen, die sich Felix zu seiner Darbietung ausgesucht hatte. »Ruhe, es Verbrecher«, rief die Wirtin noch einmal, weil die Wütenden unbeirrt weitermachten. Erst als von draußen Sirenen zu hören waren, hielten alle inne. An der versperrten Tür pochte es, Felix konnte sich von der Lampe befreien und ließ sich krachend zu Boden fallen. Als Adele den Polizeitrupp schließlich in die Gaststube einließ, hockten alle wieder an ihren Tischen. Außer Atem zwar, mit zerrissenem Gewand und hochroten Köpfen, aber friedlich. Die Angst vor dem Gesetz, die Angst, in eine Razzia zu geraten, war größer als die Wut auf all das, was geschehen war.

»Ja bitte, Sie wünschen?«, fragte Mama Adele einen der Uniformierten und machte ein lammfrommes Gesicht, was ihr sichtlich schwerfiel. Letztlich kassierte sie aber bloß eine Anzeige, weil nach der Sperrstunde noch Gäste im Lokal anwesend waren. Felix jedoch war sehr erschrocken darüber, wie schnell sich die Stimmung gewandelt hatte. Waren das hier wirklich Freunde oder einfach bloß Fremde wie überall? Die Arschlöcher, von denen Jack immer gesprochen hatte, die waren doch nicht hier zu finden. Die waren doch da draußen, dort sollte man sie bekämpfen. Er beschloss, Mama Adeles nächtliche Feste hinter verschlossenen Türen künftig lieber zu meiden und der Wirtin höchstens an seinen freien Vormittagen einen Besuch abzustatten.

In der Arbeit war Felix die erste Zeit vor allem damit beschäftigt, die Handgriffe zu lernen, Kommandos richtig zu verstehen und sich die ganzen Bezeichnungen für Scheinwerfer, Filter, Lampen und Ersatzteile zu merken. Scheinwerfer brannten nicht, sie flammten auf. Glühbirnen hießen trotzdem Brenner. Das Vorschaltgerät war kolossal wichtig. Und bloß nie direkt ins Licht schauen. Außer man wollte etwa eine Stunde lang nichts mehr sehen können. Wenn die Hupe ertönte, herrschte absolutes Sprechverbot auf dem Ateliergelände. »Abfahren«, brüllte der Regisseur dann, und alles, was ratterte, das war der Film in der Kamera. Erst wenn jemand offiziell »Aus« rief, war die Szene im Kasten, und man durfte wieder atmen.

Felix war kein Elektriker, aber er lernte sogar, einfache Reparaturen an den Vorschaltgeräten auszuführen oder Brenner auszutauschen. Als Affe beim Film musste man nicht nur klettern können und schon einmal eine Viertelstunde auf einem Bein auf einem Stahlträger in zehn Metern Höhe ruhig verharren. Felix musste quasi auch Gedanken lesen können, begreifen, was genau Oberbeleuchter, Kameramann und in Ausnahmefällen auch der Regisseur von ihm wollten. Mit der Zeit stellte sich aber doch Routine ein; er war schließlich nicht auf den Kopf gefallen.

Passierte ihm dennoch einmal ein Missgeschick, ging einer der teuren Brenner zu Bruch, vermochte er die Situation mit einem breiten Grinsen zu retten. Noch immer vermochte Felix die Menschen für sich einzunehmen. Dazu brauchte er bloß die Mundwinkel bis zu den Ohren zu ziehen, zu lachen, dass seine Augen ganz schmal wurden, als würde er gerade direkt hineinblicken in den grellsten Scheinwerfer, den sie hier im Atelier hatten. Und alle, die mit ihm zu tun hatten, schmolzen dahin.

Mit der erworbenen Routine hatte Felix plötzlich Zeit, sich dem zu widmen, was sie hier in Sievering tatsächlich taten: Filme drehen. Meist, wie er feststellte, ziemlich dumme Unterhaltungsfilme, in denen eine Menge gesungen und getanzt wurde. Irgendein Mist halt, den er sich ganz bestimmt niemals im Kino ansehen würde. Die Filme, die hier hergestellt wurden, waren einfach zum Vergessen – im doppelten Sinn: Nach dem Krieg sollte alles schön sein, rein in jeder Hinsicht. In diesen Filmen war alles furchtbar sauber und adrett. Man ersang und ertanzte sich eine heile Welt in der Hoffnung, die reale Welt draußen möge eines Tages wirklich so sein. Der Notenschlüssel im Logo der Wien Film kam schließlich nicht von ungefähr. Meist aus der Vogelperspektive beobachtete Felix die plötzlichen Gesangsausbrüche oder spontanen Tanzanfälle der Schauspielerinnen und Schauspieler da unten.

Von der Beleuchterbrücke aus amüsierten ihn schütteres Haar oder auch Kostüme, die nur auf der vorderen Hälfte gebügelt waren. Schöne Fassade war hier alles, was zählte, perfekt war man lediglich für die Kamera, wieso sollte man ein prachtvolles Abendkleid hinten mit Glitzersteinchen besticken, wenn es ohnehin nie von dieser Seite zu sehen war? Meist trugen die Schauspielerinnen und Schauspieler übrigens ihre eigenen Schuhe, staubig und ungeputzt, mehrfach repariert. Vielleicht weil ihre Füße ohnehin selten im Bild waren oder das Kostüm-Budget für Schuhwerk nicht gereicht hatte.

Seit seinen ersten Tagen im Atelier beobachtete Felix auf dem Weg zur Kantine in der Haupthalle auch regelmäßig Kollegen dabei, wie sie das Gesicht an eine Bretterwand pressten. Schließlich, als sie sich gerade an dem Buffet bedienten, das eigentlich für die Filmstars aufgebaut war, fragte er Franzi. »Ach das«, sagte der und lachte. »Das ist nichts für uns. Da gibt's ein Loch in der Wand, von wo aus man in die Garderobe schauen kann, in der sich die

Tänzerinnen umziehen. Angeblich sind sie alle nur in der Kombinesch.«

»Und was ist daran so besonders?« Im World's End waren sie so oft gemeinsam alle miteinander ohne Gewand gewesen, sodass ihm diese Prüderie furchtbar grotesk vorkam. Selbst wenn sich hinter der Bretterwand statt der Tänzerinnen deren männliche Kollegen umgezogen hätten, wäre er nicht interessiert gewesen. »Ach, wurscht«, sagte Felix. »Du hast dir übrigens gerade Weintrauben aus Pappmaché in den Mund gestopft, mein Lieber.« Jemand von der Requisite musste sie dort vergessen haben.

Die Tage, an denen Tanzszenen gedreht wurden, waren sowieso besonders, weil es im Atelier noch turbulenter zuging als sonst. Alle waren angespannt, weil man sich möglichst wenig Patzer erlauben wollte, die Zeit und damit Geld kosteten. Die meisten Regisseure, das wusste Felix mittlerweile, waren schlimm selbstbezogene Choleriker. Sie konnten kolossale Wutanfälle bekommen, wenn etwas nicht nach ihren Wünschen lief. Da brauchte bloß wieder einmal der Strom ausfallen, was regelmäßig der Fall war, und die ganze Produktion stand still. Und auch wenn sie nichts dafürkonnten, waren garantiert die Tänzerinnen schuld an der unfreiwilligen Pause.

»Ungerecht«, sagte Felix. Als wieder einmal eine Einstellung unterbrochen werden musste, weil irgendwo eine Sicherung durchgebrannt war. Er hatte seine Position verlassen, war von der Beleuchterbrücke hinuntergeklettert und stand nun mit ein paar anderen im Freien vor der Halle und rauchte, während am Sicherungskasten gearbeitet wurde.

»Was ist ungerecht?«, tönte da eine sonore Stimme über den Platz. Felix hatte diese Stimme in den letzten Tagen häufig gehört. Der Schauspieler, dem sie gehörte, hatte mit dieser Stimme schmalzige Duette mit seiner Filmpartnerin gesungen und leere Liebesversprechen gesäuselt. Felix hatte den Mann immer nur von oben gesehen: das Haar zu einer Tolle aufgeworfen, Ansatz zur Glatze am Hinterkopf, den die Maskenbildnerin, die sich auch um das Gesicht kümmerte, regelmäßig mit schwarzer Farbe unsichtbar machte. Und nun war dieser Mann direkt zu ihm hergekommen. Er trug seinen eleganten Smoking mit Fliege, und wären da nicht die staubigen, ausgetretenen Schuhe gewesen, man hätte ihn für einen erfolgreichen Geschäftsmann halten können, einen wohlhabenden Gentleman zu Gast auf einer Dinnerparty. Wahrscheinlich spielte er ohnehin gerade etwas in der Art.

Der Schauspieler, glattrasiert, gepflegtes Äußeres, war etwa in seinem Alter. Felix hatte keine Ahnung, wer er war, ging aber davon aus, dass es sich um eine Berühmtheit handeln musste. Singen, tanzen, Smoking, er war ganz bestimmt eine Leinwandgröße. Die Kollegen verstummten auch sofort ehrfurchtsvoll, blickten erst verschämt zu Boden und suchten dann das Weite.

Felix aber blieb. »Ungerecht ist, dass der Regisseur den Tänzerinnen die Schuld daran gibt, dass es nicht weitergeht«, sagte er und sah dem Schauspieler ins geschminkte Gesicht. »Herrgott noch mal, es ist ein Stromausfall. Die Sicherung.« Eine der ungeschriebenen Gesetze hier im Atelier war, dass Angestellte nicht mit Schauspielerinnen oder Schauspielern reden durften. Aushilfen wie Felix natürlich erst recht nicht. Vor der Kamera, hinter der Kamera, das war alles streng voneinander getrennt.

»Na, du bist mir aber ein frecher Fratz.« Dieser Kerl redete mit ihm wie mit einem Kind. »Aber du hast natürlich recht. Die Tänzerinnen machen auch nur ihre Arbeit. Ich werde mit dem Regisseur ein ernstes Wörtchen reden müssen.«

Felix hatte das Gefühl, dass man ihn gerade nicht besonders ernst nahm. Er wandte sich um und ließ den Schauspieler einfach stehen.

»Ach, das ist der Bobby«, klärte Franzi ihn auf, als sie am Abend nach Dienstschluss im 39er Richtung Innere Stadt saßen. »Bobby Heimlich. Und du hast ihn einfach stehen lassen? Respekt!«

»Der Wappler hat mich behandelt wie ein Kleinkind.«

»Sei nicht so. Der Heimlich ist zwar eine Berühmtheit, aber der ist auch ein recht patenter Kerl.« Franzi senkte seine Stimme. »Und der ist ein Warmer, einer von uns. Aber das darf natürlich niemand wissen. Niemand im Atelier und vor allem niemand da draußen. Sonst ist der ganz schnell weg vom Fenster.«

»Woher willst du wissen, dass der ein Warmer ist?« Felix konnte sich nicht vorstellen, dass es so etwas gab. Also dass man sich versteckte. Klar, sie zogen bei Mama Adele auch die Vorhänge zu, viele lebten ein Doppelleben, und er rieb es ja auch nicht jedem unter die Nase. Aber woher wusste Franzi so gut Bescheid?

»Ich hab halt so meine Quellen. Natürlich ist der feine Herr frisch verheiratet mit einer Kollegin, habe ich unlängst in einer Illustrierten gelesen. Das Traumpaar des Kinos oder so. Aber das ist alles nur Fassade, weißt eh. Der ist gerade eine recht große Nummer, besonders in Deutschland sind sie ganz verrückt nach Bobby. Die deutschen Fräulein und unser kleiner Ami-Felix hier, ganz verrückt sind die nach dem. Gib zu, du hast dich verliebt in den Bobby Heimlich. Willst ihm wohl an die Gurke!«

»Spinnst du! Ich interessiere mich halt für die Menschen. Außerdem: Der ist nicht mein Kaliber. Heißt der wirklich Heimlich?«

»Wo denkst du hin! Wir nennen ihn bloß so, unser geheimer Künstlername für ihn. Komm, wir müssen aussteigen.«

In den darauffolgenden Wochen kam es zu weiteren Begegnungen zwischen Bobby und Felix. Er hatte sogar den Eindruck, dass der Schauspieler nicht immer zufällig in der Nähe war. Er schien seine Gegenwart zu suchen, grüßte Felix in einem unbeobachteten Moment oben auf der Beleuchterbrücke, sagte beiläufig »Servus!«, wenn sie einander morgens unten am gusseisernen Tor begegneten. Zudem war Bobby auffallend häufig Gast in der Angestellten-Kantine; dabei gab es auch hier für Schauspielerinnen und Schauspieler einen gesonderten Bereich. Mehr als einmal zahlte er Felix die Melange, kurz, Bobby Heimlich zeigte Interesse an ihm – was nicht unbedingt erwidert wurde.

Im hinteren Bereich des Ateliergeländes, noch ein Stück den Weinberg hinauf, gab es ein schattiges Plätzchen. An schönen Tagen verbrachten die Techniker hier gern ihre Mittagspause. Schauspieler verirrten sich selten hierher. Bobby jedoch stand einmal plötzlich schwitzend im dunklen Anzug bei ihnen. Er hätte sich verlaufen, behauptete er, aber wo er nun schon einmal da sei, könnte er auch mit ihnen eine Zigarette rauchen. Jovial hielt er allen eine geöffnete Packung hin. Vielleicht bildete es sich Felix ja bloß ein, aber er hatte den Eindruck, dass ihm Bobby zuzwinkerte, als er ihm Feuer gab.

Wenig später, Felix spazierte nach Dienstschluss die Sieveringer Hauptstraße hinunter, weil ihm die Tramway gerade davongefahren war und er keine Lust hatte zu warten, da hielt neben ihm eines der Automobile, mit denen die Berühmtheiten der Wien Film von ihren Wohnungen oder Hotels an den Stadtrand zum Dreh gebracht und wieder abgeholt wurden. Eine Scheibe wurde hinuntergekurbelt, dahinter Bobby, der Felix fragte, ob er nicht ein Stück mitfahren wolle. Sicher war das genauso untersagt wie das Gespräch zwischen Schauspielern und Arbeitern. Aber erstens befand er sich nicht mehr an seiner Arbeitsstelle und zweitens auch nicht mehr auf dem Firmengelände, also öffnete Felix die Tür und stieg zu Bobby auf die Rückbank. Sehr zum Missfallen des Chauffeurs übrigens, der ihm über den Rückspiegel einen abfälligen Blick zuwarf.

»Wo darf ich Sie hinbringen, junger Mann?«, fragte Bobby seltsam förmlich.

»Wo darf ich Sie hinbringen, ebenfalls junger Mann?« Felix drehte den Spieß kurzerhand um, und der Schauspieler machte den Spaß mit.

»Wir könnten irgendwo noch einen Drink nehmen«, schlug Bobby vor. »Du wählst aus, ich lade dich ein. Aber vielleicht nicht gerade das Sacher. Lieber ein Lokal, wo man mich nicht kennt.«

»Das wird schwierig, aber ich hab eine Idee.«

Felix hatte zwar eine Idee, die Rechnung jedoch ohne den Wirt gemacht. Vielmehr: ohne die singende Wirtin. Selbstverständlich war dem Schauspieler Adeles Bierstube unbekannt, freilich aber kannten Mama Adele und sämtliche anderen Gäste Bobby Heimlich. Entsprechend groß war das Hallo. Die meisten tuschelten zwar nur und blickten ehrfurchtsvoll zu dem Tisch in der Ecke, wo Felix mit seinem populären Kollegen saß. Adele jedoch war laut und furchtbar taktlos. Sie sprach Bobby nur als »Hoher Besuch« an, behauptete, dass es in ihrer »bescheidenen Hütte selbstverständlich auch Cocktails« gäbe. Als ob das so gewesen wäre!

Doch Bobby bestellte nur ein Glas Wein. Die Situation drohte, vollends aus dem Ruder zu laufen, als die Wirtin dann auch noch einen von Bobbys aktuellen Schlagern im Musikautomaten drückte – Felix hatte gar nicht gewusst, dass von ihm Schallplattenaufnahmen existierten – und dazu auf der Budel stehend mit dramatischer Geste die Lippen bewegte. »Auch dein Rücken kann entzücken«, plärrte sie den Schlager mit, »weil du bist schön von allen Seiten, darf ich dich begleiten?« Keine Frage, dass sie auch die Gelegenheit nutzte, sich zu bücken, die Röcke zu heben und ihren nackten Hintern zu präsentieren. Felix war das Ganze fürchterlich unangenehm, Bobby jedoch schien das Schauspiel richtig zu genießen.

»Jetzt müssen Sie aber auch einen Schlager zum Besten geben«, forderte Adele, nachdem ihre Darbietung zu Ende und sie wieder von der Budel heruntergestiegen war. »Hoher Besuch hin oder her, ich bitte Sie inständig, Herr Heimlich, Sie müssen.«

Heimlich! Jetzt hatte Adele tatsächlich auch noch den inoffiziellen Namen gesagt. Bobby hieß doch gar nicht so. Wie peinlich unserem armen Felix die ganze Situation war. Die Idee, den Schauspieler ausgerechnet hierherzubringen, hatte sich rundum als ausgesprochen schlecht erwiesen. Allerdings kannte Felix auch keine anderen Lokale und war mit seiner Aufgabe wohl etwas überfordert gewesen. Geredet hatten sie den ganzen Abend kaum miteinander, Adele hatte sich einfach dermaßen in den Vordergrund gedrängt und Bobby auch noch beim falschen Namen genannt, und jetzt musste der Arme auch noch für die versammelte Mannschaft singen?

»Es ist ja schon furchtbar spät geworden.« Mit großer Geste sah Bobby auf seine Armbanduhr. »Leider, werte Frau Adele, leider muss ich morgen schrecklich früh raus aus den Federn. Wir drehen. Tja, die Arbeit ruft. Aber ich werde ihr wunderbares Lokal in bester Erinnerung behalten. Felix, kommst du?« Er legte ein paar Münzen auf den Tisch, musste noch auf einem Foto unterschreiben, dann kletterten die beiden Männer die Stiege hinauf zur Straße.

Felix kam sich fast geehrt vor. Aber ihm fiel auch auf, dass Bobby außerhalb des Lokals sofort auf Distanz ging und nach einem Taxi Ausschau hielt. »Mein Lieber, wir bringen dich jetzt nach Hause«, sagte er. Vielleicht hatte er etwas falsch verstanden, aber Felix fand das Angebot fast unverschämt. Wollte er jetzt mit ihm nach Hause oder was? Erstens kannten sie einander doch noch gar nicht so gut. Und zweitens: Wer hatte eigentlich gesagt, dass Bobby Heimlich ihm gefiel? Trotzdem tastete seine Hand jetzt in der Hosentasche nach einem Gummiringerl. Was, wenn sie jetzt einfach hinauf in Franzis und seine Dachkammer gingen?

»Also wohin jetzt?«, fragte Bobby ihn offenbar schon zum wiederholten Mal. Felix hatte ihn nicht gehört. »Du träumst ja schon, mein Lieber. Wo wohnst du?«

Endlich hatte Felix in der Hosentasche das Gummiringerl gefunden und zwirbelte es nervös zwischen den Fingern. Nein, er konnte Bobby jetzt unmöglich in die schäbige Dachkammer mitnehmen. Die Bettwäsche war seit Wochen nicht gewaschen, geputzt wurde aus Prinzip nicht in dem Männerhaushalt mit Franzi. »Ach, ganz in der Nähe, ich gehe einfach zu Fuß«, schwindelte er also.

»Wie Sie meinen«, machte Bobby. Offenbar befand er sich schon wieder in irgendeiner Rolle und war mit Felix per Sie. »Ich bedanke mich für einen wundervollen Abend mit Ihnen, junger Herr. Meine bezaubernde Frau macht sich bestimmt schon Sorgen, wo ihr Göttergatte bleibt.« Ein Taxi hielt, Bobby verabschiedete sich förmlich von Felix mit Handschlag, stieg ein, und der Wagen verschwand in der Nacht.

Junger Herr. Was für ein ausgemachter Blödsinn, sie waren doch im gleichen Alter. Immerhin hatte Bobby ihn nicht Fratz geheißen wie bei ihrem ersten Kennenlernen. Als er dann das Haustor aufsperrte, ärgerte sich Felix, nicht mehr aus der Situation gemacht zu haben. Er mochte den Kerl, ja. Auf gewisse Weise fand er ihn sogar anziehend. Vielleicht wäre es aber ohnehin besser, ein wenig zu warten, Bobby besser kennenzulernen. Er würde das Ganze langsam angehen, genau. Auch hatte er schließlich keine Ahnung, ob der Schauspieler wirklich einer von ihnen war, ein Warmer, wie Franzi behauptet hatte. Schließlich hatte er mehrfach und gerade eben erst seine Ehefrau erwähnt. Bobbys Avancen der letzten Zeit hatte er womöglich bloß falsch interpretiert.

Ach, niemals würde er sich etwas mit dem anfangen. Da waren Zores nur vorprogrammiert. Eine Berühmtheit. Außerdem: Er fand Bobby nett. Aber doch nicht auf diese Weise. Felix ließ das Gummiringerl von seinem Finger durchs schlecht beleuchtete Stiegenhaus schnalzen, sodass es in der Ecke unter einer Bassena landete. »Doch nicht auf diese Weise«, rief er und erschrak, wie laut seine Stimme klang.

Zwischen Felix und Bobby entwickelte sich eine Freundschaft. Natürlich im Geheimen. Bei der Wien Film waren private Verbindungen zwischen den Stars und den Angestellten nicht gern gesehen. Als Männerfreundschaft getarnt, würde vielleicht niemand etwas ahnen, dennoch hielten sie sich auf dem Ateliergelände zurück, um nicht aufzufallen.

Nach Dienstschluss unternahmen sie jedoch Kinobesuche miteinander, der Schauspieler führte den Aushilfsbeleuchter zum Essen aus.

Einmal, Felix hatte seinen freien Tag, ging Bobby mit ihm in ein Kleidergeschäft gleich hinter der Oper, wo sie Anzüge probierten. Felix hatte keine Ahnung, was gerade in Mode war, und ließ sich von Bobby beraten, der ihm schließlich einen für seinen Geschmack viel zu eng geschnittenen Anzug aus dunkelgrauem Stoff samt Hemd und Schlips bezahlte. Bobby hatte sich einen Smoking aufschwatzen lassen, ließ ihn sich jedoch nach Hause liefern. Felix musste den Anzug sofort anziehen, und der Verkäufer, der seine abgewetzten Jeans und das verschlissene Leiberl einpackte, tat dies mit leicht säuerlicher Miene und blickte ihn wissend an. Felix kam sich vor wie ein Stricher.

»Du sollst mir nichts kaufen«, sagte er deshalb, als sie das Geschäft verließen, sein altes Gewand in einer Tragetasche. »Ich verdiene doch auch mein Geld.«

»Ich gehe halt gern mit dir einkaufen. Du kannst mich ja auf ein Cola einladen. Ich habe schrecklichen Durst.«

»Wie jetzt, hier in der Innenstadt?«

»Wieso nicht?«

»Was werden die Leute denken?«

»Was sollen sie schon denken? Dass ich da mit meinem unglaublich feschen Bruder in einem sehr modischen Anzug im Kaffeehaus sitze und ein Cola trinke.«

»Du sollst mir auch keine Komplimente machen, Mensch.« Felix spürte, dass er rot geworden war. »Ich sehe ganz normal aus.«

»Du weißt genau, dass das nicht so ist. Du bist schön, Felix. Schön auf deine eigene Art. In einer besseren Welt wärst du der Star und nicht ich.«

Felix und Bobby wurden also Freunde. Also wirklich nur Freunde, darauf legte Felix großen Wert. Franzi war nicht der Einzige, der sich wunderte, dass die beiden nicht liiert waren. Manchmal sah man sie gemeinsam in Adeles Bierstube, die Tuscheleien wurden nicht weniger. Immerhin veranstaltete die singende Wirtin keinen Bahöl mehr, wenn der »hohe Besuch« zu Gast war. Doch sie machte Andeutungen, sprach von Felix und Bobby als dem »absoluten Traumpaar von Wien«. So ein Blödsinn.

Nein, sie waren kein Paar. Nicht einmal im Traum wäre ihnen das eigefallen. Sie schliefen auch nicht miteinander, obwohl sie es wohl beide in Erwägung gezogen hatten. Für Bobby war Felix eher ein Vertrauter, dem er von seinen Affären erzählen konnte, die er meist auf Reisen ins Ausland hatte. Nach außen hin musste er schließlich die Fassade wahren, den verliebten Ehemann spielen. Einmal nahm er Felix sogar mit nach Hause in seine kleine Stadtwohnung in der Inneren Stadt. Felix erschrak zuerst und glaubte, Bobby wolle ihn nun seiner Gattin vorstellen. Er hatte eine Kollegin geheiratet, beide führten eine Scheinehe wegen ihrer Karrieren, das erklärte er auch genau so.

»Das ist nicht schön«, sagte Felix. »Stell dir vor, deine Gattin ist furchtbar verliebt in dich, und du kannst ihr nichts bieten. Also als Mann.«

Bobby sperrte die Tür auf, und sie betraten das Appartement in der Herrengasse. Vorzimmer, Bad, ein schöner heller Raum, ganz modern eingerichtet, elegante Furnitur, kleiner Balkon. »Wer sagt, dass wir nicht miteinander schlafen? Setz dich. Was zu trinken?«

»Aber du bist doch ein Warmer.«

»Ich mag mich nicht entscheiden. Ich finde Frauen ebenso attraktiv wie Männer. Ich hab übrigens nur Bier da. Und das ist warm.«

»Das gibt es?«

»Ja, das gibt es.« Bobby reichte ihm eine Flasche. »Stell dir vor, es gibt warmes Bier.«

»Du bist blöd. Ich meine, das gibt es, dass man Männer und Frauen ebenso anziehend findet?« Als ob er es im World's End nicht selbst erlebt hätte. Felix genierte sich für seine dumme Frage und wechselte das Thema. »Hier lebst du also mit deiner Frau?«

»Ach so, nein, das ist nur die Zweitwohnung, wenn es mal später werden sollte.« Bobby senkte die Stimme, als ob jemand hinter der Tür lauschen könnte. »Oder wenn ich Besuch habe. Wir wohnen jetzt in Döbling, also genauer: in Grinzing. Ist ja auch näher zum Atelier.«

»Männerbesuch.«

»Ja. Oder Damenbesuch, je nachdem. Seit ich geheiratet habe, muss ich da noch mehr aufpassen.«

»Verstehe.«

»Verstehst du sicher nicht. Aber egal. Warum ich dich hergebracht habe.« Bobby machte eine längere Pause. »Ich wollte dir anbieten, also wenn du Lust hast, kannst du eine Zeit lang gerne hier wohnen.«

»Ich? Das kann ich mir unmöglich leisten. Herrengasse! Innere Stadt!«

»Du musst nichts bezahlen. Ich lade dich ein, sozusagen. Ist vielleicht bequemer. Franzi hat mir von eurer zugigen Kammer unterm Dach erzählt. Das ist ja kein Dauerzustand.«

»Echt? Mensch Bobby, du bist wirklich eine gute Seele.«

»So wie du. Was willst du anfangen mit deinem Leben?« Bobby blickte auf seine goldene Armbanduhr. Es war spät geworden. »Du wirst ja nicht bis zu deinem Lebensende bei der Wien Film den Affen machen wollen.«

»Na, ich werde mir wohl bald wieder einen Zirkus suchen.« Felix hasste es, wenn Bobby ernst wurde und ihn so aushorchte. Im Gegensatz zu ihm hatte er doch noch nie einen Plan verfolgt. Karriere? Interessierte ihn nicht. Lieber ließ er sich treiben und sah sich an, was das Schicksal als Nächstes für ihn bereithielt.

»Aber du musst doch wissen, wo du eines Tages landen willst, Felix. Herrje, es ist eine Tragödie mit dir.«

»Darum vermeide ich sie auch, die Tragödien. Dein Leben, das wäre nichts für mich, Bobby. Von außen betrachtet hast du alles, was man sich nur wünschen kann. Du bist ein Star, verdienst gut, die Menschen lieben dich, dein Haus, deine Gattin, die Villa im Tessin ...«

»Ist das nicht furchtbar tragisch?«

»Du musst dich gar nicht darüber lustig machen, Bobby. Eigentlich gibt es nur zwei Tragödien auf der Welt: Man bekommt nicht, was man gerne hätte. Oder man bekommt es.«

Bobby schwieg einen Moment. »Seit wann bist du denn so philosophisch?«

»Ist mir gerade eingefallen. Keine Ahnung, habe ich irgendwo aufgeschnappt. Ich will jedenfalls gar nicht wissen, was als Nächstes kommt. Das Schicksal soll mich einfach überraschen. Ich bin nur auf der Durchreise, nur vorübergehend in Wien. Weißt, ich bin ein Zirkusmensch. Einer wie ich hält es nie lang irgendwo aus. Aber ich bin gut im Abschiednehmen. Wenn ich eine Zeit lang irgendwo war, dann muss ich weiter. Bald bin ich weg aus Wien, wirst schon sehen. Nicht umsonst bin ich Trapezkünstler.«

»Wem erzählst du das, Felix, ich sehe dich Tag für Tag auf der Beleuchterbrücke herumturnen wie ein Eichhörnchen.

Lass uns Schluss machen für heute, mein Lieber. Wir müssen beide morgen recht früh im Atelier sein, frisch und ausgeschlafen. Ich zumindest brauche meinen Schönheitsschlaf.«

»Hab ich nicht nötig.«

Bobby seufzte tief, und Felix wusste, dass der Freund wieder eine Rolle spielte. »Ich weiß, ich weiß, es ist so furchtbar ungerecht, die Welt ist ungerecht.«

Und so kam es, dass Felix für ein paar Wochen in der Inneren Stadt wohnte, was sich gleich ganz anders anfühlte. Er lebte zwar immer noch aus seinem Rucksack, besaß nichts, hatte aber nun immerhin für einige Zeit eine echte Bleibe.

Bobbys großzügiges Angebot kam gerade zur richtigen Zeit. Viel zu oft hing das Gummiringerl über der Türklinke ihrer Dachkammer, wenn Felix nach Hause kam. Ja, eigentlich nahm Franzi fast jede Nacht jemanden aus Adeles Lokal mit hinauf. Zusätzlich, da kam Felix allerdings erst einige Zeit später drauf, gab er gegen ein kleines Entgelt die Dachkammer auch häufig an Bekannte weiter, die sich dort ein paar Stunden ungestört miteinander vergnügen wollten. Der eine oder andere Dreierziegel wurde mitunter wohl auch geschoben. Doch, Felix mochte Franzi, er hatte ihm einiges zu verdanken. Aber er wollte seine Ruhe haben und nicht mehr ständig Rücksicht auf seinen umtriebigen Mitbewohner nehmen müssen. Wenn er es genau überlegte, hatte er eigentlich noch nie allein gelebt. Immer war da jemand gewesen.

Ein paar Monate nach seinem Auszug holte Franzi Felix in seiner neuen Bleibe in der Innenstadt ab. Der Luxus verschlug ihm fast die Sprache. Aber nur fast. »Und du bezahlst genau nichts hier? Alles auf Bobby Heimlichs Kosten, na bumm! So einen Gönner hätte ich auch gerne.«

»Er ist kein Gönner, er ist ein Freund.«

»Das bin ich auch.« Franzi vergrub sein Gesicht in einem seidenen Zierpolster.

»Ja eh. Und jetzt hör auf, an allem hier zu schnüffeln. Es ist einfach nur ein Polster.«

»Hier treibt er es also mit dir.«

»Du weißt genau, dass das nicht so ist.«

»Ich riech es doch. Es riecht nach Sex.«

»Hör bitte auf jetzt.«

»Schon gut, ich gönn dir ja den kleinen Luxus. Genieß die Zeit, es ist nicht von Dauer. Ich kenne solche Typen. Für die bist du ein paar Monate oder ein Jahr lang interessant, und dann kommt einer daher, der ist jünger oder fescher oder Gott bewahre beides – und schon bist du abserviert.«

Felix hasste es, wenn Franzi so tat, als wäre er käuflich. »Ich bekomme von ihm kein Geld, das weißt du. Und wir treiben's auch nicht miteinander.«

Franzi machte eine Geste, griff prüfend den Stoff von Felix neuem Anzug. »Genieß die leiwande Zeit, kleiner Ami-Felix. Schon bald ist es vorbei. Und jetzt los, wir wollen doch den Sonntag nicht in dieser minderwertigen Absteige versauern.«

»Er gibt mir kein Geld«, wiederholte Felix, als er die Wohnungstür zuzog, aber Franzi lachte nur.

Sie hatten einen Ausflug zu einem Heurigen in Ottakring geplant. Der Hauer-Stefan belieferte auch Adeles Kellerlokal, und sie kannten ihn vom Sehen. Als Winzer besaß er auf dem Wilhelminenberg Weingärten mit einem Heurigen und hatte ausgesteckt. Da wollten sie hin. Nach einem kurzen Fußweg durch die Hofburg waren sie in die Straßenbahn Richtung Montleartstraße gestiegen, von wo sie nun den Berg hinaufwanderten. Auch wenn er nicht mehr täglich seine Übungen machte, dank des Affen-Jobs bei der Wien

Film war Felix im Training. Die kleine Steigung bereitete ihm keinerlei Schwierigkeiten, es war mehr ein Spaziergang. Franzi hingegen musste immer wieder stehen bleiben und geriet schnell außer Puste.

»Muss ich mir Sorgen machen?«, fragte Felix, als sein ehemaliger Mitbewohner immer langsamer wurde.

»Geht schon, aber ich bin halt kein altes Zirkuspferd wie du.« Franzi setzte sich auf ein Bankerl mit hübscher Aussicht über die Stadt und klopfte mit der Hand auf die freie Stelle neben sich, sodass Felix ebenfalls Platz nahm. Es war ein milder Herbsttag. Die Trauben waren reif, und immer wieder beobachteten sie Spaziergängerinnen und Spaziergänger, die sich an den Früchten bedienten, naschten und auch ganz frech kiloweise Weintrauben in Körben verschwinden ließen.

Felix tippte mit der Hand an Franzis Stirn. »Ist jemand zu Hause?«

»Spinnst du, erschreck mich doch nicht so!«

»Ich wüsste zu gerne, was da drinnen ist in deinem Schädel. Geht's dir gut?«

»Jawohl.« Franzi lächelte gequält. »Willst du einen Witz hören? Pass auf ...«

»Mein Lieber, ich merk doch, dass du was mit dir herumschleppst«, unterbrach ihn Felix. »Ich spür, dass du tief im Inneren nicht so fröhlich bist, wie du oft tust. Doch, doch, ich schätze deine Späße, und es ist ein großes Vergnügen, mit dir befreundet zu sein. Meistens zumindest. Außer wenn du mir frech Dinge unterstellst, wie gerade vorher. Aber –.« Nun nahm er all seinen Mut zusammen, um endlich jene Frage zu stellen, die ihn schon länger beschäftigte. »Sag mir, warst du in der schlimmen Zeit in Amerika?«

Sofort verstand Franzi, was Felix damit meinte. Nach einem kurzen Schweigen nickte er.

»Willst du mir davon erzählen?«

Und dann platzte es aus dem Franzi heraus. Die ganze Geschichte, wie man ihn 1942 im Römerbad festgenommen hatte, weil man ihn dort mit einem anderen Burschen erwischt hatte. Wie er erst bei der Kripo und später auch von der Geheimen Staatspolizei verhört, geschlagen und schließlich verurteilt worden war wegen »Unzucht wider die Natur« und doch eigentlich dafür, dass er lieb gewesen war, der Franzi. Er hatte ja nichts gestohlen, keinen Einbruch begangen. Er hatte nur in das Herz eines lieben Menschen eingebrochen. Das war sein Vergehen. Wochenlang strengen Kerker hatten sie ihm aufgebrummt, und als er wieder rauskam, den ganzen Irrsinn überstanden hatte, da war es noch längst nicht vorbei. Weit weg, in ein Lager im Norden von Deutschland hatten sie ihn gebracht, in dem es kaum etwas zu essen gegeben hatte. Dafür Prügel, Gemeinheiten und harte Arbeit, was ihn alles fast umgebracht hätte. Schwer krank war er gewesen und hatte dennoch auch bei Wind und Wetter in den Steinbruch müssen, um zu arbeiten. Auch als es nach Jahren wirklich vorbei gewesen war, war es noch lang nicht vorbei. Mit niemandem konnte der Franzi darüber reden, Opfer blieb er, obwohl er doch nie Opfer hatte sein wollen. Schließlich lagen er und Felix einander in den Armen und weinten beide. Dann aber lachten sie, weil Franzis Geschichte erzählt worden war und weil sie damit nicht in Vergessenheit geraten würde. Und endlich, den rotzenden trotzenden Freund im Arm, verstand Felix, weshalb Franzis Körper so dürr und bleich war und warum er oft so frech und zynisch reagierte, klaute und sich das nahm, von dem er glaubte, dass es ihm zustand. Nun musste er nicht mehr mit Witzen seine Vergangenheit überspielen, sich mit Scherzen oder

Geschenken beliebt machen in der Annahme, dass ihm ohnehin niemand Glauben schenkte.

»Ich mag nicht, dass über uns Warme immer nur Trauergeschichten erzählt werden«, schluchzte der Franzi. »Ich hatte nie Schuldgefühle oder gar Minderwertigkeitskomplexe. Warum denn? Wenn dich wer fragt, dann erzähl vom lustigen Franzi, hörst du? Erzähl vom frechen Franzi, der das Leben und die Liebe feiert. Aber erzähl auch deine Geschichte, Felix. Solange wir unsere Geschichten erzählen, sind wir am Leben.«

Felix nickte still. Über Täter und Opfer sprach man selten, betraf es Menschen wie Franzi oder auch ihn, hielt man einfach den Mund. Das hatte Felix schon bemerkt. Sogar in Lokalen wie Adeles Bierstube oder auch bei der Wien Film, wo es Kollegen gab, die waren wie er. Nicht einmal Bobby, mit dem er vertraut war, hatte das Thema bisher angesprochen. Sie hatten vielleicht einfach auch keine Ahnung. Wurde er von entfernten Bekannten gefragt, wo er eigentlich während der »schlimmen Zeit« gewesen wäre, und Felix ganz korrekt »in Amerika« antwortete, wollte ihm niemand Glauben schenken. »In Amerika, das sagen sie doch alle, die Warmen«, hieß es stets. »Im Gefängnis warst du, gib's doch zu. Bist halt ein 129er und sicher vorbestraft.«

»Aber ich war wirklich in Amerika. Ich hab doch beim Zirkus gearbeitet als Artist.« Keine Ahnung hatte unser Felix gehabt, was ein 129er war. Nun endlich wusste er vom Paragrafen 129, der »Unzucht wider die Natur« zwischen Männern unter Strafe stellte und auch jetzt noch, nach dem Krieg, weiterhin bestand. Wer stellt sich da schon hin und erzählt der Welt von der großen Ungerechtigkeit, wenn er sich gleich wieder verdächtig machen könnte? Hätte doch niemand geglaubt, und im schlimmsten Fall hätte man sich erst recht in Gefahr gebracht, noch einmal bestraft zu werden. Bestraft für nichts.

Nun, wo ihm Franzi seine Geschichte anvertraut hatte, war sich Felix immerhin des Glückes bewusst, das er gehabt hatte in dieser Zeit, die er aus einer jugendlichen Laune heraus und mehr oder weniger zufällig nicht in Wien verbracht hatte. Durch Zufall hatte er dem Schicksal die lange Nase gezeigt, ohne sich dessen bewusst zu sein. Er war ja in Amerika gewesen.

Der Abend hatte sich bereits wie ein dunkles Tuch über die Stadt gelegt, als sie sich von ihrer Bank erhoben. Bis auf ein paar Lichter war von dem Wien da unten kaum mehr etwas zu erkennen. Sie beeilten sich, den Heurigen vom Hauer-Stefan noch vor der Sperrstunde zu erreichen. Als sie ankamen, war zum Glück noch ausgesteckt. Der Hauer-Stefan lud sie auf einen alten Wilhelminenberger ein, auf Speckbrot und gefüllte Knödel, Kuchenreste, alles, was vom Tag übrig geblieben war, und sie blieben auch, als der Garten schon längst zugesperrt hatte und sie die allerletzten Gäste waren.

Satt und betrunken waren sie schließlich, erschöpft von so viel Euphorie und Wahrheit, von all der Trauer und Wut, dass sie gar nicht mehr gerade stehen konnten. Festhalten mussten sie sich aneinander. Unmöglich würden sie in dem Zustand im Dunkeln den Weg durch das Wäldchen entlang der Kleingärten wieder hinunter in die Stadt finden. Also gab ihnen der Hauer-Stefan den Schlüssel für den alten Wagen, der einige Hundert Meter weiter hinter den Rebenreihen aufwärts Richtung Schloss am Waldrand bei ein paar Apfelbäumen stand. Wo sie zwischen Werkzeug ein paar Decken fanden und ein Lager für die Nacht. Am nächsten Tag, nicht allzu zeitig, würde er sie wecken kommen. »Burschen, schlaft's euren Rausch aus, da geht's lang«, rief ihnen der Hauer-Stefan hinterher und lachte, als sie schwankend in der schwarzen Nacht verschwanden und Felix sich wunderte, wie leicht Franzi war, der sich lallend an ihm festhielt.

Am nächsten Tag fand sich Felix in einem hölzernen Wagen wieder, fast war es wie im World's End, nur dass da beim Blick aus dem kleinen Fenster keine kalifornische Landschaft, Wüste, Orangenplantage und kein tiefblauer Stausee lag. Als er sich aufsetzte und hinausblickte, tat sich eine Aussicht auf Wien auf, das gerade zu erwachen schien. Im Gegensatz zu Franzi, der noch schnarchend auf einer fleckigen Matratze den Schlaf des Gerechten schlief.

Felix zog dem neuen-alten Mitbewohner die wollene Decke über den knochigen Körper, kletterte hinaus aus dem Wagen, blinzelte in die Sonne und stakste durchs hohe, vom Morgentau feuchte Gras um den Wagen herum. Wie waren sie hierhergeraten? Wie kam dieser Wagen – ein wenig baufällig, rote Farbe blätterte ab, in großen goldenen Buchstaben stand »Circus« drauf und ein Name, der nicht mehr zu entziffern war –, wie kam also dieser Zirkuswagen hierher an den Rand von Wien?

Ach, er musste noch träumen. Hoch oben am Himmel hörte er doch die Krähen kreischen. Sie schienen ihn auszulachen wie die Insekten im Gras mit ihrem Gezirpe. Er fand ein ausrangiertes Fass, bis an den Rand mit kaltem Wasser gefüllt, und wusch sich wach. Dann zog er sich aus und stieg hinein: eine Badewanne unter freiem Himmel. Kein Mensch weit und breit, nur er, die Morgensonne, die Krähen und ein paar Mücken, die hoffentlich nichts taten. Der Wahnsinnsblick hinunter auf die Stadt, das Schnarchen aus dem Wagen. Hier würde er es wohl eine Zeit lang gut aushalten. Freilich ohne den schnarchenden Franzi als Mitbewohner, bei aller Zuneigung. Da sah Felix auch schon den Hauer-Stefan näher kommen. Wo hatte Felix bloß seine Hose gelassen? Besser, er blieb im Fass.

»Na, gut geschlafen?«, fragte der Winzer, als er bei ihm angekommen war.

Felix nickte. Das Wasser war fürchterlich kalt, jedenfalls nicht warm genug für ein ausgedehntes Badevergnügen. »Bestens. Sag, wie kommt der Zirkuswagen hier hinauf?«

»Der stand eines Tages plötzlich da«, sagte der Hauer-Stefan. »Eigentlich stand der schon immer da, kann mich gar nicht erinnern. Gefällt's dir hier heroben?«

Felix bejahte.

»Du bist doch angeblich ein Zirkusmensch. Magst du hier wohnen? Es gibt auch einen Ofen für den Winter. Nur den Luxus von Strom und fließendem Wasser hat er nicht.«

»Ich weiß nicht so recht.« Freilich wusste Felix vom ersten Augenblick an, dass er bleiben wollte. Aber er hatte keine Lust, den Hauer-Stefan auf blöde Gedanken zu bringen. Am Ende würde der noch einen Haufen Geld verlangen. »Es ist schon ein bisschen karg da drinnen.«

»Ach, ich helf dir gern beim Einrichten. Wirst sehen, mit Möbeln und Farbe wird's schlagartig gemütlicher.«

Felix jubelte innerlich, behielt aber sein Pokerface. Langsam wurde ihm kalt im Wasser.

»Und eine Badewanne hättest du auch«, sagte der Hauer-Stefan. »Also pass auf: Du musst keine Miete zahlen. Als Gegengeschäft jetzt im Herbst bloß ein bisschen darauf achten, dass die Leute am Wochenende die Trauben nicht stehlen. Die tragen mir sonst meine ganze Ernte weg, die G'fraster. Was zitterst du denn so?«

»Ja, weil ich frier!«, rief Felix und sprang heraus aus dem Fass, um den Hauer-Stefan zu umarmen, so sehr freute er sich über sein Angebot. »Ich nehm' den Wagen und pass' auf deine Trauben auf. Ist ja nicht für lange. Den Herbst verbring' ich noch hier, bis die Weinlese vorbei ist. Da helf' ich dir gern. Danach ziehe ich weiter.«

»Jetzt ist es aber gut«, sagte der Hauer-Stefan und befreite sich aus der Umklammerung.

Bobby war einigermaßen enttäuscht, als ihm Felix wenig später von seinen Umzugsplänen berichtete.

»Ich bin ja nicht aus der Welt«, sagte Felix, als er dem Schauspieler die Schlüssel für die Herrengasse zurückgab. »Und vielleicht werde ich deine Dienste ohnehin schon bald wieder in Anspruch nehmen müssen.«

»Spätestens wenn der Winter kommt und du bibbernd in deinem zugigen Zirkuswagen sitzt, wirst du an mich denken.«

Der Herbst ging vorbei, der Winter kam, der Frühling kam, und Felix wohnte immer noch in dem alten Zirkuswagen am Wilhelminenberg. Es war sein Zimmer mit Aussicht. Täglich aufs Neue blickte er zufrieden auf die Stadt hinunter. Er liebte die Natur, die Sonnenaufgänge, und wenn der Wind pfiff, verkroch er sich unter dicken Wolldecken. Liebevoll hatte er den Wagen renoviert, ein bisschen saubergemacht und mit ein paar Möbelstücken – Bett, Kasten, Tisch und zwei Sesseln –, die ihm der Hauer-Stefan großzügig überlassen hatte, ein recht gemütliches Heim geschaffen. Sogar rot-weiß karierte Vorhänge aus alten Tischdecken vom Heurigen gab es und einen Gasherd, auf dem er sich Mahlzeiten zubereiten konnte.

Vor dem Wagen stand ein Bankerl aus morschem Holz, das er aus dem Wald herbeigezerrt hatte. Weder vermisste er den Luxus, den er eine Zeit lang in Bobbys Appartement genossen hatte, noch den Trubel der Stadt. Und auch nicht die zugige Dachkammer, in der er mit Franzi gehaust hatte, dem armen Franzi.

Er war erst einmal angekommen. Hier am Stadtrand lebte Felix nun, unser Heimkehrer. Gar nicht mehr displaced, sondern ganz und gar freiwillig ausgegrenzt an den Grenzen Wiens: Felix fand, dass er ganz gut hierher passte, auf den Berg mit Aussicht, mit den Weingärten und dem unglaublichen Panoramablick über die Wienerstadt. So herrlich auf Distanz. Distanz zum Rest der vielen Menschen, aber doch noch in Sichtweite. Auch wenn der Weg hinauf oft beschwerlich war. Kehrte er von der Arbeit heim, musste er regelmäßig absteigen und sein verrostetes Waffenrad schieben, das er sich zugelegt hatte. Felix lebte gern hier draußen in dem Zirkuswagen, der nun sein Zuhause war und ihm so etwas wie Sicherheit gab.

Der Wagen war Schutz vor der Außenwelt gleich einer Schatulle. Damals, nach seiner Rückkehr aus Amerika, war ihm alles zu viel gewesen: zu viele Menschen, die Nähe, der Wirbel, viel zu viel Wien. Nie war er zur Ruhe gekommen, nicht einmal in Bobbys Bleibe. Hier am Rand, mit ausreichend Abstand zur Großstadt, fühlte sich Felix sicher. An der Grenze zum Weingarten legte er sogar einen kleinen Garten an, mit Blumen zunächst, auch versuchte er sich an Gemüse; Apfelbäume gab es ja bereits. Der Zirkuswagen, der zwar seinen festen Platz hatte auf dem Grund vom Hauer-Stefan, der aber jederzeit mit dessen altem Traktor woandershin gebracht werden konnte, der bunt bemalte hölzerne Wagen mit Bett, Tisch und Sesseln, mit der Kochstelle und dem Plattenspieler, seiner Musik, den Büchern und all den Erinnerungen an World's End, war ein Teil von Felix geworden.

Es war sein eigenes World's End am Rande von Wien. Außen herum die Welt.

Dass es heroben auf dem Berg durchaus Nachbarschaft gab, abgesehen vom Hauer-Stefan, der mit seiner Familie ein paar Hundert Meter entfernt den Betrieb bewirtschaftete, hatte Felix erst ein paar Wochen nach seinem Einzug feststellen müssen. Immer wieder hatte er Kinderstimmen, Gesang und auch lautes Geschrei gehört, das vom Schloss herüberkommen musste. Zunächst hatte er vermutet, dass das riesige Gebäude hinter den hohen Bäumen, das er nur aus der Ferne kannte, leer stehen musste, so devastiert, wie es schien. Tatsächlich waren dort aber Waisenkinder untergebracht, die von Erzieherinnen und Erziehern betreut wurden.

Wie kann man, dachte Felix, diese Kinder noch mehr aus dem Leben herausholen, als sie hier heraufzubringen? Immer wieder standen ein paar Burschen und Mädeln, Kinder im Volksschulalter, vor seinem Wagen und schauten ihn mit neugierigen Augen an. Ihnen musste Felix wie ein Märchenwesen vorkommen, ein Prinz, der in einem verwunschenen Garten mit dem bunt bemalten Wagen hauste, sich in einem alten Fass wusch und Spaziergänger vertrieb, wenn sie sich an den Weinstöcken zu schaffen machten. Grinste er sein breites Grinsen, grinsten die Kinder zurück, doch meist ertönte schon ein strenger Ruf oder ein schriller Pfiff, und panisch rannten die Burschen und Mädeln zurück zum Schloss. Offenbar war es verboten, das Gelände des Kinderheims unbeaufsichtigt zu verlassen. Felix kam es mehr so vor, als wäre da oben ein Gefängnis, als ein behüteter Ort.

Einmal, Felix war gerade dabei, Wäsche aufzuhängen, die er in einem hölzernen Zuber gewaschen hatte, kam eine Erzieherin, eine junge Frau, vielleicht eine Spur jünger als

Felix, mit einem Dutzend Zöglingen vorbei. Ihr Haar war kurz geschnitten wie bei einem Burschen, sie trug Männerhosen, die etwas zu groß und an den Beinen hochgekrempelt waren, und ein einfaches gestreiftes Hemd. Oh, ein fescher junger Herr, dachte Felix im ersten Moment. Erst als er ihre Stimme hörte, fiel ihm auf, dass diese Frau die Kinder nicht mit Strenge, sondern liebevoll behandelte. Es wurde gelacht, gemeinsam sangen sie ein Wanderlied, schließlich ließen sie sich ein paar Meter neben Felix' Wagen in der Wiese nieder, und die Frau las den Kindern aus einem Märchenbuch vor.

Fortan kam die Gruppe regelmäßig vorbei, setze sich in der Nähe ins Gras und spielte. Felix bekam mit, dass die Erzieherin Helga gerufen wurde, kannte sogar schon die Namen einiger Kinder vom Hören. Eines Tages ging er einfach zu ihnen hin und stellte sich vor. Natürlich auf seine Art, indem er einen Handstand machte und ein paar simple Tricks vorführte und mit unreifen Äpfeln jonglierte. Die Kinder applaudierten.

Helga eröffnete schließlich das Gespräch. »Sie sind ja wirklich ein Artist«, sagte sie und erklärte ihren Zöglingen auch gleich noch das Wort. »Ein Artist ist ein Künstler, der etwas kann, was andere nicht können.«

»Felix mein Name. Ich habe Sie schon länger beobachtet, Fräulein Helga …«

»Bitte lassen Sie das ›Fräulein‹ auf der Stelle wieder weg«, unterbrach sie ihn. »Entweder Frau oder einfach nur Helga.«

»Tante Helga heißt sie«, rief ein Mädchen vorlaut.

»Na, Sie sind mir ja eine Tante«, sagte Felix und bot den Kindern an, dass sie ihn auch gerne »Tante Felix« nennen durften, was diese mit fröhlichem Lachen quittierten. »Und bitte, Helga, lass uns du sagen.«

So kam es, dass unser Felix aus heiterem Himmel eine neue Freundin fand. Helga – er ließ das kindische Wörtchen Tante natürlich weg, wenn er sie rief – erwies sich als ungemein starke Frau, burschikos, frei und unabhängig – und um einiges mutiger und politischer als Felix. Geistreich war Helga für zwei. Als Erzieherin hatte sie auch im Schloss mit den Kindern zu wohnen. Immer öfter besuchte sie Felix an jenen Tagen, an denen sie keine Bereitschaft hatte, nach Dienstschluss im Zirkuswagen. Sonntags kam sie auf Kaffee vorbei, wobei sie überhaupt keinen Kaffee trank, was Felix natürlich zunächst suspekt war.

Wurden die Abende kühler, saßen sie draußen vor einem kleinen Lagerfeuer, tranken Wein, den Felix dem Hauer-Stefan zu einem Freundschaftspreis abkaufte, hörten Platten auf Felix' altem Koffergrammophon und erzählten einander von ihrer jungen, aber erlebnisreichen Vergangenheit. Helga war die Erste, die Felix seine Amerika-Geschichten ohne Wenn und Aber glaubte, keine dummen Bemerkungen dazu machte und sich für ihn interessierte. Sie liebte den Zirkuswagen, das lässige Leben, das er sich herausnahm zu führen. Für Helga war Felix von Anfang an Künstler, ein Tausendsassa. Ein Artist eben, der etwas konnte, was nicht viele konnten.

»Ich bin umgeben von Spießern«, rief sie. »Ach, könnte ich doch auch nur so frei sein wie du. Gestern dort, morgen hier, übermorgen weiß ich nicht. Du bist ein Lebenskünstler, ist dir das überhaupt bewusst?«

»Und wie ich das weiß – siehst du, Helgalein, wenn ich der Aussicht überdrüssig werde, drehe ich kurzerhand meine Bleibe und …«, Felix machte sich an der Achse seines Zirkuswagens zu schaffen, aber freilich bewegte der sich kein bisschen, die Räder steckten fest, »... ach, ach, dann schließe ich einfach die Augen und schwelge in Erinnerungen.«

Beide mussten sie lachen. Abgesehen von Jack hatte sich Felix noch nie einem Menschen so nahe gefühlt. Nicht einmal Zazie war ihm so vertraut gewesen – und sie hatten immerhin jahrelang Wagen, Tisch und Bett geteilt. Ja, Helga. Freilich hatte sie gleich gemerkt, dass es ihn zu Männern hinzog. An den Bretterwänden in seinem Zirkuswagen hingen schließlich neben Fotos von Judy Garland und Rita Hayworth auch Aufnahmen gut gebauter, halb nackter Kerle, die er aus irgendwelchen Sportmagazinen herausgerissen und fein säuberlich ausgeschnitten hatte. Auch das kleine gerahmte Bild von Jack und Felix im Micky- und Minnie-Kostüm war ihr sofort aufgefallen, das neben dem Tisch an der Wand hing. Seine Freunde Bobby, den Schauspieler, Franzi, die singende Wirtin und die anderen Bekannten in Adeles Kellerlokal kannte sie zunächst nur aus Erzählungen.

Zu Beginn hatte er sich zwar gewundert, dass es ihr keinerlei Schwierigkeiten bereitete, dass er ein Warmer war. Andererseits: Sie war eine moderne, gebildete Frau und, wie Felix vermutete, eine Kommunistin. Womöglich war er sogar ein wenig enttäuscht, dass sie sich nicht schlagartig in ihn verschaut hatte, Avancen von beiderlei Geschlechtern waren ihm schließlich geläufig wie fast allen schönen Menschen und schmeichelten wie eh und je. Allerdings erzählte sie ihm einmal auch von ihren Schwärmereien für eine etwas ältere Kollegin in einem anderen Kinderheim in Salzburg, wo sie bis zu ihrer Versetzung nach Wien tätig gewesen war.

»Sie war meine große Liebe. Aber es hat nicht sollen sein.« Helga richtete sich auf. »Um genau zu sein: Es hat nicht dürfen sein, es war strikt verboten. Eine andere Erzieherin hat uns bei der Heimleitung vertratscht, und dann haben sie mich einfach rausgeschmissen. Jetzt bin ich hier.«

»Und gut ist es, dass du hier bist. Sonst hätten wir uns nie kennengelernt.«

»Na ja«, wandte Helga ein und spuckte aus. »Du hast leicht reden, du hast sicher an jedem Finger einen Verehrer. Du arbeitest beim Film, warst beim Zirkus, du bist ein Vagabund, ein Künstler und musst dich nicht da oben mit all den größten Idioten dieser Welt auseinandersetzen.«

»Die Kinder?« Felix war entsetzt, wie Helga plötzlich redete. Gut, sie neigte zu Wutausbrüchen, wenn es einmal nicht so nach ihrem Willen lief, das hatte er schon mitbekommen. Er liebte übrigens auch die wütende Helga. Wut war etwas, was man Frauen sonst nie zugestand, und aus diesem Grund faszinierte ihn auch diese Seite ihrer Persönlichkeit. Aber dass sie die Kinder nun als Idioten bezeichnete?

»Die Kinder doch nicht, du dummer Dummkopf, die leiden ja am meisten! Die Erzieher da oben«, Helga machte eine Bewegung mit dem Kopf Richtung Schloss und begann, sich in Rage zu reden, »die sind oft so richtig g'schissen zu den Kindern. Und fast alle haben eine Nazivergangenheit. Jedenfalls sind das keine Erzieher. Ich glaube, ich bin da die Einzige, die überhaupt eine ordentliche Ausbildung genossen hat. Die anderen haben Hitler am Heldenplatz zugejubelt und bis 1945 bei der Stadt gearbeitet, irgendwas in der Verwaltung und sind nun da drüben und schlagen die Kinder. Schwarze Pädagogik nenn ich das. He, da leben fast zweihundert Kinder, und alles ist desolat. Glaubst du, es gibt da Spielsachen, intaktes Bettzeug, Kleidung? Alles kaputt. Und zu essen kriegen sie nur Brot und Nudeln und nie irgendwas Gesundes.«

»Ich verstehe kein Wort.« Felix mochte sich einfach nicht vorstellen, dass so etwas im Schloss geschah. »Es ist immerhin eine städtische Einrichtung, da gibt es doch bestimmt Kontrollen bei der Stadt, da sind doch Profis am Werk. Die lassen doch nicht einfach irgendwen auf Waisenkinder los.«

»Und wie sie das tun. Die größten Idioten. Ach, es wird immer ärger. Weil an Kindern, die niemanden haben auf dieser Welt, sich nicht wehren können, lassen diese braunen Arschlöcher ihre Launen aus.« Helga kramte in der Tasche, die sie stets bei sich trug, und reichte Felix ein kleines Notizbuch. »Schau, hier schreib ich alles hinein, was mir auffällt oder zu Ohren kommt.«

»Kind bekommt eine Tachtel, Bub wird gezwungen, sein Erbrochenes zu essen, Mädel muss knien, Schläge am ganzen Körper und auf den Kopf, stundenlanges Stehen zur Strafe, kalte Duschen als Erziehungsmaßnahme …« Seite um Seite las Felix die in hastiger Handschrift verfassten grausamen Worte in dem Notizbuch. »Aber«, sagte er schließlich und klappte das Büchlein zu, »da muss man doch was tun!«

»Ich hab so einen Zorn auf die!«

»Das verstehe ich.«

»Verstehst du das wirklich, Felix? Manchmal habe ich den Eindruck … Wie mir Wien auf die Nerven geht! Diese Stadt ist eine viel zu süße Torte, aber wenn man sie anschneidet die Wienertorte, kommt all das zum Vorschein, was man eigentlich weghaben wollte.«

»Ich verstehe, was du meinst. Die schlimme Zeit: der Krieg, die Nazis und all das.«

»All das, wie du es nennst, all das ist so gegenwärtig. Nur unter rosarotem Zuckerguss.«

»Wieso gehst du nicht einfach zur Direktion?«

»Spinnst du? Wenn ich damit zur Leitung gehe und es melde, bin ich meine Stelle los, so schnell kannst du gar nicht Wilhelminenberg buchstabieren. Die werden mir nicht glauben. Wir müssen die Öffentlichkeit darüber informieren.«

»Welche Öffentlichkeit?«

»Wir gehen zur Zeitung damit. Oder zum Bürgermeister.«

»Glaubst du wirklich, dass sich bei der Zeitung jemand dafür interessiert, was eine lesbische Erzieherin und ein schwuler Aushilfsbeleuchter zu sagen haben? Oder dass wir zu deinem Jonas Franz, oder wie der heißt, eingeladen werden? Wir im Wiener Rathaus beim Bürgermeister! Wieso nicht gleich zum Bundespräsidenten? Ich könnte sagen, dass ich bei der Wien Film arbeite. Und du im Schloss als Schlossherrin. Klar, wir sind ja schließlich so irrsinnig wichtige Leute. Wichtige Leute!«

Helga hielt ihm dem Mund zu. »Stopp mal, so könnte es funktionieren. Abgesehen davon, dass du, ich, dass alle Menschen gleich wichtig sind. Aber was ist eigentlich mit deinem verwunschenen Prinzen vom Film, dem Bobby Heimlich?«

»Bobby? Was soll mit dem sein?« Felix kapierte nicht, worauf sie hinauswollte.

»Ja, deine schreckliche Schmalznudel halt.«

»Mensch, du kennst ihn ja gar nicht. Genau darum habe ich euch noch nicht miteinander bekannt gemacht. Weil du Bobby die Augen auskratzen würdest.«

»Ach, du Depp. Aber vielleicht könnte uns deine dumme Schlagerfilmberühmtheit nützlich sein.«

»Was Sie fabrizieren, werter Herr Bobby, das ist doch Opium fürs Volk«, rief Helga, als sie wenige Wochen später zu dritt in einem noblen Heurigenlokal saßen. Dabei klopfte sie mit der Faust auf den Tisch. Fast hätte sie ihr Weinglas umgestoßen, sodass Felix ganz erschrocken zum Nachbartisch blickte. Dort aber widmeten sich die anderen Gäste schon wieder ihren eigenen Gesprächen, nachdem sie kurz Notiz von dem seltsamen Trio genommen hatten: zwei gutaussehende Herren Anfang dreißig, einen davon kannte man wohl aus dem Kino, mit einer jungen, burschikosen und gerade ausgesprochen lauten Frau.

»Statt über die Vergangenheit zu sprechen, das dunkelste Kapitel unserer Geschichte aufzuarbeiten, kleistern Sie mit Ihren dummdreisten Unterhaltungsfilmchen alles, was gewesen ist, einfach zu. Ihre Filme sind wie Klebstoff, voll seichter Sentimentalität und heiler Welt.«

Helga nahm einen Schluck. Aber sie war noch nicht fertig mit ihrer Brandrede. »Genau«, rief sie, »wie Klebstoff legt sich das auf die Leute, wie zähflüssiger Klebstoff. Schlager, pah! Ich kann nicht frei atmen, wenn ich Ihre Filme sehe, ich ersticke. Heil! Heil!« Die anderen Gäste blickten nun doch ein wenig besorgt zu ihrem Tisch herüber. Helga fuhr eine Spur gedämpfter fort. »Die Welt ist nicht heil. Der Krieg, die Verfolgung, das Grauen, keine sieben Jahre ist das jetzt her. Gerade Sie«, hier legte sie erneut eine dramatische Pause ein, ihre Lippen bebten, »gerade Sie sollten das wissen, Herr Bobby.«

Helga konnte Felix' Bekannten wirklich nicht ausstehen. Und sie besaß auch keinerlei Hemmungen, den Schauspieler ihre Abneigung spüren zu lassen. Den ganzen Abend hatte sie sich schon abscheulich benommen, hatte gestichelt und keine Gelegenheit ausgelassen, Felix' prominenten Kollegen aus dem Filmstudio anzugreifen. Dabei hätte es ein gemütliches Kennenlernen werden sollen, Felix hatte gehofft, dass der einflussreiche Bekannte seiner Freundin eventuell bei den Missständen im Kinderheim helfen würde. Bei einer Wohltätigkeitsveranstaltung auftreten vielleicht oder ein ernstes Wort mit dem Bürgermeister reden, den er regelmäßig bei irgendwelchen Filmpremieren traf. Nun war kaum zu erwarten, dass sich der Kinostar für die Kinder vom Schloss einsetzen würde. Helga hatte alles gehörig vermasselt.

Während ihres Vortrags war Bobby mit einem süffisanten Lächeln dagesessen und hatte zugehört, ohne zu unterbrechen. »Fräulein Helga, was für einen famosen Unfug Sie doch erzählen«, hob er nun mit seiner berühmten Säuselstimme an, und Felix schwante Schlimmes. In dem Moment näherten sich die vier Musiker, die bereits geraume Zeit mit ihren Instrumenten am anderen Ende des Gastgartens ein enervierend klebriges Hintergrundgeräusch produziert hatten. Sie bauten sich direkt vor ihrem Tisch auf und begannen, einen derartigen Bahöl zu veranstalten, dass Bobbys – wie Helga sich sicher war: fürchterlich kläglicher – Versuch einer Rechtfertigung in dröhnender Wienerliedseligkeit unterging.

Besser so, dachte Felix. Irgendwie hatte er geahnt, dass das Abendessen mit Bobby eine Pleite werden würde. Wieso musste Helga auch immer so ein Sturschädel sein?

»Es ist spät und ich habe irrsinnige Kopfschmerzen«, sagte sie mit Leidensmiene, als die Musiker endlich zum nächsten Tisch weitergezogen waren. »Außerdem bin ich morgen zur Frühschicht im Schloss eingeteilt. Im Gegensatz zu euch tue ich nämlich Dienst an der Gesellschaft. Aber ihr zwei Turteltäubchen könnt gerne noch bleiben.«

Turteltäubchen, was sollte denn das nun wieder? Musste sie immer diese Anspielungen machen? Nein, für Felix war der Abend ebenfalls beendet. Es war kurz vor Mitternacht. Morgen hatte er wieder oben auf der Beleuchterbrücke im Filmatelier zu tun und musste ebenfalls zeitig aus den Federn.

Und »Dienst an der Gesellschaft« würde er ja wohl genauso leisten wie sie. Vorsichtshalber behielt er seinen Einwand jedoch für sich, um eine weitere lautstarke Auseinandersetzung zu vermeiden.

Man rief also den Kellner herbei, großzügig übernahm Bobby die Rechnung und wollte ihnen auch noch ein Taxi nach Hause spendieren. Helga beschloss jedoch für sie beide, das Angebot abzulehnen und stattdessen von Ottakring zu Fuß den Wilhelminenberg hinaufzuspazieren. Sie verabschiedeten sich auf der Straße vor dem Heurigenlokal, wobei Helga mit finsterem Gesicht beobachtete, wie Felix versuchte, dem Schauspieler einen Kuss auf die Wange zu drücken, dieser der kompromittierenden Geste jedoch auswich und sie geschickt in ein kumpelhaftes Schulterklopfen verwandelte.

Die Hochsommernacht war wolkenlos, ein paar Sterne funkelten am schwarzen Himmel. Asphalt und Häuserfassaden glühten noch aufgeheizt vom Tag. Aber es wurde erträglicher, je mehr sie dicht bebautes Gebiet hinter sich ließen. Kühle Luft drang aus den Vorgärten der Villen, und schon bald würde die Stadt aus sein, sie würden den Fußweg durch die Schrebergartensiedlung, die Weingärten und das Wäldchen Richtung Schloss nehmen.

Eine Zeit lang waren sie nebeneinanderher gegangen, ohne etwas zu sagen, beide unzufrieden damit, wie das gemeinsame Treffen verlaufen war. »Du hättest dich wenigstens für die Einladung zum Essen bedanken können«, brach Felix schließlich das Schweigen. »Gegessen hast du nämlich für zwei. Normale Menschen wären dankbar gewesen, einen interessanten Abend mit ihm zu verbringen.«

»Normale Menschen«, äffte Helga ihn nach. »Ich bin eben kein normaler Mensch. Und außer der Tatsache, dass er ein Warmer ist, vermag ich an deinem Bobby wirklich nichts Interessantes zu entdecken. Er ist ein Armleuchter, ein kolossal dummer Schauspieler.« Sie spuckte auf den Boden, um damit ihrer Geringschätzung für den Leinwandstar Nachdruck zu verleihen. »Hast du dich eigentlich schon einmal gefragt, wieso der in fast jedem seiner Machwerke Frauenkleider trägt?«

Felix musste lachen. »Du kennst seine Filme also doch?«

»Hm.«

Sie schwiegen.

»Opium fürs Volk«, begann Felix wieder mit dem Thema. »Findest du nicht, dass du ein wenig zu dick aufgetragen hast?« Wie oft hatte er im World's End bei seinen Zirkus-Freunden in Amerika das berühmte Marx-Zitat gehört; wenn man nachfragte, steckte da aber oft nicht viel dahinter. »Wenn du dich unbedingt mit dem Klassenfeind anlegen musst, hättest du dabei nicht wenigstens mit dem Tischtuch wacheln können?«

»Das hätte dir wohl gefallen. Ich finde ihn einfach unausstehlich, deinen Bobby. Basta. Außerdem hat er mich Backfisch genannt.«

»Er hat sich Backfisch bestellt, Helgalein. Mein Bobby ist ein feiner Kerl, glaub mir. Wieso gibst du ihm keine Chance?«

»Genau. Dein feiner Kerl kehrt gerade zu seiner feinen Gattin in sein feines Einfamilienhaus in einer Feine-Leute-Gegend zurück, Döbling oder wo auch immer so einer wohnt, und spielt intakte Familie, während mein Freund hier unglücklich in ihn verschossen ist wie ein Backfisch.«

»Jetzt hast du mich Backfisch genannt. Außerdem: Ich bin nicht unglücklich ...« Felix war stehen geblieben. Der Weg wurde steiler und anstrengender. Außerdem machte sich der viele Wein bemerkbar, den er getrunken hatte. Er musste kurz hinter einem Gebüsch verschwinden.

Helga wartete auf ihn und spielte währenddessen mit der alten Armee-Taschenlampe, die sie immer bei sich trug. Mit einem Hebel konnte man Filter vor die Glühbirne schieben, das Licht rot oder grün färben. Aus, an, aus, an, gab Helga Morsezeichen in den Nachthimmel. »Du, Felix, riechst du das auch?«, fragte sie, als er vom Wasserlassen zurückkam. »Riecht irgendwie, hm, verbrannt.«

Der Weg war in eine Forststraße übergegangen, die Luft war nun richtig kühl, roch feucht und modrig-waldig. Und tatsächlich roch es auch ein bisschen so, als hätte jemand ein Lagerfeuer gemacht. Felix ging auf alle viere, hob den Kopf und schnüffelte, als sei er ein Jagdhund, der Witterung aufnimmt, und sprach mit verstellter Stimme im Schein ihrer Taschenlampe. »Wahrscheinlich haben sie bei euch im Kinderheim ein paar Würstel gegrillt, ob da wohl ein Zipfel für mich abfällt, wuff, wuff.« Er erhob sich wieder. »Oder der Hauer-Stefan hat wieder alte Weinstöcke verbrannt. Apropos Brand: Ich fürchte, ich werde morgen bei der Arbeit einen kolossalen Kater haben. Wuff, wuff.«

Helga musste lachen, zum ersten Mal heute. Immerhin, dachte Felix, doch noch ein gelungener Abend.

Längst hatten sie die letzten Siedlungshäuser hinter sich gelassen, waren an der Stadtgrenze angelangt, wo Wien in den Wienerwald übergeht. In dieser Stadt war alles Unerwünschte und Unangenehme entlang der Stadtgrenzen untergebracht: die Mülldeponien, die stinkenden Fabriken, Ölraffinerien, Schlachthöfe und Seifensiedereien, die Toten am Zentralfriedhof, der alles andere als zentral ganz im Osten lag, Sanatorien für Lungen-, Nerven- und Geisteskranke im

Westen, oder eben die Waisenkinder oben im Schloss, wo Helga ihr winziges Zimmer für Erzieherinnen bewohnte.

Als sie aus dem Wald heraustraten, es waren noch ein paar Hundert Meter hinauf zum Schloss, sahen sie das Feuer: ein helles Lodern in der schwarzen Nacht. Daher kam also der Geruch.

»Die vom Kinderheim haben ja wirklich Würstel gegrillt, wuff, wuff«, witzelte Felix wieder mit Hundestimme.

Aber Helga griff seine Hand. »Du, Felix, das ist kein Lagerfeuer. Das ist bei dir. Das ist … Dein Wagen steht in Flammen.« Und sie rannten los.

Sie rannten und überlegten brüllend, was zu tun wäre, wie sich das Feuer bekämpfen ließe. »Das alte Weinfass ist bis oben hin voll mit Wasser«, rief Felix. Er war auf einmal wieder ganz nüchtern.

»Wo sind die Kübel?«

»Gleich hinten beim Häusl. Und auf der Wäscheleine hängt, glaub ich, eine Wolldecke zum Löschen. Wir müssen die Feuerwehr rufen!«

»Wir haben kein Telefon. Außerdem sind wir schneller, als die da heroben sind.«

»Vielleicht hat im Schloss wer das Feuer bemerkt und schon telefoniert.«

»Im Heim schlafen doch alle um diese Zeit.«

Außer Atem setzten sie ihre Löschpläne in die Tat um, nachdem sie beim Zirkuswagen angelangt waren, der bereits lichterloh brannte. Mit Kübeln rannten sie zum Fass mit dem Wasser und zu den Flammen, die ihnen heiß entgegenschlugen. Helga riss die wollene Decke von der Leine, die zwischen Bäumen gespannt war, und warf sie todesmutig über das brennende Kastl außerhalb des Wagens, in dem die Flasche mit dem Propangas versteckt war. Die Flammen erstickten. Sengend heiße Dampfwolken zischten auf, wenn Wasser auf dem glühenden Holz landete. Sie riefen einander Kommandos zu, zogen Möbelstücke aus der offenen Tür der Behausung ins Freie, schufteten wie die Verrückten. Vom Schloss kam der Hausmeister ganz verschlafen mit einem altertümlichen Feuerlöscher, half den beiden kurz und verschwand wieder wortlos.

Es dämmerte bereits, als Felix mit seinem Kübel das letzte Wasser aus dem Weinfass schöpfte. Müde kippte er den Schluck Wasser auf den dampfenden Rest dessen, was einmal seine Unterkunft gewesen war.

»Brand aus«, murmelte er und sank erschöpft ins vom Morgentau und Löschwasser nasse Gras, wo Helga bereits hockte und im roten Schein der Taschenlampe ihre rußigen Arme und Beine betrachtete. Sie hatten das Feuer besiegt, es geschafft, fast alles aus dem Wagen zu retten. Die Furnitur, die Matratze, Felix' alten Rucksack mit all den Andenken, ja sogar die Schallplattensammlung und das Koffergrammophon, all das lag nun schmutzig, aber in Sicherheit auf einem Haufen neben ihnen. Felix stieß mit dem Fuß gegen einen arg verbeulten schwarzen Klumpen aus Vinyl und hob die Schultern.

»Die Platten kannst du ersetzen. Aber schau mal«, Helga suchte im Schein ihrer Taschenlampe auf dem Haufen herum und fand schließlich den kleinen Rahmen mit dem Foto aus Amerika, »das hat's ja auch überlebt.« Das Foto von Felix und Jack als Micky und Minnie, das sie so oft angesehen hatten, Felix' altes Leben hinter Glas, es existierte noch. Das Maulwurfpelzchen war da, der Silberdollar, den er damals vom Direktor zum 25. Geburtstag bekommen hatte, und Wills furchteinflößende Wurfmesser. Alles noch da und heil. Etwas abseits im Gras lag rußverschmiert, aber sonst unversehrt die gläserne Kugel, die Rita Felix einst überlassen hatte. Felix wischte sie mit seinem Ärmel sauber und glaubte das Gesicht von Rita zu sehen, die ihm lächelnd zuwinkte. Einen Moment später, wahrscheinlich bildete er es sich bloß ein, riss eine Hand Rita zur Seite und aus der Kugel blickte ihm Wills gemeine Visage entgegen. Will, der Messerwerfer.

»Das waren die Halbstarken aus Ottakring.«
»Blödsinn, die sind unsere Freunde.«
»Die Nazis aus dem Schloss?«
»Wer weiß, ob es überhaupt irgendwer war.«
»Du meinst, das war keine Brandstiftung?«
Schweigen.
»Zum Glück ist die Gasflasche nicht explodiert und der ganze Laden in die Luft geflogen.«
»Zum Glück leben wir noch.«
»Zum Glück.«
»Ja.«

Als die aufgehende Sonne endlich ihr Wien da unten in giftgelb-dunstiges Morgenlicht tauchte, begutachteten unsere beiden tapferen Feuerwehrleute den Schaden, den der Brand angerichtet hatte. Gestank wie aus einer Selchkammer kroch ihnen in ihre Nasen. Das würde man reparieren können, meinte Helga. Wenn man das nötige Kleingeld dafür hätte, befand Felix. Der Wagen würde aussehen wie eine verkohlte Theaterbühne, so ohne Vorderwand. Er müsste sich jetzt wohl ein Zelt aufschlagen, immerhin waren die Nächte noch warm. Sie hätte jetzt gleich Frühschicht.

Müde schlichen sie um den Zirkuswagen herum. Die Metall-Konstruktion hatten die Flammen einigermaßen verschont. Die Rückwand mit dem gemalten »Circus«-Schriftzug, den goldenen Buchstaben auf rotem Grund, war sogar noch intakt. Ja, nicht einmal dreckig war sie geworden.

Allerdings brachte das Licht der Morgensonne einen weiteren Schriftzug zutage: »Schwule Sau« stand da, tiefschwarz, mit akkurat ausgeführten Pinselstrichen neben dem »Circus«-Schriftzug. Auf einmal überkam Felix der Zorn. Er wurde so wütend, wie er noch nie wütend gewesen war. Mit letzter Kraft rannte er rauf zum Holzplatz beim Häusl, ergriff die Axt und begann schreiend damit auf die Wagenwand mit den bösen Worten einzuschlagen, dass Helga den Freund kaum wiedererkannte. Wie ein Rasender hieb Felix auf die hölzerne Wand ein. Doch vor lauter Müdigkeit und Erschöpfung war er unfähig, ärgeren Schaden anzurichten. Die Wand blieb weiterhin stabil.

»Spinnst du?«, rief Helga schließlich. Sie riss Felix die Axt aus den rußverschmierten Händen und schüttelte ihn. »Hör sofort auf damit. Das bringt doch nichts.«

»Du hast recht«, sagte er matt und sank zu Boden. »Bringt ja nichts, bringt ja alles nichts. Ich muss aufhören damit, immer fortzulaufen, immer abzuwarten, was geschieht. Wir müssen den Wagen wieder klarmachen, hörst du, Helgalein? Der großzügige Herr Bobby hilft uns sicher aus mit etwas Geld. Renovieren, ja, wir müssen den Wagen renovieren. Gleich heute fangen wir damit an. Oder morgen. Morgen ist erst, wenn man geschlafen hat. Den hässlichen Schriftzug lassen wir so stehen.« Hatte Felix bisher nur vor sich hin gestammelt, blickte er sie nun direkt an und wiederholte laut: »Der bleibt für immer stehen.«

»Ach, mein Lieber, du spinnst wirklich.« Helga betrachtete Felix' verschmiertes Gesicht, aus dem seine dunklen Augen noch schöner herausblickten als sonst. Ihr Freund schien total bei Sinnen zu sein. An diesem Morgen im Sommer des Jahres 1952 beschloss Felix zu bleiben.

Tatsächlich unterstützte Bobby Felix großzügig bei der Renovierung seines Zirkuswagens. Immer wieder steckte der Schauspieler dem Freund Geld zu, wenn sie einander trafen. Geld, das vor allem für Baumaterial oder Tischlerarbeiten draufging, die er nicht selbst bewerkstelligen konnte. Im Grunde musste der komplette Zirkuswagen neu errichtet werden; allerdings auf dem alten Fahrgestell und mit der noch intakten Rückwand.

Der Hauer-Stefan nahm die Gelegenheit zum Anlass, ein Stromkabel von seinem Haus quer durch den Weingarten zu verlegen. So hatte Felix fortan auch den Luxus von elektrischem Strom. Wer weiß, vielleicht würde er sogar eines Tages einen Refrigider anschaffen. Eine Wasserleitung spendierte der Winzer ebenfalls, an das Plumpsklo hatte sich Felix inzwischen ohnehin schon gewöhnt.

Tagelang wurde gesägt und gehämmert. Der Wagen hatte schon wieder Form angenommen, aus der Brandruine war ein echtes Schmuckstück entstanden. Zum krönenden Abschluss rückte Helga mit ein paar Kindern vom Schloss an. Felix hatte bei der Wien Film von den Kollegen aus dem Malersaal ein paar Kübel Farbe und ausrangierte Pinsel geschnorrt. Mit vereinten Kräften bemalten sie nun sein neues altes Zuhause, renovierten den »Circus«-Schriftzug auf der hinteren Wand: goldene Buchstaben auf rotem Grund.

Die Worte »Schwule Sau« standen allerdings am nächsten und auch am übernächsten Tag noch da, für den Felix zu einem kleinen Einweihungsfest geladen hatte. Alle, die in den letzten Tagen mit der Renovierung beschäftigt gewesen waren, hatten die Worte wieder und wieder gelesen, niemand hatte es gewagt, den garstigen Schriftzug anzusprechen.

»Willst du das wirklich so stehen lassen?«, fragte Helga endlich, bereits einen Pinsel in der Hand. »Pass auf, ich male da jetzt noch einfach schnell drüber, bevor die Gäste kommen.«

»Trau dich bloß nicht«, sagte Felix, und es war kein Scherz. »Es soll ruhig ein jeder wissen, wer hier lebt. Wer ich bin, was ich bin, das kann man nicht einfach mit ein paar Pinselstrichen auslöschen.«

»Aber es ist beleidigend!« Im Grunde ihres Herzens verstand Helga, weshalb Felix in dieser Angelegenheit so fürchterlich starrköpfig blieb. »Es macht mich einfach wütend, wenn das da so stehen bleibt.«

»Ich kenne irrsinnig liebe Schweine. Weißt du, wie intelligent Schweine sind? Schweine könnte man wunderbar dressieren. Ach, das wäre eine hervorragende Zirkusnummer!«

»Du weißt genau, wie ich es meine.«

»Ich hab einfach keine Lust, mich für all das zu genieren, was mich als Mensch ausmacht. Ich bin nun einmal schwul.« Beim letzten Satz war Felix richtig laut geworden. Energisch hatte er es ausgesprochen. Es über sich selbst gesagt. Ja, er war ein Schwuler, ein Warmer. Er schlief mit Männern, stand auf sie, mitunter liebte er einen Mann auch von ganzem Herzen. Und er wollte sich dafür nicht schämen und schon gar nicht verstecken müssen. »Ich bin schwul«, wiederholte er noch einmal laut, und er hatte das Gefühl, dass es die ganze Wienerstadt da unten hören musste. »Schwul bin ich!«

»Erzähl uns was Neues«, rief es vom Wald her. Es war Bobby, der mit seinem Cabriolet heraufgekommen war, um die von ihm finanzierten Baufortschritte auf dem Berg zu begutachten und Einweihung zu feiern. Er trug eine in einer kleinen Holzkiste verpackte Sachertorte bei sich. Mit ein wenig Druck konnten er und Helga Felix davon überzeugen, wenigstens die »Sau« mit rotem Lack zu überpinseln und das andere Wort mit Goldfarbe vielleicht ein bissl hübsch zu machen, bevor alle drei sich an die Torte machten und die Gäste kamen. Dabei entging Felix nicht, dass Helga Bobby sogar ein Lächeln schenkte. So kam es, dass am Ende des Tages auf der Rückseite von Felix' neuem alten Zirkuswagen »Circus Schwule« zu lesen war. Und auch für lange Zeit so stehen bleiben sollte.

Doch nicht nur am Wilhelminenberg wurde gezimmert und lackiert. Sieben Jahre waren vergangen seit dem Ende des Krieges. Die Stadt war dabei, sich zu erholen, und mit ihr die Menschen, die in ihr lebten. Alle schienen emsig damit beschäftigt, einen Neuanfang zu organisieren, das Chaos in der persönlichen Biografie in Ordnung zu bringen, mit der Vergangenheit aufzuräumen. Sei es auch nur, um die eine oder andere dunkle Stelle möglichst in Vergessenheit geraten zu lassen. Mitgliedschaften in der Partei wurden tunlichst verschwiegen, über Verrat oder Denunziationen wurde besser nicht geredet und was das Naziregime den Opfern angetan hatte, bloß nicht angesprochen.

Froh musste man sein, dass es Essen gab und ein Dach über dem Kopf. Wenn der Bruder, der Mann oder der Sohn wohlbehalten zurückgekehrt war. Schließlich war man das erste Opfer Hitlers gewesen. Die »schlimme Zeit« nannte nicht nur die singende Wirtin die Kriegsjahre und die Zeit davor vielleicht auch. »Schlimme Zeit«, sagten alle, als ob die meisten, die jetzt noch da waren, das Furchtbarste erlebt hätten. Als ob man selbst nichts dazu beigetragen hätte.

Felix war auf der guten Seite, viele glaubten sogar, er sei Amerikaner. »Du komischer Onkel aus Amerika«, sagten die Leute zu ihm. »Du siehst aus wie ein Ami, du redest wie einer. Aber dann bist du wieder der wienerischste Wiener. Schon seltsam.«

»Wenn überhaupt, dann bin ich eine Tante«, rief Felix und verstellte seine Stimme, dass er sich wie ein Schlagersänger anhörte. »Ich bin die Tante aus Amerika«, sang er.

Abgesehen davon, dass sein Englisch hervorragend war und es tatsächlich so klang, als würde ein Amerikaner sprechen, wenn er den Mund aufmachte und sich mit Amis unterhielt, hatte sich Felix auch im Deutschen einen Akzent angewöhnt. Manchmal kamen sogar aus dem Englischen entlehnte Wörter über seine Lippen, die wienerisch klangen. Furnitur sagte er zum Beispiel statt Möbelstück, Blankett'n nannte er eine Wolldecke, Trafiklichter waren bei ihm Verkehrsampeln und der Eiskasten wurde zum Refrigider. Jawohl, doch, Felix beherrschte die Sprache seiner Kindheit. Redete er jedoch mit seinem seltsamen Akzent, er wäre glatt als G.I. durchgegangen; zumindest als ziviler Angehöriger der stationierten US-Truppen.

Es lag sicher auch daran, dass er sich regelmäßig bei den Amerikanern aufhielt. Felix suchte gezielt oder fand immer wieder auch zufällig ihre Gesellschaft in deren Lokalen und Casinos, Orten, die für Österreicher streng tabu waren. Natürlich hörte er den Soldaten-Sender mit der lässigen Musik, hin und wieder ergatterte er sogar eine Ausgabe seines geliebten *Life Magazine*. Meist ließ er es unauffällig mitgehen, wenn ein Ami so ein Heft irgendwo hatte liegen lassen. Auch die eine oder andere amouröse Affäre mit G.I.s, natürlich stets im Geheimen, kam vor. Sich dafür zu schämen, dass er mit Männern schlief, kam für Felix nicht infrage.

Im Gegensatz zu den meisten anderen war ihm nie ein schlechtes Gewissen gemacht worden, zu sein, wer er war, dafür, was er tat. Damals, im World's End, hatte er jene Freiheit erlebt, die die Männer, die er in Wien nun traf, nie gehabt hatten – weder die Österreicher noch die Amis. Er hatte keine Lust, diese Freiheit jemals wieder aufzugeben. Mehr Glück als Verstand hatte er, dass er nie erwischt wurde. Aufzupassen wäre unserem Felix jedenfalls niemals in den Sinn gekommen.

Auf den Steinhofgründen, bloß einen Katzensprung entfernt von Felix' Zirkuswagen, hatten die Amerikaner gerade einen Sender errichtet. Gemeinsam mit Helga war er regelmäßig dort gewesen, und sie hatten die Bauarbeiten beobachtet, Arbeiter gefragt, was dort überhaupt vor sich ging. Als die Antennenanlage schließlich stand, war sie sicher hundert Meter hoch oder noch höher. Da Bobby für Radio Rot-Weiß-Rot arbeitete, einen amerikanischen Gegenentwurf zum Russensender, schlug er Felix vor, doch dort ebenfalls als Discjockey anzuheuern. Die nötigen Platten und das Wissen über populäre amerikanische Musik besaß er eindeutig. Bobby legte ein gutes Wort für ihn ein, und nun war Felix nicht nur Beleuchter, sondern legte auch noch regelmäßig Platten beim Sender auf.

Ja, es ging vor allem um Propaganda, Helga hatte es natürlich wieder durchschaut und kritisierte ihren Kumpel hart, für die Amerikaner und in deren Sinn zu arbeiten. Doch da sie selbst gerne das Tanzbein schwang und Felix durch die Auflegerei im Sender Rot-Weiß-Rot erstens ein Taschengeld verdiente und zweitens auch als einer der Ersten die neuesten Schallplatten ergatterte und mit nach Hause brachte, drückte sie ein Auge zu. Manchmal bezeichneten sie einander sogar im Scherz als Repräsentanten der Weltmächte: die rote Tante Helga und Tante Felix aus Amerika. Be-bop-a-lula, I don't mean maybe.

Also wurde Felix Austria zum Ami-Felix. Er prahlte sogar damit, als Erster in Wien Jeans besessen zu haben, Jack hatte sie ihm einst geschenkt, und er trug die Hose noch immer voller Stolz. Überhaupt: Kombiniert mit einem weißen Unterleiberl, war es sowieso der Wahnsinn. Er sah aus wie eine etwas weniger kräftige Version von Marlon Brando.

Helga war es, die ihn zuerst auf die Ähnlichkeit aufmerksam machte. »Mein Lieber, du bist der Brando von Ottakring«, stellte sie eines Tages fest.

»Nur dass der Brando von Ottakring ein Warmer ist«, erwiderte Felix.

»Wer sagt, dass es der Brando von Hollywood nicht auch ist?«

Aber im Ernst: Felix und der neue Kino-Liebling aus den USA waren schließlich beide fast im selben Alter. Natürlich hatten sie Brando-Filme wie »Endstation Sehnsucht« oder »The Wild One« im Kino gesehen, und der Vergleich mit dem Star schmeichelte ihm. Immer öfter kam es vor, dass ihn in einem Kaffeehaus oder auch auf der Straße jemand ansprach: »Sind Sie nicht der Brando Marlon aus dem Kino?« Als ob! Dabei fühlte er sich dem Schauspieler näher als den Figuren, die dieser darstellte. Weder war er ein Halbstarker noch sonst ein brutaler Typ. Als »Julius Caesar« herauskam, in dem Brando Mark Anton spielte, veranstalteten sie beim Zirkuswagen ein römisches Fest. Alle in Bettlaken gehüllt wie in Togas, Kränze aus Weinblättern im Haar, mit Fackeln und Weintrauben.

Anlässe für wilde Partys gab es überhaupt genügend, der Zirkuswagen über der Stadt entwickelte sich zu einem Eldorado für alle, denen das Alltagsleben zu langweilig, die Regeln zu einengend waren. Freunde und Freundinnen wurden mehr, jeder kannte jemanden, den oder die man zum Ami-Felix und seinem Wagen mitbringen musste. Manchmal entstanden neue Bekanntschaften, man genoss die große Freiheit hier heroben abseits gesellschaftlicher Normen und Zwänge.

Halbstarke schätzten Felix' Welt mitten in der Natur ebenso wie Künstlerkreise oder amerikanische Jazzmusiker, die in Wien zu Gast waren und die Felix beim Sender kennengelernt hatte. Leute vom Theater kamen oder Tänzer von der Staatsoper. Natürlich auch immer wieder ein paar Kollegen und Kolleginnen vom Film. Regelmäßig zu Gast war zum Beispiel ein in gewissen Kreisen bekannter Modeschöpfer, der an der Modeschule unterrichtete, ein mondäner Sir, der manchmal sogar mit wohlhabenden Kundinnen bei Felix auftauchte, um ihnen das Paradies zu zeigen.

Einmal hatte sich Bobby als Frau verkleidet und war bei einem der ausgelassenen Feste auf dem Berg erschienen. Niemand erkannte ihn, nicht einmal Felix, der dachte, es sei eine dieser reichen Damen im Schlepptau des Modeschöpfers. Wobei er, wie er dem Schauspieler nach Auflösung des Rätsels verriet, ein wenig »damenblind« zu sein schien und die Geschichte zum Besten gab, wie er damals im World's End ewig lang nicht mitbekommen hatte, dass sein lieber Mitbewohner Zazie gleichzeitig die bildschöne Ballerina mit dem Vogel Strauß in der Manege war.

Eine bunte Mischung der unterschiedlichsten Charaktere traf sich hier also. Ach, wie oft musste der Hauer-Stefan nächtens nach dem Rechten sehen, wenn Felix' Partygesellschaft gar zu laut feierte. Einmal sprach der Winzer sogar eine Verwarnung aus, es hätte schon Beschwerden von Anrainern unten am Paulinensteig gegeben wegen des Lärms; es sei doch ohnehin alles nicht ganz offiziell, aber wenn das so weiterginge, könnte Felix den Zirkuswagen eben nicht mehr bewohnen. Wieder war es Bobby, der seine Beziehungen spielen und wohl auch ein wenig Kleingeld springen ließ, jedenfalls war es plötzlich kein Problem mehr, dass Felix im Weingarten wohnte. Erst Jahrzehnte später sollte er erfahren, dass der Schauspieler dem Hauer-Stefan kurzerhand den Grund, auf dem der Zirkuswagen stand, samt Zirkuswagen abgekauft hatte und Felix' Namen ins Grundbuch hatte eintragen lassen.

»Warum kommst du eigentlich so gern herauf zu Besuch?«, fragte Felix Bobby einmal nach einer durchfeierten Nacht. Alle Gäste waren fort, und sie hockten auf der Bank vor dem Wagen und betrachteten zum hundertsten Mal den Sonnenaufgang. Sie konnten sich einfach nicht sattsehen daran, wie die Stadt in rötlich-goldenes Licht getaucht war. Wie oft sie morgens nach den Festen der aufgehenden Sonne entgegenblickten! Schweigend, erschöpft, verkatert – mit einem Überhang, wie Felix es nannte –, aber stets selig.

»Das fragst du wirklich?« Bobby machte eine Geste Richtung Wienerstadt.

»Das hast du sicher in deiner Villa im Tessin genauso, und drüben bei euch in Döbling geht die Sonne, glaub ich, auch recht spektakulär auf, oder?«

»In Döbling bin ich nicht ich.« Bobby wischte sich eine Strähne aus dem Gesicht. »Genauso wenig im Tessin oder bei der Wien Film. Wirklich ich bin ich nur bei dir.«

Kurz musste Felix überlegen, ob ihm der Freund gerade eine Liebeserklärung gemacht hatte oder vielleicht bloß einen seiner Schlagertexte zitierte. »Wirklich ich bin ich nur bei dir«, wiederholte er. Es klang wirklich wie eine ganz schlimme Schnulze.

»Ich weiß genau, weshalb du gern heroben bist: weil du hier den einen oder anderen feschen jungen Mann kennenlernen kannst, der dich nicht anhimmelt, weil du eine Berühmtheit bist, der dich wirklich mag und nicht den Bobby aus dem Film.«

»Du bist so ein Idiot.«

»Aber es ist doch wahr.«

»Es ist wahr, werter Inspektor Felix, Sie haben mich erwischt, bitte verhaften Sie mich. Ich bekenne mich schuldig.« Bobby spielte bereits wieder eine seiner Rollen.

Ganz sicher lag es auch an der Atmosphäre, dem Zauber, den der Zirkuswagen mit dem verwunschenen Garten auf dem Wilhelminenberg auf so viele ausübte. Es war wie ein Wunder. Und nach dem ersten misslungenen Versuch, Bobby mit Helga bekannt zu machen, um die Angelegenheit mit den Waisenkindern im Schloss voranzubringen und mithilfe der Popularität des Schauspielers vielleicht Aufmerksamkeit für die Missstände im städtischen Kinderheim zu schaffen, war es auch zwischen den beiden zu einer Annäherung gekommen.

Durchaus wohlwollend hatte Helga bemerkt, wie sehr sich Bobby nach dem Brand finanziell am Wiederaufbau des Wagens beteiligt hatte. Dass er Felix kurzerhand den ganzen Grund gekauft hatte, ahnte natürlich auch sie nicht. Zudem war Bobby immer wieder Gast bei den ausgelassenen Partys, die Felix schmiss. Sie spürte, dass er sich wohlfühlte, weil sich niemand groß dafür zu interessieren schien, wer er war oder was er darstellte. Auch für Helga war er mit einem Mal nicht mehr der oberflächliche Filmstar mit den Schlagerschallplatten, sondern ebenso wichtig – oder unwichtig – wie alle anderen hier. Was Felix am meisten freute: Immer öfter verbrachten sie Zeit zu dritt.

Helga war es auch, die Bobby ermunterte, statt Schlagern doch einmal Jazz-Nummern auszuprobieren. Eines

Abends hockten sie alle drei an einem kleinen Lagerfeuer beim Zirkuswagen. Wie so oft hatte Helga ihre Wandergitarre mitgebracht und zupfte ein wenig darauf herum. Allein das klang bereits wie eine Cole-Porter-Nummer. Aus heiterem Himmel nahm ihr Bobby die Gitarre ab, stimmte »I've Got You Under My Skin« an, und es klang traumhaft.

»Wieso nur, Bobby, singst du eigentlich sonst nur so einen fürchterlichen Schlager-Topfen«, fragte sie, als er den Song beendet und ihr das Instrument zurückgegeben hatte.

»Weil alle bloß den Topfen hören wollen. Glaub mir, ich würde auch lieber Jazzplatten aufnehmen. Aber das verkauft sich einfach ausgesprochen schlecht. Meine liebe Frau ist sehr dahinter, dass Geld ins Haus kommt. Und irgendwoher muss das ...« Fast hätte er sich verplappert und den Kauf des Zirkuswagens erwähnt, deutete aber rasch auf die Flasche französischen Champagner, die sie gerade gemeinsam geleert hatten, »irgendwer muss das ja auch bezahlen.«

»Apropos«, fiel Felix plötzlich ein, »der Franzi hat mir unlängst von einer Nazi-Villa in Döbling erzählt, wo man ganz leicht in den Keller einsteigen kann. Der Keller soll voll sein mit Champagner-Flaschen und dem besten Wein aus Frankreich. Bitte, bitte, ich weiß eine Adresse, lasst uns da sofort hinfahren. Der feine Herr Kammerschauspieler wäre doch sicher heute Abend für einen kleinen Ausflug noch zu haben?«

Helga war sofort Feuer und Flamme, Bobby verdrehte zunächst die Augen, ließ sich aber doch überreden. Und so kam es, dass kurze Zeit später in einer teuren Wiener Villengegend ein sehr berühmter österreichischer Schlagerfilmstar zwar in seinem eleganten Cabriolet sitzen blieb, aber immerhin aufpasste, ob die Luft rein war. Eine engagierte Erzieherin und der Marlon Brando von Ottakring jedoch kletterten über das Kellerfenster in ein Haus mit nobler Adresse, um dort größere Mengen Schaumwein zu entwenden.

»Das war das erste und einzige Mal, dass ich euch bei so einer Diebstour Schmiere gestanden bin«, schimpfte Bobby, als die beiden mit ihrer verdächtig klirrenden Beute zurück zum Auto kamen. »Was, wenn uns jemand erwischt hätte?«

»Ist ja nichts passiert«, beruhigte ihn Helga. »Und wenn jemand gekommen wäre, hättest du dreimal unauffällig auf die Hupe gedrückt wie vereinbart.« Sie hatte den Kofferraum geöffnet und verstaute die Flaschen.

»Ist ja auch irrsinnig unauffällig. Ihr wisst schon, dass ich hier wohne?«

Helga und Felix machten große Augen. »Soll das heißen, wir haben bei dir im Haus eingebrochen?«

»Blödsinn, ich wohne in der Nachbarschaft. Und jetzt steigt ein, Kinder, ich bring' euch auf den Berg zurück. Genug Abenteuer mit Graf Bobby für heute.« Er war bereits wieder in irgendeiner Filmrolle.

»Willst du uns nicht deiner Frau vorstellen, jetzt wo wir fast schon da sind?« Felix fand Helgas Frage ungemein frech. Andererseits ermöglichten sie dem Schauspieler, Teil ihres schönen Boheme-Lebens zu sein, wieso sollte er nicht auch sein sicher furchtbar spießiges Leben mit ihnen teilen.

»Nicht heute, irgendwann einmal«, versprach Bobby und startete den Motor. Vielleicht sagte er es auch bloß, um seine Ruhe zu haben. »Es ist schon viel zu spät. Aber ihr würdet sie mögen.«

»Die Frage ist vielmehr: Wird sie uns mögen?«, sagte Felix und lehnte sich zurück. »Herr Chauffeur, bitte nach Hause. Wilhelminenberg, Schloss und Zirkuswagen.«

Was immer sie gerade geritten hatte, Helga war keinesfalls bereit, den Abend zu beenden. »Bitte, Bobbylein, machst du einen kleinen Umweg über den Schwarzenbergplatz?«, bettelte sie. »Ich hab da noch eine Idee.«

»Das ist aber ein sehr großer Umweg, meine Dame, aber okay.«

»Zum Russendenkmal«, befahl Helga von der Rückbank. Während der Fahrt in die Stadt flüsterte und kicherte sie mit Felix. Dort angekommen, hüpften die beiden bis auf die Unterwäsche entkleidet aus dem Auto heraus, rannten über den menschenleeren Platz und hinein ins eiskalte Wasser des Hochstrahlbrunnens, lachend, kreischend. Sie hatten ein paar Minuten im Wasser verbracht und standen außer Atem in der künstlichen Gischt, von bunten Unterwasserscheinwerfern kunstvoll beleuchtet, da geschah etwas, das beide niemals erwartet hätten. Aus seinem Cabrio stieg ein von Film und Radio bekannter Schauspieler, wie Gott ihn geschaffen hatte, schritt in gemäßigtem Tempo wie der König ohne Kleider aus dem Märchen über den gepflasterten Platz und ließ sich, elegant wie eine Nixe, über die kleine Brüstung ins eiskalte Wasser gleiten.

Felix und Helga konnten es nicht fassen. Gut, es war weit nach Mitternacht und keine Seele weit und breit zu sehen. Trotzdem, nicht auszudenken, was passieren würde, wenn sie – und vor allem der berühmte Star – erwischt würden. Von seiner Zeit als Vagabund wusste Felix, dass in dieser Gegend russische und französische Militärstreifen regelmäßig patrouillierten. Ihr kleines nächtliches Abenteuer war also äußerst riskant. Er ärgerte sich sogar ein wenig, dass er sich zu diesem Spaß von Helga hatte hinreißen lassen. Doch nichts geschah. Da waren nur sie drei, die Nacht und das tosende Wasser.

»Was schaut ihr denn so dumm?«, fragte Bobby, nachdem er ein paarmal untergetaucht war und nun im dichten Strahl der Fontäne stand. »Habt ihr noch nie einen nackten Mann gesehen?«

»Das schon«, rief Felix in das Rauschen. »Schon sehr oft sogar. Aber noch nie einen nackten Bobby!«

»Da seht ihr mal, wozu dieser Herr Bobby imstande ist. Und jetzt los, ich friere, und ihr müsst endlich ins Bett.«

»Hast du denn gar kein Familienleben?«, fragte Helga Bobby, als sie wieder einmal vor Felix' Zirkuswagen saßen. Bobby hatte für sie italienisch gekocht, Spaghetti, ihre Teller waren leer gegessen und sie befanden sich im Speisekoma.

»Ach, meine Frau, die steht ja selbst so viel vor der Kamera«, sagte der Schauspieler und wischte sich mit dem Handrücken den Mund ab. »Gerade ist sie wieder in München. Euer Bobbylein ist quasi Strohwitwer.«

»Was dreht sie denn?«, wollte Felix wissen.

»Irgendeinen Blödsinn sicher.« Trotz aller Sympathie, die Helga mittlerweile für Bobby hegte, das Filmgeschäft blieb ihr suspekt. »Lass mich raten: Eine junge Frau lernt in einem Gasthof in den Bergen einen verheirateten Industriellen kennen, sie haben eine Affäre …«

Hier unterbrach sie Bobby. »Da überschätzt du den deutschen Schlagerfilm aber gewaltig, mein Herz. Affären! Wir sind ja nicht in einem französischen Melodram.«

»Na gut«, brummelte Helga. »Eine junge Frau, sie ist Lehrerin in einem Mädchenpensionat, lernt einen netten Herrn kennen, einen mittellosen Musiker, der sich nach allerhand Verwicklungen in Frauenkleidung in den Schlafsaal der Mädchen einschleicht. Aber – Überraschung! – es merkt niemand, also wirklich niemand, dass das gar keine Frau ist. Allerdings behaupten sie ja auch steif und fest, dass der Musiker die Tante der jungen Frau ist. Happy End.«

»Wenn ich's nicht besser wüsste, würde ich glauben, du verbringst deine Freizeit ausschließlich im Kino und schaust dir seichte Lustspiele an.« Felix begann, den Tisch abzuräumen.

»Funktionieren doch alle nach demselben Muster.« Helga liebte es, sich die krudesten Filmhandlungen auszudenken, und die beiden Freunde hatten sie manchmal im Verdacht, dass sie heimlich die Drehbücher las, die oft in Bobbys Auto herumlagen. Vielleicht schrieb sie sogar welche unter irgendeinem verrückten Pseudonym. »Irgendwann schlüpft jedenfalls immer ein Mann in Frauenkleidung, und niemand scheint etwas zu bemerken. Hohe Stimme, Blumenkleid, und geht schon. Ich stell mir nur vor, wie einer der Erzieher-Idioten oben im Kinderheim ein Kleid trägt und keiner Menschenseele etwas auffällt.«

»Apropos Kinderheim«, sagte Felix nun, »wir sollten auch dieses Projekt weiterspinnen. Unseren Staatsbesuch beim Wiener Bürgermeister.« Nach dem ersten verunglückten Versuch, Bobby in die Angelegenheit einzubinden, hatten sie zwar viel miteinander unternommen. Auch in Sachen Kinderheim wurde viel geredet und geplant, der Schauspieler war daran interessiert, zu helfen. Allein: Weitergegangen war nichts. Womöglich waren Bobbys Kontakte zum Rathaus doch weniger fabelhaft als angenommen. Vielleicht wollte er sein Image als lustiger Saubermann des deutschen Unterhaltungsfilms nicht mit einem solchen Thema in Verbindung bringen.

Helga hatte sogar eine Filmhandlung erfunden samt einer Rolle für Bobby, in der er als Retter der Buben und Mädeln vom Schloss Wilhelminenberg brillieren konnte. Nämlich, wie Helga stolz betonte, ohne dass er als Tante auftreten musste. Der Schauspieler jedenfalls war weniger begeistert gewesen von ihrer Idee. »Dann lass uns einfach einen Termin ausmachen«, sagte er nun. »Ich organisiere das über meine Agentin, und dann gehen wir da einfach einmal hin ins Rathaus.«

Um es gleich vorwegzunehmen, der Besuch unseres Trios beim Wiener Bürgermeister erwies sich als eher weniger »einfach einmal«. Im Gegenteil, er geriet zum regelrechten Desaster. Als sie ein paar Wochen später in dem beeindruckenden Gebäude ankamen, waren die drei noch guter Dinge. Weil noch etwas Zeit war, spielten sie mit einem Paternoster, den Felix per Zufall entdeckt hatte. Rumpelnd und nach Schmierfett stinkend fuhren die hölzernen Kabinen aufgereiht hinauf und hinunter. Man musste bloß im richtigen Moment ab- oder auch wieder aufspringen. Für unsere drei war es eine Art Ringelspiel der Bürokratie. Ausgerechnet die sachlich-nüchterne Helga mochte nicht glauben, dass es möglich war, gefahrlos bis hinauf zum Wendepunkt zu fahren, und hatte plötzlich fürchterliche Angst, den Ausstieg zu verpassen.

»Da passiert schon nichts«, sagte Felix. »Passt auf, ihr beide steigt hier aus, und ich fahr' weiter ganz nach oben.« Die Freunde warteten, bis Felix auf der rechten Seite wieder herunterkam, und Helga bekam einen ganz schönen Schreck, als es dann so weit war: Kopfüber klemmte Felix in der hölzernen Paternoster-Schachtel, breit grinsend natürlich, weil er einfach nur einen Handstand machte. Dass er sich bei seinem Kunststück den Anzug mit Schmierfett ruiniert hatte, bemerkten sie erst, als sie Minuten später vor der Tür des Bürgermeister-Büros standen. Auf ihr Klopfen öffnete sich die Tür zu einem großen Vorzimmer – und weiter kamen sie an diesem Tag auch nicht.

Ein paar Angestellte waren da, und wie sich herausstellte, hatten die drei gar keinen Termin mit dem Bürgermeister, sondern nur mit irgendwelchen Untergebenen, die in erster Linie Bobby kennenlernen wollten, den berühmten Herrn Bobby vom Film. Die Luft war stickig, die Einrichtung furchteinflößend. Jemand hatte sogar einen Kuchen gebacken, ein Strauß Rosen wurde überreicht, und statt eines formellen Treffens mit dem Stadtoberhaupt, das die Lage der Waisenkinder oben im Schloss hätte verbessern sollen, gab es nur Kaffee und Kuchen mit ein paar Verehrerinnen und Verehrern des Stars. Die beiden anderen standen gelangweilt daneben und beobachteten, wie Bobby an einem Schreibtisch hockte und Autogramme geben musste.

Die Situation eskalierte schließlich, als Helga die Nerven verlor und ihre Stimme erhob. »Wir möchten jetzt einmal einen kleinen Moment nicht über Herrn Heimlich sprechen«, sagte sie. Felix und Bobby sahen sie mit weit aufgerissenen Augen an, weil Helga laut geworden war und auch noch Bobbys inoffiziellen Namen verwendet hatte. »Vielleicht können wir uns auch ohne den Herrn Bürgermeister einen Augenblick lang über die Insassen im Kinderheim am Wilhelminenberg unterhalten«, fuhr Helga unbeirrt fort. »Jawohl, ich habe ganz bewusst Insassen gesagt. Denn diese Kinder dort leben wie Inhaftierte, nicht so, wie es ihrem Alter und ihrer bedauernswerten Situation angemessen wäre.«

Das Geplauder der Fans verstummte schlagartig, eine ältere Frau griff resolut zum Telefon, und wenige Augenblicke später standen eine Handvoll Wachleute im Raum und zogen eine burschikos aussehende, laut schimpfende Erzieherin sowie einen schweigenden Aushilfsbeleuchter im arg ölverschmierten Anzug aus der Tür. Keiner der Rathauswächter traute sich, Bobby anzugreifen, dazu hatten sie wohl zu viel Respekt vor seiner Prominenz.

Der Kinostar verabschiedete sich von den Leuten, schnappte sich den Rosenstrauß und verließ die groteske Szene freiwillig. Der Wiener Bürgermeister, davon ist auszugehen, erfuhr nichts. Weder vom Besuch noch von den Missständen im Kinderheim. Zumindest nicht an diesem Tag und wohl auch später nicht. Jedenfalls nicht von Helga, Felix und Bobby.

Sie beließen es bei diesem einen Versuch, die Öffentlichkeit zu informieren. Immerhin gab Helga weiterhin ihr Bestes, um den Kindern den Aufenthalt im Heim so schön wie möglich zu machen. Ja, sie legte sich sogar regelmäßig mit ihren verhassten Kollegen an und schrieb weiterhin fleißig ihre Beobachtungen mit krakeliger Handschrift in ihr Notizbuch.

Und Felix holte weiterhin die Welt zu sich nach Hause. Jene Welt, die er für die richtige hielt. Durch seine Kontakte zur Filmbranche kannte er einfach eine Menge buntes Volk. Freunde brachten Freunde mit, denen Felix' Art zu leben imponierte. Wo gab es sonst noch so etwas? Ungeahnte Möglichkeiten, Natur, jede Menge Wein, die Freiheit, so zu sein, wie man wollte, und keine Gesetze, die einem das Leben schwer machten. Zu lieben, wen man mochte.

Der Zirkuswagen hoch oben über Wien, der Stadt mit all ihren Regeln und Zwängen, blieb Treffpunkt für jene, die sonst keine Heimat hatten, Hippies, Gammler, mehr oder weniger verkrachte Künstler oder Menschen mit Utopien. Aber auch für jene, die wenigstens für ein paar Stunden ihr spießiges Leben vergessen wollten. Ach, fast fühlten sie sich wie diese Blumenkinder drüben in San Francisco. Nur ohne die Blumen im Haar. Und das Haar war vielleicht nicht ganz so lang. Was im Fall von Felix auch daran lag, dass es langsam weniger wurde.

Helga hatte, nachdem das Kinderheim Anfang der Sechzigerjahre in ein reines Mädchenheim umgewandelt wurde – etwa ein Jahrzehnt später schloss man es ganz – und sie derart unzufrieden war mit den Verhältnissen dort, gekündigt. Nebenher hatte sie ein Studium der Soziologie an der Universität begonnen. Felix hatte zuerst geglaubt, dass das etwas mit ihrem Hintergrund als Sozialistin zu tun hätte. »Eine Sozi bist du doch schon immer gewesen«, hatte er gemeint und gelacht, als Helga ihm von ihren Plänen erzählte. »Kann man denn davon überhaupt leben?« Sie jedoch absolvierte das Studium in Rekordzeit und schloss es mit Auszeichnung ab. Allerdings nur, um gleich noch ihren Doktor zu machen. Der Wissenschaft blieb sie treu. Sie arbeitete fortan an der Universität.

Bobby hatte sich nach den wilden Jahren mit Felix und Helga wieder vollkommen auf seine Karriere besonnen – und auf die Ehe mit seiner Kollegin. Kinder kamen, er drehte Filme seicht wie eh und je, trat als einer der Ersten regelmäßig im Fernsehen auf, und größere Konzertreisen führten ihn vor allem durch Deutschland. Kein Mensch ging mehr ins Kino. Das Fernsehen jedoch, die großen Unterhaltungssendungen, machten den Schauspieler noch populärer, als er ohnehin schon war. Populärer und noch wohlhabender. Allerdings auch angreifbarer. Der Schauspieler hatte den Fans ein Bild von sich zu verkaufen, ein Bild, das keinerlei Risse bekommen durfte.

Schließlich sah Felix Bobbys Gesicht nur noch in Illustrierten, auf Kinoplakaten oder Schallplattenhüllen. Der Filmstar hatte einfach keine Zeit mehr für Müßiggang und das schöne Leben der Boheme beim Zirkuswagen. Vielleicht, so vermutete Felix, war Bobby dieses Doppelleben auch einfach zu anstrengend geworden. Er hatte die Freiheit in vollen Zügen genossen, war sich aber gleichzeitig bewusst, welchen Preis sie haben würde und dass er seine Karriere aufs Spiel setzte, wenn die Öffentlichkeit davon erfuhr. Manchmal legte Felix eine von den alten Jazzplatten auf, erinnerte sich an die Abende am Lagerfeuer. Wie sie die Songs mitgesungen hatten. Er dachte daran, was für ein Leben der talentierte Bobby Heimlich hätte haben können. In einer anderen Welt. Der Dean Martin aus Wien oder so.

In einer anderen Welt hätte Felix wohl gleich nach seiner Rückkehr nach Österreich einen Zirkus gefunden, wo er unter der Zeltkuppel am Trapez seine Kunststücke hätte vorführen können. So blieb die Beleuchterbrücke bei der Wien Film bis auf Weiteres die Bühne unseres Helden, wo er über den Köpfen der Filmcrew und der Stars vielleicht nicht mehr ganz so geschickt wie früher herumturnte – ohne Applaus zu ernten freilich. Man mochte ihn, aber er war kein Gladiator mehr. Machte es ihm etwas aus? Ach, im Gegenteil. Denn im Grunde führte er ohnehin sein Artistenleben weiter. Er bewohnte den kuriosen Wagen am Rande des Weingartens auf dem Berg über der Stadt, Anziehungspunkt für allerlei Menschen, die waren wie er. »Circus Schwule« stand noch immer in goldenen Buchstaben auf rotem Grund auf der Rückseite, obschon die Farbe langsam abzublättern begann.

Felix sammelte regelrecht Menschen. Er besaß einen Zirkus ohne Zirkus, war Direktor, Artist und Publikum in

Personalunion. Vor allem aber war er geblieben. Länger als irgendwo sonst hatte er nun schon hier heroben sein Leben gelebt und sich dieses Leben so eingerichtet, dass er zufrieden war. Das Himmelszelt war seine Zirkuskuppel, die Wiese vor dem Wagen seine Manege. Auch wenn es dort bloß eine Wäscheleine gab und kein Trapez.

Freunde kamen und gingen, doch die spontanen ausgelassenen Feste wurden seltener. Vielleicht lag es auch daran, dass es immer öfter vorgekommen war, dass Gäste Rauschgift mitgebracht hatten und Felix nach den Partys Leute wegtragen musste, die zu viel von den Drogen erwischt hatten. Ein paarmal hatte schon die Rettung kommen müssen, und Felix wollte auf keinen Fall, dass sein kleines Paradies zum Drogenort wurde. Cannabis war okay. Mehr als einmal musste er sich von Leuten, die er nur flüchtig kannte, als »alter Spießer« beschimpfen lassen, bloß weil er ein Rauschgiftverbot ausgesprochen hatte. Unliebsame Gäste blieben aus. Aber auch Typen, die er spannend fand. Vielleicht lag es auch einfach daran, dass Felix älter geworden war und die Jugend Besseres zu tun hatte, als mit einem fast fünfzigjährigen Aushilfsbeleuchter herumzugammeln. Freiheit hin oder her.

Eigentlich war es Felix gar nicht so unrecht, dass der Trubel in seinem Leben weniger wurde. Zufrieden war unser Held, er kam ganz gut allein mit sich zurecht. War er früher noch regelmäßig in der Stadt unterwegs gewesen, hatte Lokale und Orte abgeklappert, an denen er seinesgleichen fand, bereiteten ihm derlei Ausflüge jetzt weniger Freude. Hin und wieder stattete er Adele einen Besuch ab, die zwar alt geworden war, aber noch immer sehr fidel in ihrem Lokal hinter der Budel stand. Als er das letzte Mal dort gewesen war, konnte Felix sie kaum davon abhalten, auf die Schank hinaufzuklettern und eines ihrer Operettenlieder zu trällern wie früher.

Bei Mama Adele waren und blieben die Männer »alle Verbrecher«. Doch auch hier hatte sich etwas verändert: Die singende Wirtin hatte sich zu einer mittleren Attraktion bei den Jungen entwickelt. Gemeinsam mit ein paar verkrachten Existenzen, allesamt große Laien ihres Faches oder gewesene Stars einer Operettenwelt, für die es keinen Platz mehr zu geben schien, organisierte sie Liederabende. Mittlerweile fanden diese Veranstaltungen im Lokal sogar regelmäßig statt, und das Publikum, das in Scharen kam, nahm die künstlerisch zweifelhaften Darbietungen dankbar gerührt bis schadenfroh auf. Adele war es dabei egal, ob die Leute sie auslachten oder unaufmerksam waren und schwätzten. Hauptsache, der Umsatz stimmte an diesen bunten Abenden.

Vor allem nachdem eine Zeitschrift über die kuriose Show zwischen großer Kunst und Verzweiflung berichtet hatte, die alle paar Wochen unter dem Titel »Wiener Wellen« in Adeles Lokal lief, brummte das Geschäft. Für die Jungen war es der größte Spaß, das unfreiwillig komische Treiben zu verfolgen. Den Künstlern und Künstlerinnen versagte die Stimme, sie hatten Texthänger, und der Pianist, der sie begleitete, war auch leidlich schlecht. Einem betagten Sopran fiel sogar einmal bei seinen katzengeschreigleichen Koloraturen die Zahnprothese aus dem weit aufgerissenen Mund. Großes Gelächter.

Als Adele Felix fragte, ob er nicht wieder Lust hätte, ein paar Kunststücke im Rahmen ihrer herzhaften Abende aufzuführen, lachte er bloß und meinte, dass er bestimmt keine Lust hätte, sich vor irgendwelchen Jungspunden lächerlich zu machen: »Mein Körper im engen Trikot, der welk von der Decke hängt wie ein nasser Sack? Nein danke!«

Auch Helga traf Felix noch regelmäßig. Die Freundin und enge Vertraute hatte sich nach ihrem Studium und dem Berufswechsel – Soziologin, nicht Sozialistin – tatsächlich noch einen Namen als Wissenschaftlerin gemacht. Und sie war Mutter geworden, lebte mehr oder weniger offiziell mit einer anderen Frau zusammen, einer Kollegin an ihrem Institut. Zudem war sie in Sachen Emanzipationsbewegung aktiv, hielt Vorträge oder ging auf die Straße, um mit den Ihren für die Rechte der Frauen zu demonstrieren. »Ihr Schwulen braucht so was auch«, sagte sie mehr als einmal zu Felix, wenn sie einander in einem Kaffeehaus in der Nähe der Universität trafen. »Ihr müsst kämpfen, raus auf die Straße, raus aus den Klosetts.«

»Hä«, machte Felix, dann fiel es ihm ein. »Ach so, du meinst Out of the Closets.«

»Kennst dich ja eh aus. Du bist hier schließlich der Ami-Felix. Hast du gelesen, mein Lieber, was in New York gerade passiert? Riots der Schwulen und Transsexuellen. Stonewall. Krieg endlich mal deinen Hintern hoch!«

»Das musst du mir nicht zweimal sagen!« Felix erhob sich und wackelte keck mit dem Hintern, sodass sie beide lachen mussten.

»Im Ernst«, sagte Helga. »Du darfst dich nicht in deinem Ottakringer Zirkus-Biedermeier auf die faule Haut legen. Du musst kämpfen, sonst geschieht nichts.«

»Ich bin eine Emanze im Herzen, Schatzi. Ich bin ganz zufrieden da oben in meinem kleinen Zirkus. Geht ihr mal auf die Barrikaden.« Er hatte das Gefühl, dass sie den besten Weg eingeschlagen hatte und zufrieden war. Das

Kinderheim im Schloss am Wilhelminenberg ließ Helga dennoch nicht ganz los. Es existierte immer noch, und sie verfasste regelmäßig Briefe an die zuständige Stadträtin im Rathaus. Ihre Versuche, mit ehemaligen Bewohnerinnen und Bewohnern des Heimes in Kontakt zu kommen, die inzwischen Erwachsene waren, verliefen aber ebenso wie ihre Beschwerden im Sand. Niemand schien Interesse an diesem Thema zu haben, und es sollte noch eine ganze Weile dauern, bis auch dieses dunkle Kapitel aufgearbeitet wurde.

Franzi, der dürre Franzi, mit dem Felix in den Jahren nach seiner Rückkehr aus Amerika so viel zu tun gehabt hatte, der mit ihm seine Geschichte geteilt hatte, ihn beschworen hatte, niemals zu vergessen – ausgerechnet Franzi verschwand aus Felix' Leben, lange bevor dieser bei der Wien Film gekündigt und eine andere Tätigkeit angekommen hatte. Dabei hatte er Franzi so viel zu verdanken: die Arbeitsstelle in Sievering, die Dachkammer als erstes richtiges Zuhause in Wien und freilich auch den Zirkuswagen, den sie gemeinsam entdeckt hatten damals.

Zunächst, nachdem er hinauf an den Rand der Stadt gezogen war, trafen sie einander noch regelmäßig, nicht nur bei Adele im Lokal. Aber, so schien es Felix bei den letzten Begegnungen, der arme Franzi wurde einfach immer weniger. Dabei war er doch ohnehin nur Haut und Knochen. Er ließ sich nur noch selten bei Adele blicken und zog sich immer mehr zurück. Oft war er krank und noch blasser denn je, Felix besuchte ihn einige Male in seiner Dachkammer, wo er hustend im Bett lag. Nie hatte sich Franzi von der Haft und der harten Arbeit im Lager erholt, die er während der Nazizeit hatte durchmachen müssen. Außer damals mit Felix hatte er auch nie wieder mit jemandem darüber gesprochen, geschweige denn versucht, Wiedergutmachungszahlungen vom Staat zu bekommen. Zeit seines Lebens hatte er – begründet oder nicht – Sorge, noch einmal erwischt zu werden. Franzi blieb stets ein 129er. Wie soll einer vor Gericht kämpfen, wenn die Angst und die Scham ihn nie losgelassen hat?

Als Felix wieder einmal bei Adele vorbeischaute, legte ihm die Wirtin mit ungewohnt ernstem Gesicht ein Kuvert mit dem Logo der Wien Film auf den Tisch. »Deine Erbschaft. Vom Franzi für dich«, sagte sie, und als Felix das Kuvert öffnete, fand er nichts weiter als ein paar porös gewordene Gummiringerl. Bis zuletzt hatte Franzi oben im selben Haus gewohnt und seine Bleibe auch regelmäßig stundenweise an Paare untervermietet, die sich heimlich miteinander vergnügen wollten. »Er ist einfach nicht mehr aufgewacht, der Franzi«, sagte Adele, und sie stießen auf ihn an.

An einem Spätsommerabend, feuerrot ging die Sonne hinterm Schloss unter, lag Felix faul auf seinem Lager. Er war gerade aus der Arbeit nach Hause gekommen, hatte eine Jazzplatte aufgelegt und starrte Löcher an die Decke des Zirkuswagens. Da bemerkte er, wie durchs geöffnete Fenster ein Rauchring ins Wageninnere wanderte, in der Mitte des Raumes zum Stehen kam und sich, paff!, in nichts auflöste. Es folgte ein weiterer Ring, von den letzten Sonnenstrahlen beleuchtet, dann noch einer. Erst glaubte Felix zu halluzinieren. Bildete er sich das alles bloß ein, oder roch es etwa nach Cannabis? Aber er war ja nüchtern und hatte sich auch schon länger keine der Cannabis-Zigaretten mehr gegönnt, mit denen ihn Musikerfreunde manchmal noch versorgten.

Schon wieder schwebte ein Rauchring vom Fenster her durch den Wagen. Und paff! Felix wurde es schließlich zu blöd. Sicher erlaubte sich einer von seinen alten Haberern aus der Stadt einen Scherz mit ihm. Vorsichtig, ohne dabei ein Geräusch zu machen, kletterte er vom Bett, schlich sich zum offenen Fenster und streckte mit einer ruckartigen Bewegung den Kopf hinaus.

Vor dem Zirkuswagen stand ein Mann mittleren Alters, lässig einen Tschick im Mundwinkel. »Judy ist tot«, brummte der Mann, dessen bärtiges Gesicht Felix an jemanden erinnerte: dunkle Haare, an den Schläfen bereits etwas grau. »Judy ist tot.«

Wem gehörte bloß diese Stimme? Die hellblauen Augen, aus denen Blitze hervorzuschießen schienen, erkannte Felix aber dann. »Jack«, rief er, und es klang gleichzeitig wie eine Frage. Was auch immer ihn hier zu seiner Bleibe geführt hatte, wie konnte das sein?

»Felix Austria! Endlich habe ich dich gefunden.« Jack gab Felix einen Kuss. »Es war jedenfalls eine lange Reise.«

»Willst du nicht reinkommen?«, fragte Felix, nachdem er sich von dem Schock erholt hatte und wieder Worte fand. Kurzerhand zerrte er Jack durchs Fenster in seinen Wagen hinein, was einer grotesken Artistennummer glich.

»Wir haben's immer noch drauf!« Vielleicht ein wenig schwerfällig, aber als hätten sie seit Jahrzehnten nichts anderes gemacht, war Jack in den Zirkuswagen hineingepurzelt und lag jetzt auf Felix, der wiederum rücklings auf dem Teppich zu liegen gekommen war.

»Judy ist tot«, wiederholte Jack.

Noch immer hatte Felix keinen Schimmer, wer mit Judy gemeint war. Plötzlich fiel es ihm ein: Judy Garland war vor ein paar Monaten gestorben! Hatte er eh irgendwo gelesen.

Traurig, mit noch nicht einmal fünfzig Jahren. Aber war halt so. Menschen starben. Sogar im Land Oz hinter dem Regenbogen. Schauspielerinnen starben.

»Um mir das zu erzählen, hättest du auch ganz einfach die Tür nehmen können.«

»Schon. Aber dann wären's nicht wir gewesen.«

Wir, dachte Felix. Judy und Rita. Er und Jack. The Jacob Brothers. Er war sich immer noch nicht sicher, ob es wirklich Jack war, sein Jack, den er da gerade zu sich in den Wagen gezerrt hatte. Er hatte sich verändert, das Bubengesicht, das nie so ganz zu seinem starken Körper gepasst hatte, war jetzt zu einem richtigen Männergesicht geworden. Einem, sagen wir es ruhig: zerknitterten Männergesicht mit struppigem Bart, das nun endlich auch zur restlichen Jackstatur passte. Jack war alt geworden. Gut, er war schließlich auch immer noch vier Jahre älter als Felix. Wenn man einander so lange nicht sieht, dachte Felix, fällt einem jede Veränderung beim Gegenüber viel stärker auf.

Mit einem Mal kam ihm Jack auch weniger stark vor. Hatte er einst nicht etwas von einem Gladiator gehabt, von einem Riesen? Er war doch immer der schöne Riese gewesen. Riesenhaft war nichts mehr an diesem Mann. Höchstens so groß wie er selbst kam ihm Jack vor. Wenn nicht gar ein paar Zentimeter kleiner. Natürlich war Jack kleiner, sonst hätte er ihn am Trapez ja nie fangen können. Damals war es Felix nie so vorgekommen. Unser Held fühlte sich immer noch frisch wie damals, ewige fünfundzwanzig. Dabei waren fast fünfundzwanzig Jahre vergangen, seit sie im World's End Geburtstag gefeiert hatten, Jack ihn mit Torte gefüttert hatte.

Aber, werte Leserin, werter Leser, keine Sorge: Auch wenn dieser Jack vielleicht nicht mehr ganz so muskulös wie früher war, weniger sportlich, sah er immer noch recht passabel aus. Der Bart müsste halt etwas gestutzt werden, fand Felix, Schnauzbart hatte ihm besser gepasst als dieser Rübezahlbewuchs im Gesicht. Er hatte wohl bemerkt, dass Jack den linken Arm schlecht bewegen konnte, mochte jedoch lieber nicht nachfragen. »Willst du was essen, hast du Hunger?«, wollte er stattdessen wissen und drehte sich zum Küchenschrank. »Moment, ich mach dir schnell was warm. Oder eine Jause?«

»Du tust gerade so, als sei ich jahrelang unterwegs gewesen«, sagte Jack.

»Bist du nicht?«

»Doch. Aber jetzt habe ich dich ja gefunden.«

»Hast du gar kein Gepäck dabei?«

»Felix Austria, ich bin nicht gekommen, um zu bleiben. Ich hab doch nur einen Sprung bei dir vorbeischauen wollen. Heute Abend ist Freigang.«

»Freigang? Bist du etwa im Häfen?«

Jack sah ihn fragend an.

»Na, im Knast!«

»Ach, Blödsinn.« Und Jack erzählte, dass er mit einem großen deutschen Zirkus eine Tournee quer durch Europa machte, dass sie gerade in Wien im Prater gastierten. Er habe sich erkundigt an den üblichen Treffpunkten schwuler Herrschaften in der Stadt. In irgendeinem Lokal habe man ihm von einem ehemaligen Artisten erzählt, der nun in einem ausrangierten Zirkuswagen am Rande der Stadt hausen würde. »Ein bildschöner Mann, hat man mir gesagt. Mir war irgendwie klar, dass das nur mein Felix sein kann.« Jack biss in das Wurstbrot, das ihm Felix auf die Schnelle zubereitet hatte. »Und jetzt bin ich also hier.«

»Halt!«, fiel es Felix ein, und es klang schon recht kokett, was er nun von sich gab. »Deine blauen Augen, die mich gerade so sentimental machen, hin oder her: Woher soll ich wissen, dass du wirklich Jack bist und nicht irgendein Betrüger, der sich als Jack ausgibt?«

»Hä?«, machte Jack jetzt. »Was glaubst du eigentlich?«

»Na ja, man hört immer wieder so Geschichten von Leuten, die aus der Kriegsgefangenschaft, dem Gefängnis oder von weiß Gott wo zurückkommen, sich für irgendeinen gefallenen Kameraden ausgeben oder einen Mithäftling, und dann leben sie deren Leben weiter, sind plötzlich mit der Witwe zusammen ...«

»... oder dem Witwer. Sag mal, was redest du denn für einen furchtbaren Blödsinn? Du gehst wohl immer noch gern ins Kino? Aber um die Sache abzukürzen, ich habe Beweise.« Jack suchte nach seiner Brieftasche und zog daraus ein kleines Foto hervor. Es war das zweite Foto mit Jack und Felix als Micky und Minnie vor dem Transportwagen mit der Nummer 95. Das, auf dem sie die Masken unterm Arm trugen und ihre beiden verliebten und vor allem furchtbar jungen Gesichter zu sehen waren. Felix nahm sein gerahmtes Mäusebild von der Wand und hielt es daneben.

»Glaubst du mir jetzt?«, fragte Jack.

»Ich hab geglaubt, du bist tot.«

»Und ich hab geglaubt, ich seh dich nie wieder. Warum bist du eigentlich abgehaut damals in San Francisco ohne ein Wort?«

»Ich hab geglaubt, ich hätte dich fallen lassen.«

»Es war mein Fehler, ich war einen Moment unkonzentriert und hab falsch gezählt. Fallen lassen hast du mich erst hinterher.« Jack hob den linken Arm. »Bin übrigens seitdem nicht mehr oben gewesen. Ich mach jetzt Manegenarbeit.

Drecksarbeit. Aber du, Felix Austria, du hast ja sogar einen eigenen Zirkus gegründet. Circus Schwule, hab ich das richtig gelesen? Die Buchstaben sind schon recht verwittert. Wo ist denn das Grand Chapiteau?«

»Das Zelt? In meiner Hose ist das«, antwortete Felix, und beide mussten lachen.

Plötzlich, als wären keine zwei Jahrzehnte vergangen, waren sie wieder Felix Austria und der schöne Riese. Schon verrückt. Da sieht man einander so lange Zeit nicht, wird grau und alt und krumm – also zumindest Jack ein bisschen. Und dennoch war die Vertrautheit von einst zwischen den beiden schlagartig wieder da, das Blödsein genauso wie das Liebsein.

»Jack is back«, ging es Felix die ganze Zeit durch den Kopf, »Jack is back!« Wie so ein schlimmer Ohrwurm. Ach, er konnte gar nichts anderes mehr denken, als dass sein Jack zurück war. Kurioserweise sprang dieser Satz auf Englisch durch seinen Kopf, obwohl sie doch wie früher Deutsch miteinander sprachen. Er fühlte sich wie einst im World's End. Sie redeten die ganze Nacht durch, und als sie nicht mehr reden konnten, lagen sie auf dem Bett und schwiegen. Jack war seine große Liebe gewesen. Und unser Felix war froh, dass er stets der gewesen war, der mehr geliebt hatte. Es machte ihm nichts aus, genau dort anzuknüpfen, wo sie damals aufgehört hatten.

Am nächsten Morgen musste Felix früh raus zur Arbeit, und auch Jack hatte Pläne. Sie vereinbarten, dass Felix ihn am Abend in dem großen Zirkus aus Deutschland besuchen würde. Direkt vom Atelier fuhr er also abends in den Prater, Jack holte ihn bei einem vereinbarten Treffpunkt hinter einem Wohnwagen ab und brachte ihn heimlich durch den

Sattelgang ins Zelt – ein Riesenzelt mit drei Manegen. Auch wenn Felix unter einer Tribüne im trockenen Gras hockte und die Vorstellung zwischen den Beinen des Publikums hindurch verfolgen musste, fühlte es sich an wie damals im World's End. Es roch nach Sägespänen, Pferdedung und Zuckerwatte. Süß und schwer zugleich.

Die Stimmung war aufgeheizt, auch wenn die Vorstellung nicht ausverkauft schien, die Leute waren aufgeregt. Die Kapelle, besser: das große Orchester über dem Portal, legte sich ins Zeug. Felix musste sich arg verrenken, um die Trapeznummer hoch oben unter dem Zeltdach überhaupt verfolgen zu können. Hier machten sie nicht nur einen, sondern eine ganze Menge Saltos mit verbundenen Augen. Einmal lief eine Gruppe von Löwen brüllend direkt an ihm vorbei durch einen Gittertunnel in die Manege. Es gab eine Nummer, bei der eine Gruppe weißer Pferde sich zu sphärischen Klängen in künstlichem Nebel bewegte – viel mehr passierte nicht.

Jack hatte erzählt, dass er seit dem Unfall in San Francisco nicht mehr als Artist auftreten konnte. Felix beobachtete ihn unten in der Manege beim Umbau, in seiner roten Uniform mit goldenen Knöpfen stand er beim Vorhang, einmal sicherte er eine Seiltänzerin und hob eine Akrobatin in die Höhe. Hilfsarbeiten, eines ehemaligen Gladiators nicht würdig, ein deprimierender Anblick.

Was Felix auch auffiel, wie jung die Artistinnen und Artisten hier alle waren. Abgesehen von den Clowns, deren faltige Gesichter auch dick aufgetragene Schminke nicht verbergen konnte, abgesehen vom Direktor, der in Frack und Zylinder die einzelnen Nummern ansagte, waren alle, die hier arbeiteten, jung. Viel jünger jedenfalls als er und Jack. Und es war ein wenig auch seelenloses Entertainment, wie er fand. Showeffekte, wie bei der abstrusen Pferdenummer mit dem Nebel, schienen sehr wichtig zu sein.

»Wir werden nie wieder im Zirkus auftreten«, sagte Felix, als er nach der Vorstellung mit Jack im Gastgarten eines Praterlokals vor vollen Bierkrügen saß. Es erfüllte ihn mit Melancholie, aber nur ein klein wenig. »Wir sind zu alt für all das.«

»Sag das nicht, für fünfundzwanzig siehst du noch immer fabelhaft aus.« Die ewigen Fünfundzwanzig des World's End. »Du hältst dich offenbar weiter fit.«

»Ich will nicht klagen. Ich mach den Affen beim Film. Aber glaub mir: Seit Jahrzehnten hab ich keinen Mann mehr gefangen.«

Jack musste lachen, ersparte sich aber jeglichen Kommentar. Der große Zirkus aus Deutschland sollte noch ein paar Wochen lang in Wien gastieren, und unsere beiden Freunde trafen einander immer wieder. Das Wir allerdings, das Felix am ersten Abend so stark gefühlt hatte, nachdem Jack wieder in sein Leben gekommen war, war vielleicht bloß eine Illusion gewesen. Natürlich überlegten sie, was wäre, wenn Felix alles stehen und liegen ließe und sie wieder gemeinsam durch die Weltgeschichte reisen würden. Jack war es, der ihm schließlich den Vorschlag unterbreitete, er könne ein gutes Wort für ihn einlegen bei der Direktion. Ja, es klang verlockend, endlich wieder mit einem Zirkus unterwegs zu sein. Aber hatte er das Zirkusleben wirklich vermisst? Hatte er Jack vermisst?

Felix zeigte Jack seine Stadt, sie besuchten die üblichen Attraktionen, das Schloss, den Dom, Orte, die ihm wenig bedeuteten, die der Gast jedoch unbedingt sehen wollte. Für den letzten Abend vor Jacks Weiterreise hatte Felix etwas Besonderes geplant.

»Heute besuchen wir die Mama«, kündigte er an, als er den Freund vom Zirkus abholte.

»Deine Mutter? Du hast mir nie von deiner Mutter erzählt«, erwiderte Jack. »Ich hab' gar nicht gewusst, dass sie überhaupt noch lebt.«

Felix grinste nur, und als sie schließlich in Adeles Lokal standen, war auch Jack klar, dass die Wirtin für sehr viele Männer die »Mama« war.

Die singende Wirtin und Jack waren ein Match made in Heaven, wie beide sofort feststellten. Adele, betagt, aber fidel wie eh und je, schloss Jack vom ersten Augenblick an ins Herz, und weil das Lokal bummvoll war, half dieser ihr spontan beim Servieren. Aus einer Laune heraus legte Adele später noch einen ihrer berüchtigten Auftritte hin, und als die beiden weit nach der Sperrstunde, aber noch verhältnismäßig nüchtern aufbrachen, war sie es, die vorschlug, dass Jack bei Felix bleiben sollte.

»Wieso ziehst du nicht bei ihm oben in diesen Wohnwagen?«, fragte Adele. »Ihr solltet unbedingt wieder gemeinsam auftreten.«

»Genau, bei dir im Lokal, wie damals, am Lampenschirm hängend, bis die Polizei kommt.« Felix konnte sich weder das eine noch das andere vorstellen.

Jack hingegen schien bereits zu überlegen. »Wieso nicht?«, meinte er. »Wir könnten versuchen, wieder ins Training zu kommen.«

»Bitte, bitte«, bettelte Adele. »Ich würde euch so gerne beide am Trapez sehen.«

Felix und Jack wussten beide, dass es das nicht geben würde, sie waren einfach zu alt, und im schlimmsten Falle wären sie eine weitere Lachnummer hier bei Adeles bunten Abenden.

»Wieso nicht?«, wiederholte Jack.

»Weil ich Adele schon seit Jahren einen Korb gebe, was das betrifft«, sagte Felix schließlich, und seine Stimme klang bitter. »Überhaupt: Die Gebrüder Jakob, als ob die Welt darauf noch gewartet hätte. Ich hab genau gesehen, was die jungen Artisten mittlerweile draufhaben. Da können wir nicht mit. Außerdem kannst du den einen Arm fast nicht bewegen.«

»Wer sagt, dass wir am Trapez auftreten müssen?«

Felix wusste genau, was jetzt kommen würde, und schüttelte müde den Kopf.

»The Jacob Brothers, das klingt doch auch als Clown-Duo gut.«

»Bitte nicht. Hast du vergessen: Clowns machen mir Angst.«

»Das ganze Leben macht Angst, aber wenn du selbst drinsteckst im Kostüm, ist es vielleicht weniger furchteinflößend. Du kannst ja auch als Manegenarbeiter anheuern. Rote Uniform, goldene Knöpfe, steht dir sicher ausgezeichnet.«

»Überlegt es euch, aber nicht jetzt. Ich will zusperren.« Adele schob die beiden durch die Tür hinaus auf die Gasse.

Jack hin oder her: Felix hatte einfach keine Lust, in der Manege Hilfsarbeiten auszuführen. Es war offensichtlich, dass der Zirkus eine aussterbende Kunstform war. Auch wenn der Zirkus aus Deutschland mit seinen drei Manegen berühmt war, erschien das Publikum nicht in Scharen. Das Gastspiel in Wien hatte sogar vorzeitig beendet werden müssen. Die Leute hatten andere Interessen, hockten lieber vorm Fernseher.

»Warte vielleicht nicht wieder zwanzig Jahre, bis du dich wieder meldest.« Felix wischte sich eine Träne aus dem Gesicht, als sie sich vor dem Lokal voneinander verabschiedeten. Er hoffte, Jack würde es nicht mitbekommen.

»Flennst du etwa?«

»Nur was im Auge.«

»Ich bin ja schon froh, dass du mir zur Abwechslung mal Adieu sagst.«

Miteinander hatten sie eine Menge unternommen während der letzten Wochen, die Vertrautheit genossen und sich für einen Moment wieder wie früher gefühlt. Aber Jack und Felix, Felix Austria und der schöne Riese, der überhaupt kein Riese war, das schien vorüber zu sein. Endgültig. Felix hatte sich ein Leben in Wien aufgebaut, das er nicht so einfach mehr aufgeben mochte. Jack war und blieb immer auf Achse, ein Zirkusmensch durch und durch.

Der Zufall sollte die beiden trotzdem wieder zueinander führen. Und das kam so: Einige Zeit nach ihrem Wiedersehen, lass es vier, fünf Jahre gewesen sein, standen zwei junge Männer, langes Haar, Hippieklamotten, wie sie die Jugend mittlerweile trug, standen also diese Langhaarigen in ihren indisch angehauchten bunten Mänteln mit wehenden Seidenschals am hölzernen Zaun, der Felix' Wagen vom Rest der Welt trennte, und taten recht interessiert. Eine Spur zu interessiert, wie Felix fand, der gerade damit beschäftigt war, im Garten Laub zusammenzurechen. Ob er ihnen helfen könne, fragte er. Das sei hier eigentlich Privatgrund. Im selben Moment ärgerte er sich, dass er den jungen Männern gegenüber gerade den Oberspießer gab. Nämlich ausgerechnet hier heroben in seiner freien Welt der vielen Ausnahmen und wenigen Regeln.

»Wir interessieren uns für Ihren Zirkuswagen«, sagte einer der Burschen. »Wir waren vorher drüben beim Heurigen, und der Wirt hat uns davon erzählt. Wir würden Ihnen den gerne abkaufen.«

»Der ist nicht zu verkaufen«, brummte Felix. »Was wollt ihr denn mit einem Zirkuswagen?« Als ob er hier nicht seit Jahrzehnten wohnte.

»Dürfen wir uns Ihren Wagen denn wenigstens einmal anschauen?«, wollte der andere nun wissen. Weil er sich immer noch für Menschen interessierte, lud Felix die beiden Hippies ein, öffnete eine Flasche Rotwein. Es stellte sich heraus, dass sie Künstler waren und einen eigenen Zirkus gründen wollten. Ach, sie hatten keine Ahnung.

»Niemand geht mehr in den Zirkus«, brummte Felix. »Ihr selbst doch auch nicht!«

»Ebendrum, wir planen einen Nostalgiezirkus«, sagte der Sensiblere der beiden, augenscheinlich eine echte Künstlerseele. »Wir wollen die Fantasie der Menschen zum Vibrieren bringen. Ein Zirkus der Poesie soll entstehen.« Verträumt fuhr er mit dem Zeigefinger den kreisrunden roten Abdruck entlang, den sein Weinglas auf der Tischdecke hinterlassen hatte.

»Zirkus, das ist harte Arbeit und Disziplin, das hat mit Fantasie nichts zu tun«, sagte nun Felix streng. »Mit Poesie schon gar nicht. Das Einzige, was im Zirkus vibriert, ist das Geld in der Kasse. Vielleicht noch der Zusammenhalt der Artisten und Artistinnen.«

»Da täuschen Sie sich aber sehr. Uns wurde berichtet, dass Sie selbst Artist sind.«

Sind. Freilich, er war schließlich noch immer eine Art Zirkusdirektor. Felix fühlte sich ein wenig geschmeichelt, und weil ihn die beiden eben auch als Menschen interessierten, begann er zu erzählen. Vom World's End, von Zazies Tanz mit dem Vogel Strauß, von Jacks Todessalto und sich am Trapez. Von Heidi mit ihren beiden Kühen, dem würfelförmigen Dice, von Rita, Sabin und Will, dem garstigen Messerwerfer.

Er erzählte von den drei dummen Augusten, der Gemeinschaft, die immer mitangepackt hatte, vom Wirbelsturm, der fast ihre komplette Zeltstadt davongetragen hätte, vom Quacksalber mit seinem pechschwarzen Wundermittel, dem Grammophon und der Musik, die alle zum Tanzen brachte. Auch die Schlägereien mit dem Publikum ließ er nicht aus und wie ablehnend man sie damals behandelt hatte, den Hunger, als die Leute nicht mehr zahlen wollten. Den Tiger, der schließlich verendet war.

Die Worte purzelten nur so aus ihm heraus. Und als müsste er seinen Bericht auch noch mit Beweisstücken untermauern, kramte er Ritas Kugel hervor, Wills Wurfmesser, die ganzen Fotos, Schallplatten, den Silberdollar des Direktors und alles, was er in all den Jahren seines Lebens zusammengetragen hatte. Sogar die einzelne rote Perle von Judy Garlands Handtasche fand er und präsentierte sie wie einen kostbaren Schatz, erzählte von der Filmpremiere in Hollywood und wie er dem Filmstar direkt in die brandybraunen Augen geblickt hatte. Zu dem mittlerweile ganz kleingewaschenen runden Stück Sandelholzseife, das ebenfalls aus seiner Erinnerungskiste herausfiel, erfand Felix spontan eine Geschichte und hielt es den Männern unter die Nase, damit sie daran riechen konnten: »Mit dieser Seife hat sich Liza Minelli persönlich die Hände gewaschen«, schwindelte er und riss die Augen auf. »Die Tochter von Judy Garland!«

Begeistert hingen die beiden Nostalgie- und Poesie-Fans an seinen Lippen, rochen an der Seife und betrachteten die ausgebreiteten Gegenstände auf dem Tisch. Als Felix zum Schluss noch das Foto von sich und Jack als Micky und Minnie von der Wand nahm, verzogen sie allerdings angewidert ihre Gesichter. Vor allem die sensible Künstlerseele schüttelte sich dramatisch und sagte: »Bäh, Disney. Disney ist der Feind jeglicher Fantasie.«

»Könnten Sie sich vorstellen, uns Ihren wundervollen Zirkuswagen zu überlassen?«, kam der andere nun wieder auf das Geschäftliche zu sprechen. »Möglicherweise ja auch bloß für ein paar Wochen?«

»Nein«, erwiderte Felix bestimmt. »Den kriegt ihr nicht, Herrschaften. Wo soll ich denn bitteschön wohnen? Außerdem: Der gehört ja auch gar nicht mir, der Wagen, der gehört ja dem Hauer-Stefan drüben. Den kann ich doch nicht hergeben so einfach.«

»Angeblich ist dem nicht so. Ein berühmter Schauspieler soll schon vor einiger Zeit alles gekauft und an Sie vermacht haben.« Auf diese Weise erfuhr Felix ganz beiläufig von zwei dahergelaufenen Hippies, dass Grund und Boden samt Wagen schon seit Jahren sein Besitz waren. Der liebe Bobby Heimlich. Wie es ihm wohl erging?

»Dann dürfen wir Sie aber vielleicht einladen, Teil jener illustren Zirkustruppe zu werden, die wir gerade im Begriff sind, für unser Projekt zusammenzustellen?«

»Irgendwie fehlt mir da die Fantasie«, sagte Felix und wunderte sich über die seltsame Sprache seines Besuchs. »Außerdem: Wie ihr seht, bin ich auch nicht mehr der Jüngste. In meinem Alter werde ich bestimmt nicht mehr kopfüber am Trapez hängen. Allein schon wegen dem Kreislauf.« Weil die Männer jedoch recht beharrlich waren, versprach er, sich die Angelegenheit vielleicht noch einmal durch den Kopf gehen zu lassen.

Der Wagen blieb jedenfalls weiter auf dem Wilhelminenberg stehen, Nostalgie hin oder her. Doch Felix, unser Felix, der wollte es noch einmal wissen und heuerte bei dem wahnwitzigen Zirkusprojekt an. Tatsächlich hatten es die beiden Verrückten mithilfe zahlungskräftiger Finanziers, viel Überredungskunst und – Felix mochte die Worte schon nicht mehr hören – einer Menge Poesie und Fantasie geschafft, einen Zirkus auf die Beine zu stellen, der das Publikum überraschenderweise wirklich in seinen Bann zog.

Sogar Felix wurde ein bisschen wehmütig, als er zum ersten Mal die Arena des altmodischen Grand Chapiteau betrat. Wahrscheinlich hatten diese Narren das Viermastzelt jemandem abgeschwatzt, und nun stand es da, stattlich, mit modrigen Planen zwar, aber doch direkt vor dem Wiener Rathaus. Eine etwas verwitterte Pracht, unter deren Kuppel sie einen Sternenhimmel gemalt hatten. Fast roch es in der Manege genau wie damals in Amerika. Nicht nur nach Sägespänen, Fett und Zuckerwatte, sondern auch nach der Aufregung der Menschen. Ja, es roch nach Mensch, und so sollte es sein. Nach Zuneigung, Lust an der Sensation, Neugier – und leider auch nach einer Menge Hippie-Parfüm.

Freilich hatte Felix nicht als Trapezkünstler angeheuert, das traute er sich trotz des Affen-Jobs auf der Beleuchterbrücke, den er noch immer erledigte, wirklich nicht mehr zu. Für das Zirkus-Engagement hatte er sich freigenommen. Seine Aufgabe bestand nun vor allem darin, für eine gehörige Portion Nostalgie zu sorgen. In einer roten Uniform, zwar mit Mottenlöchern, aber immerhin auch mit goldenen Knöpfen, wuselte er durchs Vorzelt, verkaufte Programmhefte und Süßigkeiten, malte den Kindern – Fantasie! – mit ranziger Schminke ein paar bunte Punkte ins Gesicht. Er warf mit Konfetti um sich und sprühte die Erwachsenen mit indischem Patschuli-Parfüm ein. Das war also der neue nostalgische Duft der Manege. Es gab einen anderen, offiziellen und weitaus poetischeren Namen für das Unternehmen, aber Felix nannte den Zirkus immer »Circus Patschuli«.

Manchmal entdeckte er unter den Zuschauern Bekannte von früher, die ihn aber nicht zu kennen schienen in seiner roten Uniform. Auch zahlreiche Prominente besuchten das neue alte Zirkuswunder, ließen sich mit den Direktoren feiern und für die Klatschspalten ablichten. Diesen Zirkus musste man gesehen haben. Einmal entdeckte Felix aus der Ferne Bobby mit seiner Gattin und zwei hübschen, fast erwachsenen Kindern. Er hatte aber Scheu, den Freund von einst zu begrüßen. Derlei Begegnungen waren ihm unangenehm. In seinen Augen war vom Glanz seiner Tage als Artist nur eine menschliche Konfettikanone übrig geblieben. Eine Konfettikanone in roter Livree, die aufdringlich nach einem orientalischen Parfüm roch. Bobby erkannte ihn nicht. Zumindest glaubte Felix das. Doch einen Moment lang, während er in der Pause den Gästen den Weg zum Klosett erklärte, bildete er sich ein, dass ihm der Schauspieler zuzwinkerte. Bobby stand mit irgendwelchen anderen Berühmtheiten zusammen und plauderte, sah ihm aber ein paarmal direkt in die Augen.

Natürlich hatte er auch während der Vorstellung mitanzupacken, in erster Linie war Felix im Circus Patschuli dafür zuständig, eine gewisse Atmosphäre zu schaffen. Die Zirkusgründer hatten dafür eine Menge weiterer, meist älterer ehemaliger Artistinnen und Artisten engagiert. Aber auch Laien, die zwar hübsch anzusehen waren, von Technik jedoch keine Ahnung hatten, wie Felix rasch bemerkte. Manche dieser Möchtegern-Artisten duften sogar kleinere Darbietungen in der Manege zeigen – meist während des Einlasses, also bevor die eigentliche Vorstellung begann.

Es war eine wilde Mischung aus echter Zirkuskunst, bemitleidenswerter Hobby-Artistik und dem, was sich die Gründer sonst noch unter Zirkus vorstellten. Das Publikum liebte alles an diesem Zirkus, der ein Einst heraufbeschwor, das es – zumindest soweit Felix die Angelegenheit beurteilen konnte – so gar nie gegeben hatte. Sogar Zazies Nummer mit dem Vogel Strauß, von der er den Gründern berichtet hatte, als sie ihn auf dem Wilhelminenberg besucht hatten, wurde ins Programm aufgenommen. Natürlich tanzte in diesem unwürdigen Abklatsch die Ballerina mit keinem echten Vogel Strauß den Pas de deux, sondern mit einem schlecht kostümierten Vogeldarsteller.

Tiere, so lautete eine der Regeln im Circus Patschuli, waren streng verboten in der Manege, wohl eher aus Kosten- als aus Tierschutzgründen. Deshalb war wohl eine Nummer mit Kühen und einer Jodlerin gar nicht erst infrage gekommen. Die Geschichte vom Schneider mit seinem mürrischen Kater, die Felix damals ebenfalls zum Besten gegeben hatte, wurde ebenfalls für nicht umsetzbar gehalten. Menschen in Katzenkostümen, das ging wohl über die Vorstellungskraft der Patrone des Nostalgie-Zirkus hinaus.

Beide waren nicht nur enthusiastische Hippies, sondern auch gute Geschäftsmänner. Und sie trafen einen Nerv mit ihrem ganzen Fantasie-Brimborium. Wochenlang gastierte der Zirkus stets ausverkauft direkt auf dem Wiener Rathausplatz. Die Außenwirkung war dabei fast ebenso wichtig wie das, was in der Manege geschah. Alles sah irgendwie so aus wie vor hundert Jahren, bunte Schriften, altmodische Plakate, die Lichter. Die Zirkusstadt war zweigeteilt in einen historischen Bereich, in dem auch die hübschen Wohnwagen standen: ein Ort der Nostalgie, wo das zahlende Publikum mit feinem Essen, Getränken und überteuerten Souvenirs versorgt wurde.

Der nichtöffentliche Teil war mit einem hohen Bretterzaun abgetrennt und bestand aus baufälligen Campingwagen, in denen die Mitarbeiterinnen und Mitarbeiter untergebracht waren. Es war eine Mischung aus Zeltplatz und Elendsviertel. Die Wagen waren überbelegt und rochen schlecht, die sanitären Anlagen rochen noch schlechter, und das Essen wurde wie damals im World's End in einer von kaltem Neonlicht beleuchteten Zentralküche aufgetischt. Im Gegensatz zu damals fand es Felix aber ungenießbar. Hier war alles umgekehrt: Dem Publikum wurden feinste Speisen serviert, den Zirkusleuten blieben die Reste. Er war froh, dass er nach der Vorstellung wieder nach Hause radeln konnte, weiterhin in seinem Zirkuswagen lebte. Der, wie er nun endlich wusste, sein Eigentum war. Es war zwar ein längerer Weg vom Zentrum bis hinauf auf den Wilhelminenberg, andererseits hatte er jetzt zu seinem Wagen wieder ein echtes Zirkuszelt. Wenn auch bloß für einige Wochen.

Wegen des Bombenerfolges plante man eine Neuauflage des Nostalgie-Spektakels fürs folgende Jahr, und zwar sogar gleich mit Stationen in zahlreichen Städten in Deutschland und in der Schweiz. Auch Felix, der seine Arbeitsstelle beim Film in der Zwischenzeit gekündigt hatte, sollte wieder mit von der Partie sein. Diesmal war auch Jack dabei. Die Zirkusgründer hatten sämtliche noch existierende Zirkusse in Europa abgeklappert, um von dort Leute für ihr Projekt zu engagieren, und auch Jack überredet. Dennoch kam es auch bei der Neuauflage des Programms nicht dazu, dass The Jacob Brothers am Trapez turnten.

Im Circus Patschuli zeigten jüngere Artisten ihre Kunststücke. Obwohl der Direktion ein kleines Senioren-Spektakel mit Felix und Jack unter der Zirkuskuppel bestimmt gefallen hätte. Oder besser: einem der beiden Direktoren, die sich trotz arger Streitereien darüber, wer in der Manege das Sagen hatte, immer wieder zusammenrauften und schließlich gemeinsam als doppeltes Direktoren-Lottchen auftraten.

Die einstmals erfolgreichen Trapeze Artists aus Amerika hatten sowieso im Vorzelt jede Menge Poesie-Arbeit zu erledigen – beim Einlass und in der Pause. Wie schon im Jahr zuvor in Wien, Felix in der roten Uniform mit Farbe, Parfüm und Konfetti. Jack hingegen hatte geschminkt als trauriger Pausenclown mit Maßband und Notizbuch die Besucher zu vermessen. Weil sein schlecht gelauntes Gesicht oft trotz Schminke zu erkennen war, wurde Jack mehrmals an die Zuckerwattemaschine strafversetzt. Nach einer solchen Schicht am Automaten war er über und über mit einem zuckrigen Pelz überzogen. Besonders hartnäckig verfing sich das klebrige Zeug in seinem Haar. Ach, es war demütigend, und entsprechend mies war seine Stimmung.

Dabei hätte alles so schön sein können: Felix und Jack waren wieder auf Achse, reisten von Stadt zu Stadt. Wie eh und je hatten sie keinen gemeinsamen Wagen. Auch wurden sie von den anderen mehr wie alte Freunde denn als Paar wahrgenommen. Felix wusste selbst nicht, ob sie überhaupt wieder so etwas wie ein Paar waren, nach all der Zeit. Ihr Verhältnis hatte sich verändert, Jack war nicht mehr der Macher von damals, der lässig alles bestimmte und regelte und von allen respektiert wurde. Im Gegenteil. Immer öfter musste Felix für Jack Dinge organisieren, und seien es auch bloß die Mahlzeiten.

Wahrscheinlich lag es daran, dass er mit den Jahren, in denen er auf sich selbst gestellt war, unabhängig geworden war. Und so traf nun er Entscheidungen für Jack. Hinzu kam, dass sie nicht mehr die Stars der Show waren, sondern Hilfsarbeiter in glitzernder Uniform oder – im Falle des Freundes – dummer Clown-Montur. Es machte keinen Spaß, wenn man nicht selbst in der Manege auftreten durfte, sondern das Publikum glitzern lassen musste. Felix, Jack und ihre älteren Kolleginnen und Kollegen, darunter ganz Große ihres Faches, waren bloß noch Statisten in einer nostalgischen Umgebung, die niemand von ihnen so jemals gekannt hatte.

»Ich komm mir schon vor wie ein Ausstellungsstück im Museum«, sagte Felix eines Tages. Er zog sich gerade nach einer Nachmittagsvorstellung das verschwitzte Kostüm aus.

»Bist du ja auch. Ein Museumsstück.« Jack kämmte sich rosa Zuckerwatte aus dem Haar. »Bitte nicht anfassen. Gehört auch mal wieder restauriert.«

»Blödmann. Du weißt genau, was ich meine. Wir stellen hier doch was dar, was wir nie gewesen sind. Sogar der Sternenhimmel im Zelt ist bloß gemalt. Wir hatten einst die echten Sterne, erinnerst du dich? Hier ist alles bloß Show.«

»Das ist halt diese Poesie, von der sie immer reden. Das Publikum ist jedenfalls recht versessen auf diese Show.«

»Ach, ich scheiß auf die Poesie!«

Jack lachte bitter, merkte jedoch, dass der Freund es ernst meinte. »Was hast du vor?«

»Die Wahrheit sagen.«

»Und du glaubst, das wollen die Leute hören?«

»Wir machen Revolte, das Publikum muss wissen, dass es verarscht wird.«

»Das Publikum sieht nur das Spektakel und zahlt genau dafür viel Geld.«

»Von dem wir nichts haben.«

»Hey, wir verdienen schon ein bisschen was. Das Ende ist absehbar. Wir sind keine fünfundzwanzig mehr, und das ist nicht World's End hier.« Jack machte eine Pause. »Es ist das Ende unserer Welt.«

Mit einem Mal wurde Felix bewusst, dass der Freund längst aufgegeben hatte. Für Jack war es ein Brot-Job wie der, den er bei dem großen deutschen Zirkus erledigt hatte und davor woanders. Mit Idealismus oder Kunst oder der großen Freiheit des World's End hatte das in seinen Augen längst nichts mehr zu tun. Mit Gemeinschaft schon gar nicht.

»Das ist doch schrecklich demütigend. Irgendwelche Nichtskönner dürfen in die Manege, und wir werfen mit Konfetti.«

»Hat da jemand vergessen, wie er beim Zirkus begonnen hat? An deiner Stelle, Felix Austria, wäre ich demütiger.«

Später beim Nachtmahl im kargen Kantinenzelt fing Felix wieder damit an. Ein Stück Konfetti war ihm aus dem Haar in seine Erbsensuppe gefallen und löste sich langsam in der grünlichen Pampe auf. Er betrachtete den Punkt in seinem Teller. Sieht aus wie ein winziges Zirkuszelt, dachte er, und dann schlug er mit der Faust auf den Tisch.

»Ich bin ja schon komplett hirngewaschen«, rief er, und die Gespräche rundherum verstummten. »Ich sehe das Konfetti da und bilde mir ein, es sei ein Zirkuszelt. Leute, es ist nicht Poesie, es ist bloß ein Stück Papier in einer miesen Suppe.«

Die meisten verstanden nicht gleich, was Felix so aufregte, als er ihnen jedoch klarmachte, dass sie alle hier einen schlecht bezahlten Job machten, um für ein Publikum, das eine Menge Eintritt bezahlte, eine verlogene Welt entstehen zu lassen, die es sicher nie gegeben hatte, wurde es auch den Kolleginnen und Kollegen klar. Vor allem die schlechte Wohnsituation in den schäbigen Caravans, in denen es im Herbst kalt war, und das grauenvolle Essen, das verstanden alle. Felix spürte, dass er die Leute mitreißen konnte. Wie das Konfetti, das sich mittlerweile fast aufgelöst hatte, in der Suppe lag, so lag so etwas wie Revolution in der Luft. Oder besser – ein Revolutiönchen, kaum größer als der Fleck in seinem Teller.

Für ein paar Tage streikten die Artistinnen und Artisten für bessere Bezahlung und Arbeitsbedingungen. Die Stimmung war zum ersten Mal richtig gut, man bildete eine Gemeinschaft und hatte gemeinsame Feinde. Ein paar Vorstellungen mussten abgesagt werden. Stattdessen standen die Leute mit Pappschildern neben Lagerfeuern vorm Kassa-Wagen. »Anarchie statt Poesie« war darauf zu lesen, »Zirkus ist Arbeit« oder einfach nur »Mehr Marie für Fantasie!«. Wobei das mit der Marie in Deutschland niemand verstand, sodass Felix ein weiteres Schild malte: »Mehr Geld im Flohmarktzelt«.

Nach drei Tagen war der Streik vorbei, das doppelte Direktoren-Lottchen versprach hoch und heilig mehr Gehalt und besseres Essen. Der Sternekoch, der das Publikum bekochte, war fortan auch für die Verpflegung der Mitarbeiterinnen und Mitarbeiter zuständig, die defekten Caravans wurden repariert und bekamen sogar Heizungen.

Felix als Rädelsführer des kleinen Zirkusaufstands erhielt zusätzlich noch die Kündigung. Er hätte, meinte eine Mitarbeiterin der Direktion, die ihm das in knarzendem Beamtendeutsch verfasste Schreiben überreichte, den Zirkus bis zum Abend zu verlassen. »Aber wage es nicht, durch das Haupttor zu gehen, du Lump. Du verschwindest über den Lieferanteneingang«, sagte die Frau noch, deren bunte

Hippieklamotten gar nicht zu ihrem resoluten Auftritt passten. »Außerdem hast du ab Mitternacht Hausverbot auf Lebenszeit.« Als Felix wissen wollte, ob der Aufstand der Grund war, sagte sie ihm, nicht nur. »Die Direktoren finden, du hast deinen Job schlecht gemacht. Konfetti muss einzeln geworfen werden, nicht mit beiden Händen wie beim Karneval. Poesie, du Lump. Aber davon hast du offensichtlich keine Ahnung. Du hast echt keine Ahnung, was Zirkus wirklich bedeutet.«

Das war in einer deutschen Stadt, deren Namen Felix gleich wieder vergessen hatte. Er stand in dem Caravan, den er die vergangenen Monate mit einer Küchenhilfe geteilt hatte, packte sein Zeug zusammen und war froh, mit dem ganzen Blödsinn hier nichts mehr zu tun zu haben. Einzelkonfettifantasie und Poesiebahöl adieu. Jack sah ihm zu und wollte wissen, wie es nun weitergehen sollte.

»Es ist doch immer irgendwie weitergegangen«, sagte Felix. »Ich werde schon wieder eine Arbeit finden, mach dir mal keine Sorgen.«

»Ich meine: mit uns.«

»Uns«, wiederholte Felix. »Gibt es ein Uns? Wir sind vom Zirkus, wir sind gut im Abschiednehmen.«

»Meistens zumindest, das stimmt, du eher nicht. Du läufst einfach fort. Was, wenn ich bei dir bliebe? Mein Vertrag läuft demnächst aus. Und ich fürchte, als mies gelaunter Zuckerwatteclown werde ich in dem Laden hier nicht alt.«

»Du bist schon alt. Und du bist ein sehr süßer Zuckerwatteclown.«

»Blödmann. Glaubst du, dein Zirkuswagen in Wien ist groß genug für zwei?«

Felix fand, dass das jetzt alles plötzlich sehr schnell ging. Vor allem, weil Jack bis zu diesem Tag stets darauf bestanden hatte, dass sie beide getrennte Wagen bewohnten. Auf einmal wollte er mit ihm zusammenziehen? Freilich, der Wagen wäre groß genug, er hatte schon zu zweit mit Zazie auf weniger Raum gehaust. Oder mit Franzi unterm Dach. Aber mit Jack? Jack war milde geworden, müde auch, weniger umtriebig, auf einen Versuch konnte man es also schon ankommen lassen. Würden sie doch wieder ein Paar werden? Er würde für ihn sorgen müssen. Er war alt. Älter.

»Wovon willst du leben?«, fragte Felix. Im selben Moment kam er sich vor wie Bobby damals mit seinen dummen Karriere-Plänen. Er hatte auch keine Lust mehr, zur Wien Film zurückzugehen, um dort wieder den Affen zu machen. »Sag's nicht. Wir sind doch alte Zirkuspferde. Wir können uns anpassen an das, was das Schicksal für uns bereithält.«

Jack sollte noch einige Zeit mit dem Circus Patschuli durch die Weltgeschichte touren. Felix war währenddessen nach Wien zurückgekehrt und hatte rasch Arbeit als Aushilfstechniker beim Rundfunk angenommen. Und er bereitete den Zirkuswagen auf seinen neuen Mitbewohner vor, schuf Platz im Kasten, vergrößerte die Schlafstatt ein wenig, besorgte Pölster und Decken.

Er hatte auch Pläne, das Plumpsklo mit ein paar Bretterwänden zu einem einfachen Badezimmer auszubauen. Etwas Privatsphäre und vor allem Bequemlichkeit wären nicht schlecht. Schließlich, kurz vor Weihnachten, stand Jack wieder vor dem Zirkuswagen. Alles, was er besaß, passte in eine Tasche. Diesmal betrat er den Wagen durch die Tür statt durchs Fenster. Felix hatte einen kleinen Bilderrahmen organisiert, Jack wusste sofort, wofür. Aus seiner Brieftasche holte er das Foto von Micky und Minnie, auf dem man ihre Gesichter sah, schob es in den Rahmen, und sie hängten es an die Wand beim Tisch gleich neben das andere Bild.

Das Zusammenleben der beiden Männer lief erstaunlich gut. Auch Arbeit für Jack war rasch gefunden. Der Hauer-Stefan hatte angeboten, er könne ihm im Betrieb helfen. Jack arbeitete also im Weingarten, in der Abfüllanlage und, wenn ausgesteckt war, auch im Heurigenlokal. Was recht gut klappte; vielleicht auch, weil Jack hier, abgesehen vom Leben im Zirkuswagen, nicht mehr in einer Umgebung war, die ihn ständig an die alten Zeiten als Held der Manege erinnerte. Vor allem im Umgang mit internationalen Gästen erwies sich Jack als Goldschatz in der Verständigung. Trotzdem konnte er natürlich nicht verheimlichen, dass er ursprünglich aus Berlin stammte. Sprach Jack Deutsch mit den Gästen, führte seine direkte Art oft zu unschönen Szenen. »Berliner Schnauze nenn' ich das«, sagte er dann immer und lachte dröhnend.

Der Hauer-Stefan hatte sich nicht getraut, diese Angelegenheit direkt mit seinem Angestellten zu regeln, und stattdessen Felix gefragt, ob er nicht mit dem Freund reden könne. Es sei allen geholfen, wenn Jack mit den Gästen einfach nicht Berlinerisch spräche. Vor allem Touristen aus Deutschland hätten nun mal eine gewisse Erwartungshaltung, was das Personal bei einem Wiener Heurigen betraf.

»Ich hab' doch immer brav Servus und leiwand gesagt«, beschwerte sich Jack, als Felix mit ihm sprach. »Und ich war immer recht untertänig.«

»Es klingt halt bei dir anders.«

»Wie klingt es?«

»Als hätte man um einen Wiener die Berliner Mauer gebaut.«

Jack schwieg.

»Schau, du hast so viele andere Talente. Wienerisch zählt einfach nicht dazu.«

»Welche Talente?«

»Du kannst mit nur einem Arm riesige Tabletts tragen. Du merkst dir die Bestellungen von zehn Tischen und verrechnest dich nie beim Abkassieren.«

»Sonst noch was?«

»Ja«, sagte Felix, »du bist ein irrsinnig guter Küsser.«

Jack versprach Besserung, und damit war die Angelegenheit vom Tisch. Vorerst zumindest. Denn auch wenn er bemüht war, sich zurückzuhalten, stieß Jack regelmäßig mit irgendwelchen Heurigengästen zusammen. Sodass der Hauer-Stefan beschloss, ihn nicht mehr als Bedienung einzusetzen, sondern nur noch bei Arbeiten im Weingarten oder in der Kellerei. Vollbeschäftigung sah jedenfalls anders aus.

Als sie wieder einmal zu dritt in Adeles Kellerlokal saßen, eröffnete ihnen Adele, dass sie wohl oder übel demnächst in Pension gehen würde. »Ich bin müde geworden. Fast mein ganzes Leben hab' ich hier unten in diesem Loch verbracht, mir die Nächte um die Ohren geschlagen und tagsüber alles verschlafen. Ich mag nimmer.«

»Aber du bist doch die Mama, du gehörst doch hier zum Inventar«, sagte Felix. »Das hier ist dein Lebenswerk, was sollen wir denn ohne dich machen?«

»Ich bin müde. Und ich mag noch was von der Welt sehen, bevor ich abtreten muss.«

»Und wer wird dein Nachfolger?«, wollte Jack wissen. Im selben Moment war klar, wer Adeles Lokal übernehmen würde, wenn sie in den Ruhestand wechselte. Adele und Felix sahen ihn an. »Ich? Ein Berliner, der eine Schwulenkneipe in Wien führt?«

»Kneipe gibt's da keine. Aber ja, wenn du willst, dann übergeb' ich dir mein Beisl«, sagte die Wirtin. »Allerdings ohne mich als lebendes Inventar. Sterben werde ich sicher nicht hier im Hinterzimmer.« Die gute, strenge Adele hatte wirklich fast ihr ganzes Leben in diesem Kellerloch verbracht, dem Lokal, das sie früh von ihrem Vater geerbt hatte. Schon als Kind hatte sie hier helfen müssen, als sie dann bei der Oper arbeitete, schuftete sie in ihrer freien Zeit ebenfalls hier unten. So betrachtet war es nur zu verständlich, dass sie fürs Alter andere Pläne hatte. Weil sie stets sparsam gelebt hatte und wohl auch eine gute Geschäftsfrau war, besaß sie jede Menge Marie. Geld, das ihr einen ruhigen Lebensabend bescheren sollte. Und so kam es, dass Jack, einstiger Riese, Trapeze Artist und Gladiator, Wirt wurde. Wirt in Wien. Streng genommen war er nur Geschäftsführer. Adele war und blieb die Besitzerin. Die »graue Eminenz«, wie sie es formulierte.

Mit Liebe zum Detail wurde die in die Jahre gekommene Gaststube renoviert; für Felix' Geschmack nur vielleicht mit etwas zu viel Plüsch und Dekoration. »Willst du den wirklich aufstellen?«, fragte er zum Beispiel, als Jack ihm die kitschige Gipsfigur eines unbekleideten Jünglings präsentierte, die er irgendwo aufgetrieben hatte. »Ich muss mich hier wohlfühlen«, antwortete Jack und drapierte noch ein paar bunte Straußenfedern an einem gerahmten Bild eines Lederkerls mit Schnauzer. Er hatte Kristallluster organisiert und die altmodische Schank in verschiedenen Rosatönen lackiert. Statt der Gardinen hatte er die Fenster komplett zumauern und eine Lüftung einbauen lassen. Tageslicht kam hier keines mehr herein. Aber tagsüber sollte das Lokal neuerdings ohnehin geschlossen bleiben.

Neu war auch das Hinterzimmer, in dem die Gäste sich in Ruhe vergnügen konnten und von dem die Behörden erst gar nicht in Kenntnis gesetzt worden waren. Hier standen ein paar schwarze Ledersofas, von Jack natürlich mit gehäkelten Spitzendeckerln versehen. Zudem hatte er zwei Schaukeln unter der Decke montieren lassen, sodass Felix befürchtete, der Freund wollte die alten Zeiten am Trapez wieder aufleben lassen. Jack beruhigte ihn jedoch, das sei alles nur Dekoration.

Auch der Name des Lokals wurde geändert. Als das Adele-Stüberl ein paar Monate später seine Pforten öffnete und die singende Wirtin bei der feierlichen Schlüsselübergabe ein letztes Mal »Die Männer sind alle Verbrecher« anstimmte, waren sämtliche Stammgäste gekommen. »Loch«, grölte die versammelte Mannschaft bei Adeles Darbietung, und alle versprachen hoch und heilig, dass sie dem Lokal treu bleiben würden. Tränen der Rührung hatten sie in den Augen. Jack versicherte, dass im Adele-Stüberl trotz der Neuübernahme und der kleinen Renovierungsarbeiten alles beim Alten bliebe.

Allerdings hatte Jack eine Einlasskontrolle eingeführt. Die Gäste mussten eine Glocke bei der Tür betätigen, durch ein winziges Fenster sah Jack, wer da war, und öffnete erst dann. »Sicher ist sicher«, hatte er gesagt. »Man weiß ja nie, wer kommt.«

»Na ja, irgendwer kommt immer«, hatte einer gemeint und dreckig gelacht. Dass Männer mit anderen Männern Sex hatten, war zwar seit kurzer Zeit nicht mehr verboten. Dafür gab es neue Gesetze, die ihnen das Leben schwermachen sollten. Das Adele-Stüberl, inoffiziell von allen bloß

»Adele-Loch« genannt, blieb ein sicherer Ort. Hier waren Paragrafen kein Thema.

Außer natürlich jener Paragraf, der die Sperrstunde regelte. Weil Jack nun offiziell bis in die frühen Morgenstunden geöffnet haben durfte, entwickelte sich das Adele-Loch schnell zum Geheimtipp, der Gäste aller Couleur anzog. In erster Linie war es natürlich ein Ort für die schwule Kundschaft. Aber es kamen einfach alle, die spät noch unterwegs waren, auf ein Abschiedsachterl ins Loch, Nachtschwärmer, Kellnerinnen, Menschen, die die Nacht zum Tag machten, oder eben erst von der Arbeit kamen.

Die Tradition mit den Mitternachtseinlagen, den »Wiener Wellen«, führte Jack nicht weiter. Ein singender Wirt, das wollte er nicht sein – sehr zum Bedauern der früheren Wirtin, die die bunten Abende ins Leben gerufen hatte. Noch ein paarmal schaute Adele als Gast vorbei, konnte sich aber nicht zurückhalten. Immer wieder verschwand sie hinter der Budel, um Jack zur Hand zu gehen, was dieser mit lautem Geschimpfe unterband. Schließlich setzte sich Adele in den Süden ab, wo die einstmals singende Wirtin zur schreibenden Ex-Wirtin mutierte und von Zeit zu Zeit Ansichtskarten schickte, sich sonst aber nur meldete, wenn Jack wieder einmal vergessen hatte, rechtzeitig Geld zu überweisen.

Das war ungefähr auch die Zeit, als Felix beschloss, dass der Zirkuswagen in Ottakring auf Dauer keine Lösung war. Er war ursprünglich als Provisorium gedacht gewesen, für ein paar Monate. Seit fast drei Jahrzehnten lebte er nun schon hier heroben. Aber gemeinsam mit Jack war das Ganze etwas mühsamer geworden. Es war keine Boheme-Bleibe mehr, es war unbequem, und sie gingen sich gegenseitig auf die

Nerven. Die Wege in die Stadt fielen beiden zunehmend schwerer, vor allem seit Jack das Adele-Stüberl betrieb und nach der Sperrstunde irgendwann um fünf in der Früh noch quer durch Wien nach Hause fahren musste. Immer öfter blieb Jack auch einfach in der Stadt, übernachtete bei Bekannten oder auf einem der schwarzen Ledersofas im Hinterzimmer. Dauerzustand war es jedenfalls keiner. Also beschlossen sie, sich eine zentrale Wohnung zu nehmen. Eine richtige Wohnung in einem richtigen Haus, was für die beiden Männer eine ganz neue Erfahrung war.

Abgesehen von Felix' Zeit in der Dachkammer mit Franzi und dem Gastspiel in Bobbys Junggesellenbude hatten beide Männer immer in Wohnwagen gelebt, in den Wintern oft gefroren, wenn einer vergessen hatte, Holz nachzulegen. Sie hatten sich im Freien gewaschen, das Leben in der Natur gleichzeitig geliebt und verflucht. Schließlich fanden sie eine kleine Wohnung in der Nähe des Naschmarkts. Geringe Miete, kein Luxus, zwei Zimmer, Küche, Kabinett im Hochparterre. Das Zinshaus war heruntergekommen, feuchte Wände, es roch modrig, manchmal auch nach Essen; Kinder, Fernsehgeräte, Radios plärrten Tag und Nacht. In der Küche stand eine Badewanne, das WC befand sich im Stiegenhaus. Allemal besser als das Plumpsklo. Immerhin mussten sie es mit niemandem teilen. Die Aussicht war grau.

Als sie einzogen, klopfte Felix mit beiden Händen gegen die Zimmerwand. »Hörst du was?«, fragte er, und Jack schaute blöd. »Na, da sind keine Bretter!« Gemauerte Wände um sich herum zu haben, bedeutete für sie zunächst eine arge Umstellung. Genauso wie die Tatsache, dass hinter diesen gemauerten Wänden andere lebten, Nachbarn und Nachbarinnen, die recht neugierig schauten, wie die zwei

Junggesellen hausten. Aber ach, es war trotz allem herrlich bequem, nicht mehr jeden Tag mit dem Rad den Berg hinunter- und hinauffahren zu müssen. Platz zu haben, jeder von ihnen ein Zimmer für sich allein.

Die Wohnung hatten sie mit gebrauchten Möbeln eingerichtet, die meisten Geschenke von Bekannten. Beispielsweise ein gläserner Couchtisch, bei dem Jack jedes Mal einen Anfall bekam, wenn Felix für sein Kaffeehäferl keinen Untersetzer benutzte und er die kreisrunden Abdrücke wegwischen musste. Wie schon beim Adele-Stüberl erwies sich Jack auch hier als zwar leidenschaftlicher, aber nicht sonderlich begabter Innenarchitekt. Jack tobte sich aus, dass einem schwindlig werden konnte. Er suchte bunt gemusterte Tapeten aus und Vorhänge in grellem Orange. Auf dem eigentlich ganz hübschen, vielleicht etwas abgewetzten Parkettboden wurde von Wand zu Wand ein spalterbsengrüner Spannteppich verlegt. Auch ein Fernsehgerät schafften sie sich an, einen sündteuren Farbfernseher. Mit Fernbedienung. Obwohl Felix seit geraumer Zeit beim Rundfunk arbeitete, hatte er noch nie einen besessen, nun verbrachten sie Stunden vor dem Apparat. Im Zirkuswagen war dafür kein Platz gewesen. Auch kein Bedarf, mit der ganzen Natur rundherum und dem Blick auf Wien. Es gab im Garten immer etwas zu tun. Und die Sonnenaufgänge!

Sie fühlten sich wohl in ihrem neuen Daheim, auch wenn es Felix viel zu bunt und vollgeräumt war, sodass er oft das Gefühl hatte, keine Luft zu bekommen. Wie besessen schleppte Jack immer mehr Nippes und Dekoration an. Heimlich ließ Felix das eine oder andere unnötige Stück wieder verschwinden und sah zu, dass sein Zimmer vom Verschönerungswahn des Wohnungsgenossen verschont blieb.

Den Zirkuswagen auf dem Wilhelminenberg behielten sie natürlich, verbrachten die Wochenenden dort und auch die Sommer, wenn es in der Stadt unten heiß und drückend wurde. Vor allem Felix wollte seinen Wagen in der wärmeren Jahreszeit nicht missen. Oben am Berg war alles wie gehabt – ein bewährtes Provisorium, Stillstand auf Rädern. Nie genutzte Möglichkeit, den Wagen jederzeit woandershin zu bringen. Felix bewohnte die »Sommerresidenz«, wie er sagte, während Jack meist in der Wohnung blieb. So behielten sie beide ihre Freiräume.

Ein paarmal hatte Jack von seinen Berliner Jahren noch vor dem Krieg erzählt. Der Zeit vor ihrer gemeinsamen Zeit im World's End. Von einer Zeit, die gleichermaßen frei und auch restriktiv gewesen sein musste, von ausgelassenen Festen, aufregenden Affären, aber eben auch schlägernden Nazi-Schergen, die Lokale aufmischten, und Polizei, die Schwule verhaftete. Felix wusste, dass Jack als ganz junger Mann in pikanten Filmen mitgespielt hatte und wohl auch Fotografien existierten, die allerdings verschollen waren. Nun kam es aber, dass ein Gast, ein Tourist aus Berlin, Jack von einem Paket erotischer Männerfotos erzählte, die er kürzlich auf einem Flohmarkt für beinah kein Geld erstanden hatte. Eines der Bilder trug er zufällig bei sich und zeigte es her.

Der kuriose Flohmarktfund barg eine riesengroße Überraschung, denn Jack erkannte sich auf dem Foto selbst, jung und schön. Im Grunde war es ein harmloses Aktbild, aufgenommen im Hinterzimmer eines Fotografen, auf dem man den jungen Jack mit Pfeil und Bogen hantieren sah. Die Pose war die einer antiken Götter-Darstellung nachempfunden – Amor oder Cupido oder so, wirklich gut kannte er sich da nicht aus –, die ganze Angelegenheit wirkte ein wenig gestellt. Zumal Jacks Körper damals bereits viel zu männlich wirkte und die Erotik wohl doch im Vordergrund stand. Als er nach Hause kam, erzählte er Felix von dem Bild, und natürlich wollte dieser unbedingt mehr sehen: den Freund, bevor er sein Freund wurde. Nämlich auch noch als Amor, als Gott des Sich-Verliebens, wie Felix wusste.

Der Gast aus Deutschland hatte versprochen, Jack Kopien der Fotos zukommen zu lassen, als Dekoration für sein Lokal, wie er glaubte. Es vergingen einige Wochen, da klingelte der Postbote mit einem dicken Paket. Wie sich herausstellte, war es mehrfach geöffnet und danach nur halbherzig wieder zugeklebt worden und wies allerhand offizielle Zoll-Stempel auf. Jack war allein zu Hause und wartete, bis Felix von der Arbeit kam.

Nun öffneten sie vorsichtig die arg malträtierte Schachtel. Darin befand sich, eingewickelt in Zeitungspapier, ein Stapel großformatiger Schwarz-Weiß-Fotografien, und auf allen war der junge Jack zu sehen. Jack, als er noch Jakob hieß, in eindeutigen Posen, allein oder mit anderen jungen Männern. Nicht alle Fotos waren harmlos, sondern zeigten durchaus auch schlüpfrige Szenen, Pornografie aus den 1930er-Jahren, keine große Kunst, jedoch auch nicht sonderlich schmuddelig.

Was sich noch herausstellte: Beim österreichischen Zoll hatte jemand mit schwarzem Lackstift auf jedem der über einhundert Fotoabzüge die Geschlechtsteile von Jack und den anderen Beteiligten übermalt, penibel, akkurat und offenbar mit großer Lust an der Zensur. »Die haben mir das Kostbarste gestohlen«, jammerte Jack. »Meinen Schwanz. So kann ich die auf keinen Fall im Lokal aufhängen.«

»Da hat jemand wirklich sehr gründlich gearbeitet«, sagte Felix, der sich an Jacks Jugend gar nicht sattsehen konnte. »Aber genau so musst du die Bilder aufhängen. Mit der Bearbeitung durch diesen unbekannten Künstler ist das ganz große Kunst. Das sind Übermalungen, das macht man jetzt so.«

»Übermalungen. Da geht die Fantasie aber grad mit dir durch. Du wirst ja richtig poetisch auf deine alten Tage, mein Lieber. Wenn du weiter so einen Blödsinn redest, musst du am Ende wieder zurück in den Circus Patschuli.«

»Zirkus Schwanzlos«, sagte Felix.

Einige der von der Zensur bearbeiteten Bilder vom jungen Jack landeten übrigens wirklich an den Wänden vom Adele-Stüberl – mit dem Vorteil, dass er sich nicht mit den Behörden herumschlagen musste. Durch die schwarze Lackschicht verstieß man ja nicht gegen jenen Paragrafen, der Werbung für »Unzucht mit Personen des gleichen Geschlechts« unter Strafe stellte. Werbung für die Liebe und fürs Pudern und Schnackseln, dachte Felix. Was für ein ausgemachter Schmarrn. Als müsste man dafür Werbung machen. Als würde das irgendwen dazu bringen, ein Warmer zu sein oder halt keiner.

Die Wochenenden auf dem Wilhelminenberg wurden seltener, schließlich verbrachte Felix auch im Sommer nur noch ein paar Tage dort oben. Der Zirkuswagen blieb unverändert, war jedoch meist ungenutzt, der Garten verwilderte. Der Ort, an dem unser Felix fast sein ganzes Leben verbracht hatte, wo er mit Freundinnen und Freunden gefeiert hatte, geliebt hatte, geriet allmählich in Vergessenheit.

Nur manchmal, wenn ihn die Sehnsucht nach der großen Freiheit packte – oder wenn er mit Jack gestritten hatte, was selten vorkam –, machte er sich auf den Weg den Berg hinauf. Einen Sommer, lass es zu Beginn der Achtzigerjahre gewesen sein, verbrachte er sogar ein paar warme Wochen am Stück in seinem Zirkuswagen. Auch wenn ihm die Tätigkeit zunehmend schwerer fiel, fuhrwerkte er doch auch wieder mit der alten Rebenschere im Garten herum und nahm den Kampf gegen die Wildnis auf.

Jack war in der Stadt geblieben, weil er im Lokal nach dem Rechten sehen musste, und Felix hatte ihm unterstellt, dass das bestimmt bloß eine faule Ausrede sei. Er, Jack, habe wahrscheinlich eine Affäre oder gar einen Love Interest, was auch immer. Das Adele-Loch käme ganz gut ohne ihn zurecht, er solle doch mitkommen hinauf auf den Berg. So was in der Art. Es war auch nicht weiter dramatisch. Sie waren nun schon so lange zusammen, dass sie nicht Tag und Nacht beieinander sein mussten. Waren sie nie gewesen.

Felix genoss die Unabhängigkeit, das süße Nichtstunmüssen. Weit weg von der spalterbsengrünen Spannteppichhölle im Hochparterre. Er kochte für sich allein, machte den Wein auf, den der Hauer-Stefan ab und zu vorbeibringen ließ, kramte den alten Kofferplattenspieler hervor und legte die Scheiben von damals auf. Im Kasten fand er die Jeans, die erste Jeans von Wien, die Jack ihm einst in Amerika geschenkt hatte. Felix schlüpfte hinein – sie passte noch. Als der Brando von Ottakring, ein später Halbstarker, blätterte er in den Alben, wühlte in seiner Kiste mit den Erinnerungsstücken oder saß einfach so vorm Lagerfeuer und träumte.

Nachts träumte unser Felix, wie er schon lange nicht mehr geträumt hatte. Von kuriosen Zirkusnummern mit Maulwürfen und Vögeln, er begegnete seltsamen Figuren, küsste im Traum die Männer, die er gehabt oder auch nicht gehabt hatte. Er träumte von der Wüste, von atemberaubenden

Landschaften, von duftenden Orangenbäumen oder von einem Zirkuswagen, der im Innern ein riesiger Palast war samt Tischleindeckdich und silbernen Kerzenleuchtern. Auch bei Tage träumte Felix. Im Schatten eines alten Baumes lag er und tagträumte von Franzi, von Adele, von Rita, Sabin und dem schaurigen Will. Doch wenn er erwachte, da war er wieder ganz im Hier und Jetzt.

Die große Stadt da unten hatte sich verändert und mit ihr die Menschen, die darin lebten. Auch er selbst, Felix Austria, war ein anderer geworden. Das Schloss drüben stand bereits seit Jahren leer und verfiel zusehends. Nur ab und zu beobachtete er Erntehelfer, die sich an den Reben in den Weingärten zu schaffen machten. Manchmal blieben Wanderer am lückig gewordenen Bretterzaun stehen und lobten den Ausblick.

Felix verbrachte diesen Sommer allein, und genoss es, für sich zu sein. Aus einer Laune heraus kletterte er einmal den Apfelbaum ganz weit hinauf und wunderte sich, wie leicht es ihm fiel. Er hakte sich mit den Knien an einem Ast fest und hing kopfüber herunter wie am Trapez. Die Welt stand Kopf wie unten die große Stadt mit all ihren Menschen. Menschen waren für ihn immer das Interessanteste gewesen – er kam aber auch ohne sie zurecht. Es genügte ihm, zu wissen, dass sie da irgendwo waren, um glücklich zu sein.

An einem Sonntagmorgen, vielleicht war es auch schon Montag, gerade jedenfalls, als er das Bettzeug ausschütteln wollte, stand Jack vor der Tür des Zirkuswagens, außer Atem und schwitzend.

»So eine Überraschung«, freute sich Felix. »Ist was passiert? Wieso hast du nicht Bescheid gesagt? Du hättest dich doch anmelden können.«

»Wie hätte ich anrufen sollen in deinem verfluchten Wagen ohne Telefon?«

»Setz dich, ruh dich aus, du bist ja ganz erschöpft vom steilen Weg.« Vielleicht weil sie längere Zeit getrennt waren, aber Felix bemerkte wohl, dass Jack abgenommen hatte. Ja, richtig mager war er geworden in den paar Wochen, die sie einander nicht gesehen hatten. Der Gladiator von damals, der schöne Riese, der zwar schön, aber nie wirklich ein Riese gewesen war, der starke Kerl von einst war nur mehr Haut und Knochen.

»Ich wollt' nur schauen, wie es dir geht hier oben, so ganz ohne mich.« Jack zündete sich einen Tschick an und blies Rauchringe, die ihm nicht besonders gerieten. »Wie kommst du überhaupt zurecht ohne mich?«

»Gut geht es mir. Wie immer, wenn du nicht da bist.« Felix lachte wie ein Bub. Ein Bub von bald sechzig Jahren mit Falten im Gesicht und wenig Haar, Haar, das schon ein bisschen grau geworden war. Und dunklen Augen. Augen, die immer noch ganz schmal wurden, wenn er lachen musste.

»Blödmann. Was machst du bloß die ganze Zeit hier heroben?«

»Nichts. Und alles. Ich schau'«, antwortete er. »Mir fällt jetzt oft meine Jugendzeit ein. I was good looking und ich hab so gern getanzt.«

»Das hast du.«

»Noch nicht einmal sechzehn war ich, als ich dich getroffen hab' damals in Atlantic City.«

Jack nickte bedächtig, rauchte und blieb wortkarg. Wieso war er überhaupt heraufgekommen? Felix fragte nicht noch einmal. Obwohl er eigentlich bis zum Ende des Sommers heroben hatte bleiben wollen, schlug er vor, später gemeinsam mit Jack in die Wohnung zurückzukehren. Ab nun für immer.

»Jemand muss ja schauen, dass es dir gut geht.« Erst jetzt fielen Felix die dunklen Stellen auf Jacks Armen auf, blaue Flecken wie nach einem Sturz.

»Ich bin nicht gestürzt.« Hastig krempelte Jack die Ärmel seines Hemdes hinunter.

»Du solltest das wirklich im Spital anschauen lassen.«

»Ach, Unsinn.«

»Ich lass dich nicht mehr los, mein Lieber, hörst du?« Felix griff Jacks Hand. Für immer würden sie Rita und Judy bleiben, The Jacob Brothers. »Jack and Felix Jacob – Trapeze Artists« würde auf ihrem Zirkuswagen stehen. Goldene Buchstaben auf rotem Grund.

Felix schloss die Augen.

DANK

Die Arbeit an diesem Roman wurde durch die Gewährung eines Stipendiums der Stadt Wien unterstützt. Vielen Dank.
Danke, Nesterval und QWIEN.
Dank den Riesen und Riesinnen, auf deren Schultern wir stehen.

»Ich mag es nicht, wenn über uns Schwule immer nur Trauergeschichten erzählt werden. Ich bin für meine Homosexualität mehr als einmal blutig geschlagen worden, aber es ist doch mehr als absurd, dass ein so wertvolles Gefühl wie Liebe überhaupt bestraft wird. Ich kann sagen, ich hatte deshalb nie Schuldgefühle oder gar Minderwertigkeitskomplexe. Warum denn?«

Friedrich-Paul von Großheim (1906–2006) war ein deutscher Kaufmann und wurde aufgrund seiner politischen Einstellung und seiner Homosexualität verfolgt.
Quelle: Lutz van Dijk, *Einsam war ich nie. Schwule unter dem Hakenkreuz 1933–1945,* Berlin 2003, S. 21.

Christopher Wurmdobler

Ausrasten

20,00 Euro
ISBN 978-3-7076-0736-9
160 Seiten
auch als E-Book erhältlich

Eine Operettendiva in einer pink eingerichteten Wohnung, eine Wollverkäuferin unter Zeugenschutz und eine misanthrope Tierärztin mit ungewöhnlichen Patienten. Eine wütende Theaterkritikerin, glücklos backende Mütter, polyamoröse Polizisten und schwule Diebe. *Ausrasten* versammelt außergewöhnliche Personen, die alle miteinander in Verbindung stehen. Doch ihre größte Gemeinsamkeit ist die Stadt, die ihnen eine Bühne bietet: Wien.

»Wurmdobler hat keine Scheu vor Klischees und auch keine Hemmungen, diese genüsslich und mit Sprachwitz zu zerlegen.«
Wiener Zeitung

Christopher Wurmdobler

Reset

22,00 Euro
ISBN 978-3-7076-0669-0
248 Seiten
auch als E-Book erhältlich

Karmen, gefeierte Journalistin mit eigener Polit-Talkshow, ist knallhart und kinderlos. Doch mit fortschreitendem Alter passt ihr bekanntes Fernsehgesicht nicht mehr in die Zeit, ein Werbedeal wird gekündigt und sie verpatzt die Moderation einer Gala-Veranstaltung.

In dem verzweifelten Versuch, zu alter Größe zu gelangen, bricht sie in wenigen Tagen eine Menge Tabus. Schließlich lässt Karmen Großstadt wie Medienwelt hinter sich und begibt sich auf eine Zeitreise zurück zu ihren Wurzeln. Sie soll das Haus ihres verstorbenen Vaters räumen und landet mitten in der Provinz ihrer Jugend.

Reset ist eine witzige und rasante Geschichte über das Leben und Neuanfänge.

Christopher Wurmdobler

studierte Angewandte Theaterwissenschaft in Gießen und war Journalist, u. a. fast 20 Jahre für den *Falter*. Er spielt immersives Theater mit dem Wiener Ensemble Nesterval und lebt als freier Autor in Wien. Zuletzt erschienen bei Czernin die Romane *Solo* (2018), *Reset* (2019) sowie der Erzählband *Ausrasten* (2021).